JN192130

投壜通信

山本貴光

本の雑誌社

はじめに

あるとき詩人たちに教えられて、文章とは一種の投壜通信のようなものだと思うようになった。思い浮かべたことを紙に書いて壜に詰める。壜なら少しは長持ちすると思ってのこと。流れる水に投じれば、どこかに運ばれてゆきもするだろう。ただ、どこに流れ着き、いつ誰に拾われるか、ましてや読まれるかどうかも定かではない。

こちらにできることがあるとしたら、万が一拾って気まぐれに読んでみようかと思う人がいたとき、書かれてから少々時間が経っていても意味をなすように、あるいは書き手と読み手が必ずしも文脈を共有していなくても分かるように言葉を選ぶことぐらいだろうか(それにしたって限度はあるけれど)。

そんなふうにして十余年、かれこれいくつぐらいの壜を流してきただろう。それぞれの壜がどうなったかは分からない。ついに誰にも拾われずに埋もれたものもあるかもしれない。なかには拾って読んだ人が、そこに出ている本を読みたくなったり、問いを頭の片隅に放り込んで楽しんだりしたこともあるかもしれない。と、これは希望的推測。

あなたがいま手にされているこの本は、かつて壜に詰めて流した文章のいくつかを集めて、あるいは書き下ろした文章と併せて新たな壜に入れたもの。お気に召すかはわからねど、いまはただ足穂にならってこう申し上げるばかりです。

いろんな壜が取り揃えてあります。どれからなりとおためし下さい。

目次

第二章　日々の泡

第三章　読むことは書くこと

カバー作品
宮永愛子《life》2018
素材=樹脂、空気
写真：宮島径
©MIYANAGA Aiko, 2018
Courtesy Mizuma Art Gallery

デザイン
松本孝一

第1章　本で世界をマッピング

〈テーマ別ブックガイド〉

テーマ別ブックガイド

歩行の謎を味わうために

一見するとなんの変哲もないことに、どれほどたくさんの謎があることか。人間もまた、依然として謎の宝庫のままだ。例えば、こんなぼやきをご覧いただきたい。

「まったく、人類が歩いてからこのかた、なぜ人間は歩くのか、どのように歩くのか、いや本当に歩いているのか、もっと上手に歩けるのか、歩きながら何をしているのか、いったい人間を歩かせたり、またその歩き方を変えたり分析したりする方法はないものか、そうしたことを誰も考えたことがないとは全くもって驚くべきことではないか。世にある哲学、心理学、政治の全体系にかかわる問題であるというのに」

一八三三年に「歩き方の理論」（『風俗のパトロジー』山田登世子訳、新評論社所収）という一文を草してこんなふうに問題を提起したのは、誰あろう人間と社会の観察に余念のなかった作家のバルザックである。人間の外見に性格が現れるものだと喝破した観相学（フィジオノミー）の創始者ラヴァターの顰（ひそ）みにならってか、「歩きかたこそ〔ある人物の〕思想や生活を正確に表す症状なのだ」と言ってはばからない。

ご説の真偽はさておき、バルザックの疑問ももっともではなかろうか。歩くといえば、どこかを目指して移動するという、とても分かりやすいことだ。でも他方では、こんなに謎めいた営みもない。例えば、なにか考えたいときに歩いてみる。歩くと、視野は次々と変わるし、聞こえるものも絶えず変化する。歩く姿勢や歩調、靴底の厚さで、見える世界も文字通り違う。加えて、こちらが脳裏に抱えている問題や関心の所在によって、「同じ」道がまるで別世界のように見えてくる。植物が気になって歩けば、道々に生えている草木が目に飛び込んでくるし、友だちと話したことを反芻しながら歩けば、上の空で目や耳に入るものを意識していないかもしれない。

そんなふうに、歩くということには、少なく見積もっても、歩く身体と、歩いてゆく空間と、そのとき脳裏にあることが絡みあっている。同じことについて考えるにしても、机に向かって沈思黙考するのとは、相当異なる営みのようだ。歩いて考えるということは、流れのように変化する知覚と脳裏の問題とのいろいろな組み合わせをどんどん試すようなものかもしれない。だから、考えてみたいとき、歩きたくなる。などと、これまた歩きながら考えてみたのだけれど、本当のところはどうなのか。

バルザックの問いに応えられるかどうかはともかく、ここでは、歩くという営みについて考えさせてくれる本をいくつかご紹介してみたい。

歩行の科学

どんなふうに歩いてる？

実際のところ、歩いている人間の身体が、どんなふうに動いているのかということは、なかなか捉えがたいものだ。このことは、手描きでもCGでもいいので、人が歩く姿を表現してみようと思うと痛感される。そう、思いのほか難しいのである。というのも、人が歩くとき、ただ手足だけが動いているのではなくて、全身のいたるところが動いているからだ。

十九世紀の後半、エドワード・マイブリッジは、写真技術を使って、従来のやり方ではとても表現しきれない人間や動物の動きぶりを捉える素晴らしい工夫を編み出した。歩いている人間の姿を、連続撮影によって分解してみせたのだ。そんなマイブリッジの写真から、人間の動きに関するものを集めて一冊とした写真集『運動する人間の姿（The Human Figue in Motion）』は、いまなお見るたびに驚きの念を新たにさせられる。こんなにも複雑な動きを、私たちは意識せずに行っているというのだから！

では、もう少し人間の内側から歩行について知るにはどうしたらよいだろうか。野田雄二『足の裏からみた体――脳と足の裏は直結している』（講談社ブルーバックス）は、足と歩行にまつわる科学の基本をコンパクトにまとめた入門的書物。人体の骨格や筋肉といった解剖学的な構造や重心の動き、土踏まずの働きから、裸足で歩く意義、歩行と健康の関係、靴の選び方に至るまで、歩行についての基礎を教えてもらえる。

昔、「人は自分が作れるものだけを理解できる」と言った人があった。近年進展の著しいロボット工学の世界を覗いてみると、ここにも歩行を理解するヒントがたくさんある。いささか専門的になるけれど、『身体適応——歩行運動の神経機構とシステムモデル』(シリーズ移動知第2巻、オーム社)が面白い。同書では、歩行するロボットを造るという観点から、歩く際の人間の脳と身体と環境相互の関係を分析し、そのシミュレーションをつくって試し、ロボット製作へとつながる次第を見せてくれる。マイブリッジの写真とはまた別の意味で、歩くということがいかに大変なことであるかが見えてくる。

ところで、私たちは室内外を問わず、多くの場合、なにかを履いて歩いている。足の裏と地面とを隔てるこの履き物は、一体全体何がどうなっていまのようになったのか。『靴のラビリンス——苦痛と快楽』(INAX出版)は、意外にも類書の少ない靴や履き物の文化誌で、八人の論者による古今東西の靴事情をめぐる考察からなる。機能性はもちろんのこと、権威の象徴やファッションとしての履き物、その民族・文化における違いまで、縦横に論じていて楽しい。また、歴史に残る多様な履き物の写真はそれだけでも驚きだ(「えっ、こんなのを履いてたの?」という意味で)。草履や下駄といった、日本各地で使われてきた履き物を調べて記録した民族誌の労作、潮田鉄雄『はきもの』(ものと人間の文化史第8巻、法政大学出版局)も併せて見ると、その奥深さが見えてくる。

歩行と環境

人間と空間の組み合わせから生じるもの

当たり前のことながら、人は必ずある場所、ある空間の中を歩く。歩きながら、目に入る光景を眺め、耳に入る音を聴き、鼻をくすぐる大気のにおいを嗅ぎ、肌で風の流れを感じる。そうして知覚したことからなにかを思い出す。ある場所にまつわる知識、写真やテレビで見た光景、過去の経験と記憶、誰かの言葉といったものが、目の前に広がる空間に意味を与えたりもする。

歴史家アラン・コルバンは、『風景と人間』(小倉孝誠訳、藤原書店)の中で、風景は空間と違って、それを感知し、意味づける人間の営みから生まれるものであることを、様々な具体例を引きながら説いている。例えば、かつて本で見知った古代都市や歴史的な建造物に憧れる人にとって、そこへ至る途中にある田園や森や山は目を惹くものではない一方で、見方が変わればそうした場所が喜ばれるようにもなる、といった具合。「パリを歩き回り、さまざまな目的や論理にしたがって風景を構築するには無数のやり方があります」というのも頷けるところ。同書は、歩くことが主題ではないけれど、空間と人間の関係から生じる風景について、たくさんの興味ある問題の所在を指し示した好著だ。

人が住み、歩いたり移動する空間をつくる建築家や都市計画の専門家は、なにをどう考えてきたのか。今野博『まちづくりと歩行空間』(鹿島出版会)は、それこそ古代アテネやポンペイから、近世日本の城下町や、近代各地の都市計画まで、都市の中に人が歩くための空間が、どのように位置づけられてきたかを概観している。特に車やバイクなどの交通手段が発達して以降は、安全で快適な歩行空間をいかにつくるかということが絶えず問題であり続けている。同書では、通勤・通学・買い物・散策といった人びとの様々な歩き方、騒音問題、視界の変化や人びととの交わりなど、関連する無数の要素について、豊富な具体例で解説している。併せて、写真集『世界の路地裏』『日本の路地裏』（それぞれ新旧版あり、PIE BOOKS）やGoogleマップのストリートビューで、世界の路地を較べ眺めると、いっそう立体的な理解を得られる。

荒川修作と、マドリン・ギンズの設計による「養老天命反転地」（岐阜県）は、ただの公園ではない。『養老天命反転地――荒川修作＋マドリン・ギンズ：建築的実験』（毎日新聞社）の写真を見ても窺えるように、至るところが傾斜し、凹凸があり、草が生え、ところどころにどこにでもありそうなイスやテーブルが置かれている。実際そこを歩こうとする人は、否応なく足の裏から伝わってくる多様な感触と緊張感を相手にバランスを取りながら、なにか自分が普段とは別の存在になったような感覚を噛みしめることになる。地面に立つ、歩くという、日常無意識に行っていることが、強烈に意識される空間なのだ。

数ある建造物の中でも、美術館や博物館（英語ではいずれもmuseum）という施設は、来館者がその中を歩き廻ってものを見聞するためにしつらえられた場所。絵から絵へ、展示物から展示物へと回廊を歩きわたるとき、彫刻の周囲をぐるぐると歩き眺めるとき、そこでは歩くことと何かを感じたり知ることとが密接に結びついている。K・マックリーン『博物館をみせる――人々のための展示プランニング』（井島真知・芦谷美奈子訳、玉川大学出版部）は、そんな展示をどのように構成するかを説いた本。展示のつくられる過程はもちろんのこと、「空間を変容させる」と題された第九章以下では、雰囲気や歩調、色や光の按配までを含めた展示空間の構成が論じられていて、観客としても興味の尽きないところ。歩き廻ってもくたびれにくい理想の展示空間は、どうしたらできるのだろうか、などとつい考えてしまう。

歩行と思考

遊歩するからこそ考えられること

ぶらぶらてくてく歩いていると、不思議といろんなことが思い浮かんでくる。それで、こうした原稿の想を練ったりする折などは、鞄にノートを放り込んで外に出るのだが、遊歩の達人である永井荷風先生に言わせれば、少々下心があり過ぎるかもしれない。

なにを目指すでもなく、ただ蝙蝠傘と江戸切図（嘉永板の地図）を携えて、日和下駄を曳き摺っては東京のあちらこちらを歩く。無目的に遊歩する愉悦。その様子の一端は『日和下駄——一名東京散策記』（講談社文芸文庫）で垣間見られる。

荷風が歩いた大正の初めの、ということは、いまから百年ほど昔の東京がどんな様子であったか詳(つまび)らかにしないけれど、周囲の風景樹木等との調和も顧みず、西洋風の建物がどしどし建つことに荷風は失望の色を隠さない。余人が目もくれない風景に「幽邃(ゆうすい)」の趣きを感じ、五、六十年前（そう、半世紀も遡れば、江戸だったのだ）の地図でそこがかつてどんな土地であったかを重ね見る。

私たちもまた、江戸地図と『日和下駄』を（なんなら蝙蝠傘も）携えて歩けば、かつて荷風が立ったかもしれない場所に佇んで、在りし日を偲び、やがてまた移ろってゆくいまの風景を書きとどめることができるかもしれない。

と、これは東京の話になったけれど、例えば名だたる作家たちが、訪れた土地について記した文章ばかりを集めた『現代日本紀行文学全集』（全一二巻、ほるぷ出版）を繙（ひもと）けば、日本津々浦々の歴史散歩に出かけられる。

さて、荷風先生の散歩が無目的の極致だとすれば、もう少し積極的な散歩の形もある。一日に最低でも四時間は歩かないと健康や正気を保てないような気がすると言ったのは『ウォールデン』で知られるH・D・ソローだ。なんとタフで旺盛な歩行欲だろう。「歩く（ウォーキング）」（『市民の反抗他五篇』飯田実訳、岩波文庫所収）と題されたエッセーの前半で、ソローは散策の意義を様々に力説している。例えば、私たちは得てして人づきあいや仕事のことが頭にこびりついて離れないものだが（ソローはこれを「正気を失ったようになっている」と形容する！）、「散歩をしているときくらいは、なんとか正気を取り戻したいものだ」という具合。

『孤独な散歩者の夢想』の著者でもあるジャン＝ジャック・ルソーは、半生を放浪で送った人、まさに歩く人だった。ルソーが自らの半生を語った『告白』（桑原武夫訳、岩波文庫）に書いた次のくだりは、歩行と思考の関係の秘密をこの上なく明確に述べた至言である。少々長くなるが引用するのをお許し願いたい（できれば、野外で頬に風を受けながら朗々と声に出して読まれたい）。

「わたしがひとり徒歩で旅したときほど、わたしがゆたかに考え、ゆたかに存在し、ゆたかに生き、あえていうならば、ゆたかにわたし自身であったことはない。歩くことはわたしの思想を活気づけ、生き生きさせる何ものかをもっている。じっとひとところに止まっていると、ほとんどものが考えられない。わたしの精神を動かすためには、わたしの肉体は動いていなければならないのだ。田園の眺め、こころよい景色の連続、大気、旺盛な食欲、歩いてえられる健康、田舎の料亭の気楽さ、わたしの束縛を感じさせるいっさいのもの、自分の境遇を思い出させるいっさいのものから遠ざかることが、わたしの魂を解放し、思想にいっそうの大胆さをあたえ、いわば万有の広大無辺の中にわたしを投げこんで、何の気がねも、何の恐れもなく、存在するものを結合、選択させ、思いのままに自分にしたがわせるのである」

歩行の文化誌
歩行について考える

バルザックの問題提起からおよそ百八十年が経った。その間、歩くことを論じた人はけっして少なくない。ただ、真正面から歩くことを論じた書物は、さほど多いとも言えない。中でもレベッカ・ソルニットの『ウォークス――歩くことの精神史（Wanderlust: A History of Walking）』（後に、東辻賢治郎訳、左右社として邦訳刊行）は、まるまる一冊を費やして歩行の文化史をつづった珍しいもの。それこそ哲学者たちの歩きぶりや二足歩行の発祥を巡る議論から、巡礼、庭園や荒野、山岳や都市での歩行、文学に書かれた歩きまで、欧米を中心とした歩行の文化と歴史を広く見わたせる得難い本だ。同書の横に、古今の歩行に関する文章（断章）を、百八十人ほどの作家から集めも集めたアンソロジー『歩行文傑作選（The Vintage Book of Walking）』を並べれば、この方面のさらなる散策の楽しみはいや増すことだろう（アジアからは、芭蕉と陸羽が選ばれている）。もっともこの二冊はもっぱら欧米が中心だった。それ以外の文化圏についても、同様の歩行の文化誌やアンソロジーはないものか。

書名からは分からないけれど、脱領域的人文学者・高山宏の文章を九十篇近く集めた『新人文感覚1　風神の袋』（羽鳥書店）のまずは目次を覗いてみよう。「ホモ・アンブランス（歩くヒト）になる」「見ることに洋の東西はない」「見えるものはこんなにも楽しい」「庭のように世界を旅する」という項目立てからも窺えるように、実は全篇に「歩く、見る、書く」（これも同書所収の一文）という古今東西を問わず人間の営みに共通するテーマが通底している。十八番の英米文学や江戸文化誌を中心として（しかし、領域の垣根などものともせずに遊歩して）縦横無尽に繰り広げられる数々の着想と示唆を、ここに述べて来たあれこれの議論に重ねれば、歩行を見る目は幾重にも豊かになること請け合いである。それもそのはず、歩くということは、人間の生活や文化のあらゆる面へと関わり、つながる営みなのだから。どなたか、人類の歴史全般をみわたした、本格的な歩行の文化誌を著してはくれまいか。

BOOK LIST

- バルザック『風俗のパトロジー』山田登世子訳、新評論社
- エドワード・マイブリッジ『運動する人間の姿（The Human Figue in Motion）』Dover Publications
- 野田雄二『足の裏からみた体――脳と足の裏は直結している』講談社ブルーバックス
- 土屋和雄、高草木薫、荻原直道編『身体適応――歩行運動の神経機構とシステムモデル』シリーズ移動知第2巻、オーム社
- 『靴のラビリンス――苦痛と快楽』INAX出版
- 潮田鉄雄『はきもの』ものと人間の文化史第8巻、法政大学出版局
- アラン・コルバン『風景と人間』小倉孝誠訳、藤原書店
- 今野博『まちづくりと歩行空間』鹿島出版会
- 『世界の路地裏』『日本の路地裏』PIE BOOKS、それぞれ新旧版あり
- 『養老天命反転地――荒川修作＋マドリン・ギンズ　建築的実験』毎日新聞社
- K・マックリーン『博物館をみせる――人々のための展示プランニング』井島真知、芦谷美奈子訳、玉川大学出版部
- 永井荷風『日和下駄――一名東京散策記』講談社文芸文庫
- 『現代日本紀行文学全集』全12巻、ほるぷ出版
- H・D・ソロー『森の生活　ウォールデン』上下巻、飯田実訳、岩波文庫／今泉吉晴訳、小学館文庫／佐渡谷重信訳、講談社学術文庫など
- H・D・ソロー『市民の反抗 他五篇』飯田実訳、岩波文庫
- ジャン＝ジャック・ルソー『孤独な散歩者の夢想』今野一雄訳、岩波文庫／青柳瑞穂訳、新潮文庫／永田千奈訳、光文社古典新訳文庫など
- ジャン＝ジャック・ルソー『告白』上中下巻、桑原武夫訳、岩波文庫
- レベッカ・ソルニット『ウォークス　歩くことの精神史』東辻賢治郎訳、左右社
- アンソロジー『歩行文傑作選（The Vintage Book of Walking: A Glorious, Funny and Indispensable Collection）』Random House UK
- 高山宏『新人文感覚 1　風神の袋』羽鳥書店

知りたがるにもほどがある？ 科学者という人たち。

世界のことで、もっとも理解しがたいことは、それが理解しうるということである。
――アルベルト・アインシュタイン

「人が生まれながらにして知ることを欲する」と言ったのは誰だったたか。世の中には知りたい一心から、ときにわが身の危険も顧みず、ひたすら世界の謎を解明するために邁進する人たちがいる。わけても科学者はその最たるもの。

恋する人は周囲が見えなくなるとはよく言ったものだが、謎にとりつかれた人たちもご同類。あるときタレスが考え事をしながら歩いて穴に落ちてしまった。これを見た誰かが「おやおや、先生は天上の星にはお詳しいのに、自分の足元のことはよくおわかりにならないのですね」と言ったとか。アルキメデスが発見のうれしさのあまり「ヘウレカ！（わかったぞ！）」と叫んで湯船から飛び出し、裸のまま外を走り回ったとか、そんな逸話には事欠かない。

知りたい気持ちが昂ずるとどうなるか。レスリー・デンディとメル・ボーリングの『自分の体で実験したい――命がけの科学者列伝』は、書名に違わず危険なエピソードが満載の一冊だ。例えば、のっけから九十二度に熱した部屋で一〇分間耐えしのんだ紳士たちの話が出てきたりする。なぜそんなことを？ そう、人間が何度の高温まで大丈夫かを知りたかったからだ！ 同書を読むあいだ、本に向かって「死んだらどうするんですか！」と何度つっこんだかわからない。

命がけは極端な例だとしても、いったいなにが彼らをそうさせたのか。科学者たちの自伝や評伝を読む醍醐味がここにある。彼らが謎にとりつかれた経緯や、解決のために試行錯誤をした過程を知ると、その結論だけを書いた教科書からはわからない科学の奥行きとおもしろさが見えてくる。

ここでは二〇世紀を中心とした科学者たちの自伝・評伝からとっておきの何冊かを紹介しよう。

1 科学が冒険だった頃

博物学の時代

科学が高度に専門細分化した現代では、想像してみるのも難しいけれど、かつて世界（宇宙）

について知り尽そうという試みがあった。博物学（ナチュラルヒストリー）である。地形や地質や気候といった地球各部の地理にかんすることから、そこに住む動植物や人間とその文化、さらには地球をとりまく太陽系まで、いわゆる「自然」がどのようなものであるのかを観察し、書きとめる学問だ。こうした学問は古来営まれてきたものだが、航海術の発展と植民地主義を背景に、十八〜十九世紀にヨーロッパで大きな進展を見せた。衛星通信もGoogle Earthもない時代、世界にはいま以上に未知があふれていたのである。

そんな世界の謎にとりつかれた博物学者たちの生涯を列伝風に見せてくれるのが、荒俣宏『大博物学時代——進化と超進化の夢』だ。現代に稀なる博物学者にして小説家である荒俣さんの本からは、どれだけたくさんの興味を喚起されたかわからない。なかでも本書をはじめとする博物学関連の書物には本当に参った。博物学熱に感染させられたはよいけど、世界を知り尽くすにはいかにも人生は短い。人に知への渇望を植えつける誠に剣呑な一冊だ。

アレクサンダー・フォン・フンボルト（一七六九—一八五九）は、同書にも登場する大博物学者の一人。地理学者・植物学者としてのボンプラン（気の毒にもいつもフンボルトの影で見えなくなってしまう！）とともに南米への探検を敢行し、当時のヨーロッパ人に知られていなかった多くの事実を、それこそ命がけで調べ上げた。その旅の行程をつづった『新大陸赤道地方紀行』（抄訳）は、稀有なる冒険の書であるばかりか、五年にわたる旅行においてフンボルトが日々なにを思ったかを記した特異な自画像でもある。

同書を読むならぜひ、ダニエル・ケールマンの『世界の測量——ガウスとフンボルトの物語』

を併せて読んでおきたい。フンボルトと、同時代の偉大なる数学者ガウス（一七七七―一八五五）の交差する生涯を、南米文学のマジック・リアリズムの手法を思わせる幻惑的な筆致でつづった小説である。伝記的事実をしっかり踏まえながらも、評伝ならそこまでは踏み込めない彼らの内面に迫っているのが読みどころ。これを読むとフンボルトもまた、「自分の体で実験したい」人であったことや、自尊心が高く鼻もちならない面があったことも窺えてちょっと可笑しい。

自伝や評伝といえば、たっぷりとして終わりの見えないような分厚い本もいい。なんといっても大きな謎に挑んだ人物の生涯を描くのだから、頁はいくらあっても足りない。

近年現れた科学関連の評伝では、エイドリアン・デズモンド、ジェイムズ・ムーアの『ダーウィン――世界を変えたナチュラリストの生涯』が、汗牛充棟のダーウィン関連書のなかでも必読必携の一冊だ。しかし、ビーグル号の探検（彼はフンボルトの探検から大いなる刺激を受けた一人だ）や問題作『種の起源』の構想・刊行など、いくらダーウィン（一八〇九―八二）に語るべき逸話が多いとしても邦訳で千ページ超はすさまじい。

それもそのはず、著者の二人、デズモンドとムーアは、ダーウィンが生きたヴィクトリア朝の進化論や、彼の主張が社会に与えた影響を研究する科学史家。なるほど彼らはその手腕を遺憾なく発揮して、ダーウィン本人の生きざまはもちろんのこと、彼が生きた当時の社会的背景とのかかわりを広く探っている。人物だけにフォーカスすると、つい個人の天才に話が帰着するところだが、この評伝はダーウィンをそうした神話から解き放ち、社会のなかで生きる彼の姿を描くことに成功している。同書から見えるダーウィン像を、『ダーウィン自伝』と比較してみるのもおもしろい。

2 因果はめぐる
生態学／エコロジー

博物学は、世界にどのようなものが存在しているかを探求する学問だが、いわばこれを足がかりにして、存在するもの同士の関係をも見てとろうという学問が十九世紀半ば、エルンスト・ヘッケルによって提唱された。これを「エコロジー」といい、日本語では「生態学」と訳される。他方でこの言葉は、環境保全にかかわる語としても使われている。

紀州が生んだ博物学者・南方熊楠（一八六七―一九四一）は、その旺盛な知識欲と絶え間ない自然観察、文化研究によって、博物学、生物学（粘菌研究）、民俗学、宗教学など、幅広い学問に足跡を残したまさに知の巨人。彼は二〇世紀初頭という早い時期にこの二つのエコロジー（生態学／環境保全）の関係を認識して、明治政府による神社合祀（神社取り潰しに伴って周囲の森林が伐採される）に反対を唱えた。森羅万象のつながりに目を向けた熊楠であればこそ、目の前の利益だけを考えて行う森林伐採が、どのような結果をもたらすのかをよく見抜いたのだろう。鶴見和子による『南方熊楠――地球志向の比較学』は、熊楠の「比較」という方法を中心としてその知的な肖像を巧みに浮かび上がらせた名著だ。熊楠のユニークきわまりない人物像については二つのマンガ、水木しげる『猫楠――南方熊楠の生涯』や山村基毅原作、内田春菊画『クマグスのミナカテラ』をぜひ。

「エコロジー」や「エコ」という言葉を環境保全の意味で提唱したのは、アメリカの科学者エレン・スワロー（結婚後の姓はリチャーズ、一八四二―一九一一）だった。マサチューセッツ工科大学に女性として初めて入学した彼女は、水質の問題を研究し、一八九二年に、よりよい生活環境の科学として「エコロジー」を提唱するに至る。ロバート・クラークの『エコロジーの誕生――エレン・スワローの生涯』は、男性社会の大学や学界で彼女がどのような問題に直面し、乗り越えていったのかという苦闘の生涯を描いている。『沈黙の春』で農薬の大量散布が自然に及ぼす影響に警鐘を鳴らしたレイチェル・カーソン（一九〇七―六四）の生涯を綴るポール・ブルックス『レイチェル・カーソン』とともに今こそ読み直したい評伝だ。

3　男と女とサイエンス

生物学

ともすると男だらけに見える科学史だが、ルイス・ハーバーの『20世紀の女性科学者たち』や、岩男壽美子・原ひろ子編『科学する心――日本の女性科学者たち』を見れば、おのずとその偏り具合が見えてくる。なかでもとりわけ劇的で考えさせられるのは、DNAの二重らせん構造発見にまつわる話だ。あの二重らせんを発見したのは誰かと問えば、ワトソンとクリックの名前までは誰でも思い浮かぶだろう。この話題に関心のある読者なら、ここに彼ら二人と共にノーベル賞を受賞したウィルキンズの名前を加えるかもしれない。ではワトソンとクリックが二重らせんモデルをつくりあげるにあたって重要な手がかりとなった研究データを、はからずも「提供」したロザリンド・フランクリン（一九二〇―五八）はどうか。男性社会のヨーロッパ科学界で、ユダヤ系の女性という二重の困難を抱えながら、X線結晶学の研究に邁進したフランクリンは、一時期同じ研究所で同僚だったウィルキンズから陰で「ダークレディ」と呼ばれ疎まれていた。彼女が撮影したDNAの写真や未発表の解析データが、当人の知らぬうちにウィルキンズによってワトソンたちの目に触れ、これが二重らせん構造発見に貢献しているとしたら、そしてそのことが知られていないとしたら、ここにはなにか見過ごせない問題がないだろうか。

ブレンダ・マドックスの『ダークレディと呼ばれて――二重らせん発見とロザリンド・フランクリンの真実』は、彼女に焦点を当てて世紀の発見にまつわる経緯を公正に描き直そうとする書物だ。ワトソン、クリック、ウィルキンズの自伝を読み比べると、まさに状況は「藪の中」であり、その藪の深さが否応なく見えてくる。マドックスは複雑に絡み合う関係当時者たちの証言や膨大な文献を読み解いて、いわばこの「藪」の構造自体を見事にあぶりだしている。この本を読むと、評伝の出来を決めるのは、過ぎ去ってしまった出来事の痕跡から、実際にはなにが起きていたのかを再構成してみせる名探偵の技だということがよくわかる。

4 伝記作家泣かせのフロイト
精神分析

二〇世紀は、人間にかかわる探究もさまざまに深められた世紀だ。ジーグムント・フロイト（一八五六―一九三九）による無意識の研究や精神分析の試みは、欧米の文化全般に巨大な影響をもたらした激震の一つだけに、賛否はともかくとして無視して済ませられない。フロイトや精神分析の形成について知りたければ、なにはともあれ文化史の大家ピーター・ゲイによる『フロイト』を読んでおけばまず間違いはない。邦訳で千頁を超える大著だが、冒頭からぐっと引きこまれて、気づいたら読み終わっているたぐいの本である。

自身が人間精神の観察者だったフロイトは伝記作家に辛辣だ。「伝記作家たちはさんざん苦労すればいいのです。そんなに簡単に書いてもらうわけにはいきません」と言って資料を破棄するわ、伝記作家は対象とする人物に愛着を感じるから理想化をして嘘を書くものだなどと言ってはばからないわと気難しい。ゲイはこうしたフロイトの姿を紹介しながら、自分はフロイトを褒めたり貶したりしたいのではなく、理解したいのだとそのスタンスを明言する。実際、読んでゆくとフロイトの言葉といえども鵜呑みにせず、ときに自分自身に不公平になりがちな彼の言い分に分析・解釈を施し、その生涯と学説の軌跡を丹念に追跡している。この距離感と文章の佇まい、誰にでも真似のできる芸当ではない。

ゲイといえばお約束の巻末「文献改題」がまた絶品。おそらく四桁に上るフロイト関連文献を読みこなして本書に臨んだ彼が、選りすぐりの文献をざっくばらんな筆で紹介してくれるのだからたまらない。おかげで読みたい本のリストが伸びることったら！

5 神はサイコロを振り給うか？

物理学

古代ギリシアの昔から現代に至るまで、世界（宇宙）はなにからできているのか、それらはどのようにかかわりあっているのかということが大きな謎であり続けてきた。そしてある謎が解明されると、その先にさらなる謎が出現し、ある仮説がより妥当な新しい仮説にとって代わられる。ことに二〇世紀は物理学にとって飛躍的な発展がもたらされた世紀だった。

物理学者の自伝・評伝も傑作が多すぎて、どれを紹介すべきか悩むところだが、さしあたりヴェルナー・ハイゼンベルク（一九〇一―七六）の『部分と全体――私の生涯の偉大な出会いと対話』を挙げておこう。これは単なる自伝ではない。

量子力学の領域に巨大な足跡を残したハイゼンベルクだが、同書は彼自身のことというよりも、二〇世紀前半の物理学の現場で交わされた数々の重要な対話を通して物理学の本質に迫ろうとする書物なのだ。試しにどのページを開いてもよい。たいてい誰かと誰かが熱を込めて宇宙の本質について討論をしている場面に出会うはず。なかでも私が気に入っているのは、一九二七年のソルベー会議でアインシュタインとボーアが連日交わした対話のくだり。

この会議のあいだ物理学者たちは同じホテルに泊まり、議論が白熱したのは会議よりもホテルでの食事中だったという。ボーアたちが提唱する量子論では不確定性が重要な役割を担っているのだが、アインシュタインは「神はサイコロを振り給わず」といってこれを容れない。朝食のつどアインシュタインが量子論を切り崩す思考実験を持ち出し、夕方にはボーアがその実験でもやはり不確定性が回避できないことを示す。次の朝にはまた……という丁々発止のやりとりが続いたという。相対性理論で物理学に革命を引き起こしたアインシュタインが、量子論に対して保守に回る姿も興味深い。ハイゼンベルクは「科学は討論の中から生まれる」と言い、全編をこうした議論の紹介に費やしている。

アインシュタインとボーアについても膨大な書物があるが、前者については直接交流があったフィリップ・フランクによる『評伝アインシュタイン』を、後者についてはボーアの助手を務めアインシュタインに関する書物も書いているアブラハム・パイスの『ニールス・ボーアの時代――物理学・哲学・国家』をおすすめしておきたい。

6 誰がシュートを決めるのか

数学

「自然という書物は数学の言葉で書かれている」とは、かのガリレオ・ガリレイの言葉。自然を調べてゆくと、なぜかそこに数学的に表現される秩序が現れるということは、物理に数式が現れることからも窺われる。

ところが数学者の自伝や評伝を読んでゆくと、あちこちで「物理学と数学は全然考え方が違う」という宣言に出会う。いったいなにが違うのか。物理学では仮説を立てて、それがいくつかの実験により検証され、反証が現れなければ妥当すると考える。これに対して数学では、揺るぎのない完全な証明こそが重視されるというのだ。

数学史上、もっとも興味深い問題のたどった歴史もまた証明をめぐるものだった。「フェルマーの定理」は、三〇〇年以上にわたって数学史上屈指の難問に数えられてきた。サイモン・シンの『フェルマーの最終定理』は、この問題を数学の歴史絵巻としてパノラマ的に見せてくれる好著。

フランスの数学者フェルマー（一六〇一—六五）がこの難問を提起した経緯からしておもしろい。彼は読んでいた数学書の余白に、$x^n+y^n=z^n$ という式について、自分はnが2より大きいとき、これを満たす自然数の解がないという証明をもっているが、余白が狭すぎるので記せないと書きつけた。これが名高い「フェルマーの定理」である。いやはやなんとも小憎らしい。

フェルマーの言葉を信じるなら、この定理は証明ができるはず。でもどのように？　何人もの数学者たちがチャレンジしては破れてゆき、最終的には一九九三年にアンドリュー・ワイルズによって証明が示された。一度は穴が見つかって危ぶまれながらも、翌年ついにこの世紀の大問題に幕が引かれたことはまだ記憶に新しいところ。むろん、ワイルズの一〇〇頁を超える証明を、門外漢がにわかに理解できようはずもないけれど、サイモン・シンはワイルズに流れ込む数学者たちのアイディアの骨子を巧みに整理して、それが三〇〇年来の試行錯誤の集成のうえに成された偉業であることを教えてくれる。

八年にわたって独りでコツコツと証明に励んだワイルズと対照的なのがポール・エルデシュ(一九一三―九六)だ。ポール・ホフマンの『放浪の天才数学者エルデシュ』という書名にも表れているように、エルデシュは生涯にわたって世界中を移動し、行く先々(いや、移動中でさえ!)で二四時間数学し続けた人物である。彼の数学のスタイルは、サッカーでいう「司令塔」を思わせる。つまり、自分がゴールをしなくても、チームの誰かがシュートを決めればいい。何人かの数学者とホテルにこもり、チェスの多面指しをするかのように、同時並行で異なる数学の問題に取り組むなんていう逸話まで飛び出して、思わず「どんだけ数学すれば気がすむのよ!」と言いたくもなる(「きりがないからいいのさね」とエルデシュは答えるに違いない)。彼の数学人生を見ていると、数学もまた人間同士のダイナミックな交流から進展する学問であることがよくわかる。

数学者の評伝と云えば逸せないのが、ロバート・カニーゲルの『無限の天才――夭逝の数学者・ラマヌジャン』だ。同書はインドの数学者シュリニヴァーサ・ラマヌジャン(一八八七―一九二〇)の生涯を追うものだが、じつは同時にイギリスの数学者G・H・ハーディ(一八七七―一九四七)の評伝でもある。無勝手流で自分のノートに高度な数学を展開し続けたいわば野生の数学者ラマヌジャンと、彼をケンブリッジに迎え入れたハーディ。鋭く奥深い直観でことを進めるラマヌジャンと、厳密な論証を追求したハーディのコントラストは鮮烈で、両者が同じ「数学」という言葉で表現されることが不思議に思えるほど。ラマヌジャンは、一九二〇年に三二歳の若さで病没し、ハーディは、その後も残されたノートをもとにラマヌジャンの仕事を精力的に紹介したという。数学研究の値打ちは実利や応用にのみあらずと「弁明」するハーディの自伝的作品『ある数学者の生涯と弁明』では、彼がラマヌジャンと共同研究に取り組めたことを誇りに感じている様子が窺える。

と、挙げればきりもないのだが、数学者に関しては、森毅『異説 数学者列伝』やE・T・ベルの『数学をつくった人びと』がワンダフルな書物。また、数学者の評伝を楽しむときには、矢野健太郎編『数学小辞典』を脇に置きたい。専門家向けの数学辞典は、素人が読んでもさっぱり歯が立たないものが多いのだが、この辞典は一味ちがって素人でも楽しく読めるように工夫が凝らされている。

7 方法を疑い、権威にとりあわず
科学哲学

忘れがたい学者のポートレートは数あれど、科学哲学者ポール・ファイヤアーベント(一九二四―一九九四)が、両手の小指を口の端に、人差し指を鼻の穴に入れて目を剝いている写真ほど強烈な印象を残すものもそうはお目にかかれない(これに拮抗するのは舌を出すアインシュタインぐらいだろうか)。『方法への挑戦――科学的創造と知のアナーキズム』で、師のカール・ポパーをはじめとする科学論を舌鋒鋭く批判するこの人物、行間からもどこか人を食ったような印象がにじみ出る。

いったいどんな人かと興味が湧いて『哲学、女、唄、そして……ファイヤアーベント自伝』を繙けば、若かりし日のハンサムな青年の写真とともに先のモノノケのような写真に遭遇するのだからたまらない。

この本、そもそも自伝なのにどこか自伝らしからぬ。それもそのはず、途切れ目のない人生を滑らかに辿ったりはせず、むしろ、本人も断っているようにその記憶はきれぎれなのだ。そのため、人生の黄昏どきにたまさか手元に残っている昔のスナップ写真を思いつくままに並べたような、不思議な味わいのある自伝になっている。

一見なんの本かと思う邦訳題は、彼の同郷人ヨハン・シュトラウス二世が作ったワルツ「酒、女、歌」にひっかけたもの。「哲学、女、唄」、これは戦争で受けた傷とともに彼の人生を語るうえで欠かせない三つの要素という見事な要約になっている。ヨーロッパ諸国にアメリカにニュージーランドと移動を続け、たくさんの女性とつきあい、大量の本を読み、オペラを聴き、自らも唄い、大学で教え、論争を繰り広げた生涯は、あけすけな筆致がいささか利きすぎていることも手伝って、読者によっては破天荒（アナーキー）なものに見えるかもしれない。しかし、権威や主義（イズム）を嫌い、団体への帰属意識を持たず、学の上では師であろうとその誤りは正さんと闘ったのは、彼の誠実さの故だと思う。

おわりに

最大の謎は……

二〇世紀はゲノムや脳の仕組みから宇宙の構造まで、それは多くの発見がなされてきた。しかし、相変らず世界の謎が尽きる様子はない。他方では、一筋縄でゆかない複雑系の科学が勃興し、素粒子論はマトリョーシカのように終わりが見えず、完全性をモットーとする数学の世界においてはゲーデルの不完全性定理が激震を走らせた。

だが、人類全体にとっての未知があり、知りたい気持ちが枯渇しない限り、科学の営みはこれからも続くに違いない。いや、ひょっとしたら最大の謎は、なぜ人間がそんなにも知りたがるのかということかもしれない。

BOOK LIST

- レスリー・デンディ、メル・ボーリング『自分の体で実験したい――命がけの科学者列伝』梶山あゆみ訳、紀伊國屋書店
- 荒俣宏『大博物学時代――進化と超進化の夢』工作舎
- アレクサンダー・フォン・フンボルト『新大陸赤道地方紀行』上中下巻 大野英二郎、荒木善太訳、岩波書店
- ダニエル・ケールマン『世界の測量――ガウスとフンボルトの物語』瀬川裕司訳、三修社
- エイドリアン・デズモンド、ジェイムズ・ムーア『ダーウィン――世界を変えたナチュラリストの生涯』渡辺政隆訳、工作舎
- チャールズ・ダーウィン『ダーウィン自伝』八杉龍一、江上生子訳、ちくま学芸文庫
- 鶴見和子『南方熊楠――地球志向の比較学』講談社学術文庫
- 水木しげる『猫楠――南方熊楠の生涯』角川文庫ソフィア
- 山村基毅原作、内田春菊画『クマグスのミナカテラ』新潮文庫
- ロバート・クラーク『エコロジーの誕生――エレン・スワローの生涯』工藤秀明訳、新評論
- レイチェル・カーソン『沈黙の春』青樹簗一訳、新潮文庫
- ポール・ブルックス『レイチェル・カーソン』上下巻、上遠恵子訳、新潮文庫
- ルイス・ハーバー『20世紀の女性科学者たち』石館三枝子、中野恭子訳、晶文社
- 岩男壽美子・原ひろ子編『科学する心――日本の女性科学者たち』日刊工業新聞社
- ブレンダ・マドックス『ダークレディと呼ばれて――二重らせん発見とロザリンド・フランクリンの真実』福岡伸一監訳、鹿田昌美訳、化学同人
- ピーター・ゲイ『フロイト』全2巻、鈴木晶訳、みすず書房
- ヴェルナー・ハイゼンベルク『部分と全体――私の生涯の偉大な出会いと対話』山崎和夫訳、みすず書房
- フィリップ・フランク『評伝アインシュタイン』矢野健太郎訳、岩波現代文庫
- アブラハム・パイス『ニールス・ボーアの時代――物理学・哲学・国家』全2巻　西尾成子、今野宏之、山口雄仁訳、みすず書房
- サイモン・シン『フェルマーの最終定理』青木薫訳、新潮文庫
- ポール・ホフマン『放浪の天才数学者エルデシュ』平石律子訳、草思社文庫

BOOK LIST

- ロバート・カニーゲル『無限の天才——夭逝の数学者・ラマヌジャン』田中靖夫訳、工作舎
- G.H.ハーディ、C.P.スノー『ある数学者の生涯と弁明』柳生孝昭訳、丸善出版
- 森毅『異説　数学者列伝』ちくま学芸文庫
- E・T・ベル『数学をつくった人びと』全3巻、田中勇、銀林浩訳、ハヤカワ文庫NF
- 矢野健太郎編『数学小辞典』共立出版
- ポール・ファイヤアーベント『方法への挑戦——科学的創造と知のアナーキズム』村上陽一郎、渡辺博訳、新曜社
- ポール・ファイヤアーベント『哲学、女、唄、そして…——ファイヤアーベント自伝』村上陽一郎訳、産業図書

テーマ別ブックガイド

世界をデッサンする梅棹忠夫の10冊

一人の人が書いた文章の全体は、一つの宇宙のようなものだと思う。
もちろんこれはものの喩えだ。しかし、稀なことではあるけれど、書いたものの全体が、本当に一個の宇宙のようだと感じさせられる書き手に遭遇することがある。梅棹忠夫は、まさにそうした人物の一人だ。ここでは、膨大な著作から何冊かを選んで、その宇宙全体のすがたをできるだけ素描してみたい。

生態学

関係の網目（ネットワーク）

梅棹さんが動物生態学者として出発したことは、その後の彼の歩みを考えるうえで、とても示唆的だ。

生態学とはecologyのこと。これは、ある生物が環境とのあいだに取り結ぶさまざまな関係全体を対象とする学問領域である。いま「環境」と述べたことには、他の生物や自然環境などが含まれている。

例えば、カエルの生態を考えるということは、カエルから見た世界、カエルとその他の動植物や自然（地形や水や空気など）との関わりの全体を考察するということだ。生物が環境と取り結ぶ関係のうち、分かりやすいのは、食ったり食われたりの関係、いわゆる「食物連鎖」だろうか。それ以外にも、棲息する環境との関係や他の生物と協力しあう関係など、さまざまな関係がある。

これを人間について考えれば人間生態学となる。ある民族とその環境の関係をさまざまに調べれば、人類学や民族学といった学問になるだろう。ただし、人間が対象となると、話はがぜんややこしくなってくる。というのも人間は言語を使い、都市をつくり、文化を築くからだ。いずれものごとが複雑に絡み合ってできている。しかもそれは、時間のなかで盛衰し、歴史が積み重なってゆく。

そんな人間の生態学に取り組むということは、人間が環境と取り結ぶあらゆる関係について考えるということでもある。衣食住といった基本的なことはもちろんのこと、家族、友人、地域、会社、社会といった範囲でのさまざまな人間関係や、政治、経済、生産、法律など、まさに人間の営み全体に及ぶ話なのだ。

そのことは、梅棹さんが、生態学者の吉良竜夫と編んだ『生態学入門』（講談社学術文庫）の内容や構成にも色濃く表れている。つまり、世界全体を、①物理的秩序、②生物学的秩序、③社会的・文化的秩序という三つの層で捉えたうえで、②と③の境界で生態学を考えようという大きな構えである。

関係の網の目全体のなかでものを考えるという、梅棹さんの仕事に貫徹するスタイルは、ここに始まっている。交通網と通信網で覆われて、文字通り相互につながりあった世界を考えるうえでも、うってつけの考え方だ。

探検と民族学

足で稼ぐ経験と知

梅棹さんは、動物生態学者から、人間の生態学者である民族学者へと転進して、現地に暮らし、歩き、話す人となった。数々の探検記・旅行記を残している。

そうした研究旅行の記録は、どれも未知の世界に踏みいる興奮と困難を追体験させてくれるもので、無類に面白い。どれか一冊となったら、大いに迷うところだけれど、『モゴール族探検記』(岩波新書)を挙げてみたい。これは、一九五五年に京都大学の探検隊の一員として、アフガニスタンを旅した際の記録である。

アフガニスタンで、彼の地に住むというモゴール族を探し歩き、彼らの言葉を採取するのが目的だ。車で出発したものの、途中で運転手が先へ行くのを拒否し、馬に乗り換える。風呂にも入れず、いくつもの峠を越えて、集落を見つけては、モゴール語の話者がいないかと問い尋ね、話し手がいるとなれば面会を請い、知っているモゴール語を根気強く聞き出し、記録する。

旅路では、当然のことながら人びとやその生活に触れて、彼我の異同をかみしめる。ときには危険な目に遭い、欺されたりしながら、どこかにモゴール語の本があると聞けば、目にできないだろうかと熱望し、追い求める。未知の土地を、異国の者として旅するだけでも十分大変であろうに、そのうえ見知らぬ言語を調べて歩くとは、いったいどういうことなのか。常人の想像を絶する熱意、尋常ならざる好奇心である。

梅棹さんは、後に比較文明論や情報産業論など、地球規模の大きな、マクロな議論を展開するのだけれど、こうして足で得た、いわばミクロな経験と知識がその土台となっている。事後の目からは、諸民族の生態、つまり関係の網の目を具体的に細かく辿り、その足跡がやがて大きな構造物として形を成していったように見える。

それにしても「わたしたちは、自分自身が人類の一員でありながら、人類の他のメンバーについては、しばしば意外なほどものをしらない」という梅棹さんの言葉は、はたしてそれから半世紀を経た現在、克服済みであろうか。なんとも心許ない限りである。

文明の比較

地球×歴史の時空間で考える

文明とはなにか、といえば雲を摑むような話だけれど、動物生態学を修め、その人間版である民族学に転じた梅棹さんが、やがて文明論を論じるようになったのは、必然のようにも見える。彼は、文明学の構想をこう語っている。

「われわれをとりかこんでいる森羅万象とわれわれの関係はなになのか、ということを実証的に考えてゆく。（中略）宇宙的存在としてのわれわれ自身はなになのか、ということをといなおす、宇宙的認識の問題なのだ」（『近代世界における日本文明——比較文明学序説』、中央公論新社）

これはすでに見たように、生態学の発想そのものだ。文明を、生態学の手法で眺めてみようというこの着想は、数ある著作のなかでも多くの読者を得た『文明の生態史観』（「中央公論」）で、一九五七年に示されていた。そこでは、地球全体の自然、その生態系のうえに、各地に分布する人間の文明のあり様を重ね合せてみることで、新たな歴史の見方（史観）を作り出せるのではないか、という仮説が語られている。

これはとても大きな話だけれど、根を辿ってみると他方では、民族学研究にもつながっている。梅棹さんの見立てでは、民族とは「文化を共有する人間集団」である。それでは文化とはなにかと言えば、「人間集団が共有するところの価値の体系」である（『二十一世紀の人類像——民族問題をかんがえる』、講談社学術文庫）。民族学とは、要するに、さまざまな民族、人間の集団が、どのような価値の体系（文化）をもっているかということを、比べようとする学問だ。

では、「文化」と「文明」は似て非なるものだけれど、どう関係しているのか。彼の言う文明とは、「人間の生活全体、あるいは生活システムの全体」（『近代世界における日本文明』）を指している。生活システムとは、もう少し具体的に言えば、家電製品、車、道路、建築物、都市といった道具や装置、それに法律や教育や政治といった制度のこと。要するに人間がつくり、用いる物理的・制度的な仕組み全体を「文明」と呼び、そうした文明のなかで生きる人びとが抱く価値観を「文化」と呼んでいるわけである。

つまり、人間がどんな道具や装置や制度をつくり、そこでどのような価値観を抱いて生活しているか、というその全体を視野に入れようというのが文明論である。しかも、さまざまな民族を比較しながら捉えたように、文明もまた比較しながら捉えようという構想である。この大きな視野は、地に足のつかない大きな話というものではなく、民族や文化、あるいは人びとの生活や習慣といった具体的なものに裏打ちされている。一種、部分と全体が幾重にも入れ子になった世界像といったらよいだろうか。ただ巨視的（マクロ）なモデルがあるのではなく、その細部を見ると、きちんと微視的（ミクロ）な事物が息づいている、そんな仕組みが梅棹さんの仕事には通底しているように思う。

知識と情報

自分で道具を工夫する

『知的生産の技術』（岩波新書）の刊行が一九六九年だと聞いたら、「なんだ、そんな昔の本か。時代は変わったのだから、もういい加減役に立たないだろう」と早とちりをする人があるかもしれない。しかし、実際にどうかといえば、驚くべきことに、同書の意義はなくなるどころか強まる一方だ。二〇一一年四月の時点で、第八七刷が書店に並んでいる。

同書は、ものをどのように読み、整理し、考え、発見し、それを記すかという一連の営みを、「技術」として説いている。技術というからには、習得すればだれでも実践して試すことができる。梅棹さんの盟友でもあった、川喜田二郎の『発想法——創造性開発のために』（中公新書）と並んで、いまなお言葉を使ってなにかをこしらえようという向きには必読の一書である。

ここで紹介されているカードシステムは、紙のカードを使った整理法。要点を言えば、情報（アイディアや知識）をカードという単位に分解して、記録・分類・保存し、その組み合わせから新しい知を生み出すのである。これは、梅棹さんもどこかで述べていたと思うけれど、後にパソコンで実現されたハイパーカードと同じ仕組みである。さらに言えば、私たちが日々コンピュータでやっていることも、その延長上にあると言っていい。例えば、プレゼンテーションに使うパワーポイントのスライドなどは、組み合わせ自在のカードの束だ。

紙とコンピュータのどちらを使うかは、好みと用途の問題であるから、各人が選べばよいとして、同書を読むうえで重要なことは、そこに書かれた技術そのものだけではないことに注意しておきたい。肝心なことは、梅棹さんが、自分の必要に応じて、自らそうした技術を開発し、磨き上げたということだ。

なるほどコンピュータのソフトは、種類も増えて便利になっている。でも、自分でプログラミングしない人にとっては、どんなソフトも誰かが用意しておいてくれたお仕着せのようなもの。細かいところを、自分の用途に合わせて改良しようと思っても、実は簡単にいかない。お仕着せを騙し騙し使うのか、いっそ自分の必要に合わせて道具や技術をこしらえるのか。『知的生産の技術』の最大の教えはそこにあると思う。

ここで梅棹さんが、「やがてプログラミングも必須の教養として教育される日が来るかもしれない」と言っていたことを併せて思い出してもよい。彼が「情報産業」という言葉を造り、公にしたのは一九六一年のことだった。コンピュータは存在していたものの、現在、私たちの周りに溢れているパーソナル・コンピュータもなければ、インターネットも一般に普及していない時代だ。

彼は、『情報の文明学』（中公文庫）のなかで、来る情報産業の時代には、従来の工業社会のモデルはそのままでは使えないと喝破していた。情報産業の一つであるゲーム制作会社で働いた私が、その意味を痛感したのは、すでに二一世紀になってからのこと。そこでは、相変らず従来のものづくりと変わらない発想で組織が運営され、労働のスタイルが決まり、原価計算が行われていた。知的生産や情報生産に対して、それにふさわしい評価のモノサシが必要ではないかという梅棹さんの問題提起は、残念ながらなおも有効であり続けている。

言語
よりよい意思疎通の道具をめざして

『実戦・世界言語紀行』（岩波新書）に記されているように、梅棹さんは、チベット語、モンゴル語、ペルシャ語、フランス語、スワヒリ語、スペイン語と、民族研究で訪れた先の言語をそのつど習得しようと努めた。外国語を学ぶことは母語をよく知ることでもある。彼は、言語をそうした網の目のなかで考えたに違いない。

さて、自分が使う道具をしっかり点検し、必要に応じて改良するという梅棹さんの態度は、言語についても適用された。なにしろ言語とは、民族学者にとって重要な道具であり、さらに論文という手段で研究結果を執筆・公開する学者にとって、最大の道具である。その道具を、もっと使い勝手のよいものにしようと考えるのは、当然のこと——と言いたくなるのだけれど、実際にはそれほど当然ではないようだ。日本語という言語そのものについて、「これで万全か？」と問い糾すこと自体、むしろ珍しいことかもしれない。

よく知られているように、梅棹さんは、日本語表記についてローマ字を使おうと提唱し続けた。要するに、漢字表記を止めようではないかという次第。これは初めて聞くとぎょっとするかもしれない。しかし、明治この方、連綿と議論され続けてきている大きな問題である。そう、大きな問題なのだ。

　なぜ漢字を止めようというのか。梅棹さんの議論はさっぱりしている。より正しく、より平明に日本語を表記して、使い勝手がよく、さらには日本語を母語としない人びとにも習得しやすくしようではないか、ということだ。なんなら子どもはもちろんのこと、大人、もっと言えば知識人と呼ばれる人たちに、少しまとまった日本語の文章を音読させてみるといい。きちんと正しく読める者がどれだけいるだろうか。加えて、ワープロやパソコンの日本語入力が発展し、人びとはどうかすると自分では書けもせず、読めもしない漢字を書いて平然としているではないか。それでは、意思疎通のための文章を書き、ことばを使うことはおぼつかない、というわけである。

　一理ある。けれども、漢字を止めてローマ字にしてしまえという議論は、いかにも過激だ。私もこの点については、なかなか首肯できない。自分が習い使ってきた漢字かな混じり文というスタイルに、おそらく愛着を覚えているからだろう。しかし、梅棹さんは、「それは古代中国（漢語）かぶれやな」と容赦がない。そして返す刀で、「このまま行くと今度は英語かぶれやで」と斬る。要するに、日本語ローマ字表記化は、脱古代中国、脱英語帝国主義の方策でもあるというのだ。

　これについては、人によっていろいろ異論があると思う。私もあれこれ気になることがある。しかし、ここでもまた見誤りやすいことながら、見落としてはいけないことがある。例えば、『日本語の将来――ローマ字表記で国際化を』（ＮＨＫブックス）を読み、「とんでもない！」と感じる人もあるだろう。しかし、そこで単に拒絶して終われば、いかにも詮無い。思考停止である。そうではなくて、ここは「ローマ字にするのはどうかと思うけれど、今の日本語表記は確かにまだ工夫の余地があるな。自分ならどうしようか」と考えを進める契機である。第一いろいろ言っても、パソコンやケータイでは、日本語をローマ字入力している人も少なくないだろう。「現在および未来の日本文明を運転してゆくための道具」として日本語や言語を捉えること。梅棹さんのローマ字文化という提言に賛成するにせよ、反対するにせよ、この問題提起自体は、真剣に受け止める必要がある。

著作網を編む
知の生態系

梅棹さんの著作を読んでいると、すぐに気付かされる特徴がある。もともと雑誌記事や単行本として出たものが、後に新版として再刊されたり、文庫化される際、文章の前後に新たな追記が施されていることが多いのだ。

文章の前には、その文章が、いつどのような経緯で書かれたのかといった背景や文脈の解説が置かれる。また、文章の後ろには、関連する自著の該当箇所などが紹介されている。この二つの追記によって、あいだに挟まれる文章は、かつて書かれたときの文脈から更新されて、梅棹さんの書いた文章全体がおりなす構築物のなかに編み込まれる。ときには、そこに自著への言及や書評などのリストも付けられている（例えば、文庫版『文明の生態史観』など）。

ひょっとしたら、かつて自分が書いたものに新たな衣を着せたり、自著同士の関係を示したり、評判を併記するなどといったことについて、一種の自己愛のように感じる向きもあるかもしれない。しかし、梅棹さんの自著に対する態度は、もう少しドライというか、「私」の含有率は低い。当人以外は鼻白むような自慢話の類とは一線を画している。

そんなことよりも、彼はおそらく、いまで言うところのハイパーリンクを駆使して、知の構築物をデザインしていたのである。ハイパーリンクとは、インターネット上に置かれたテキストや画像などの各種データ同士を結びつけ、一方から他方へ、あるいは双方向に参照できるようにするという発想で、現在のウェブに応用されている。

梅棹さんは、ウェブが普及するはるか以前から、自分の文章が雑誌から書物へ、書物から新たな書物へと転載されるつど、そうした文章が書かれた文脈を語り直し、末尾に他の著作へのリンクを張り巡らせてきた。それはまさに、そのままではバラバラにしか見えない文章群にわたりをつけて、一種のネットワーク状の構造物をつくりだすことに他ならない。この構造物は、絶えず手を入れられて、ダイナミックに変化を繰り返しながら、個々の文章に対して大きな文脈を与える役割をも果たしてきたのである。ここにもマクロとミクロの相互関係を、一種の生態系として捉える発想が貫徹している。

「著作目録をつくる」(『情報管理論』、岩波書店)という文章で、なぜ日本では自分自身の情報化をきらうのか、よく分からないが、そこには「情報シャイネスの傾向」があるかもしれないと推測している。この文章が書かれたのは一九七九年のこと。現在では、多くの研究者がネット上に詳細な業績一覧を掲げており、時代は梅棹さんに追いついたと言うべきか。

おわりに

ウメサオマンダラ

梅棹さんの著作に触れるたび、思い出す言葉がある。彼は、「文明の生態史観」を書くにあたって、これは自分なりの「この世界についてのデッサン」だと言った。世界をデッサン（素描）してみるとは、何と素敵な言い回しだろう。画家は、デッサンを繰り返しながら、やがて着手する絵画の手応えを探る。ときどき思う。梅棹さんの仕事全体は、この世界、あるいはこの地球を写そうとした一個のマンダラだったのではないか、と。つまり、曼荼羅が仏教の世界観を凝縮した図像で表したように、梅棹さんの仕事の全体もまた、世界を写し取ろうとする試みではなかったかと思う。そんなことを念頭に置きながら、ここでは、その膨大な仕事の一部を垣間見てきた。

マンダラの作者はこの世を去った。だが、マンダラそのものは、そうしたいと思えば、いつでも試み、写し、手を加え、さらなるリンクを施し、ますます細部を生い茂らせ、その全体を豊かにすることもできるはずだ。そう、まさに梅棹さんが常にそうしていたように、自分が解きたい問題に合わせて、使い心地のよい道具をあつらえながら。

そのためにも、梅棹さんの著作相互のあいだに張り巡らされているリンクとそのネットワークを、さまざまに眺め、操作し、著作を閲読できるようなソフトウェアをこしらえてみたらどうか、などとつい夢想する。そこには、諸部分が相互に照応しあって一つの全体となった真の「ウメサオマンダラ」とでもいうべきものが姿を現すに違いないから。

BOOK LIST

- 梅棹忠夫、吉良竜夫共著『生態学入門』講談社学術文庫
- 梅棹忠夫『モゴール族探検記』岩波新書
- 梅棹忠夫『近代世界における日本文明——比較文明学序説』中央公論新社
- 梅棹忠夫『二十一世紀の人類像——民族問題をかんがえる』講談社学術文庫
- 梅棹忠夫『知的生産の技術』岩波新書
- 梅棹忠夫『情報の文明学』中公文庫
- 梅棹忠夫『実戦・世界言語紀行』岩波新書
- 梅棹忠夫『日本語の将来——ローマ字表記で国際化を』NHKブックス
- 梅棹忠夫『文明の生態史観』中公文庫
- 梅棹忠夫『情報管理論』岩波書店
- 『梅棹忠夫著作集』全22巻＋別巻、中央公論社

テーマ別ブックガイド

未知を求め、世界に驚く——ドリトル先生の物語世界

ドリトル先生の物語は楽しい。そして、懐が深い。読む度に新しい発見がある。なにがそうさせているのだろうか。巧みな物語の構成はもちろんのこと、物語世界を成り立たせている道具立てや世界観に秘密がありそうだ。

ここでは、舞台設定や、作品の通奏低音である博物学に注目しながら、この物語に張り巡らされているものの見方を読み解いてみたい。

科学技術と博物学の時代

ロフティングが、ドリトル先生物語の舞台に選んだのは、一九世紀半ばのイギリス。いわゆるヴィクトリア朝（一八三七―一九〇二）の時代。作中で年代に触れた数少ない一行に、一八三九年

という数字が見える。

じつはこれ、なかなか絶妙な設定だ。最初の巻が刊行されたのは一九二〇年のこと。つまり、およそ八〇年前に舞台を設定している計算だ。大正に江戸後期のことを書くようなものだろうか。

では、そのこころは？　ポイントは二つあると思う。

一つは科学技術の状況。もう一つは博物学を巡る状況。この二つのことは、物語を成立させる上で大きな意味を持っている。まず、これについてお話ししよう。

こと一九世紀から二〇世紀にかけて、科学技術の進展とともに、電信、自動車、写真、映画、蓄音機、電話、冷蔵庫などさまざまな道具が登場している。既にそうした道具に囲まれている現代人には分かりづらいのだが、これらの道具が発明され、普及するつど、人々の生活は大きく変化してきた。ドリトル先生の時代は、ちょうどこうした技術や道具が登場する前夜、あるいはまだ普及していない時代であることに注意しよう。

例えば、移動手段は、もっぱら徒歩と馬車。鉄道もあるにはあるけれど、まだ珍しいものだったとは作中の言葉。帆船で行く海は、灯台と星々、それに熟練した船乗りの経験が頼り。しかも海賊がうろうろしているので剣呑だ。冷蔵手段もないから、食糧の維持にも一苦労。電気もなくて、夜になればロウソクで明かりをとり、読書には鯨油ランプを使う。新聞記者は、写真の代わりに写生の筆を走らせる。ようやくモールス信号が発明されようかという時代で、ケータイはおろか電話もない。遠くの誰かとやりとりしたかったら、手紙を書いて送り出すのが基本。

また、一九世紀半ばは、イギリスにおいて、博物学が「黄金時代」を迎えた時期でもあった。

貴族から労働者まで、あらゆる階級の人々が、あげて博物学に熱狂したというのだから驚きだ。発見を求めて海外への探検も盛んに行われた。そう、世界はいまだ知られざるもので充ち満ちていた、そんな時代なのである。

ドリトル先生という人

そこへ登場するのが、われらがドリトル先生。稀代の博物学者にして、世界中の動物で知らぬものはいないという動物のお医者さん。身長は一六〇センチ、体重は……ご本人の申告はないものの、イラストを見る限りでは、なかなかの恰幅。一八〇九年に北極へ旅行したという当人の証言からすると、五〇代半ばというところか。母語である英語は当然のこと、フランス語をはじめとする古今の人間語、加えてさまざまな生物の言葉に堪能な超多言語使用者（スーパーポリグロット）。主な研究領域は博物学で、歴史、人類学、地質学、数学、天文学、地理学にも通じている。ダーラムで医学博士号を取得。家には望遠鏡や顕微鏡、標本を収納した博物館を兼ねた研究室、書物でいっぱいの図書室、動物園でもある広い庭があり、ちょっとした研究機関のよう。性格はいたって温和。どんな問題が持ち上がっても、滅多なことでは怒ったりせず、さてどうするか、と向き合ってゆく。フルート演奏と庭いじりを愛し、お金とご近所づきあいが苦手。そして、なによりも森羅万象に深い興味を寄せて、未知の世界に目がない。研究テーマと書きたい本が山ほどあって、時間がないのが大いなる悩み。

藪医者？　いいえ、名医です

ところで気になるのが先生の名前――ジョン・ドリトル。ドリトルは英語で記せば、Dolittle。辞書を引くと「怠け者」と見える。医者に向けて使われると、さしづめ「藪医者」とでもなろうか。

他方、ジョンとは英米圏ではよくお目にかかる名前だが、これが医者で動物好きとなれば話は別。イギリス史上屈指の畸人の一人、ジョン・ハンターを思い出さずにはいられない。ドリトル先生から遡ること一〇〇年、一八世紀に実在した外科医にして博物学者である。

一八世紀の医学では、現代から見ると、治療というより荒療治と言いたくなるようなことが少なくない。例えば、瀉血（しゃけつ）と言って、患者の血管を切り開いて「悪い血」を出すという「治療法」が採用されていた。これに対してハンターは、無数の解剖と実験、つまり、自分の目と手で確かめた経験に基づいて治療を行った。時代に先駆けた近代的発想である。その彼は弟子のジェンナーに宛てた手紙のなかで、ある病気の治療について「なにもしない（dolittle）のが一番だと思う」と述べている。変なことをして悪化させるくらいなら、ドゥーリトルという次第。

ハンターは、子供の頃から森羅万象について知りたがる人で、長じてからも、人体はもちろん、博物学的な好奇心をいだき続けた。そのため、医業で稼いだお金は右から左へと標本コレクションに使っていつも金欠だったらしい。また、ハンターはたくさんの動物を集めて、庭を動物園にしていたという。ちなみに身長は五フィート二インチ（約一六〇センチ）で、丸い顔をしている。ドリトル先生のモデル候補に数えられるのも頷ける。

やはり名医であるドリトル先生は、その腕前を見込まれて、ご近所はもちろん、アフリカや月から呼ばれることになる。困っている動物を放っておけない先生のこと。すぐさま駆けつけようとして、結果的には冒険に出ることになるのであった。そうそう、つい忘れがちだけれど、先生は「もともと、人間の医者だったのだ」。

博物学の黄金時代

さて、博物学である。「博物」という語は、古く晋代中国の書『博物志』などに見え、日本にも伝わっていた。ただしこれは、いわゆる博物学とは異なり、自然だけでなく人工物も含む事物を博く知るという意味だ。明治前後に、西洋からnatural historyが移入されるに当たって、これを「博物学」と訳したらしい。naturalは「自然」。historyは「歴史」でもよいのだが、ギリシア語のἱστορίαという語源に戻って「問い直し、知る」と捉えれば、いっそう腑に落ちる。要するに、この世界、森羅万象を知ることが、博物学の目的である。

西欧における博物学の歴史は古い。自然全般はもちろんのこと、動物の生態や生理についても詳しく研究したアリストテレスは『動物誌』をはじめとする書物も残しており、最初の博物学者と言っても過言ではない。以後、その弟子で『植物誌』を著したテオフラストス、大プリニウス、コンラート・ゲスナー、アルドロヴァンディ、ジョン・レイ、ビュフォンなどなど、一九世紀に至るまで、ここに名前を列挙するだけで紙幅が尽きてしまうほど多くの博物学の試みがなされてきた。ときにはドラゴンや人魚といった架空の生物まで扱ったりしながら、ともかく無限にも思われる多様な自然を知り、蒐(あつ)め、記述し尽くしてしまいたいという営みである。同時に、なぜこれほどにまで多様な生物が存在しているのかを説明しようとする仮説の歴史でもある。

ことに、一八世紀から一九世紀にかけては、荒俣宏氏がいみじくも「大博物学時代」と呼ぶように、博物学が大きな躍進を遂げてゆく。リンネがシンプルかつ応用の利く植物の新しい分類法を唱え、キュヴィエが動物を新しい見方で分類し、生物を混乱なく記述するための基礎を築いた。その延長上で目下学名が与えられている生物種は二〇〇万種ともいうけれど、実際にはこの何倍にも及ぶ生物が存在していると考えられている。

他方では、生物種は神が創造したままに固定したものなのか、時間の流れの中で新たに生じたり、変化してゆくものなのか、という発生や進化を巡る議論も喧(かまびす)しくなり、諸説が入り乱れる。要するに、聖書の解釈をめぐる争いでもあるわけで、このことは、一九世紀イギリスにおける博物学熱を重ねてみると、いっそう興味深い。この熱狂を幾重にも検討したリン・バーバーによると、当時、どの新聞にも博物学紙面があり、博物学本は、大人気のディケンズに迫る売れ行きだったという。なぜそんなに流行したのか。その気になれば、だれでもとりかかれる退屈しのぎであるのはもちろんのこと、自然をよく知ることは、それをつくった神を敬うことでもある、つまり敬神が口実にもなっていた。娯楽と敬神のいずれが本当の動機かはさておき、こうした状況から、やがてダーウィンの『種の起源』(一八五九)と、それを巡る激しい論争が巻き起こるわけだが、その余波はいまだに収まっていない。

ドリトル先生の物語は、このようにいろいろな意味で、博物学が盛り上がりを見せ、最も活気づいていた時代を舞台に選んでいるのである。

未知との遭遇を求めて

博物学はいわば未知を求める学問。それだけに、どうやって未知と遭遇するかということが大きな問題である。

手っ取り早いのは、見知らぬ場所に出かけてゆくことだ。実際、博物学と旅行は縁が深い。例えば、クック船長の航海には、博物学者のジョセフ・バンクス（第一回）やゲオルク・フォルスター（第二回）が同行。そのクックの継承者を任じていた大博物学者アレキサンダー・フォン・フンボルトとエメ・ボンプランは五年にも及ぶ南米旅行を敢行。フンボルトに傾倒したチャールズ・ダーウィンは、英国海軍の調査船ビーグル号に乗り込んだ。大航海時代以前から、数々の探検によって世界地図は塗り替え続けられていたが、一九世紀になっても、ヨーロッパ人にとってアフリカや南米は、いまだ空白の多い想像の世界にとどまっていた。

ドリトル先生もまた、パドルビーの家にじっとしていることは少ない。アフリカに渡って動物たちと共に探検し、現地の人々と暮らすかと思えば、地上に飽きたらず、「ゆきたいなあ。ブラジルから欧州までの、全海底を調べるために！」と海底を行き、さらには月にまで出かけてゆく。行く先々で博物学調査に没頭するのは言うまでもない。ところで、ドリトル先生と同じ時代を生きたジュール・ヴェルヌは、当時の科学知識を駆使した連作小説「驚異の旅」八〇篇を書いて、アフリカや極地をはじめ、空や海底、地下世界や月世界まで、世界の津々浦々へと主人公たちを送り込んでいる。ドリトル先生がすごいのは、そうした場所を自分で踏破している点だ。もちろん、博物学の愛ゆえに、である。

はじめに言葉ありき

ドリトル先生の博物学を豊かにしているのは、その言語への取り組みだ。オウムのポリネシアに動物語の初歩を習って以来、イヌ、ブタ、アヒル、ネズミ、ウマ、スズメ、アシカ、イルカ、サメ、カメ、さらには、昆虫語、植物語と、手当たり次第に学んでいる。先生が語学に熱心なのは、生物たちの言うことが分かれば、診療や生活環境の改善に役立つからであり、同時にまた、先生自身の尽きることのない知識欲にも大いに貢献するからだ。そうして習得した言語を活用してどんな相手であれ、質問を投げかけながら、その話にじっくり耳を傾け、大事なことをノートに記す。

言語に対するこの姿勢は、人間の言葉に限っても示唆的だ。未知の言語を一つ読めるようになることは、そのまま世界を見る目を多重化することに他ならない。インターネットの普及によって、部屋にいながらにして世界各国の言語で書かれた情報に触れられる現在ならなおのこと。わけてもこの技能が、最大の力を発揮するのは、人間には及びもつかないほど長い時間を生きてきた生物、歴史の生き証人と話す場合だろう。ドロンコという、ノアの箱船に乗っていたこともあるカメとの会話が好例。先生は、ドロンコから、『旧約聖書』に書かれたノアの箱船の逸話を、動物視点の別ヴァージョンで聞き、当時の音楽まで採譜している。言語によって、空間旅行のみならず、過去への時間旅行もしているのである。

現実の動物研究でも、ドリトル先生の域には達していないものの、動物の言語や感情という側面に光が当てられている。

エコロジー小説としてのドリトル先生

ドリトル先生の物語は、単に動物を擬人化したものではない。それは、物語のいたるところで、その動物にしかなしえないことが活写されているのを見てもわかる。イヌのジップが「こんなにおいなど、どんな駄犬だって、かぜひいていても嗅げるんです」と誇らしげに言って、行方知れずの人を匂いで探したりするのは序の口。昆虫とも話せるようになった先生は、「スタビンズ君。博物学の部門では、ゲンゴロウでなければ観察できぬような、さまざまの問題があるのだよ」とまで言ってのけている。

動物の種類が違えば「同じ」環境でも「異なる」ものに感知されると喝破したのは、生物学者ユクスキュルで、彼はこれを「環世界（ウムヴェルト）」と呼んだ。ドリトル先生の物語では、いわば登場する動物の数だけ異なる環世界が重なり合っている。こうした動物たちの間には、食べ物から快適に感じる条件まで、あらゆる違いがあり、互いに食物連鎖という関係にもある。

ドリトル先生は、生物が「命を保つために、生きておるものを殺すということ」、博物学者が特定の生物を救おうとすれば、他の生物から食べ物を奪うことにもなる、という生態系（エコシステム）の理（ことわり）を深く認識した上で、「みんなの力が、うまく平均しておる世界」を思い描きもする。そのための最大の問題は、人間による一方的な動物の支配から、動物の権利を守ることだ。先生はときとして、そのために闘うことも辞さない。このように、ドリトル先生物語は、一九世紀から二〇世紀を費やして、ようやくゆっくりと認識されるに至ってきたエコロジー（生態学／自然保護）の考え方を、早い段階で捉えた書物としても読めるのである。

寄ってらっしゃい、見てらっしゃい

ドリトル先生の物語には、あちこちにサーカスが顔を出す。最初の本である『アフリカゆき』の冒頭では、パドルビーの町にサーカスがやってくる。後にはドリトル先生と動物たちがサーカスを主宰するし、月から帰って身長が大きくなりすぎたスタビンズ少年は、しばらくサーカス一座で見世物に出てお金を稼いだりしている。イギリスは、一八世紀半ばに、曲馬を中心とする近代的なサーカスをいち早く始めた国でもある。作中でも、民衆の大きな娯楽として描かれている。

オールティックの大著『ロンドンの見世物』を繙（ひもと）くと、博物館、パノラマ、幻燈機械（マジックランタン）、動物園といった見世物が、次々と案出され、未知を求める人々を楽しませた様子を垣間見ることができる。そうした興行の一つに、動物劇なるものがあるのだが、これまたしっかりドリトル先生物語に登場する。一つは、動物たちが、「どんな種類のことが人間におもしろいか」を議論して作り上げた無言劇。もう一つが「カナリア・オペラ」。自らフルートを吹き、「音楽には常から興味を持っておった」というドリトル先生は、鳥の歌についての本を書くほどの人。彼は、カナリアの経験を基にして、彼女を歌い手とするオペラを作曲・上演する。クラシック音楽に関心のある向きは、二〇世紀になって、オリヴィエ・メシアンが、鳥の声を採譜し、自らの音楽に取り入れたことを思い出すかもしれない。

ロフティングは、ご丁寧にも聴衆の中に、かのヴァイオリンの名手パガニーニを入れて、この人間と動物の共作が、単に人間のご機嫌をとるものでなく、「やさしくて、素朴で、自然」と賞讃せしめ、さらには人間の耳には聞こえない音域まで入れてあることを指摘させている。そう、これもまた、その動物にしかなしえないことの好例なのである。

驚きから始まる

ドリトル先生の世界を支えるいくつかのポイントを眺めてきた。先生を冒険に誘い、数々の苦難を乗り越えさせたのは、分け隔てない動物たちへの友愛の気持ちと、世界についての飽くことのない好奇心だった。自然について、過去について、まだ知らないことを知りたい。その一念に先生は動かされる。彼を動かずにはいられなくするものを、レイチェル・カーソンに倣って「センス・オブ・ワンダー」と呼んでもよい。そう、驚くことだ。

この感覚はたぶん人類の歴史とともに古い。かつて古代ギリシアの哲学者プラトンと、その弟子のアリストテレスは、口を揃えて、哲学は驚くことから始まると述べている。

哲学などと言えば、なんだか小難しいことのようだけどさにあらず。哲学とは元を正せばフィロソフィア、知（σοφια）を愛好する（φιλεω/φιλο-）ということ。言ってしまえば、世界という尽きせぬ謎に向き合って、それを知りたい、賢哲でありたいと希う（こいねが）態度である（だから当初、希哲学と訳された）。その哲学、知りたい気持ちは、驚きからこそ生まれるというのが面白い。では、驚きはどこから生まれるか。たぶんそれは、「無知の知」からやってくる。このことを説き続けたのがプラトンの師、ソクラテスであったのは宜（むべ）なるかな。

それもそのはず、人は知っているつもりのことについては、知りたいと思えない。自分が知らないと自覚しているからこそ、探究したい気持ちをそそられもする。そういう意味では、ドリトル先生ほど無知の知を自覚し抜いた人物もちょっとその辺にはいないだろう。スタビンズ君が、母親に「動物のことは、何もかも御存じの先生です」と紹介すると、先生はすかさず訂正する。「いや、ちがう。スタビンズ君、けっして何もかも知っているわけではないのだよ」。これはただの謙遜ではない。先生は心底そのことを痛感している。これが好奇心の源泉であり、知らないからこそ驚き、疑問を懐（いだ）く。

「私は疑問を持つことが大好きだ。なぜならそれは、重要なことを学ぶきっかけになると思うからだ」とは、ジョン・ハンターの言葉だが、ドリトル先生もきっと我が意を得たりと大きく頷くことだろう。そのコツは簡単なようでいて難しい。スタビンズ君によれば、「先生はどんな問題でも、まえもってこうだときめてかかるようなことをしませんでした。新しい問題を見つけると、まるで子どものようなすなおな心でそれに向かうので、新しい知識がすらすらと頭にはいり、それを人にもわかりよく説明してやれるのでした」。要するに偏見から距離を置くことだ。先生が、どうしてご近所づきあいを嫌ったのかもここから分かる。彼らは、先生がなにをしているかも知らぬまま、自分に分からぬ人物を噂し合い、「変人」のレッテルを貼って分かったことにしてしまう。これほど知から遠い態度はない。

「恐れというものは、たいてい無知からくるんでございます」と、賢(さと)いフクロウのトートーは人間を評す。もう少し言うなら、無知の無自覚が人間の恐れや不安を生むのである。これを裏返せば、無知の知をもつ先生が、未知や他者に恐れと偏見を懐かず、向き合うのも得心がゆく。その好奇心の対象が、博物、森羅万象であることは伊達や酔狂ではない。世界を知れば知るほど、世界が無数の存在物や関係から成り立っており、人間や自分はその一員であることを思い知らされる。ドリトル先生という人が、自己中心的で傲慢な人間から最も遠く、ともすると利己主義と手を携え易(やす)いお金とそりが合わないのも、このためである。

そんな先生になにより足りないのは時間だ。

「けんかは、やめなさい！　人生はみじかいんだ」。そんな閑(ひま)があったら、もっと世界に驚こうではないか。なにしろ、まだまだ宇宙は謎だらけなのだから。あらずもがなのことは、Do Little なのである。

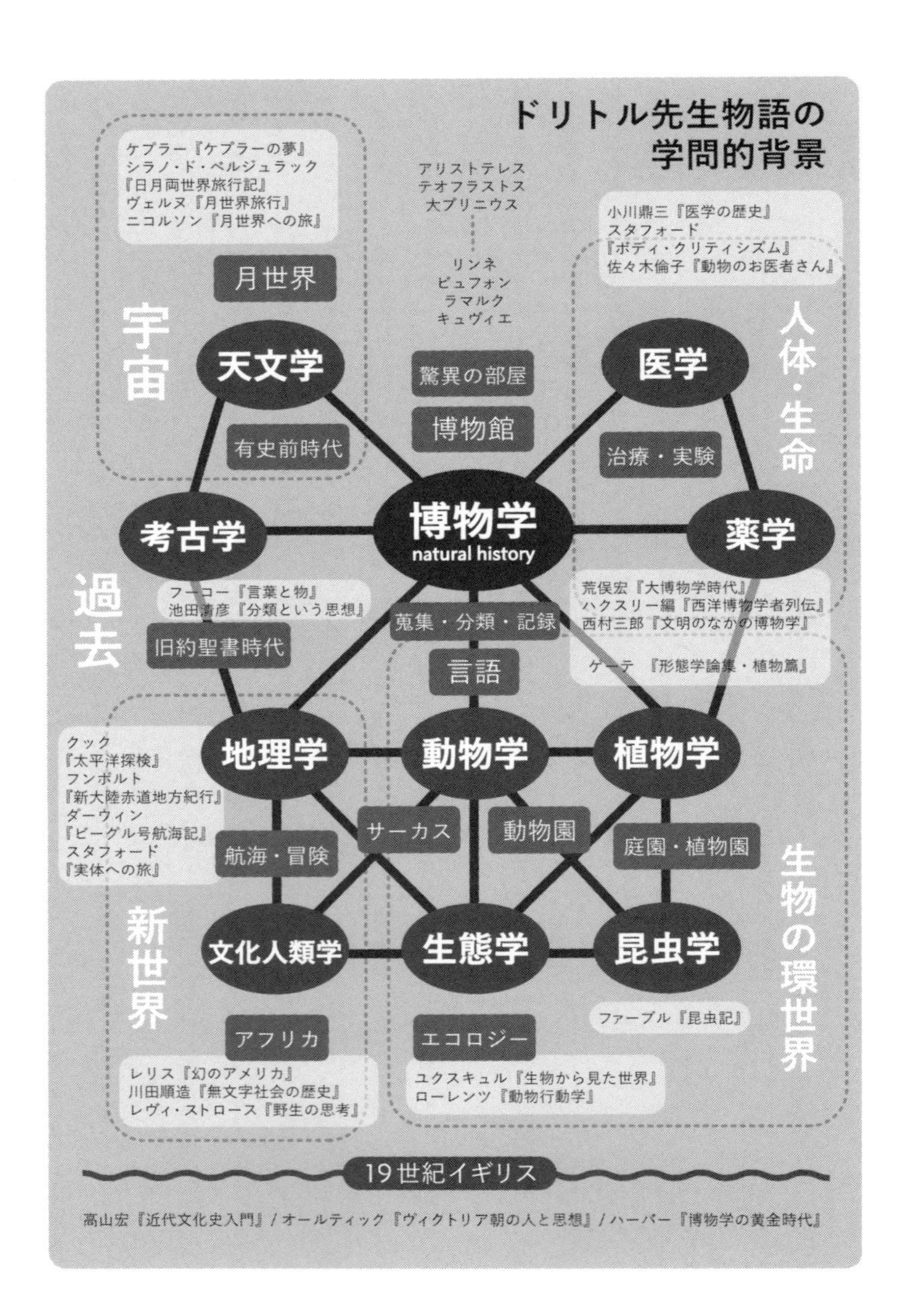
ドリトル先生物語の
学問的背景
ケプラー『ケプラーの夢』
シラノ・ド・ベルジュラック
『日月両世界旅行記』
ヴェルヌ『月世界旅行』
ニコルソン『月世界への旅』
アリストテレス
テオフラストス
大プリニウス
リンネ
ビュフォン
ラマルク
キュヴィエ
小川鼎三『医学の歴史』
スタフォード
『ボディ・クリティシズム』
佐々木倫子『動物のお医者さん』
月世界
宇宙
天文学
驚異の部屋
博物館
医学
人体・生命
有史前時代
治療・実験
考古学
博物学
natural history
薬学
過去
フーコー『言葉と物』
池田清彦『分類という思想』
荒俣宏『大博物学時代』
ハクスリー編『西洋博物学者列伝』
西村三郎『文明のなかの博物学』
蒐集・分類・記録
旧約聖書時代
言語
ゲーテ 『形態学論集・植物篇』
クック
『太平洋探検』
フンボルト
『新大陸赤道地方紀行』
ダーウィン
『ビーグル号航海記』
スタフォード
『実体への旅』
地理学
動物学
植物学
サーカス
動物園
庭園・植物園
航海・冒険
生物の環世界
新世界
文化人類学
生態学
昆虫学
ファーブル『昆虫記』
アフリカ
エコロジー
レリス『幻のアメリカ』
川田順造『無文字社会の歴史』
レヴィ・ストロース『野生の思考』
ユクスキュル『生物から見た世界』
ローレンツ『動物行動学』
19世紀イギリス
高山宏『近代文化史入門』/オールティック『ヴィクトリア朝の人と思想』/ハーバー『博物学の黄金時代』

BOOK LIST

- ジャン＝ポール・ドキス、フィリップ・ド・ラ・コタルディエール監修『ジュール・ヴェルヌの世紀 科学・冒険・《驚異の旅》』私市保彦監訳、新島進、石橋正孝訳、東洋書林
- 谷田博幸『図説ヴィクトリア朝百貨事典』河出書房新社
- 荻野昌利『歴史を〈読む〉——ヴィクトリア朝の思想と文化』英宝社
- ウェンディ・ムーア『解剖医ジョン・ハンターの数奇な生涯』矢野真千子訳、河出書房新社
- ロバート・ハクスリー『西洋博物学者列伝——アリストテレスからダーウィンまで』植松靖夫訳、悠書館
- 荒俣宏『大博物学時代——進化と超進化の夢』工作舎
- リン・バーバー『博物学の黄金時代』高山宏訳、国書刊行会
- ピーター・レイビー『大探検時代の博物学者たち』高田朔訳、河出書房新社
- ポーラ・フィンドレン『自然の占有——ミュージアム、蒐集、そして初期近代イタリアの科学文化』伊藤博明、石井朗訳、ありな書房
- フェリペ・フェルナンデス・アルメスト『世界探検全史——道の発見者たち』上下巻、関口篤訳、青土社
- ヘルマン・シュライバー『航海の世界史』杉浦健之訳、白水社
- バーバラ・M・スタフォード『実体への旅——1760年—1840年における美術、科学、自然と絵入り旅行記』高山宏訳、産業図書
- J・M・マッソン、S・マッカーシー『ゾウがすすり泣くとき——動物たちの豊かな感情世界』小梨直訳、河出文庫
- デヴィッド・ドゥグラツィア『1冊でわかる動物の権利』戸田清訳、岩波書店
- 青空大地『昆虫探偵ヨシダヨシミ』講談社
- ユクスキュル、クリサート『生物から見た世界』日高敏隆、羽田節子訳、岩波文庫
- エヴゲニイ・クズネツォフ『サーカス——起源・発展・展望』桑野隆訳、ありな書房
- R・D・オールティック『ロンドンの見世物』全3巻、小池滋監訳、浜名恵美、高山宏、森利夫、村田靖子、井出弘之訳、国書刊行会
- アルムート・レスラー『メシアン想像のクレド——信仰・希望・愛』吉田幸弘訳、春秋社
- プラトン『テアイテトス——知識について』渡辺邦夫訳、ちくま学芸文庫

ひとは旅する動物である
紀行ブックガイド５０００年

古代世界の旅

まずは思い切り時計の針を巻き戻してみよう。古代文明では、すでに旅の痕跡が文字として記録に残されている。世界最古の文学とも言われる古代メソポタミアの『ギルガメシュ叙事詩』は、「すべてのものを国の〔果てで〕見たという人」英雄ギルガメシュの苦難の旅を描いている。そういえば『オデュッセイア』に歌われる堅忍不抜の英雄オデュッセイアが遠征先のトロイアから故郷を目指す踏んだり蹴ったりの航海も、王様の無茶振りでドラゴンが守る金羊皮を取りにいくはめになるアイソンの旅の顛末を語った『アルゴナウティカ』もそうだけれど、古代の旅はとかく命がけというイメージがつきまとう。

では実際のところ古代人たちはどのように旅していたのかということなら、まずはカッソンの名著『古代の旅の物語』を繙きたい。すると紀元前一二〇〇年代には、既にエジプトのピラミッドが観光名所になっていたなんて書いてある。旅の目的も公用、商売、戦争、物見遊山と多様で現代人と大差ない。同書は、紀元前三〇〇〇年のオリエントからローマ時代まで、誰がなんのために旅をしたのか、旅路の宿屋や料理屋、観光名所や旅行のコースに至るまで古代世界の旅の諸相を浮かび上がらせている。

巡礼・宗教の旅

そうはいっても旅は危険な営みだ。なにしろ住み慣れた場所を離れるのだから、慣れない水や食べ物にあたり、気候の変化に弱り病を患い、盗賊や海賊に襲われ、馬車は転倒し船は遭難する。かつて旅に出ることは死を覚悟してのことであり、人は旅立つに先立って遺書を認めた。どうしてそんなに危険な旅に出るのか。人はなにに駆り立てられるのか。古今東西、信仰はそうした強力な動機の一つであった。

例えば、ヨーロッパでは聖地詣での巡礼が盛んに行われていた。オーラーの『巡礼の文化史』は、巡礼の内実が実に多様であることを教えてくれる。行き先候補は無数にある（聖人や聖遺物はあちこちにある！）のに、人はどうやって特定の土地を選ぶのか。あるいは時代時代の巡礼反対者が言ったように、そもそもどこにいようと神に呼びかけられるのに、どうしてわざわざ巡礼に出るのか。そういえば塩野七生が『十字軍物語』で活写する歴史に悪名高い十字軍は、言うなれば武装した物騒な巡礼である。

また、イエズス会に代表される布教活動は、アフリカ、アジア、ラテンアメリカと、まさに世界を股にかけており、彼らが記した各地の地誌や文化誌やそれを報じた書簡は当時の世界を知るための得難い史料だ。その活動の広がりと足跡については、バンガートの労作『イエズス会の歴史』で確認できる。

目を東洋へ向ければ、これもまた無数の宗教者たちが命がけで旅をした痕跡が残されている。『西遊記』の三蔵法師のモデルとしても知られる唐僧玄奘法師は、仏跡を辿ってインドに赴き、六五七部に及ぶ経論を手に長安へ帰るまでの異国見聞を『大唐西域記』に口述している。同書には仏教に関わることのみならず、訪問先について土地の広さやその地勢、産物、気候風土、風俗、文化、政治、軍事、教育といったことが誠に簡潔に記述されている。

もう一つ旅行記の宝庫であるイスラーム圏からは一二世紀の人イブン・ジュバイルが巡礼の旅の様子を綴った『イブン・ジュバイルの旅行記』を挙げておきたい。アンダルシアを後に、アレクサンドリアを経由して、メッカへと至って帰るその旅の記録は、行く先々の街や人びとの様子を彷彿とさせる。ジュバイルがときどき壮麗な神殿などを前にして、描写する言葉を失う様を見るにつけても、旅が驚異と遭遇する機会でもあることが感得されるのである。

貿易・冒険の旅

立場や動機が違えば目に入るものも自ずと違ってくる。ヴェニスの貿易商人の息子マルコが語った『東方見聞録』は、彼が父たちと共に元朝に仕えた一七年を入れて都合二五年にわたるユーラシア大陸横断大旅行の記録。異国の地理や文化に加えて、土地土地の産物や商品に目が行っているのが抜け目なく、その根っからの商魂につい笑ってしまう。

さて、世界史の教科書でもお馴染みの大航海時代には、一五世紀頃からポルトガルやスペインが着手したアフリカ探検や新航路の発見、香辛料貿易、植民地獲得・支配といった目的に促されて人びとが「新世界」の「発見」に勤しんだ。ヴァスコ・ダ・ガマ、コロンブス、マゼランといった名前は誰もが知るところだろう。また、西洋でも印刷術が発展し、冒険や旅行から帰った人々の手記や記録が印刷にかけられ広く読まれ始める時代でもある。

ここでは個別の書物ではなく、そうした航海記や旅行記の数々を日本語で読ませてくれる一大叢書をご紹介しておきたい。岩波書店が一九六〇年代から刊行している「大航海時代叢書」（第一期全一二巻、第二期全二五巻、エクストラシリーズ全五巻）、「アンソロジー　新世界の挑戦」（全一三巻）、「17・18世紀大旅行記叢書」（第一期全一〇巻、第二期全一一巻）、「シリーズ世界周航記」（全九巻）である。シリーズ世界周航記の別巻『新しい世界への旅立ち』には、これら叢書全体の検討や厖大な旅行記を集めたハクルート叢書の紹介があり、これから読んでみようという読者にもよき道しるべとなるだろう。

こうした記録を読むにあたっては、個々の書物もさることながら、例えばフェルナンデス＝アルメストの『世界探検全史――道の発見者たち』のような書物を座右に置くとよい。同書は異文化が互いに遭遇し交わる様子を、それこそ人類史の始まりから二一世紀のグローバリゼーションまでを視野に入れて眺望する野心作。人類が世界を認識する過程はその時代の地図に現れる。その点で、古代から近代までの地図の発展を辿る織田武雄『地図の歴史』（世界篇・日本篇）は少し古いながら、いまもって大きな流れを摑むのに好適である。

学問・留学の旅

人はときに未知との遭遇を求めて旅をする。その最たるものが学問の旅だ。ジェイムズ・クックの船には博物学者や科学者、芸術家が乗り組んでいた。そのクックの後継者たらんと、学術調査を目的とした南米遠征に出たのはアレクサンダー・フォン・フンボルトとエメ・ボンプランであり、フンボルトの旅行記に触発されて英国海軍ビーグル号で博物学調査に乗り出したのがかのチャールズ・ダーウィンであった。こうした知ることが冒険でもあった一九世紀ヨーロッパの学術旅行については、レイビーの『大探検時代の博物学者たち』に詳しい。

二〇世紀の人類学は、未知の世界を知ることとは否応なく己を知ることでもあるということを改めて私たちに教えている。マリノフスキの『西太平洋の遠洋航海者――メラネシアのニュー・ギニア諸島における、住民たちの事業と冒険の報告』は、トロブリアンド諸島において、私たちの社会とはまるで異なる交易の仕組み、クラと呼ばれる経済現象が見られることをつぶさに報告している。

レヴィ=ストロースが一九三〇年代に調査で訪れたブラジルと先住民たちの暮らしを収めた写真集『ブラジルへの郷愁』は、見るものを複雑な気持ちにせずにはおかない。そこに写るのは原初の姿をとどめた「未開人」ではなく、ヨーロッパ人の侵略と殺戮にさらされて退行しながらも生き続ける人の姿だというのだから。『悲しき熱帯』と共に繙きたい。

日本全国津々浦々をひたすらに歩いた民族学者宮本常一の著作は、そのほとんどすべてが旅と観察の記録といってよい。どの一冊を選んでもよいけれど、ここでは「民族の調査の中でいちばん大切なことはまず見ることである。あらゆることを見るのである」とその骨法を開陳した『旅にまなぶ』を挙げよう。同書には、日本の旅の歴史を論じた『旅の発見』や『庶民の旅』も収録されており、必ずや読者の旅を見る目を立体化してくれるだろう。

教育の一環としての旅は日本でも修学旅行が行われているけれど、一八世紀の英国では、貴族の若様がお伴や家庭教師を引き連れて、遊びと勉強の大旅行に出ることがはやっていた。本城靖久『グランド・ツアー』は、若様たちがパリや南仏、イタリアを巡りさまざまな「勉強」に精を出す珍道中を描き出す。外国かぶれですっかりへんてこな身なりで帰ってくる息子の姿に仰天する父親を描いた挿絵は、何度見ても笑いを誘う。果たして旅の効果やいかに。

海外の「進んだ」文明に学ぶということでは、明治維新前後の日本ほど国を挙げて邁進した例も少ないのではないか。幕府や新政府は数次にわたって欧米に留学生を派遣している。明治四年に米欧一二カ国の視察に出た岩倉使節団の記録『米欧回覧実記』をはじめ、興味の尽きない文献は多いけれど、ここではオランダ留学を経てヨーロッパ学術の移入に多大な貢献をした西周の「自伝草稿」をご紹介したい。同書は西の半生を描いたものだが、この中にオランダ留学の旅行記が含まれている。品川から浦賀、下田、長崎、バタビアを経て、海路はるばるオランダを目指す旅で、西は船内船外の出来事を丹念に書き留めており、「旅に学ぶ」人であることが窺える。

江戸の旅

日本古典文学の中世紀行文の文献を眺めていると、『土佐日記』や『とはずがたり』のようによく知られた作品の他に、藤原定家『後鳥羽院熊野行幸記』や叡尊の鎌倉行を弟子の性海が記した『関東往還記』など、もっぱらやんごとなき人びとや僧たちの公用や富士見の旅の記録が目立つ。江戸になると出版文化の進展もあってか、実際旅が増えたのか、道中記や紀行文が質量ともに増えてくる。それこそ落語の「大山詣り」ではないけれど、庶民の旅も目に入ってくるのだ。神崎宣武『江戸の旅文化』を読むと、講という積立金で団体旅行を企てたり、お伊勢参りを口実にその実楽しみのために旅したり、湯治に行ったりと、街道筋や宿場街の賑わいが目に浮かぶようだ。他方で芭蕉、菅江真澄、井上通女、伊能忠敬、吉田松陰と「大名から逃亡者まで30人の旅」を綴った高橋千劔破『江戸の旅人』や、温泉にテーマを絞ったユニークな紀行文アンソロジー『江戸温泉紀行』も併せて読みたい。

そんな旅人たちに愛読されたのが八隅蘆菴『旅行用心集』で、ここには書名の通り、旅に持ち出すものから暑さ寒さや病の対策、旅先ではやたらと他人を信じるなとか、日記は後先が続かなくてもよいからありのまま書いておけだのと言った注意事項まで、それは事細かに案内がしてあって現代でもそのまま役に立つことがいくらでも書いてある。

一〇〇点以上の紀行画を通覧させてくれる金子信久『旅する江戸絵画――琳派から銅版画まで』を脇に置けば、こうした江戸の風景もいっそうよく目に浮かぶというもの。

芸術の旅

『旅を糧とする芸術家』の書名があらわすように、芸術家にとって旅はなによりの糧となる。新たな画題との遭遇、巨匠の作品との対面、画商やパトロンとの社交など、旅は創作への刺激に満ちている。

数ある芸術家の旅行記のなかでも、デューラーの『ネーデルラント旅日記』の面白さは特筆に値する。なにしろデューラーときたら、几帳面にも日々の出費と収入をつけているのだ。通行税、食費、宿泊費、チップ、買い物、賭博の掛け金、作品の売却等々、旅をここまで経済面から眺められるのも珍しいのではなかろうか。訳者の前川誠郎氏はいみじくも「出納簿文学」と呼んでいるが、言い得て妙である。

芸術家は、余人にとってありきたりのものであっても、それを異化して見る目を持っているものだ。この点で放浪の画家山下清は群を抜いている。なにせ彼が発する一見素朴で至極もっともな問いは、見慣れた事物を当たり前ではないものに変えてしまうのだから。放浪と旅の日々を語った『日本ぶらりぶらり』と『ヨーロッパぶらりぶらり』は、史上最も気さくな文体で書かれた哲学の書かもしれない。

さすが物書きだけあって作家の紀行文は充実している。そのつもりで書店や図書館を歩けば、いくらでも見つかるが、これについては『現代日本紀行文学全集』『世界紀行文学全集』にとどめを刺す。いずれも明治この方日本の物書きや学者たちが記した紀行文を一堂に集め、行き先ごとに編集した頗(すこぶ)るつきの面白い叢書で読み飽きるということがない。

空想の旅

人は実際の旅のみならず、空想のうえでもあちこちへ出かけてゆく。例えば、書物を読むことや映画を観ることはいわば精神の旅である。その限界は想像の及ぶ範囲だ。例えば、『古事記』の黄泉巡りやダンテの『神曲』に見える地獄煉獄巡りは死後の世界への旅。アリス・ターナーの『地獄の歴史』を見ると、人類がこの不快であるはずの場所を想像することにどれほど熱を込めてきたかがよく分かる。

ウェルズの『タイムマシン』からクライトンの『タイムライン』まで、時間旅行記も枚挙にいとまがないほどで、いまやすっかり物語の定番。他方で宇宙旅行は夢ではなくなりつつある。実際に人類が宇宙へ飛び出す以前から、空想の世界で人は月へ旅していた。そうした文学の系譜を探るニコルソンの『月世界への旅』はこの方面で必読の素晴らしい一冊。ついでながら、宇宙旅行を予定している方にはカミンズの『もしも宇宙を旅したら——地球に無事帰還するための手引き』で予習をお勧めしたい。

トマス・モアの『ユートピア』は「どこにもない場所」であり、バトラーの『エレホン（Erewhon）』は「どこでもない場所（Nowhere）」だった。スイフトの『ガリヴァー旅行記』に代表されるように、古来哲学者や作家たちは、地上のどこにもない場所を設定して、それによって現実を批判するという一種の二枚舌の手法をさまざまに用いてきた。『ユートピア旅行記叢書』（全一五巻）はそうした水脈の豊かさを垣間見させてくれる好企画である。

想定外の旅

世の中には意図せぬ旅というものもある。デフォーの小説『ロビンソン・クルーソー』は、親元を飛び出して商売のために乗り出した海で遭難し、無人島に漂着するも、しぶとく生活環境をつくりあげて二八年を送った男の物語。

吉村昭は漂流記を題材にした小説を多くものにした作家だが、その彼が晩年に『漂流記の魅力』を書いている。これは、寛政五年（一七九三）に仙台藩の蓄米を運ぶために出航した若宮丸が遭難してロシア領に漂着し、一六人の乗組員がどうなったかという顚末を、後に書かれた調書『環海異聞』他に寄りながら追跡した書物だ。彼は『北槎聞略（ほくさぶんりゃく）』『時規物語（とけい）』『蕃談（ばんだん）』『東海紀聞』といった漂流記を、日本独自の海洋文学と位置づけている。なるほど、先が読めず変転する運命といったらこれ以上予想外の展開を見る旅もそうそうはないだろう。

おわりに
旅をするために

幸か不幸か人間はいろいろなことに慣れてしまう動物だ。慣れは思考や行動を自動化して効率を上げる半面、物事を見る目を鈍らせてしまいもする。動機や目的はなんであれ、どこかへ出かけてゆくことは、そうした慣れがそのままでは通用しない場に身を置くことでもある。いや、ものを見る目が新しければ、どこにいようと旅することができるのだろう。

さて、最後に次なる目的地（候補）をお示ししてこのガイドを終えよう。樺山紘一編『世界の旅行記101』は古今東西の旅行記一〇一冊を紹介するブックガイドでどんな旅行記があるかを知りたい読者にうってつけ。一六世紀から二〇世紀までの旅行記の歴史や地域ごとの旅行記について整理した論集 *The Cambridge Companion to Travel Writing* と、「ギルガメシュ叙事詩から世界観光旅行」まで、旅の歴史を辿るエリック・リードの『旅の思想史』も並べれば、大きなスケールで旅を眺望できる。それは人類史のもう一つの見方でもある。

それでは、よき旅路を！

BOOK LIST

- 『ギルガメシュ叙事詩』矢島文夫訳、ちくま学芸文庫
- ホメロス『オデュッセイア』上下巻、松平千秋訳、岩波文庫
- アポロニオス『アルゴナウティカ アルゴ船物語』岡道男訳、講談社文芸文庫
- ライオネル・カッソン『古代の旅の物語』小林雅夫監訳、野中春菜、田畑賀世子訳、原書房
- ノルベルト・オーラー『巡礼の文化史』井本晌二、藤代幸一訳、法政大学出版局
- 塩野七生『十字軍物語』新潮社
- ウィリアム・バンガート『イエズス会の歴史』上智大学中世思想研究所監修、原書房
- 玄奘『大唐西域記』水谷真成訳、東洋文庫
- イブン・ジュバイル『イブン・ジュバイルの旅行記』藤本勝次、池田修監訳、講談社学術文庫
- マルコ・ポーロ『東方見聞録』愛宕松男訳注、平凡社ライブラリー／月村辰雄、久保田勝一訳、岩波書店など
- 「大航海時代叢書」第1期全12巻、第2期全25巻、エクストラシリーズ全5巻、岩波書店
- 「アンソロジー 新世界の挑戦」全13巻、岩波書店
- 「17・18世紀大旅行記叢書」第1期全10巻、第2期全11巻　岩波書店
- 「シリーズ世界周航記」全9巻、岩波書店
- フェリペ・フェルナンデス・アルメスト『世界探検全史――道の発見者たち』関口篤訳、青土社
- 織田武雄『地図の歴史 世界篇・日本篇』講談社学術文庫
- ピーター・レイビー『大探検時代の博物学者たち』高田朔訳、河出書房新社
- ブロニスワフ・マリノフスキ『西太平洋の遠洋航海者――メラネシアのニュー・ギニア諸島おける、住民たちの事業と冒険の報告』増田義郎訳、講談社学術文庫
- レヴィ＝ストロース『ブラジルへの郷愁』川田順造訳、中央公論新社
- レヴィ＝ストロース『悲しき熱帯』全2巻、川田順造訳、中公クラシックス
- 宮本常一『宮本常一著作集 31 旅にまなぶ』未來社
- 本城靖久『グランド・ツアー――英国貴族の放蕩修学旅行』中公文庫
- 『特命全権大使 米欧回覧実記』久米邦武編、大久保喬樹訳、角川ソフィア文庫
- 西周「自伝草稿」
- 藤原定家『後鳥羽院熊野行幸記』

BOOK LIST

- 性海『関東往還記』細川涼一訳注、東洋文庫
- 神崎宣武『江戸の旅文化』岩波新書
- 高橋千劔破『江戸の旅人』時事通信社
- 『江戸温泉紀行』板坂耀子編、東洋文庫
- 八隅蘆菴『旅行用心集』桜井正信監訳、八坂書房
- 金子信久『旅する江戸絵画——琳派から銅版画まで』ピエ・ブックス
- 小佐野重利『旅を糧とする芸術家』三元社
- デューラー『ネーデルラント旅日記』前川誠郎訳、岩波文庫
- 山下清『日本ぶらりぶらり』『ヨーロッパぶらりぶらり』いずれもちくま文庫
- 『現代日本紀行文学全集』全12巻、ほるぷ社
- 『世界紀行文学全集』全21巻、修道社
- 『古事記』
- ダンテ『神曲』平川祐弘訳、河出文庫/原基晶訳、講談社学術文庫など
- アリス・K・ターナー『地獄の歴史』野崎嘉信訳、法政大学出版局
- H.G.ウェルズ『タイムマシン』金原瑞人訳、岩波少年文庫/池央耿訳、光文社古典新訳文庫など
- マイクル・クライトン『タイムライン』酒井昭伸訳、ハヤカワ文庫NV
- M.H.ニコルソン『世界幻想文学大系 第44巻 月世界への旅』高山宏訳、国書刊行会
- ニール・F・カミンズ『もしも宇宙を旅したら——地球に無事帰還するための手引き』三宅真砂子訳、SBクリエイティブ
- トマス・モア『ユートピア』 平井正穂訳、岩波文庫/澤田昭夫訳、中公文庫など
- スイフト『ガリヴァー旅行記』中野好夫訳、岩波少年文庫/坂井晴彦訳、福音館古典童話など
- 「ユートピア旅行記叢書」全15巻、岩波書店
- デフォー『ロビンソン・クルーソー』鈴木建三訳、集英社文庫ほか
- 吉村昭『漂流記の魅力』新潮新書
- 桂川甫周『北槎聞略—大黒屋光太夫ロシア漂流記』亀井高孝校訂、岩波文庫
- 次郎吉『蕃談　漂流の記録1』室賀信夫、矢守一彦編訳、東洋文庫
- 樺山紘一編『世界の旅行記101』新書館
- エリック・リード『旅の思想史　ギルガメシュ叙事詩から世界観光旅行へ』伊藤誓訳、法政大学出版局

数学の愉悦を味わうために

数学は謎に挑む学問です。まだ人類の誰も答えを出していない謎、未知に挑戦しています。一口に「数学」といっても、その歴史は長く、内容は豊かで多岐にわたっています。いまでいう数学に当たるものは、古代エジプトや古代メソポタミア文明などにも見られました。そこから数えても五千年ほど、世界のさまざまな場所で取り組まれてきたのです。そう、数学はとても歴史の長い学問の一つです。

数学は、言語や文明をこえてひろく伝播しながら、「数」だけでなく、図形や論理をも対象として扱い、その性質を探究することでさらに発展しました。英語のmathematicsの語源に当たるギリシア語のμάθημαは、「聞き知ること」「学んだこと」「学問」といった意味を持っています。先達が考え、問い、答えてきたことを学び、いわば巨人の肩に乗って、その上で新たに問いを提出したり、未解決の問いに答を出そうとしてきたのです。

その長い長い歴史のなかで、時代が下るにつれて専門分化が進み、それぞれの領域で研究が深められてきました。高度に専門化した現代数学とはどんな研究をしているのか、もはや想像もつかないというのが、一般的な認識ではないでしょうか。

有名な「フェルマの最終定理」や「ポアンカレ予想」の顛末、あるいは未解決の「ABC予想」や「巡回セールスマン問題」などを考えてみるにつけても、数学者ならぬ身でそれらを理解し、美しさを味わうのは、容易なことではありません。

しかし、数学の愉悦は、一度味わったらやみつきになるもののようでもあります。たとえば、詩人のポール・ヴァレリーは、晩年にいたるまで実に幅広く数学に興味を持ち続けており、たくさんのメモも残していました。

また、数学者たちはしばしばこんなことを語っています。問題に取り組むと、最初はどうしたらよいのか皆目見当もつかない。でも、ああでもないこうでもないと試行錯誤を重ねるうちに、あるとき「あっ、そうか!」と思いがけず答えに辿り着く瞬間が訪れる。それはなににも代え難い気分なのだ、と。

たとえるなら、知恵の輪やパズルや詰め将棋などが解けた瞬間の気分に似ているかもしれません。あるいはミステリを読んで、証拠が出揃い、考えた挙げ句に「あ!」と犯人がわかった瞬間の面白さと言ってもよいでしょう。

そんな数学の愉悦に浸るにはどうしたらよいのか。『素数に憑かれた人たち——リーマン予想への挑戦』(松浦俊輔訳、日経BP社)の著者ジョン・ダービーシャーは、こんなふうに言っています。

「数学の本を読むときは、数学の中のどこにいるか——この広大な科目のどの領域を探検しているのかを知ることが大事だ」

これは、数学に取り組もうとするすべての人に役立つ助言です。木を見ようという場合には、その木を含む森を眺めてみるべしというわけです。

そのためには、見知らぬ場所を訪れるのと同じで、地図がほしい。というわけで、つくってみたのが次頁の図「現代数学マップ」です。

知らない世界の地図を広げる

現代数学の広がりは実に多様で、どこから手をつけたらよいのか迷います。そこでマップを見るポイントを二つばかり。

一つは、全体と部分を見渡しながら、なにかパターンや関係のようなものがないか、探ってみること（それは数学の心でもあります）。もう一つは、いろいろな領域に分かれた数学が、何を研究対象にしているのか、どんな問題に取り組んでいるのだろうと疑問を持ってみることです。

たとえば、あちこちに顔を出している言葉があります。「幾何」「代数」「解析」……これら一つ一つを大樹の幹とすれば、そこからたくさんの枝葉が生い茂っています。まずは大きく捉えてみると、見通しが立ちやすくなるわけです。では、これらの領域では、なにを対象としているのでしょう。

【現代数学マップ】

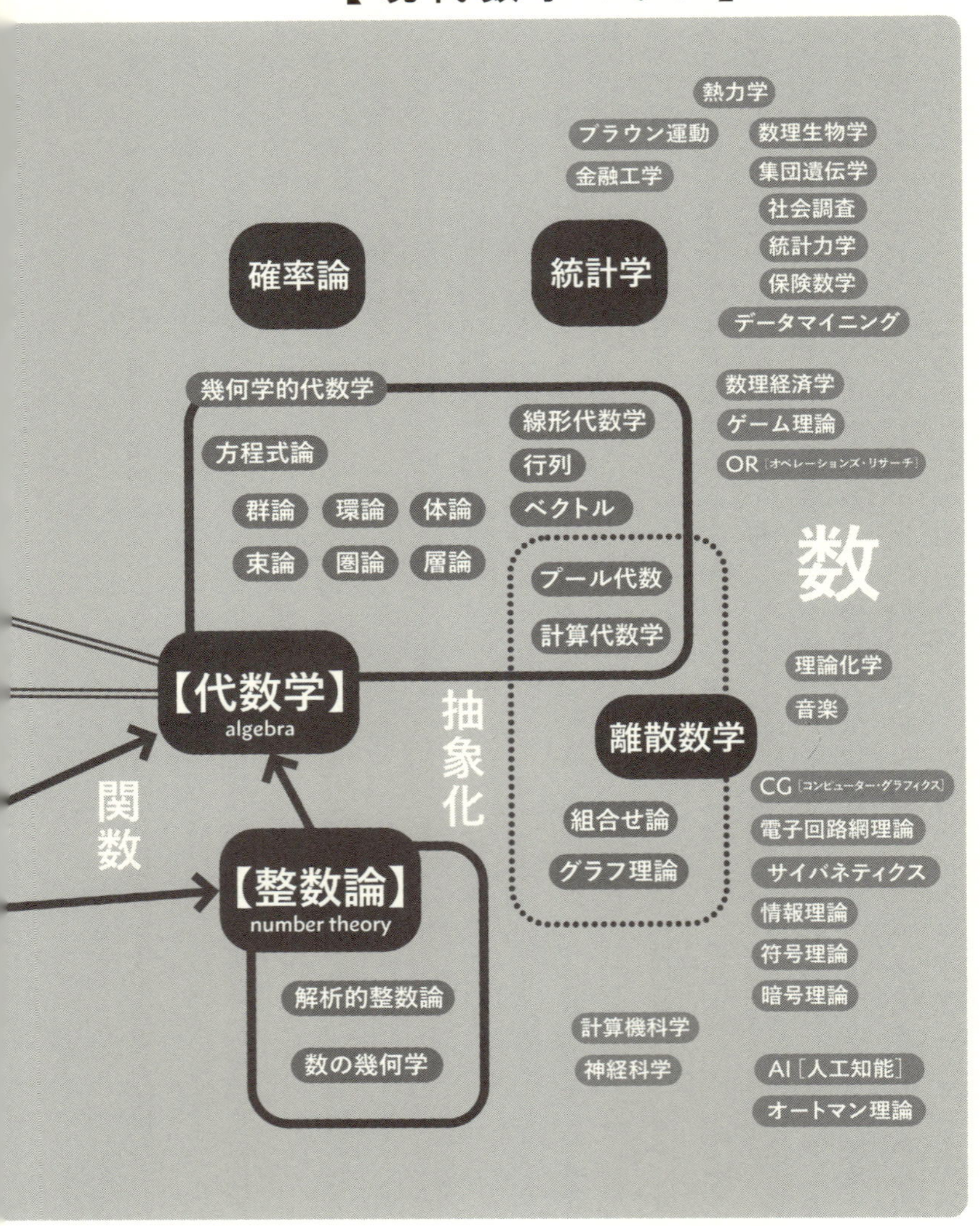
熱力学
ブラウン運動
数理生物学
金融工学
集団遺伝学
社会調査
確率論
統計学
統計力学
保険数学
データマイニング
幾何学的代数学
数理経済学
線形代数学
ゲーム理論
方程式論
行列
OR［オペレーションズ・リサーチ］
群論
環論
体論
ベクトル
数
束論
圏論
層論
ブール代数
計算代数学
理論化学
【代数学】
algebra
抽象化
音楽
離散数学
関数
CG［コンピューター・グラフィクス］
組合せ論
電子回路網理論
グラフ理論
サイバネティクス
【整数論】
number theory
情報理論
符号理論
解析的整数論
暗号理論
計算機科学
数の幾何学
神経科学
AI［人工知能］
オートマン理論

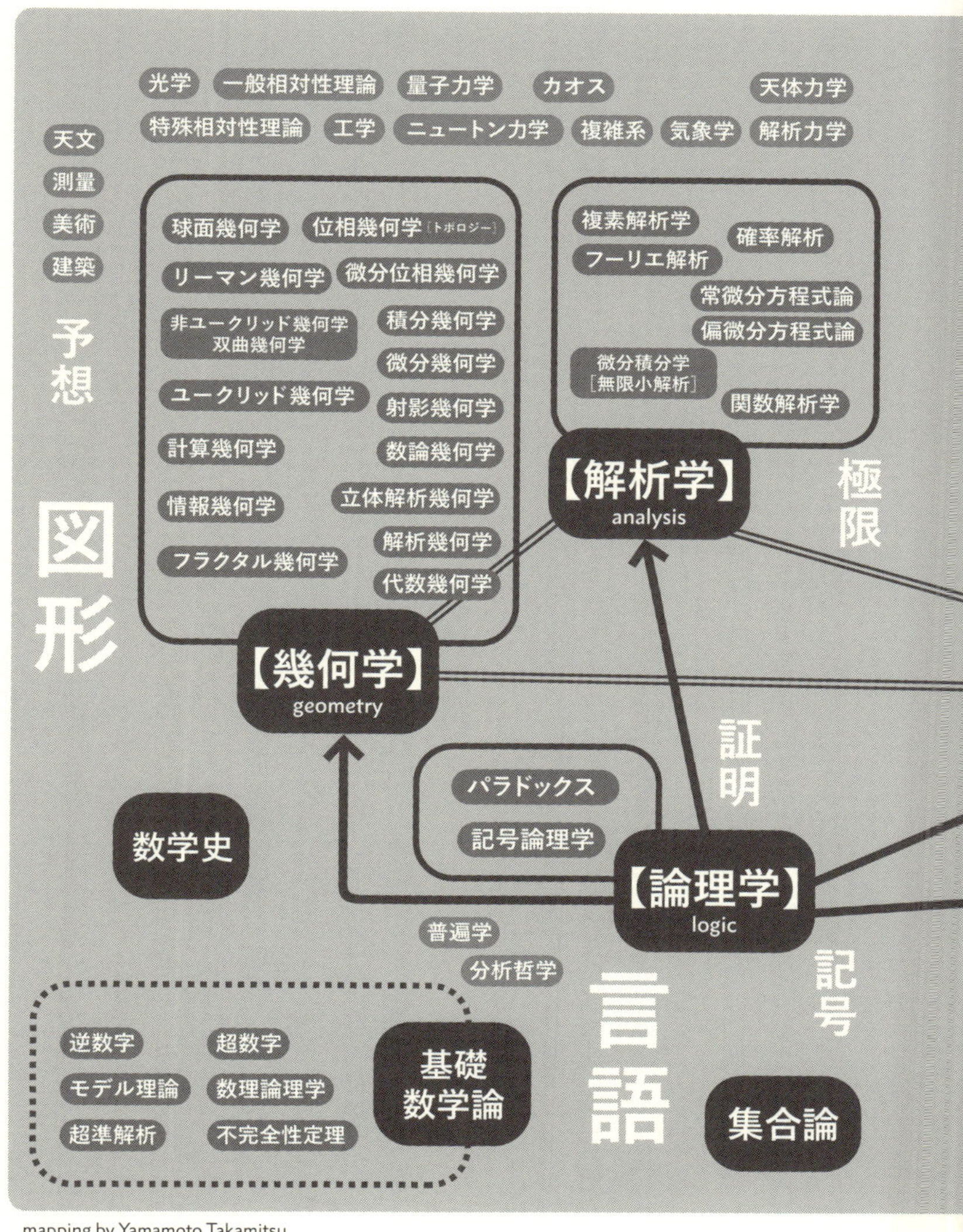

mapping by Yamamoto Takamitsu

ごく大まかにいえば、「幾何」とは図形を研究する領域。英語の「ジオメトリー（geometry）」の「ジオ」を中国で音写したのが「幾何（jǐhé）」とのこと。日本でもこの訳語を採用して今に至ります。ジオメトリーは元を辿ると古典ギリシア語の「ゲオーメトリア（γεωμετρία）」です。「ゲオ」は土地のこと。「メトリア」は測るということです。土地を計るという用途が、この語源から窺えます。

「代数」は、文字通り「数の代わりをするもの」に関する研究領域です。英語のアルジェブラ（algebra）を訳した言葉でした。この英語自体、元はアラビア語の「アルジャブル（الجبر）」に由来します。九世紀のアラビア語で書かれた数学書から採られた言葉で、当世風には「移項」のこと。それをやはり中国語で「代数」と訳したのです。算術のような数の計算だけでなく、未知の数を含む式（方程式）を考察する領域です。

もう一つの「解析」とはなんでしょうか。これは英語では「アナリシス（analysis）」です。もともとは古典ギリシア語の「アナリュシス（ἀνάλυσις）」で「解放」「分解」「還元（元に戻す）」ということ。当初は、語源に近い「（原因に遡って）発見するための方法」というほどの意味でしたが、後に微分積分学が生まれると、これが「無限小解析」と呼ばれます。つまり、解析とは、無限小のような極限について調べる領域です。

マップのあちこちに見える重要な言葉を確認すると、その姉妹のような名前の領域も、想像しやすくなってきます。例えば、「解析幾何学（座標幾何学）」は「解析」と「幾何」が合わさっていますね。ただし、この場合の「解析」は「代数」に近い意味で、図形を代数の手法、座標という数で扱う領域です。高校数学でお馴染みの座標軸を使って図やグラフを描くあれと申せば、イメージしやすいでしょうか。

あるいは、「位相幾何学(トポロジー)」は十九世紀に確立した幾何学の一種ですが、図の長さや面積などの量に関わる要素は抜きにして、図のかたち、穴の数やつながりといった性質を考えます。さらに「代数的位相幾何学」とか「微分位相幾何学」などまた別の言葉がくっついているのを見ると、内実はともかくとして幾何学の発展の様子が窺えます。

こんな具合に、名前の由来や何を研究対象にしているのかということを大きく確認してみるのが、数学に近づく最初のコツです。そして、たとえば整数論は「フェルマの最終定理」に、位相幾何学は「ポアンカレ予想」にそれぞれ深い関わりを持っています。こうした領域を学ぶことは、難問を味わう第一歩でもあるのです。

まだ見ぬ秘宝を求めて

数学の歴史は未知の数を発見する歴史でもありました。

ゼロやπ(円周率)や虚数といった数は、最初からわかっていたわけではなく、ある時、ある場所で徐々に発見されてきたものです。そして、いまもなお探究の途上にあります。

例えば「素数」(1と自分以外の数では割れない自然数)は、いまだにその正体が明らかになっていません。いえ、素数が無数にあることは証明されているし、素数がどんな数かは誰でも分かります。でも、すべての素数を一般的に表わしたり、ある大きさの数のなかに素数がどれだけあるかを正確に言い当てる公式のようなものは依然として発見されていないのです。

数学では、重要な発見を「至宝」と譬（たと）えることがありますが、これなどはさしずめ「秘宝」というべきものでしょうか。この数学マップが示す現代数学の世界のあちこちに、まだ宝の数々が埋まっているというわけです。

そして、ここに数学という学問の面白くも凄まじい性質の一端が見られます。

たとえば、物理学をはじめ、多くの学問では、実験を重ねて仮説を支持する証拠が何千、何万も集まれば、それは十分妥当であるとみなされえます。でも、数学ではそうはゆきません。たとえ何百万の素数の例が見つかったり、その多くを表現する式が見つかったとしても、すべての素数を表せる式を厳密・正確に証明しなければ、問題が解決したことにならないのです。

でも、無限にあるという素数を、いったいどうしたら有限の概念や式で取り押さえられるのか。少なくとも、個別の素数だけに目を向けていたのでは覚束ない。そこですべての素数に共通するパターンを探ることになります。それは抽象化すること、つまり個別のもの、具象を離れることです。もはや思考で捉えるほかにない数理の世界で実験や冒険を繰り広げるわけです。

しかも数学者たちは、既知の知識を使って未知に迫ります。正しいことが証明済みの定理のような既知の知識や考え方を使って、論理によって証明の鎖をつないでゆくのです（マップにも論理学を大きく描いてあります）。急いで付け加えると、そこではものの見方の転換や発想こそが問われます。

自明なことや既知のことを組み合わせ、適用してゆくうちに、ついにはまだ誰も見たこともなかった驚くべき場所へと辿り着く。惚れ惚れとするような着想と結果。その鮮やかさへの驚き。言うなれば、これが数学の美しさの正体です。

数学とは、なによりもこうした美しさに魅せられた人びとによる、想像力を用いた創造と発見の営みだと言ってよいかもしれません。

さて。それでは、数学の森へ分け入ってみましょう。

発見と難問の森に遊ぶ 入門から専門級まで

ウォーミングアップ
虚心坦懐に始めよう

数学の森は広くて深い。そこでは珠玉の洞察や未解決の難問が訪れる者を待っている。この森を散策するには、ちょっとしたコツがある。学校で経験した数学に対する印象を、いったん忘れてしまうこと、無心に帰ってみることだ。

クレマンス・ガンディヨの愉快な本『数学はあなたのなかにある』(河野万里子訳、河出書房新社)は、そういう目的にぴったりの一冊。簡素な線で描かれた味のあるイラストと短い言葉から成るコマからコマへと辿ってゆくと、人間の暮らしの中から数学が現れて、今度はその数学の世界の中で人間が遊ぶ様が見えてきて、いつの間にやら人生と数学についていろんなことを考えさせられているという本なのだ。

そういう意味では、数学を題材にした小説もよい。広く読まれている小川洋子『博士の愛した数式』（新潮文庫）や結城浩『数学ガール』シリーズ（ソフトバンククリエイティブ）をはじめとして、そのつもりで探してみると、「数学小説」と言えそうな領域がある。近年の作では、ガウラヴ・スリ＋ハートシュ・シン・バル『数学小説──確固たる曖昧さ』（東江一紀訳、草思社）が面白い。インドからアメリカに留学した主人公が数学（集合論）の美しさに心を奪われていく様と、数学者の祖父がかつて投獄され、獄中で判事と交わした数学対話（ユークリッド幾何学）の顚末とがミステリアスに縒り合わされてゆく。数学とは確かなものらしい。でも、この世界には本当に確かなものはあるのか。謎が謎を呼び、気づけば最後のページに辿り着いている。他方で、円城塔『Boy's Surface』（ハヤカワ文庫）に集められた作品のように、ある技術によって作動する数学的構造物が、自らの存在について語るのを読むという不可思議な体験は、まさに小説ならでは味わい得ない醍醐味というものであろう。

言葉の憑きもの落とし

もう一つ大事なコツがある。それは「数学」という名前や「方程式」とか「幾何学」といった用語を見直してみることだ。だいたい「方程」ってなんなのか。素朴な疑問を大切にすると、数学との距離が縮まる。

そのためには、ともかく言葉の正体を見てしまおう。こうした数学用語の大半は、明治期前後に西洋から輸入するにあたって翻訳した言葉。それから百年以上を閲(けみ)して、現在では「そういうものだから」と、訳も分からないまま使っている言葉も少なくない。それでは呪文のようなもので、ますます神秘的になってしまう。こんなときは、片野善一郎『数学用語と記号ものがたり』(裳華房)を開いてみよう。同書は、数学の用語や記号がどうして現在使われているようなものになったのかという来歴を詳しく教えてくれる。意味が分かればむしろ親しみも湧いてくるというものだ。さらに入門者に配慮した『岩波数学入門辞典』(岩波書店)も備えておけば、どんな数学書を読むときも心強いはず。

数学の来た道

さて、今度は数学の歴史に目を向けてみよう。というのも、学校で習う数学では、滅多に数学史を教えられることはないから、数と記号の羅列や証明ばかり見ていると、ついそれが人間の営みであることを忘れてしまう。でも、数学もまた数学者たちの長い長い試行錯誤と失敗の歴史なのだ。

アン・ルーニー『数学は歴史をどう変えてきたか――ピラミッド建設から無限の探求へ』(吉富節子訳、東京書籍)は、古代メソポタミアや古代エジプトの文明から現代までを視野に入れて、測量や天文学、ゲームやコンピュータなど、時代時代の文化との関わりのなかで数学の歴史を描き出している。人物の肖像など多数の図版を交えた紙面は、眺めるだけでも楽しい。

もう少し数学そのものに焦点を絞るなら、まずは加藤文元『物語 数学の歴史――正しさへの挑戦』（中公新書）はどうだろう。やはり古代から現代に至る数学の流れを新書という紙幅のなかで描いてみせてくれる。この本がなによりいいのは、ともすると厳密な数理の展開やよく知られた定理の解説などに終始しがちな数学史を、人間の営みとしての数学という観点から眺めさせてくれるところだ。

さらに広く深く追うなら、一人の著者が邦訳で千ページに迫る紙幅を傾けて書き通した一巻本ヴィクター・J・カッツ『カッツ 数学の歴史』（上野健爾＋三浦伸夫監訳、共立出版）に取り組んでみよう。ページを開けば、古代から中世、近代を経て二〇世紀まで、ざっと五千年の数学史を眺め渡すことができる。この本は、広く教科書として使われているようで、理解を確認するための練習問題と解答、参考文献もついているから独習にももってこい。改訂も続いており、原書は目下第三版が最新版。物足りないと感じる箇所については、叢書「数学の歴史」（共立出版）の『ギリシャの数学』（彌永昌吉＋伊東俊太郎＋佐藤徹）『中世の数学』（伊東俊太郎編）の巻、叢書「科学の名著」（朝日出版社）の『インド天文学・数学集』（矢野道雄編）『中国天文学・数学集』（藪内清編）の巻、ロシュディー・ラーシェド『アラビア数学の展開』（三村太郎訳）を含む「コレクション数学史」（東京大学出版会）などで補うとよい。

まずは手軽にという向きにはジョージ・G・ジョーゼフ『非ヨーロッパ起源の数学――もう一

つの数学史』（垣田髙夫＋大町比佐栄訳、講談社ブルーバックス）をお勧めしよう。こうして数学の多様な出自を念頭に置くと、一見無機質に見える数式も、多文化の発想が合流して混ざり合ったものに見えてくる。

また、数学の歴史を考える際には、自分たちの足下、日本の状況も頭に入れておきたいところ。明治に西洋流の数学を移入する以前の様子は、大矢真一『和算以前』（中公新書）と平山諦『和算の歴史――その本質と発展』（ちくま学芸文庫）を並べることで窺える。映画にもなった冲方丁の小説『天地明察』（角川文庫）や遠藤寛子『算法少女』（ちくま学芸文庫）で描かれた世界だ。

中国の数学を借り受けて、それがやがて和算と呼ばれる独自の発展を見せる。後には西洋流に置き換えられてゆくわけだが、その両者を比較して相互の特徴の違いを浮かび上がらせているのが村田全『日本の数学　西洋の数学――比較数学史の試み』（ちくま学芸文庫）。

もう少し時代を進めて、公式を暗記して問題を解くという受験数学があたかも数学のようになり果てたのはどうしてか、と問うてみよう。安藤洋美『異説数学教育史』（現代数学社）を繙くと、本来の数学の姿が富国強兵の号令下、「効率」追求の陰に隠れてゆく様子が見えてくる。さらに俯瞰したい場合は、『日本の数学１００年史』（岩波書店）が便利。

数学者、なにする人ぞ？

お次は数学という営みが、一体全体なにをするものなのかという内実に迫ってゆこう。といっても、定理や証明に取りかかるのはもう少し後のこと。その前に、数学に対する思い込みをときほぐす決定的な一手を打ちたい。そもそも数学者という人たちは、何をしているのか。

古今の数学にまつわる名言を集めに集めたヴィルチェンコ編『数学名言集』（松野武＋山崎昇訳、大竹出版）を覗くと、数学をさまざまに讃える、その楽しさを伝える声に出会える。とりわけ数学者たちが、想像力の重要性を強調し、数学の美しさに魅入られているのが目に留まるだろう。

『謎を解く人びと――数学への旅』（高橋礼司訳、丸善出版）は素晴らしい写真集だ。ここには五〇人もの「謎を解く人びと」が登場する。書名が雄弁に語っているように、数学とはなによりもまず謎に取り組み、謎を解くことなのだ（さらに言えば、挑戦するに値する謎を発見することだ）。この本を見ると、数学者たちは、たいてい数式や図でいっぱいになった黒板を前にして、語り合っている。何をしているのか。まだ誰にも解けていない難問に協力しあいながら挑戦しているのだ。その様子を見ると、数式や図は、議論のためにそうした思考の痕跡を手短に記す手段でもあることが分かる。

『この数学者に出会えてよかった』（数学書房）では、一六名の日本の数学者たちが、数学や人との出会いを綴っている。あらゆる学術の営みがそうであるように、数学もまた、人との交流や出会いのなかで培われてゆく。「数学を深く学ぶためには自分にあったよい先生とよい先輩と友人、それになによりも優れた本との出会いが大切である」とは、『この数学書がおもしろい　増補新版』（数学書房）に寄せた上野健爾氏の言葉。同書は数学者を中心とする五一名の人たちが、数学書との出会いや奨めたい数学書を語ったブックガイド。広大な数学の海へ乗り出す格好の手引きにもなっている。

加えて、ジャック・アダマール『数学における発明の心理』（伏見康治＋大塚益比古＋尾崎辰之助訳、みすず書房）を繙いてみれば、数学者と呼ばれる人びとの仕事ぶりに迫ることができる。同書では、自身も数学者である著者が、問題と取り組む数学者たちの頭のなかで何が生じているのかという心理を探究しているのだ。例えば、長いこと真剣に取り組んだのに解けなかった難問の答えが、目覚めたときなどに思いがけず浮かぶということがあるというけれど、一体それはどうしてか。ここには数学に限らない、創造の秘密が示されている。このことについては、エセーの名手でもある数学者ポアンカレも、「数学上の発見」（『科学と方法』吉田洋一訳、岩波文庫所収）で自らの経験を交えて仮説を開陳している。

「数学は人間によって創造され、使用されてきた」という当たり前だけれど忘れられがちなことに注目するG・レイコフ＋R・ヌーニェス『数学の認知科学』（植野義明＋重光由加訳、丸善出版）を視野に入れると、もう一段数学の見え方が変わるはず。というのも、この本では、数学が人間の営みである以上、それは人間の脳と心の仕組みに基づいているという発想から、数学を見直しているのだ。事は、数学は果たして人間の外に存在するのか否かという大問題にも関わってくる。砂田利一＋長岡亮介＋野家啓一の鼎談（ていだん）『数学者の哲学＋哲学者の数学――歴史を通じ現代を生きる思索』（東京図書）は、同様にして数学だけに注目しているとなかなか眼に入ってこない、数学とはそもそも何かという問いを幾重にも検討していて刺激的だ。

難問こそ我が人生

数学とは、公式を覚えて試験問題を解くのとはまるで違うことである次第が見えてきたら、今度は実際に数学者たちが、どんなふうに問題と格闘してきたのかを見てみよう。

今を去ること一世紀とちょっと前。新しい世紀を目前に控えた一九〇〇年、パリで開かれた国際会議で、ドイツの数学者ダヴィド・ヒルベルトが数学の未来を展望するために、領域を超えた二三の数学の問題を提示した。ジェレミー・J・グレイ『ヒルベルトの挑戦――世紀を超えた23の問題』（好田順治＋小野木明恵訳、青土社）は、それぞれの問題の意味や、その後どのように取り組まれたかを追跡している。問題とはただ立ちはだかるだけでなく、それと取り組む数学者たちに、新たな理論の発見を促したり、さらなる問題を生み出したりする、いわば数学の原動力だということが腑に落ちる。

ときに問題は数世紀にわたって解決されないこともある。三世紀の人ディオファントスの『算術』を検討していたフェルマが、『算術』の余白に記した言葉は、あまりにも有名だ。「私はこの命題の真に驚くべき証明をもっているが、余白が狭すぎるのでここに記すことはできない」。一七世紀に記された一言が、多くの数学者を巻き込んで紆余曲折を経て証明されるのは、ようやく二〇世紀になってのこと。アンドリュー・ワイルズがフェルマの最終定理を解決するに至る道筋を追うサイモン・シン『フェルマーの最終定理』（青木薫訳、新潮文庫）を読むと、難問との格闘それ自体が、時代と文化を超えた精神のリレーであることが分かる。

これもまた世紀の難問であった「ポアンカレ予想」が、二一世紀のはじめに解決された。マーシャ・ガッセン『完全なる証明――100万ドルを拒否した天才数学者』（青木薫訳、文春文庫）は、その偉業を成し遂げたロシアの数学者グレゴリー・ペレルマンの評伝だ。といっても、ペレルマン本人がメディアの前に現れなくなって久しく、ガッセンもまたペレルマンに一度もインタヴューできないままこの本を仕上げることになった。だが、怪我の功名と言うべきか、多数の関係者たちの証言から浮かび上がるペレルマンの姿と、彼を育てた旧ソ連体制下における数学教育の驚くべき取り組みの様子は、誠に興味が尽きない。名著『確率論の基礎概念』（坂本實訳、ちくま学芸文庫）で知られるコルモゴロフは、多くの後進を育てた教育者でもあったが、彼は「偉大な数学者になりたければ、音楽や視覚芸術や、詩に通じていなければならないし、それと同じくらい身体も丈夫でなければならない」という方針を実践していたという。

そうかと思えば、まだ解決に至っていない問題もある。マーカス・デュ・ソートイ『素数の音楽』（冨永星訳、新潮クレスト・ブックス）では、古代以来の難問中の難問である素数を巡る数学者たちの長い苦楽の物語を巧みに描き出している。素数やその数を正確に言い当てる方法はあるのか、ないのか。エウクレイデス、オイラー、ガウス、リーマン、ヒルベルト……名だたる数学者たちが登場しては、この超難問を解くためのアイディアを出し、駒を進める。その様は、あたかも数学の神様を向こうに回した巨大なチェス盤で、全数学者たちが協力して数千年規模の戦いを挑んでいるようでもある。なんと壮大で繊細なゲームがあったものだろう！

数学者列伝

E・T・ベル『数学をつくった人びと』(田中勇＋銀林浩訳、ハヤカワ文庫)は、数学史上に綺羅星のごとく輝く偉大な数学者たちについて、忘れがたいエピソードを交えて点描した愉快な列伝だ。一種の数学者辞典としても参照できる『100人の数学者——古代ギリシャから現代まで』(日本評論社)とともに座右に備えておいて、数学書に名前が登場するつど関連箇所を拾い読んでも楽しい。

気になる数学者がいたら、個別の評伝にも足を伸ばしてみよう。例えば、若くして決闘に倒れた偉大な数学者ガロアの生き様を描いたレオポルト・インフェルト『ガロアの生涯——神々の愛でし人』(市井三郎訳、日本評論社)や、インドが生んだ異能の数学者ラマヌジャンとそのよき理解者であったイギリスのハーディの出会いから別れまでを追うロバート・カニーゲル『無限の天才——夭逝の数学者・ラマヌジャン』(田中靖夫訳、工作舎)、和算から洋算(数学)へと移行した近代日本の大数学者の評伝、高瀬正仁『高木貞治——近代日本数学の父』(岩波新書)など、時代や人びとの中に生きた数学者を捉えた魅力ある評伝は枚挙にいとまがないほどだ。

こうして見てくると、あたかも数学の歴史には男性しかいないように見える。でも、本当にそうだろうか。リン・M・オーセン『数学史のなかの女性たち』(吉村証子＋牛島道子訳、法政大学出版局)は、四〜五世紀のギリシアで活躍したヒュパチアから、一九世紀末のドイツに生まれたエミー・ネターまで、数学史の陰に隠れてしまいがちな女性たちの仕事を教えてくれる。ここにベンジャミン・ウリーの労作『科学の花嫁――ロマンス・理性・バイロンの娘』（野島秀勝＋門田守訳、法政大学出版局）も並べておきたい。これは、一九世紀のイギリスで今日の電子計算機の先駆けとも言える解析機関を考案したチャールズ・バベッジと共に、あるいは彼の着想をも超えて考えを進め、史上初のプログラマーとも呼ばれるエイダ・ラヴレスの評伝だ。

紙とエンピツのご用意を

数学者たちは、しばしば数学の美しさを語る。でも、目で見て感じる風景や絵画や映画、耳で聴いて感じる音楽や話芸と違って、数学の「美しさ」は、ぱっと見て感じるというわけにはいかない。ある問いがある。その問いに対して、誰が確認しても同意する厳密な答えを出すべく、曖昧さや多義性を排除した言葉でもって論理の鎖を編み上げた証明がつくられる。一歩一歩、論証の着実な歩みを味わってゆくうちに、当初思ってもみなかったような展望、解決が訪れる。その解決をもたらした知性のひらめきと着想に驚き、惚れ惚れとする。これこそが数学の果実である。

こうした果実を味わうためには、結局のところエンピツを片手に、自ら或る論証をじっくり検討してみるにしくはない。吉田武『虚数の情緒――中学生からの全方位独学法』（東海大学出版会）は、その手始めとしてこの上ない書物だ。虚数という数学の概念を味わうために、数学はもちろんのこと、歴史、文化、科学といった多様な方面の議論が次々と繰り出される類を見ない数学書である。といっても怖れることはない。著者は、数学が分かるとはどういうことかといった普通数学書で顧みられることの少ない大切な前提から説き起こし、「なぜ数式を用いるのか」といった素朴な（しかし本当は重要な）問いにも丁寧に答えながら、読者が一歩一歩自ら考えたくなるように励まし、数学の旅へと誘っている。紙とエンピツと電卓を用意して、この千ページを辿り終わる頃には、間違いなく数学の奥深さに魅入られていることだろう。

数学の原典は、古典ギリシア語、ラテン語、アラビア語、フランス語、ドイツ語、英語、ロシア語など、さまざまな言語で書かれてきた。そうした原書に挑むのも楽しいけれど、ありがたいことに邦訳されている書物も少なくない。なかでも二千年の時と言語を超えて伝わる『ユークリッド原論 追補版』（中村幸四郎＋寺阪英孝＋伊東俊太郎＋池田美恵訳、共立出版）は、一度は味わっておきたい数学の至宝。公理から始まって、定義、論証と進む論の流れをじっくり追ってみると、それが見事な論理（ロゴス）によって築き上げられた構築物であることが感得されるに違いない。同書に付された伊東俊太郎「ユークリッドと『原論』の歴史」は、この書物が文化と言語を遥かに超えて伝播した歴史を教えてくれる得難く興味の尽きない論考。『エウクレイデス全集』の翻訳を進めている訳者の一人、斎藤憲による『ユークリッド『原論』とは何か――二千年読みつがれた数学の古典』（岩波科学ライブラリー）は、同書をよりよく読み解くヒントに充ちている。

もう一冊ということであれば、例えば数学史叢書『ガウス 整数論』（高瀬正仁訳、朝倉書店）はいかがだろうか。一見したところ分からないものの、その実、数に潜んでいるさまざまな性質を観察・探究することもまた、数学の楽しみだ。なかでも数論を「数学の女王」と呼んだガウスが、数の考察から見いだしたさまざまな性質を論じる同書は、刊行以来多くの数学者たちにインスピレーションを与えてきた。中にはディリクレのように夜な夜なこれを読んでは、翌朝理解が進んでいますようにと枕の下に入れていたという人までいたという。数学の古典は、この『整数論』が入っている朝倉書店の「数学史叢書」や共立出版の「現代数学の系譜」の他、ちくま学芸文庫のMath & Scienceシリーズのように比較的手軽に入手できる叢書もある。さて、どの山から登ってみようか。

最後に数学書とのつきあい方について、小平邦彦の指南を。「数学の本を理解するためには克明に証明をおっていくより他しかたがない。数学の証明は単なる論証ではなく、思考実験の意味があるのであろう。そして証明を理解するというのは、論証に誤りがないことを確かめるのではなく、自分でもう一度思考実験をやり直してみるということであろう。理解することはすなわち自ら体験することであろうと言えよう」(「数学の印象」、『怠け数学者の記』岩波現代文庫所収)——そう、自分の頭で実験してみること。これぞ数学の極意。というわけで、さあ、紙とエンピツのご用意を。

BOOK LIST

- クレマンス・ガンディヨ『数学はあなたのなかにある』河野万里子訳、河出書房新社
- 小川洋子『博士の愛した数式』新潮文庫
- 結城浩『数学ガール』シリーズ、ソフトバンククリエイティブ
- ガウラヴ・スリ、ハートシュ・シン・バル『数学小説――確固たる曖昧さ』東江一紀訳、草思社
- 円城塔『Boy's Surface』ハヤカワ文庫
- 片野善一郎『数学用語と記号ものがたり』裳華房
- 『岩波数学入門辞典』岩波書店
- アン・ルーニー『数学は歴史をどう変えてきたか――ピラミッド建設から無限の探求へ』吉富節子訳、東京書籍
- ヴィクター・J・カッツ『カッツ数学の歴史』上野健爾、三浦伸夫監訳、共立出版
- 叢書「数学の歴史」共立出版
- 叢書「科学の名著」朝日出版社
- 「コレクション数学史」東京大学出版会
- ジョージ・G・ジョーゼフ『非ヨーロッパ起源の数学――もう一つの数学史』垣田髙夫、大町比佐栄訳、講談社ブルーバックス
- 大矢真一『和算以前』中公新書
- 平山諦『和算の歴史――その本質と発展』ちくま学芸文庫
- 冲方丁『天地明察』角川文庫
- 遠藤寛子『算法少女』ちくま学芸文庫
- 村田全『日本の数学 西洋の数学――比較数学史の試み』ちくま学芸文庫
- 安藤洋美『異説数学教育史』現代数学社
- 『日本の数学100年史』岩波書店
- ヴィルチェンコ編『数学名言集』松野武＋山崎昇訳、大竹出版
- 『謎を解く人びと――数学への旅』高橋礼司訳、丸善出版
- 数学書房編集部『この数学者に出会えてよかった』数学書房
- 数学書房編集部『この数学書がおもしろい　増補新版』数学書房
- ジャック・アダマール『数学における発明の心理』伏見康治、大塚益比古、尾崎辰之助訳、みすず書房
- ポアンカレ『科学と方法』吉田洋一訳、岩波文庫
- G・レイコフ、R・ヌーニェス『数学の認知科学』植野義明＋重光由加訳、丸善出版
- 砂田利一、長岡亮介、野家啓一『数学者の哲学＋哲学者の数学――歴史を通じ現代を生きる思索』東京図書

BOOK LIST

- ジェレミー・J・グレイ『ヒルベルトの挑戦――世紀を超えた23の問題』好田順治、小野木明恵訳、青土社
- サイモン・シン『フェルマーの最終定理』青木薫訳、新潮文庫
- マーシャ・ガッセン『完全なる証明――100万ドルを拒否した天才数学者』青木薫訳、文春文庫
- コルモゴロフ『確率論の基礎概念』坂本實訳、ちくま学芸文庫
- マーカス・デュ・ソートイ『素数の音楽』冨永星訳、新潮クレスト・ブックス
- E・T・ベル『数学をつくった人びと』田中勇＋銀林浩訳、ハヤカワ文庫
- 『100人の数学者――古代ギリシャから現代まで』日本評論社
- レオポルト・インフェルト『ガロアの生涯――神々の愛でし人』市井三郎訳、日本評論社
- ロバート・カニーゲル『無限の天才――夭逝の数学者・ラマヌジャン』田中靖夫訳、工作舎
- 高瀬正仁『高木貞治――近代日本数学の父』岩波新書
- リン・M・オーセン『数学史のなかの女性たち』吉村証子、牛島道子訳、法政大学出版局
- 加藤文元『物語　数学の歴史――正しさへの挑戦』中公新書
- ベンジャミン・ウリー『科学の花嫁――ロマンス・理性・バイロンの娘』野島秀勝、門田守訳、法政大学出版局
- 吉田武『虚数の情緒――中学生からの全方位独学法』東海大学出版会
- 『ユークリッド原論　追補版』中村幸四郎、寺阪英孝、伊東俊太郎、池田美恵訳、共立出版
- 齋藤憲『ユークリッド『原論』とは何か――二千年読みつがれた数学の古典』岩波科学ライブラリー
- 数学史叢書『ガウス　整数論』高瀬正仁訳、朝倉書店
- 「数学史叢書」朝倉書店
- 「現代数学の系譜」共立出版
- Math & Scienceシリーズ、ちくま学芸文庫
- 小平邦彦『怠け数学者の記』岩波現代文庫

数学の言葉　数学も言葉

数学は、その名のとおり「数」に深く関係する学問だ。数の性質を研究するし、数によって表現もする。好きか嫌いかはともかくとして、数学といえば、いろいろな記号や数式を思い浮かべる人もいるだろう。

とはいえ、数学ははじめから記号や数式で書かれていたわけではなかった。現在では、一つの式やページに並んでいるいろいろな記号や数式も、長い歴史のなか、世界のあちらこちらで考え出されてきたものだ。いわば出身地も年齢もばらばらの人たちが、一ヵ所に集まって協力しあっているような状態なのだ。

では、そうした記号や数式がなかった時代はどうしていたのか。数学はどんなふうに営まれてきたのか。そんな疑問を念頭において、このブックガイドでは、数学と言葉の関係を眺めてみよう。

01 数学も言葉

現在私たちが接する数学には、少なく見積もってもざっと五千年の創意と工夫が詰まっている。そう、数学はとても長い歴史を持つ学問なのだ。人はそのつど、必要に迫られたり、楽しみのために、さまざまな工夫を編み出してきた。まずは、そうした数学の大きな流れを眺めてみよう。

中村滋＋室井和男『数学史――数学5000年の歩み』（共立出版）は、コンパクトながら、古代エジプト、古代バビロニアから始まって現代に至る数学の辿ってきた道を案内してくれる本だ。古代オリエント、古代ギリシア、インド、中国、アラビア、ヨーロッパと、世界各地の文明が次々と登場する様子を見ていると、数学が言語や文化を超えた知のリレーによってできてきたことが感得される。同書も参照している伊東俊太郎『十二世紀ルネサンス』（講談社学術文庫）を見てみよう。七世紀から九世紀にかけて、古代文明の知がシリアを経てアラビア科学に翻訳・集積・展開される。その成果が一二世紀に再びヨーロッパ世界へ翻訳されることによって、近代ヨーロッパ学術の基礎がつくられた。こうしたダイナミックな知の交流のなかに数学もあったのである。

そのように大きく見当をつけた後、さらに詳しく近づいてみたいなら、佐々木力『数学史』（岩波書店）がうってつけ。著者は、数学史を出来事や知識のカタログで終わらせず、人びとがなぜそう考えるに至ったのかという面にも十二分に筆を及ばせていて、読み応えある思想史となっている。日本を含む東アジアにも一章を割いており、世界の数学史における日本の位置が分かるのも特徴だ。

こうした数学の歴史のなかでも特に注目したいのは、その表現がどのようにして練り上げられてきたかということだ。例えば、ゼロや無限、負の数や虚数といった、いまでは当たり前に使われている考え方と表現も最初からセットのように揃っていたわけではない。例えば、ゼロは五世紀のインドで使われはじめ、その数字表記ともどもアラビア経由でヨーロッパへと伝わってゆく。私たちもお世話になっているアラビア数字は、正確にいうとインド＝アラビア数字というわけである。ドゥニ＝ゲージ『数の歴史』（藤原正彦監修、南條郁子訳、創元社）は、古今東西の多数の史料を見せながらそうした来歴を教えてくれる楽しい本だ。

古代文明では、数学は普通の言葉や文章で記されていた。長い試行錯誤を経て、今日普及している記号や表記がヨーロッパで整えられたのは一七世紀になってからのこと。ジョセフ・メイザーの『数学記号の誕生』（松浦俊輔訳、河出書房新社）では、＋、－、×、÷、π、√といった記号が、誰によってどうして考え出されたのかという由来が整理されている。数字をどんな言葉や記号で書くかということは、単なる表記の問題に留まらない。言葉で書いたらまだるっこしいことも、記号を使えば、ぱっと一目で見わたせる形にまとまって、考えることに集中できる。例えば、x+4=−5という式を、記号を使わずに表現したり解いたりしたら、どれだけ面倒なことだろう。記号によって数学の思考がおおいに加速したわけである。

数や記号の他にも、数学の文章には独特の言い回しがある。数学セミナー編集部編『数学の言葉づかい100――数学地方のおもしろ方言』（日本評論社）は、数学辞典とはまた違った味わいの参考書。例えば数学の文章で「明らかに」と前置きされているのに、自分にとっては明らかではないこともある。「その場合に自分の不明を恥じるにはおよばない。むしろ、著者を疑うがよい」だなんて勇気づけられる指南が満載なのである。一度目を通しておくと、数学文章の読み方が変わるはず。

新井紀子はその名も『数学は言葉』（東京図書）という本で「数千年かけて改良され続けた究極の人工言語――それが、数学なのです」と指摘している。例えば、文学と数学はともすると水と油のように思われがちだが、実はどちらも言葉を使うという意味では姉妹のようなものだ。ただし、数学の言葉は、誰が読んでも同じ意味で解釈されるように工夫されている。この点で、むしろ多義性を楽しむ文学の言葉とは決定的に違う。同書は、数学の言葉を一種の外国語として、その読み書きを学ぼうという発想から書かれている。

母語ではない言葉を学ぶ際、作文がよいトレーニングになるように、数学もまた自分で書いてみると理解を深める役に立つ。小説『数学ガール』シリーズでも知られる結城浩の『数学文章作法　基礎編』と『同　推敲編』（ちくま学芸文庫）は、具体的な書き方のみならず、読者への配慮や、文章を見直すコツまで、かゆいところに手が届く親切な本だ。数学だけでなく筋の通った読みやすい文章を書きたい人にも参考になる。

02 毎日が数学
日記・手紙・議論

では、今度は個々の数学者たちのほうへ近づいてみよう。かれらは、どんなふうに言葉を使い、数学を営んでいるのか。

数学者の間に伝わるジョークがある。もし自分が独創的な結果に達したと思ったら、まずはガウスの未発表論文を見よ。既に書かれているかもしれないから。数学史に巨大な足跡を残したガウスは、研究結果を完璧にするまでは世に出さない人だったという。幸い今日ではガウスの仕事は全集にまとめられている。なかでもここで興味深いのはその日記。高瀬正仁訳・解説『ガウスの《数学日記》』(日本評論社)は、ガウスの着想メモをまとめた本だ。一つ一つのメモは「エレガントな補間公式」「きわめて一般的な微分」といった具合で、時に数式を交えて短く書きつけられている。もちろん、自分のための覚書だから、これだけを見ても意味はなかなか分からない。とはいえ、解説を頼りに、ガウスがどんなふうに考えをメモしていたのかを眺めるだけでも十分面白い。

数学者たちは一人部屋にこもって考えてばかりいるわけではない。他の人たちとの議論を通じて着想を得たり、考えを磨いてゆく。例えば、手紙はその重要な手段の一つだ。キース・デブリン『世界を変えた手紙――パスカル、フェルマーと〈確率〉の誕生』(原啓介訳、岩波書店)は、二人の数学者のやりとりから、後に「確率」と呼ばれる考え方が練り上げられてゆく様を追跡している。それはまさに世界を変える発見であった。彼らが題材にしたのはゲームだったが、いまや天気予報や金融、発病に事故など、各種の予測は確率の発想なくしては考えられない。ハンス・ボーツ＋フランソワーズ・ヴァケ『学問の共和国』（池端次郎＋田村滋男訳、知泉書館）を読むと、一六世紀から一八世紀のヨーロッパで、学者たちが政治的な国境をよそに「学問の共和国」と呼ばれるさまざまなネットワークをつくり、こうした交流のなかで研究に取り組んでいた様子が目に入る。

数学者はしばしば先達の仕事を読み直すことで新たな着想や発見に至る。それだけに過去の数学書がどのように後世に伝わるかということも、数学の言葉を考えるうえで見過ごせない。斎藤憲『アルキメデス『方法』の謎を解く』（岩波科学ライブラリー）は、数学的な解説に加えて、失われたと思われていたアルキメデスの写本が、二〇世紀に発見され、再び行方不明になり……という数奇な運命を描いている。

目を転じて大学の教室を覗いてみよう。コーラ・ダイアモンド編『ウィトゲンシュタインの講義　数学の基礎篇――ケンブリッジ 1939年』（大谷弘＋古田徹也訳、講談社学術文庫）は、高名な哲学者がケンブリッジ大学で行った数学講義の記録だ。開口一番、ウィトゲンシュタイン先生は、数学者ならぬ立場で数学についていかに語り得るかという面白い問題を提示する。数学の表現や考え方を根本から考え直すという講義内容はもちろんのこと、出席者のアラン・チューリングたちとの議論も記録されており、臨場感もたっぷり味わえる。

数学者と言えば理性的で、議論もさぞかし冷静に交わされるのだろう。静かにチェスでも打つように……。もしそう思うとしたら、ちょっと待っていただこう。イメージを固めるのはハル・ヘルマンの『数学10大論争』(三宅克哉訳、紀伊國屋書店)を読んでからでも遅くはない。例えば冒頭に出てくるタルターリアとカルダーノの大喧嘩をご覧あれ。一六世紀ルネサンス期のイタリアを舞台に、弟子や関係者を巻き込んで三次方程式の解法を巡る大バトルが繰り広げられる。ただし、リングサイドから見ていると、どうも様子が変だ。表向きには数学の議論をしながら、裏では相手を貶める陰謀も企まれている。本書に取り上げられた二〇の論争を見ていくと、ちょっと苦笑いをしながら安心もする。ああ、数学者も人の子なんだな、と。

二〇二〇年にフィールズ賞を受賞したセドリック・ヴィラーニの『定理が生まれる――天才数学者の思索と生活』(池田思朗+松永りえ訳、早川書房)は、現代の数学者の日常を描いて類例のない本だ。というのも、普通私たちが目にする数学の論文や本は、それが書かれるまでの紆余曲折をきれいに消してある(だから余計に謎めく)。ところが本書は日記のかたちで、日常の出来事、同僚との議論や電子メール、夢の内容のメモなどが並べられている。そこにはヴィラーニが問題を相手にいかに試行錯誤し、時に失敗を重ねて失望し、再起動し、粘り強く論文に手を加えながら仕上げていったかという七転八倒の研究生活が描かれているのだ。

03 数学の言葉を編み出す

では、数学の言葉そのものに迫ろう。数学史には、綺羅星のごとく名著の数々が輝いている。そのスターたちについては、先に挙げた数学史の本に譲るとして、ここでは現代の数学にとっても画期をなしたルネ・デカルトの『幾何学』（原亨吉訳、ちくま学芸文庫）を見ておこう。

これはもともと『方法序説』の本論として、屈折光学、気象学とともに書かれたものだ。デカルトは、ものを考える「方法」を重視する。というのも、憶測や思い込みを退けて、確実な知を摑むにはどうしたらよいかが問題だからだ。そうした方法を示した『精神指導の規則』（野田又夫訳、岩波文庫）のなかで、ものを考える際、とても短い記号を使えば、記憶違いも防げて考えることに集中できると指摘している（規則一六）。『幾何学』では、まさにこの発想を実行して、図形を方程式で表すだけでなく、方程式をx、y、zといった記号で表現しながら図形の性質を探究しているのだ（現代のコンピュータで図面を描く座標の発想も彼のおかげである）。

このようにデカルトが整理・考案した方法による数学を「記号代数学」とも呼ぶ。私たちはその方法をハナから当然のこととして習うため、どうかするとそんなの当たり前じゃないかと思うかもしれない。でも「もしこの記号の工夫がなかったらどうか」と想像しながら『幾何学』をじっくり読んでみよう。それがどれだけ革新的で、ものの見方を変える発想だったかが感じられるはず。

実際、微分積分や新しい記法を生み出したライプニッツやニュートンは、デカルトの方法を学ぶことで、数学を次のステージへ進めていった。『幾何学』を見たあとで『ライプニッツ著作集』

（工作舎）の第二巻（ニュートンへの手紙も入っている）、第三巻に集められた数学論や、ニュートンの「プリンキピア」（邦訳は「自然哲学の数学的諸原理」『世界の名著31 ニュートン』河辺六男訳、中公バックス）などを見てみると、その様子を実感できる。それは新しい数学の表現を生み出す必要があった人びとの思考や動機に触れることでもある。

もう一つ注目したいのは、その後も確実性と普遍性を求めて推し進められた数学が、一九世紀末から二〇世紀の初めにかけて危機に陥った時代。数学の基礎が揺らぐなかで、ダーフィット・ヒルベルトは数学者たちを鼓舞し、自らもまた数学の基礎固めに向かった。彼が一九〇〇年に第二回国際数学者会議で行った講演「数学の問題」は、数学者ならぬ私たちにも数学という営みの本質を示してくれる。問題といかに取り組むか、問題の性質こそがモンダイなのである。この講演を含むヒルベルトの評伝、コンスタンス・リードの『ヒルベルト――現代数学の巨峰』（彌永健一訳、岩波現代文庫）を繙くことで、数学を見る目が深まる。

その後の展開を知るうえでは、『現代思想』（青土社）の三冊の特集号が役立つ。数学の基礎となる完全性を探究する延長上で、その不完全性を証明したクルト・ゲーデル（二〇〇七年二月臨時増刊号）、コンピュータの二人の父であるチューリング（二〇一二年一一月臨時増刊号）、フォン・ノイマン（二〇一三年八月臨時増刊号）について、論文や講演の翻訳に加えて多彩な論考が集められている。

数学の基礎を巡る議論と、コンピュータという新しい展開とをつなぐ本としては照井一成『コンピュータは数学者になれるのか？――数学基礎論から証明とプログラムの理論へ』（青土社）が面白い。コンピュータを数学者に仕立てるための人工言語の仕様とそれに必要な数学について考えてみるという巧みな仕立てだ。

04 言葉で駆動する数学マシーン

気づけば世の中はコンピュータだらけである。パソコンはもちろんのこと、各種家電、自動車、あるいはスマートフォンなど、大小さまざまなコンピュータが生活のなかにあって、もはや人はどれがコンピュータかいちいち気にしなくなった。コンピュータとは直訳すれば計算機。その名の通りというべきか、これはまさしく数学的想像力の産物であった。

しかしなぜ計算機が必要なのか。カール・メニンガーの『図説 数の文化史——世界の数学と計算法』(内林政夫訳、八坂書房)を読むと、古代から現代まで、洋の東西を問わず、国家運営や商売など、人がさまざまな用途で計算をしてきた様子が窺える。問題は、ともすると不注意で計算を間違える私たち人間が、いかに効率よく大量の計算を正確にこなせるようにできるかである。

人間が間違えるなら機械に任せればいいじゃない。チャールズ&レイ・イームズによる『コンピュータ・パースペクティブ——計算機創造の軌跡』(和田英一監訳、山本敦子訳、ちくま学芸文庫)は、一九世紀前半にチャールズ・バベッジが構想した「解析機関」という名の計算機から、一九五〇年に稼働を始めたアメリカ空軍のコンピュータSEACまで、豊富な写真や図版のパノラマで見せる紙上の博物館のような本。これを見ると、コンピュータというものが、知的好奇心のみならず、科学、政治、経済、軍事といった多様な実務の要請のなかで造られてきた次第が腑に落ちる。同書の横にこれもまた図像満載の好著である長谷川裕行『ソフトウェアの20世紀――ヒトとコンピュータの対話の歴史』(翔泳社)を並べれば、コンピュータと共にハードを制御するプログラムがどのように発展してきたか、二〇世紀末までの経緯を一望できる。

いまや社会や生活の基盤となった現在のコンピュータは、フォン・ノイマン型とも呼ばれる。コンピュータに対して、どのように作動すべきかという命令を予め書いておき、つまりプログラムしておいて、記憶させて動かす仕組みだ。先に登場したチューリングの発想をフォン・ノイマンが実現した。その経緯をつぶさに追跡するジョージ・ダイソン『チューリングの大聖堂――コンピュータの創造とデジタル世界の到来』(吉田三知世訳、早川書房)は、インターネットに至る情報通信の歴史を説いたジェイムズ・グリック『インフォメーション――情報技術の人類史』(楡井浩一訳、新潮社)と共に現代社会について考えるための基礎文献といってもよいだろう。いや、そんなしかつめらしいことを言わずとも、どちらも読み出したら止まらない歴史ドキュメンタリーでもある。

現在、私たちは意識しているかどうかと関係なく、コンピュータという計算マシンの上で動くアルゴリズムのお世話になっている。アルゴリズムとは、ある問題をどのような手順で処理するかという解決手順のこと。通信の暗号化や検索、ショッピングサイトのおすすめといったものから、金融工学、医療、交通、選挙などの予測まで、およそ人間には不可能な量のデータをコンピュータで高速処理して解を導くわけである。その広がりと未来を覗いてみたかったら、クリストファー・スタイナーの『アルゴリズムが世界を支配する』（永峯涼訳、角川書店）を読んでみよう。書名だけ見るとなんだかSFめいているが現実の話だ。人の心理状態がデータとしてコンピュータに蓄積・把握され、アルゴリズムによる分析で、犯罪を起こしそうな人間を予め処罰する世界……。これはアニメーション「PSYCHO-PASS サイコパス」が描く近未来社会だが、あながち冗談にも思えなくなってくる。

もっともアルゴリズムを考えるのも人間なら、使うのも人間だ。他の技術と同様、必要なのはむやみに恐れることではなく、適切にコントロールして活用することだろう。そのためにはまず理解する必要がある。というわけで、その正体を知りたいと思ったら、グレン・ブルックシャー『入門コンピュータ科学――ITを支える技術と理論の基礎知識』（神林靖＋長尾高弘訳、KADOKAWA）を座右に置いておこう。全米一二六大学で採用されている教科書というだけあって、コンピュータのハードやソフト、ネットワークやCGや人工知能など、必須の知識を基礎からしっかり教えてくれる（アルゴリズムの話から始まる）。いきなりそれじゃハードルが高いという向きは、拙著で恐縮だけれど『コンピュータのひみつ』（朝日出版社）を踏み台にどうぞ。

興味が出てきたら、もう一歩進んでプログラムにも挑戦してみよう。料理と同じように自分で作ってみると分かることがある。もちろん作らないまでも、どんなものかと見知っておくのもいいと思う。例えば清水亮『教養としてのプログラミング講座』（中公新書ラクレ）を糸口にするのはいかがだろう。プログラムは、いまや世界を知る重要な手段でもあるというわけだ。そしてそれは、数学に親しみ、楽しむ、なによりの入口でもある。

BOOK LIST

- 中村滋＋室井和男『数学史——数学5000年の歩み』共立出版
- 伊東俊太郎『十二世紀ルネサンス』講談社学術文庫
- 佐々木力『数学史』岩波書店
- ドゥニ＝ゲージ『数の歴史』藤原正彦監修、南條郁子訳、創元社
- ジョセフ・メイザー『数学記号の誕生』松浦俊輔訳、河出書房新社
- 数学セミナー編集部編『数学の言葉づかい100——数学地方のおもしろ方言』日本評論社
- 新井紀子『数学は言葉』東京図書
- 結城浩『数学文章作法　基礎編』『推敲編』ちくま学芸文庫
- 高瀬正仁訳・解説『ガウスの《数学日記》』日本評論社
- キース・デブリン『世界を変えた手紙——パスカル、フェルマーと〈確率〉の誕生』原啓介訳、岩波書店
- ハンス・ボーツ＋フランソワーズ・ヴァケ『学問の共和国』池端次郎＋田村滋男訳、知泉書館
- 斎藤憲『アルキメデス『方法』の謎を解く』岩波科学ライブラリー
- コーラ・ダイアモンド編『ウィトゲンシュタインの講義　数学の基礎篇——ケンブリッジ 1939年』大谷弘＋古田徹也訳、講談社学術文庫
- ハル・ヘルマン『数学10大論争』三宅克哉訳、紀伊國屋書店
- セドリック・ヴィラーニ『定理が生まれる——天才数学者の思索と生活』池田思朗＋松永りえ訳、早川書房
- ルネ・デカルト『幾何学』原亨吉訳、ちくま学芸文庫
- 『精神指導の規則』野田又夫訳、岩波文庫
- 『ライプニッツ著作集』工作舎
- 『世界の名著31　ニュートン』河辺六男訳、中公バックス
- コンスタンス・リード『ヒルベルト——現代数学の巨峰』彌永健一訳、岩波現代文庫
- 「現代思想」2007年2月臨時増刊号クルト・ゲーデル特集、青土社
- 「現代思想」2012年11月臨時増刊号チューリング特集、青土社
- 「現代思想」2013年8月臨時増刊号フォン・ノイマン特集、青土社
- 照井一成『コンピュータは数学者になれるのか？——数学基礎論から証明とプログラムの理論へ』青土社
- カール・メニンガー『図説　数の文化史——世界の数学と計算法』内林政夫訳、八坂書房

BOOK LIST

- チャールズ＆レイ・イームズ『コンピュータ・パースペクティヴ——計算機創造の軌跡』和田英一監訳、山本敦子訳、ちくま学芸文庫
- 長谷川裕行『ソフトウェアの世紀——ヒトとコンピュータの対話の歴史』翔泳社
- ジョージ・ダイソン『チューリングの大聖堂——コンピュータの創造とデジタル世界の到来』吉田三知世訳、早川書房
- ジェイムズ・グリック『インフォメーション——情報技術の人類史』楡井浩一訳、新潮社
- クリストファー・スタイナー『アルゴリズムが世界を支配する』永峯涼訳、角川書店
- グレン・ブルックシャー『入門コンピュータ科学——ITを支える技術と理論の基礎知識』神林靖＋長尾高弘訳、KADOKAWA
- 山本貴光『コンピュータのひみつ』朝日出版社
- 清水亮『教養としてのプログラミング講座』中公新書ラクレ

第2章 日々の泡

思いのままに、わが夢を

ときどき眠れない夜がある。そうかと思えば、そのつもりはなかったのに寝ていることがある。おまけにくたびれ切っている日などは、眠りに落ちようかというその瞬間、金縛りに襲われたりもする。こうなるともう、一体誰の体なのかも分からなくなってくる。南方熊楠（一八六七―一九四一）のように、自分がいつ眠りに落ちたかを記録しようと奮闘し、まさに眠らんとするその時刻を乱れた字で記した人もある。しかし、私たちは普通、気がつくと、いや、気がつかないうちに寝ているものだ。とかく睡眠はままならない。

首尾よく眠れた後はどうか。夢を見るのか見ないのか、なにを見るのかも覚束ない。起きたら起きたで、たいていはどんな夢だったか、あるいは夢を見たことさえ忘れてしまう。そう、自分のことでありながら、体のなすがままというテイタラク。自分が見るものだというのに、夢に対して私たちはまるで無力なのだろうか。

いや、そんなことはない。夢は操縦できるものだ。そう言った人がいた。一九世紀のパリに生きたスペイン語学者、中国学者、戯曲作家のエルヴェ・ド・サン＝ドニ侯爵（一八二二―一八九二）という男。名前と肩書きからしてすでに謎めくこの人物は、同時に夢の研究者でもあった。

一八六七年に匿名で刊行した『夢の操縦法』（立木鷹志訳、国書刊行会）は、その成果を開陳した書物である。自分の経験とそれに基づいて考えられた夢の仕組み（メカニズム）の解説、古今の夢に関する各種説明の吟味、そして夢の操縦法という三つの部分から成る。

そもそも一三歳のときに夢の記録をつけ始め、ノート二二冊に一九四六日分の夢を記録したというのだからただごとではない。はじめのうちは見た夢を思い出せないこともあり、記録には欠落も多かったが、一七九夜目にいたってそのようなことがなくなったという。これが誠に驚くべき試みであるのは、目覚めてから夢に見たことを書いてみようとすれば感得されると思う。余程強烈な印象の夢はしばらく覚えていたりもするけれど、たいていの夢は、起きてあれこれしているうちにどこかへ霧散してしまう。エルヴェは夢日記に記している。「夢の細部を思い出す方法として、目覚めたとき、なにを考えるよりも前にそれを記録しなければならない」。やはり夢を研究した熊楠先生も、目覚めたらなるべく体を動かさないでまず記録せよと勧めている。

エルヴェによれば、人が訓練を積んで身体能力を鍛えられるのと同じように、鍛錬次第でそんなふうに夢の内容をしっかりと思い出したり、自分の意志で夢から覚めたり、果ては夢を操縦することさえできるという。でも、どうやって？

この書物を読んでゆくと気づくのは、著者が「問う人」であるということだ。物事を当然視したりせず、夢について実にさまざまな角度から問いを発している。そして、その豊富な夢の経験とそれを記録した材料を使って、謎に迫ってゆく。誠に好奇心の人である。

例えば、建築家でもなければ、彫刻家や画家でもない人が、夢の中では、その舞台となる街並みや建物をありありと見ることができるのはなぜか。言われて考えてみれば、起きている時には、見慣れている建物のことだって夢で見るほどにははっきり思い描けない。これは一体どういうわけだろう。

エルヴェは、自分の夢日記から格好の例を紹介する。ある日、夢の中でブリュッセルの街にいた。一度も訪れたことがないというのに！　その頃には意識を保ったまま夢を見られるようになっていたという彼は、夢の中で建物をよく観察し、できるだけ記憶に留めようと努める。ある店の看板を何度も読み、その装飾を目に焼き付ける。そうしておいてから、自分の意志で目覚め、急いでその印象を記録した。

後日、初めてブリュッセルに行く機会が巡ってくる。彼は夢に見た風景がどこかにないかと確かめた。どこにも見あたらない。ほっとする。それはそうだ。もし行ったことのない場所の光景を夢でありありと見ることがありえたら、それはもはや超自然的な現象だということになってしまうだろうから。

数年後、この謎は思わぬところで解けることになる。ドイツを再訪した折、フランクフルトで彼は驚く。かつて夢に見て記録しておいた通りの建物がそこにあった。エルヴェは、あの夢を見る何年か前にも、フランクフルトを訪れていた。

　では、この出来事をどう読み解くか。彼はこう考える。私たち人間は、必ずしも意識に上らない、「無意志的記憶（レミニサンス）」を脳裏に蔵している。つまり、日々、知覚したり経験したことが、意識されたりはっきり思い出されたりしなくても、記憶として刻み込まれている（これまたなんという不可思議であり不如意であろうか）。そこで彼はこう主張する。「われわれはかつて見たことのあるものしか夢に見ない」のだと。それが材料となって、私たちの脳裏で「観念連合」が生じる。平たく言えば、連想が起こる。そして眠っている間は、目覚めている時と違って、考えたことが夢に現れる。夢とは寝ている間の思考のかたちなのだ。これが、エルヴェによる夢の見立てである。

　さて、そこで気になるのは、一体どうやって夢を操縦できるのか。以上の見地に立って、エルヴェは言う。夢の中でも意志の力を発揮して、その観念連合（連想）に働きかけることができればよい。先生、そんな無茶な！　しかし、こちらの唖然とする顔などお構いなく、彼は実際に試してみせる。

　ある土地を訪れる際、滞在している間はずっと特定の香水を染み込ませたハンカチを持ち歩く。後日、家に帰って、ここからが本番。自分が寝ている間に、その香水を枕元に垂らせと召使いに言っておく（さすが侯爵）。ただし、事前に分からないよう、何日後、何週間後にそうするかは召使い次第とする。結果はどうだろう。ある晩、彼はその土地を夢に見た。目覚めると、枕には例の香水が香っていた。見事、香りが夢の中で土地の記憶を呼び覚ましたのだ。

香りだけではない。肌合いや音など、各種の感覚を記憶に結びつければ、同じように夢を操縦できる。ただし、夢をうまく操縦するには、眠っていながら「自分はいま眠っているぞ」という意識を持つ必要があるという。そんなことできるだろうか。いや、大丈夫。私のように夢の日記をつけ続ければ、自ずとできるようになるとエルヴェは助言してくれる。でも先生、凡俗の身にはむしろそれが難しいのです……。

夢を操縦したいかどうかは別として、この本を読むと、夢に対する意識が変わってしまう。我がこととはいえ、夢とは、自分の体によって「見させられる」もの。そんな受け身の気分でいたのだけれど、実はそうとばかり決めつけたものでもない。その気になれば、夢の中で覚め、夢を構成する無意志的記憶を探検したり、介入したり、そこで見たものを目覚めた後の世界に持ち帰ることだってできるのだ。それは、普段は意識していないにもかかわらず自分に刻まれた何事かを知ることでもある。

エルヴェは、その探究の最大の秘訣をこう述べる。「疑問を抱くこと、それこそが解決法なのである」と。けだし名言であろう。

遊びか仕事かはたまた

かれこれ四半世紀にわたってゲームにかかわる仕事をしてきた。一口にゲームといってもいろいろあるけれど、ここではもっぱらゲーム機やスマートフォン、パソコンなどで遊ぶデジタルゲームを指している。一九九四年に大学を出てから一〇年ほどコーエーでゲームを開発して、それから一〇年、今度は専門学校や大学でゲームにかんする考え方やつくり方を教え、目下はモブキャストで開発と教育に携わっている。

いまでもときどき思い出すことがある。二〇年前なら「お仕事はなんですか」とお尋ねいただいて、「ゲームをつくっています」と言えば、たいていポカンとされたものだった。あの、失礼ですがそもそもそれは職業なのですか。アーティストを夢見る卵のようなものとはなにか違いがあるのですか。それが職業だとしたら、いったいどうして成り立つのですか。どうにもイメージが湧きませんな。というわけだけれど無理もない。

たまに話が通じる人がいたかと思ったら「いいですねぇ、日がな遊んで仕事になるなんて、わっはっは」という調子で、そんな楽園のような会社があったらこっちが教えて欲しいわ！　とはさすがに答えなかったものの、ゲームをつくる仕事というのは存外知られていないものなのかもしれないと思った。

それから時は流れて現在。ゲームクリエイターといえば子供たちが憧れる仕事に登場し、企業や産業として認知もされ、なによりかつてとは比べものにならないくらいの人がゲームで遊ぶようになった。「お仕事は何ですか」「ゲームをつくっております」「ゲームですか、結構ですな」

となるかどうかはさておき、話が通じやすくなった。

クリエーションとか創作といえば作家や芸術家のお仲間と連想されることもある。実際には今も昔も職業人としてのゲームクリエイターの多くは会社員。念のために申せばインディーズゲームや同人ゲームのように個人や少人数のチームで制作するケースもこれまた昔からある。というよりゲーム業界自体も最初はそうして始まっている。

さて、肝心の仕事はどうか。実際のゲーム開発の現場を覗(のぞ)いたら、きっと多くの人はがっかりするに違いない。なにしろほとんどの時間は、誰かと打ち合わせをするか、パソコンに向かって静かに作業をする地味な仕事だから。ときどき研究のために（と称して眉間にちょっとしわなどを寄せつつ）他社のゲームをプレイしたり自分たちがつくっているゲームのテストをしたりする場面だけは、遊びと区別がつかないかもしれない。

ゲームをつくるのは難しくも面白い。なによりそのゲームで将来どこかの誰かが遊んで、ああでもないこうでもないと試行錯誤したくなるように仕立てるのが仕事。なんならやらなくたって人生にはなんの差し支えもないはずの目標を提示して、達成したい気持ちをそそろうという次第。しかもゲームには負けたり失敗したりがつきもの。それでもなお繰り返し遊びたくなるようにつくろうというのだから、人の心の機微を想像しなければ到底つくれない道理。

ところが厄介なことには、いまもなおこの世で最もよく分からないものの一つが人間の心だったりする。ちょっと大袈裟(おおげさ)に聞こえるかもしれないけれど、そんなわけでゲームをつくりながらずっと人間という謎について考えているのだった。

書店こわい

いつからだろう、暇さえあれば書店に行くようになっていた。

仕事で訪れた場所でも旅先でも、用事があってもなくても、ここで書店とは、新刊書店と古本屋の両方を指している。

それにしたって、なぜ書店なのか。インターネットで本を注文できるようになって久しい。探しものが分かっている場合なら、出かけなくても在庫の有無まですぐ分かる。わざわざお店に足を運ばずともよさそうなもの。一九九〇年代半ばに国内外で新刊、古本のネット書店があいついで登場して以来、私もどれだけお世話になったか分からない。いまも大変重宝している。

他方でやっぱり書店は欠かせない。ネット書店とはまた別の利点があるからだ。先に一言でいえば、私にとって書店とは、記憶と連想のための装置なのだ。少し説明が必要かもしれない。

例えば、ゲームをつくったり本を書いたりするとき、あるいは仕事に関係なく気になることがあるとき、書店ほど便利な場所はない。ここでは「人工知能（ＡＩ）ってなんだろう」という問いを念頭に大きめの書店を訪れる場合でお話ししてみよう。

まず本の森へ入る前に「人工知能、人工知能……」とつぶやく。油断していると入店時には思ってもいなかった本を抱えて出ることになるから（それもまた書店の醍醐味なり）。無駄な抵抗とは分かっている。それでも「いいか、最初の一〇分だけでもＡＩについて考えるんだ」と自分に言い聞かせてドアをくぐる。

目下は何度目かのＡＩブームで新刊コーナーの常連でもある。未読のものがあればまずは手にとり、次にコンピューター書コーナーに赴いて技術方面の本を眺める。この問いを携えて、もう何度も来ている。それだけに棚の大半は、すでに読んだものや見知っているものだ。見慣れない本はすぐ分かる。このとき、本の姿形や書名、版元、あるいはその分類や配置は、一種記憶の手がかりになる。表紙のデザイン、使われている書体、色、大きさ、厚み、重さ、紙の質感のちがい、棚の中の位置のおかげで、たくさんの本を労せず見分けられるし覚えやすい。記憶にない本を手にとり中を見る。

機械学習やプログラム言語など、AI開発に関わるものの他にも、その限界や人びとの誤解を説いた本がある。「そもそも人間の知能がなんなのかもまだ謎だもんなあ。そう考えると『人工知能』というまことしやかな名称も紛らわしいよね……」などと考えが進んで神経科学や認知科学の棚へ移る。同様に、社会や経済、法律や政治、文学や言語学ではどうかと、本を目にするたびに連想が働く。問いが問いを呼び、導かれるように棚から棚へと歩きまわる。

ここで大事なのは、棚が固定されていて自分が動くというところ。おかげで馴染(なじ)みの建物や街のように頭のなかに地図ができるわけである。バラバラだったら把握しづらい膨大な本も、棚の分類や互いの位置関係で記憶される。そう、書店とはそれ自体が巨大なブックマップであり、それを人の頭に入れやすくする記憶装置でもあるのだ。

とかなんとかしかつめらしいことを述べたが、そうして小一時間も過ごすと、半分は当初の問いと関係のない本を買って帰ることになる。問いが増え、また書店が楽しくなる。以下無限ループである。書店こわい。

アイロンになる

ときどき頭のなかを真っ白にしたくなる。

日常のちょっとした気がかりや仕事の予定をはじめとして、放っておくと起きている間中、いろんなことが脳裏に去来する。お腹が空いたな、今日の一面はなにかな、やけに冷え込むね、明日は締め切りだ、その前にあの本を買いにいかなくちゃ、コーヒー淹(い)れよう……などなど、我がことながら落ち着きがないといったらありゃしない。

昔、心理学者のウィリアム・ジェームズが、人間の意識とは川の流れのようなもので、どんどん入れ替わり過ぎ去っていくと例えてみせたけれど、言い得て妙とはこのことだ。ジェームズほどうまくは言えないものの、心とは、絶えずいろいろな種類の車やバイクや自転車や人や動物が往来する交差点のようなものだ、と思うことがある。

そんな賑(にぎ)やかな交差点をときどき交通規制したくなる。人っ子ひとりいない状態にしたい。できれば交差点さえない野原になればもっといい。さて、どうするか。

座禅を組んで心を静かにするという先人の智恵がある。ただ、これは修行が足りない身ではいつもうまくゆくとは限らない。ではどうしよう。雑念の塊のような私なりに、これまで少し気がつくこともあった。

例えばアイロンをかけていると無心になれるようなのだ。まず、ハンカチ、シャツなどを用意する。多ければ多いほどよい。アイロン台を立てる。ビーカーに水をとってアイロンに注ぐ。ビーカーは手近に置いておく。こうしておけば途中で水が切れても大丈夫。ハンガーとリネン水も同様に。スイッチを入れる。家の前を車が通り過ぎる。
蒸気が出始めたところで、手始めにハンカチを一枚。シワの寄った布にアイロンを当てる。しゅーっと音がして、鉄板ごしに布の表面が平らに伸びてゆく感じが伝わってくる。繊維に熱と水分が加わってなにかが起きている。

ゆっくりアイロンを動かす。凹凸がなくなる。今日はこのあとなにをしようかな。ハンカチの隅が直角になるように整えてもう一度。半分に折ってアイロンを当てる。さらに半分に折ってもう一度。次のハンカチ。その次。もう一枚。適当に積み重なっていた布の山が四つ折りにして積み上げられて、ちょっとモダンな建築物のようになる。

そしていよいよシャツ。ハンカチよりも大きくて形も複雑。ボタンやポケットがついている。ふふふ、たまらん。どういう順序でするのがよいか、よく知らないまま、なぜだかいつも襟からとりかかる。よれっとしていた襟がシュッとする。俄然(がぜん)やる気が出てくる。右前身頃(ごろ)、後ろ身頃、左前身頃、前立て、左のカフス、袖、右のカフス、袖、全体を見直して足りないところをもう一度。ときどき手強(てごわ)いシワに遭遇する。リネン水をシュッと吹く。ハーブのような香りがたつ。最後に襟に折り目をつけておしまい。ハンガーにかける。次のシャツ。その次のシャツ……。

この頃には自分はただのアイロンである。世界には布と台とアイロンだけがある。使い慣れた道具で何度も繰り返した作業をするとき、道具そのものになるような気がする。

作業が終わる。しばらく森閑としていた場所に再び交差点が現れ、車やバイクや自転車や人や動物が往来し始める。気のせいか、アイロンがけの前とちょっとだけ世界がちがって見える。

プログラム習得のコツ

大学や専門学校でよく学生に聞かれることの一つに、どうやってプログラムできるようになったのかというお尋ねがある。

今でこそ各種の学校などで教えてもらえるけれど、私がコンピューターを触り始めた一九八〇年ごろは、本を頼りに独学という人が多かったように思う。

最初に手にしたのはポケットコンピューター、略してポケコンだった。電卓がちょっと豪華になったような見た目で、小さいながらアルファベットのキーボードもついている。画面はモノクロで一行きり。表示できるのは一〇文字ちょっと。

現在のスマートフォンやコンピューターを見慣れていると、いったいそれで何ができるのかと思うかもしれない。じつはこれで結構いろんなことができた。ただし少々想像力を要する。

例えば、一行しかない画面の真ん中に「Ω」が表示される。ひょっとしたらそうは見えないかもしれないけれど、これは鎧(よろい)を身にまとった騎士だ。そこへ左右からクローバーやスペードが迫ってくる。だんだんそう見えてきたかもしれない。これは騎士に襲いかかるモンスターたちだ。タイミングよくキーを押すと「Ω↓」と表示される。もう大丈夫だろうか。そう、騎士が剣を振ったところ。うまくモンスターに当たると倒せる。失敗するとこっちがやられる。

そのポケコンにはBASICというプログラム言語が搭載されていた。これを使えばプログラムをつくって動かすこともできた。「プログラム」とは「プロ＋グラム」(あらかじめ＋書かれたもの)というほどの意味。コンピューターに実行させたいことを命令としてあらかじめ文字で書いておくものである。

といっても最初から自分でほいほいプログラムできたわけではない。はじめは誰かがつくったものがお手本だ。当時はパソコン雑誌にプログラムが掲載されていた。これをポケコンに入力する。ご想像いただけるだろうか。誌面に印刷されたプログラムの文字を読んで、1文字ずつ打ち込んでいくのである。この地道な作業によって数十行のプログラムを入力する。じっと忍耐の子である。「できた！　遊べる！」といって、すんなり動けば世話はない。ああ無情。たいていはエラーと表示される。むむむ、というので誌面とにらめっこしながら、入力したプログラムにミスがないか、目を皿のようにして確認する。「うわーん、lと1を見間違えていた！　バカバカ」誰を責めようにも自分のミスである。

そんなこんなで艱難辛苦（かんなんしんく）を乗りこえて、全てのミスを直し終わるとようやくゲームが動く。もう動いただけで感激である。たとえそのゲームがつまらなくてもいい。ただ動くことが尊い。

誰から頼まれたわけでもないのに、そんなことを繰り返すうち、プログラムが少しずつ分かってくる。特に大事なのは失敗だ。めげずに原因を究明する過程でいろんなことを学べる。しかもゲームで遊びたいから、ちょっとやそっとでは諦めない。

やがて自分でもゲームを考えてプログラムをこしらえるようになる。単純といえば単純だったけれど、考えた通りにプログラムが動く楽しさはちょっと他では味わえない。また、子どもであってもプログラムの腕が上がるほどコンピューターを自由に使えるようになるのもいい。

以上の話にもし参考になることがあるとしたら、動機こそ大事となろうか。いや、ほんとに。

教室のノーガード戦法

子どもの頃から人前で話すのが苦手で、できればせずに済ませたいと思っていた。それがゲーム会社を辞めた後、ひょんなことから専門学校や大学で講義をするようになった。

どうして人前で話すのが苦手なのか。ひとつにはあがってしまうからだった。緊張すると呼吸の仕方を忘れて言葉もつっかえる。事前に話すことを考えておいても、いざとなると飛んでしまう。それに目の前にいる人たちを黙らせたまま、自分だけしゃべり続ける居心地の悪さったらない。みながなにを考えているのかも分からない。

いまから一〇余年前、お声かけいただいた学校ではじめて教壇に立ったとき、私は後悔した。それならハナから引き受けなければよさそうなもの。講義とはどういうものだろうという好奇心が勝った結果だった。自業自得である。

はじめのうちは話す内容を細かく記したメモを用意した。多少緊張しても、メモを読み上げればなんとかなると考えてのこと。たしかになにもないよりはましだった。難点はメモの読みあげに集中してしまうところ。それに学生たちの様子や反応が目に入らない。

このやり方を数回試した後で考え直した。メモをそのまま読みあげるのはやめよう。箇条書きだけ用意して、あとはその場で考えながら話そう。こうすれば学生たちの様子を見て調整もできる。これは私には悪くないやり方だった。繰り返すうちに緊張もなくなり心にゆとりもできる。

事前に予定していなかったこともその場で組み込んだりできるようになった。ただし学生たちがどう受け止めているかは依然として分からない。

そこで考えた。そうか、一方的に話すだけでなく彼らからも話を聞こう。といっても「質問はありますか」と言うだけでは反応は見込めない。どうするか。ゲームをつくるとき、どうしているか思い出そう。そう、遊ぶ人がつい何かしたくなるように仕掛けを用意する。例えば完成した絵を見せるというよりは、未完のジグソーパズルのように余白を設ける。すると見た人はつい「あ、これはここにハマるぞ!」と気持ちが動く。

講義でも、学生がついなにか考えて言いたくなるようなきっかけ、問いが必要なのではあるまいか。しかもできたら正解のあるクイズのような問いというよりは、ああでもないこうでもないと考えて議論できるようなものがよい。

「みなさん、コンピューターって英語を音だけ写した日本語だけど、もしこれを漢字で訳し直すとしたらどうすればいいだろう」「電子計算機?」「なるほど、それもあるね。でもさ、どうして電子計算機で動画を見たりチャットしたりできるのかな。もっとふさわしい名前ってないものかしら」

問いを提示して一緒に考える。少しずつ発言する学生も増える。さらに促す。疑問が浮かんだら口にしよう。先生である私が答えられないかもしれない問いでも遠慮は要らない。これを勝手に「ノーガード戦法」と呼んでいる。繰り出される問い(パンチ)はすべて受けとめる。なにせ面白い問いがあればこそ、知りたい気持ちは生じるもの。好奇心が動き出せば、おのずとものを調べ考えたくもなる。ならばよき問いが出現する確率を高めようという心算。以来教室ではガードをしないまま今日にいたる。

火星で働く

最近、火星で働いている。

ウソだと思ったら、いまこの文章を綴（つづ）っている私の目の前に広がる風景をお見せしたいところだ。荒涼としてかえってすがすがしい。

思い起こせば子どもの頃から火星のことは憎からず思っていた。愛読書だった図鑑のなかでも気に入っていたのは宇宙の巻で、暇さえあれば飽かず眺めた。当時（一九七〇年代）の子ども向けの図鑑では、火星といえば赤くて地球より小さな惑星で、その全体をとらえた写真が中心だったように思う。

一九七五年、米航空宇宙局（NASA）は火星探査機バイキング1号と2号を打ち上げた。同機は翌年、火星の軌道に到着、着陸機ランダーを地表に送り込む。ランダーが撮影した火星表面の様子は地球に送られた。ただし私が見ていた図鑑に反映されていたか記憶が定かではない。

宇宙や火星への興味は、半分は怖いもの見たさからだったと思う。例えば夜にベッドにもぐりこんでからのこと。真っ暗な中、もし宇宙に自分が独りぼっちだったらどんな気分だろうとか、自分が死んだらバラバラの原子になって宇宙のどこかに漂うのだろうか、などと空想を膨らませては勝手に怖くなっていたのだからしょうがない。火星人が来襲するH・G・ウェルズの『宇宙戦争』やレイ・ブラッドベリの『火星年代記』をはじめ、あれこれのSFを読み漁ったことも、そうした空想に拍車を掛けたのだろう。それでもまた日が昇れば図鑑を眺めて説明文を読んだ。

それから時がたち、二一世紀。無人探査機のスピリットやオポチュニティ、キュリオシティが火星に送り込まれた。いっそう鮮明になった火星地表の写真を目にして、なんだか妙な気持ちになったのを覚えている。もしなんの説明もなくこれらの画像を見せられたら、地球のどこかにこんな場所があると言われても疑わないかもしれない。植物が見当たらないことを除けば、砂や石や岩でできた地形や、遠くに見える山並みは、いつか見た風景のようでさえある。

がっかりしたとは言わないけれど、自分が火星の地表にたいしてなにかこう、もっと奇態なもの、想像を超えた見たこともない景色を期待していたのだと分かった。いったいどんな場所ならよかったのかと言われても困るのだけれど。

そんなことを言いながら私は火星の風景が気に入った。NASAが公開した写真を、コンピューターの画面でいつも目にする背景画像に設定した。見渡す限りのむき出しになった地面。人っ子一人いなくて、動物も植物も見当たらない。無機物だけがある。以来、ずっと火星で原稿やプログラムを書いている。

たかが背景画像というなかれ。これは私の持論なのだけれど、部屋や仕事場所でなにが目に入るかは存外、人の気分を左右していると思う。その点、火星はすばらしい。なにしろ静かだし、パソコンを起動して目にするたび、「さあて、今日はこの無人の世界でなにをして過ごそうかな」と、謎のやる気も湧いてくる。これに比較的近い気分を言うなら、秘境の温泉宿で他にすることもなく日がな目の前の川や木々を眺めるようなものだろうか。

といっても、視線を少し横にずらせば、地球産の植物やらコーヒーやらがあるんですけどね。

体は勝手に連想する

やっぱりそうなのか！　青年の自画像を前にして少し興奮した。写実的に描かれた、特に変わったところのない肖像画だ。私は東京国立近代美術館で開催中の「熊谷守一　生きるよろこび」展に足を踏み入れたところだった。

守一の絵は前にも見たことがある。絵画というよりはイラストやデザインという言葉が思い浮かぶような、シンプルな線とあまり多くはない色で構成された作風。例えば横たわるネコを最小限の線と色で描こうと思ったらこうなるかもしれない、といった絵だ。展示会場入り口のポスターにもそのネコが寝そべっている。そうそう、これこれ。

と思っていたら、最初に目にしたのが先ほどの自画像。ちょっと面食らった。そしてなぜだか笑ってしまった。たぶん自分の思い込みというか、予想の外れっぷりに我ながら驚いたのだと思う。それから安堵した。「やっぱりそうなのか！」となんだかうれしくなった。

というのも彼に限らず画家の代表作を見ると、つい最初からそういう作風だったように思ったりする。でも実際にはそんなことはない。例えばキュビズムで知られるパブロ・ピカソにしても、既製品の便器にサインをして作品にしてみせたマルセル・デュシャンにしても、作品を初期から並べてみると、最初は写実的な絵を描いているのが分かる。つまり、ものの形や光と影を捉える練習をしている。そして面白いことにそこから出発して、様々なやり方を試すようにどんどん変身してゆく。てなことを連想しながら進んでいくと、守一もいろいろ試していることに気づかされる。あるときは古典的作風。またあるときは印象派のよう。あるいは野獣派（フォーヴィズム）

やキュビズムを思わせるような絵も並ぶ。あたかも試行錯誤しながら変身してゆく画家の様子を見ているようだ。

そしてあるところまで来ると、例の熊谷守一風ともいえるスタイルが現れてくる。細部をそぎ落として色も形も少なくなってゆく。そこから先、その描き方の可能性を試してみる、といった感じで風景や動物や昆虫や人物をどんどん描いている。創造の爆発だ。

同時に自分でも予想していなかった連想が働く。これは何かに似ている。と思ったら、かつてのコンピューターゲームの画面だ。現在と比べて性能がとても低かった一九八〇年代のパソコンで描いた絵はちょうどこんな具合だった。「ミステリーハウス」や「惑星メフィウス」、「サラダの国のトマト姫」といった古いゲームの画面を思い出す。同時に表示できる色もひどく限られていたし、三次元やアニメーションなんてとんでもない。なんであれ単純な線と色で描くしかない。おお、あれだ。

しかもコンピューターゲームは、守一の場合と反対。パソコンの性能が向上するにつれて「フォトリアリスティック（写真と見分けがつかないほどの現実味）」と形容されるような映像へと向かってきた。人間が複雑なものから単純なものへと表現を工夫する一方で、機械のほうは単純なものから複雑なものへと変化してきたわけである。

展示会場を後にしながら、ここにはなにか考えると楽しい問題があるような気がしてくる。絵を前にすると体が勝手になにかを連想し、思いつき、感じたりする。それを味わったり捕まえたりするのもまた絵を見る醍醐味なのだ。

収容所のプルースト

途方もない本を読むと、しばらくのあいだ頭から離れなくなる。というよりも、読んだあとでそんな状態になってみて、はじめて「ああ、途方もない本だったのだ」と気がつく。最近もそういう本と遭遇して、それ以来次のような考えが頭のなかに居座っている。「もし無人島に一冊だけ本を持っていくとしたらなにを選ぶ?」という問いがある。無人島からしばらく出られないとしたら、簡単に読み終わらない本がいいだろうとか、何遍読んでも飽きないのにしようとか、いろいろなことが思い浮かぶ。

この問いにもうちょっと手を加えてみよう。「もし無人島に一冊の本も持っていけなかったらどうする?」と。もちろんスマートフォンやパソコンといった通信装置もない。どうするもなにも、周りには誰もいないし、本もなければネットも使えない。それでもなにか本を読むときのような楽しみを味わいたいと思ったらどうすればよいか。たいして代わり映えのしない無人島での経験の他には自分の記憶だけが頼りということになる。

一見、馬鹿げた空想に見えるかもしれない。ネットで検索すれば、いろんなことを調べられる私たちにしてみれば、およそ絵空事もいいところ。それでも私がそんなことを考えたのは『収容所のプルースト』(岩津航訳、共和国)という本を一読して誇張なしに三嘆したからだった。著者はジョゼフ・チャプスキという、ポーランドの人。彼は貴族の家に生まれた画家であり美術批評家であり、文筆家。一九三九年、ドイツとソ連は東西からポーランドに侵攻する。ポーランド軍の将校だったチャプスキは捕虜としてソ連の強制収容所に囚(とら)われた。そこでは捕虜たちがお互いに講義をして聞かせたという。本の所持は許されていないので記憶だけが頼りだ。そこでチャプスキが選んだのは、フランスの作家マルセル・プルーストとその長編小説『失われた時を求めて』だった。明日の命も分からない極限状態での講義は、聴講した仲間たちによってノートされ、それをもとにこの本がつくられた。

これだけでも十分驚くが、さらに驚愕（きょうがく）するのは講義の内容だ。プルーストやその作品についてこれだけのことを記憶だけで話せるとは、いったいどういうことか。しかも翻訳の巧みさもあって、実に魅力的な語り口。作家の生涯と作品の見所（みどころ）を重ねながら進む講義にひきこまれるうちに、気づけばページが尽きている。なにより『失われた時を求めて』を読みたくなる。

これは想像にすぎないけれど、収容所で彼の講義を耳にした人のなかにも、祖国に帰ったら必ずプルーストを読もう、読みたいと願った人もいたに違いない。幸い私たちは、それぞれに工夫の凝らされた何種類もの邦訳を手軽に手に入れられる。

それにしたって、そもそもなぜチャプスキたちは収容所で講義をしようと思ったのだろう。そんな素朴な疑問には、著者が同書の序文でこう述べている。「精神の衰弱と絶望を乗り越え、何もしないで頭脳が錆（さ）びつくのを防ぐため」だ、と。この場合、文学についてみなで考えることが、文字通り彼らの生き延びる糧となったわけである。

そんなことは起きないのを祈るが、もしチャプスキのような立場に置かれたら、どんな本が記憶のなかにあればよいかしら。このところそんなことを考えている。

キプロスの分断と花

いったい自分はいま何を見ているのか。私は一枚の大きな写真を前に言葉を失っていた。無理を承知で記せば、それはこんな写真である。できたら読みながら、頭のなかで光景を組み立ててみていただきたい。

晴れた薄水色の空に雲が流れ、低い砂山を背景に砂地が広がる。朽ちかけた建物があり、ヒツジの群れがいる。と、ここまでは異国の風景写真といった風情。問題はこの先だ。

砂地の中央にドラム缶が手前から奥に向かって並び、画面を大きく左右に分けている。ドラム缶の上にはネコが一匹。その左右に黒い服を着た五〇人ほどの老若男女がカメラのほうを向いて立っている。食卓を囲む人たちや織機や糸巻き機に向かう女性もいる。

目を引くのは画面手前だ。ドラム缶の列が尽きたその手前にガーベラのような花が奇妙な形で敷き詰められている。ワニが左右に体を伸ばしているようにも見える。そこに明るい色の服を着た少年少女が座り、左右では迷彩服姿の兵士が銃を構える。写真はこうした状況を少し高い所から見おろす格好だ。見れば見るほど不思議な光景で目が離せない。設計された舞台のようでもあり、人びとの顔を見ているとまぎれもない現実のようでもある。

タイトルを「Manda-la in Cyprus」という。ミヅマアートギャラリー（東京・市ケ谷）で開催中の個展だ。作者は宇佐美雅浩さん。これまで広島や福島や京都など、日本各地を舞台に「Manda-la」と名づけた写真を制作している。いずれも合成ではないかと思うほど、多くの人やものが集められ、ひとつの世界を凝縮したかのごとく配置された写真だ。仏教絵画の曼荼羅（まんだら）のようでもあり、一度目にしたら忘れられなくなる。しかもフィルムカメラで一発撮りというから驚倒する。写真そのものも圧巻だが、そこに写っている人や物、それらの関係といった背景を知ると、その驚きは何倍にもなる。

場所は地中海東部に浮かぶキプロス。新石器時代の遺跡もあり、ギリシア神話に登場するというから古い歴史のある場所だ。この島は文明の交差点のような位置にあって、入れ代わり立ち代わり様々な国の支配下に置かれてきた。二〇世紀にはイギリスの植民地を経て一九六〇年に共和国として独立。しかしギリシア系住民とトルコ系住民の反目から内戦に至り、停戦状態の現在も緩衝地帯を挟んで南北に分断された状態にある。

宇佐美さんは、そうした複雑な状況のなかへ入ってゆき、現地の人びとに交わり、スケッチを示しながら協力を求めて歩いたという。つまり南北に分かれたキプロスの人びとを一枚の写真のなかでひとつにしようというわけである。もう話を聞いただけで不可能に思えてくる。

こうした背景を踏まえると、写真の見え方も変わる。ドラム缶で区切られた左右は南北に分断されたキプロスの現状だ。自由気ままなネコと違って大人たちは境界で分かたれている。

他方でここには希望も示されている。先ほどワニのようだと言ったのは花で象（かたど）られたキプロス島だった。子供たちは南北に関係なくめいめいがその花を手にして一緒に座っている。では、実際には何がこの花の役割を果たすことになるだろうか。

遠い異国の情景なのに、他人事に思えないのはなぜか。もう何度か写真の前に足を運んで考えてみたい。すぐに答えは出ないとしても。

香りを生成する装置

潮風が吹いていた。磯の香りがする。私は江の島の海岸（神奈川県藤沢市）にいて、少し戸惑っていた。

というのも、脳裏では目の前に広がる景色とは別に、漫画の『Dr. スランプ』やバーベキューやフナムシやウミウシ、友人の家とそこにいた黒い犬、バイクの記憶がぐるぐると巡っていたからだった。砂浜に足を踏み入れるまで、そんなことを思い出すなんて少しも予想していなかった。というよりも、そんな記憶があることさえ忘れていた。潮風をかいで、体が勝手に思い出したわけである。

これはなんの記憶か。『Dr. スランプ』は小学生の頃、毎週読んでいた「少年ジャンプ」に連載されていた鳥山明さんの漫画。当時、神奈川県の横浜市に住んでいた。何度か散歩を楽しむサークル活動のようなものに参加して、三浦海岸あたりでバーベキューをしたことがあった。そこにはフナムシがわらわらといて、海には色鮮やかなウミウシがいた（どちらもちょっと苦手である）。

大学生になると、藤沢市に下宿し、ときどき鎌倉の稲村ケ崎にある友人の家にお呼ばれをしてご飯をご馳走（ちそう）になった。愛称でブーちゃんと呼ばれる黒い犬がいた。その頃、私はホンダのRebelというバイクに乗り、春や夏には風呂敷をからげて江の島海岸までバイクを走らせ、浜辺に寝転がって本を読んでいたのだった。

いまこうして記憶の一つ一つを説明するうちに、さらに記憶が蘇（よみがえ）る。毎週「ジャンプ」を買った町の本屋の佇（たたず）まいや友人のお父さんがブーちゃんを呼ぶ声の感じ……。きっかけさえあれば、どんどん記憶の中にズームインできるような気がする。

こうした人間のしくみをこまやかに観察して書かれた小説に、マルセル・プルーストの『失われた時を求めて』がある。紅茶に浸したプチットマドレーヌの風味から、はからずも記憶が蘇るというくだりは記憶にまつわる本で幾度となく引用されてきた。プルーストはこうも書いている。「過去は（中略）たとえば予想もしなかった品物のなかに（この品物の与える感覚のなかに）潜んでいるのだ。私たちが生きているうちにこの品物に出会うか出会わないか、それは偶然によるのである」（鈴木道彦訳、集英社文庫）

江の島の潮風は私にとってそうした品物だったわけである。そういえば私はときどき街中で鼻にする香りから、幼少時の光景を思い出すことがある。もう少しその記憶をたどってみたいと思うのだけれど、香りが去るとともに記憶も再びどこかへ消えてしまう。

他方では馴染み（なじ）のある文章や音楽やゲームの映像を頭の中で思い出して読んだり再生したりできるような気がするのに、例えばコーヒーの香りを脳裏でありありと思い出すのは難しい。それともしかるべき訓練によって可能になるのだろうか。

砂浜で貝殻を拾って眺めていると、どこからともなく考えが浮かんでくる。もし香りを自在に組み合わせて生成できる装置があったらどうだろう。いろいろな香りをつくってかいでみるうちに、自分でも長いこと思い出すことのなかった記憶が浮かんでくるのではないか。

もっとも、そっとしておきたいこともあるから、なんでも思い出せばいいというものではないけれど。

万能の速読術はあるか

どうしたら本をはやく読めるようになりますか。とは、学校その他でよくお尋ねいただく質問のひとつ。

気持ちはわかる。私もかつて速読術が気になって、いろいろ調べたり試したりしたことがあったから。というのも一〇代から二〇代にかけて、読みたい本がつぎつぎと増えるのに読むほうが全然追いつかない。そこで、なにかいい手があるのではないかしらと考えたのだった。

これに関して思い出すことがある。昔、会社勤めをしていたころ、いろいろなセールスの電話がかかってきた。中でも忘れ難いのは、速読トレーニング教材の売り込み電話。興味津々で説明を聞くと、目の動かし方や視野を広く保つ方法、ページを一度に見てとる方法など、要するに身体の鍛錬で物理的に速く読めるようになる、というもの。これについては私も一通り検討済みだったので内容は想像がついた。

せっかくなので、兼ねてから速読について疑問に思っていたことを尋ねてみた。仕組みは分かりました。ところで、このトレーニングをすると、馴染み(なじ)のない領域の専門書なども速く読めるようになるのでしょうか。例えば、高度な数学を使って書かれた理論物理学の本なども。

しばしの沈黙。それから決然とした口調で「できます」という頼もしい答えが返ってきた。私は念のため、もう一つの疑問についても意見を聞くことにした。例えば、目下勉強中で辞書や文法書を頼りにしないと読めない外国語、アラビア語とかラテン語などもそのトレーニングで速読できるものでしょうか。

より長い沈黙のあとで、重々しく答えが返ってきた。「できます」。電話主の額に脂汗が浮かんでいるような気がした。どんなからくりによって可能になるのか聞いてみたいとも思ったけれど、「参考になりました」と感謝して電話を終えた。

この二つの疑問は、速読について考える試金石になると思う。つまり、知識や理解の浅い領域にかんする専門書を読みこなすにはなにが必要か。母語以外の不慣れな言語を読めるようになるにはなにが必要か。

こう考えるとわかるように、どれだけ目を素早く動かしたり、一度に目に入る文字の量が増えたりしても、知らない文字は読めないし、基礎を理解していない知識は読みようがない。見方を変えると、すでに理解していることは、さっと読んだり読み飛ばしたりできる。

ひょっとしたらそれは特殊な場合だと思うかもしれない。しかし母語で書かれた入門的な文章を読む場合も同じだ。この点については、新井紀子『AI VS 教科書が読めない子どもたち』(東洋経済新報社)に驚くべき調査結果が示されていた。日本の中高生の多くが中学校の教科書の文章を適切に読めないという。中学の教科書といえば、さまざまな物事を理解するための土台となるもの。土台がしっかりしていなければ、その上に建物を建てるのは難しい道理。

では、どうしたら読解力は身につくだろう。例えば、古典研究で培われてきた精読のように、文章の意味をじっくり多角的に吟味する読み方や、読書会のように同じ本を複数の人で読んで、読み方を比べて話しあってみるという手がある。

読むことについては、拙速より巧遅ではないかと思うが、いかがだろう。

謙虚さのレッスン

かつてプログラム入門書に、プログラムを学ぶと人は謙虚になれると書いたことがある。

コンピューターの機能を使ってなにか実現したいことがあるとする。例えばスマートフォンで「オセロ」を遊べるようにしたい。この場合、画面にオセロ盤やコマを表示したり、遊ぶ人が画面をタッチするとコマを置いたり、挟まれたコマをひっくり返したり、カチャっと音を出したりする必要がある。要するにコンピューターに備わっている各種機能、画面表示や音声出力やタッチを感知する機能を組み合わせて「オセロ」を実現するわけである。このときプログラム言語と呼ばれる人工言語を使って「画面に白い円を描いて」などとコンピューターに命令する。

そんなふうにしてプログラマーは、実現したい状態を目指して命令を書き連ねる。数百数千行、数万行と、つくりたいものの規模に応じてプログラムも長くなる。このとき何が起きるか。実はここに間違える可能性が生じる。第一に、プログラム言語には文法があり、従って書かないとエラーとなる。第二に、文法的には正しくてもつくり方を間違える可能性もある。例えば、タッチされたマス目にすでにコマがあるのに、上からコマを置いてしまうというように。

ちょっと想像していただきたい。仮に千行ぐらいで「オセロ」のプログラムを書いたとする。このとき、一つのミスもなくプログラムは完璧だと言うためにはどうしたらよいだろう。よほど経験を積んだ熟練プログラマーでも、なかなかそうは断言できない。人間のやることだけに、長く複雑なプログラムにミスがないとはとても考えられないからだ。というよりも、ほとんどの場合、いくつものミスが混入している。

　だからつくったら必ずテストする。「わわわ、八手目までは順調に動いていたのになぜか九手目でぴたっと止まってしまった！」なんてことが起きる。ここでプログラマーの反応は分かれる。かつて私もそうだったけど、未熟者は概してコンピューターのせいにしがち。自分は正しくつくったのに、正しく動いていないのはコンピューターが悪い、というわけだ。対して、酸いも甘いも噛み分けたヴェテランは己を顧みる。「むむ、なにか自分でも気づいていないミスをやらかしたかな。怪しいのはあの辺か、どれどれ……」と。

　コンピューターは基本的にプログラムで命令した通りにしか働かない。だから想定外の状態が生じたとすれば、基本的には当のプログラムにミスがある。これを繰り返し経験すると、いくら自信があろうと自分は間違える可能性があると思うようになる。というよりも、そう思えるようにならないとプログラムの上達はおぼつかない。

　以上は一人でつくる場合だった。ゲーム開発では、たいていは複数のプログラマーが協力してつくる。そして同じことが起こる。つくったゲームをテストしてみたら、コマがマス目に収まらず変な場所に置かれてしまった。さて、このミスはどこに原因があるか。

「これはどう考えてもAさんの担当部分でしょ」とBさんが言う。言われたAさんが、そうかもしれないと思ってプログラムを点検してゆくと、実はBさんの担当部分に原因があった。なんてことが実によくある。

　なんのことはない、自分は間違えないという思い込みとの戦いなのである。

真夜中のおやつ

お腹が空いた……。

なにか食べればよいのだけれど、時計は午前二時を指している。こんな時間にご飯を食べるのもなんだし、さりとて仕事机に常備しているラムネもチョコもあいにく空っぽ。むむう。書きかけの原稿はまだ終わりが見えず、あと二時間くらいはかかりそう（私は見積もりが甘いから、実際はさらに＋一時間と見るべし）。どうすべきか。

そうだ、リンゴがあった。あれを齧ろう。こんなときはきまって、いつか映画で見た場面を思い出す。青年がコートのポケットからリンゴを取り出す。ジーンズかなにかできゅっきゅっとぬぐってそのままかぶりつく。パキッと割れて、リンゴの果肉が顔を見せる。じつにおいしそう。きっとこれ、古代から人が果実を食べるときの共通の仕草なのではないだろうか。

そんなことを考えながら、空になったマグカップを手にしてキッチンに立つ。ヤカンに水を入れて火にかける。リンゴをひとつとり、水で洗ってから、あ、そうじゃなかったと気づく。さて齧ろうというところでお腹がぐうと鳴る。

待てよ。もちろんこのまま食べてもよい。でもリンゴを切ってヨーグルトにあえてはちみつを垂らせばもっとおいしい。いや、それはこの前食べた。そうだ、と思いついてフライパンを取り出す。冷蔵庫を覗くと材料はある。

リンゴを切る。皮はむかない。熱したフライパンにバターを入れ、リンゴを並べる。上からグラニュー糖をまぶす。焼けてきたら裏返してこちらにも同様に。生クリームをいくらか注いで煮詰める。キャラメルの香りが立つ。フライパンからお皿にとる。フライパンは熱いうちにさっと洗って拭く。紅茶をいれる。所要時間は一〇分ちょっと。結局深夜におやつをこしらえてしまった。

机に運んでキャラメルリンゴをフォークでつつきながら考える。私はいつかどこかで誰かが考えておいてくれたレシピに従ってこれをこしらえた。考えてみればレシピだけじゃない。それぞれの材料は日本や世界の各地からやってきたものだ。調理に使ったナイフやまな板やフライパンや菜箸やコンロといった道具、それを置くキッチンや部屋、ガスや水道や電気もまた、ひとつひとつがどこかからやってきたものだ。ちょっとオオゲサにいえば、世界中のあちこちで誰かが考えてつくったものを集め、それらの材料や道具をレシピに従って操作して組み合わせることで、このキャラメルリンゴができあがった。

レシピを書き記す文字や言葉にしたって、いつかどこかで誰かが考えたものの組み合わせだ。例えば書棚にある『近世菓子製法書集成』（東洋文庫、平凡社）は文字と紙と墨やインクのおかげで後に伝わり、編訳者や出版社のおかげで本になり、江戸時代のお菓子をつくって試せる。

ものや人や知識を方々から集めて組み合わせる。料理、服飾、文章、道具、機械、部屋、建築、組織、学問、芸術、プログラム、都市、国家その他いろいろ、古来人間がやってきたことの多くは、そういうふうにできているのではないかという気がしてくる。いつかその細部と全体を捉えて一望できるようにしたいと思っているのだけれど、さてどうしたものか。気づくと食べ終わっていた。お皿を洗って仕事に戻る。

知の予防接種

先日、フランスの映画監督ジャン＝リュック・ゴダールが新作の制作を発表という知らせをネットで見かけて、「お、いいね」と少しそわそわするような気分になった。

その知らせは日本語で書かれていたので、こんなときの習慣で、さらに詳しい情報を求めてフランス語や英語で検索をかけてみた……のだが、それらしいニュースは見当たらない。「あっ」と思って日付を見ると四月一日。たはは、体もなくかつがれたのだった。しかも「今日はいつも以上に気をつけるべし」だなんて自分に言い聞かせていたつもりだったのに。要するに、ゴダールの新作なら観たいという願望にぴったりの冗談を目にして、本当のことだと思い込みかけたわけである。

これはウソだと分かっても、「なあんだ」とちょっぴりがっかりするくらいで済む話。他方で、事と次第によっては深刻な結果をもたらすウソもある。とりわけ健康や医療にかんする情報はその最たるもの。本や雑誌やテレビやネットには、医学的な根拠のある話から、虚実の怪しい話まで、まさに玉石混交状態で溢（あふ）れている。しかも厄介なことに、そのうちどれが妥当で、どれが不適切かを正しく見分けるには、相応の知識と勉強も必要である。場合によっては専門家のあいだでも意見が分かれていたりもする。では、専門家ならぬ私たちはどうしたらよいだろうか。

最近、この問題を整理して、判断の手がかりを与えてくれる本が出た。医療記者の朽木誠一郎さんによる『健康を食い物にするメディアたち――ネット時代の医療情報との付き合い方』（ディスカヴァー・トゥエンティワン）だ。

二〇一六年にDeNAが運営していたネットメディアの「WELQ」という医療情報サイトが話題になったのをご記憶だろうか。一時は月に延べ六〇〇万の訪問者数を誇ったというから、ネットで病気や治療について検索すれば検索結果の上位に現れて多くの人の目に入ったと思われる。ここまではよい。問題はこのサイトで提供されていた記事に、信頼性の怪しいものが多々含まれていたという点だ。

朽木さんは取材・調査を重ねて、同サイトの記事に疑義を呈した。それがきっかけとなって結果的に「WELQ」は閉鎖され、二〇一七年にはネットの検索サービスを提供しているグーグルが、健康や医療にかんする検索結果の質を向上させるに至った。

ここには少なくとも三つの要素が絡みあっている。(1)素人が医療情報の真偽を判断するのは難しい。(2)ネットで検索結果の上位に表示される情報が正しいとは限らない。(3)人は思い込みによってデマを信じてしまう可能性がある。

朽木さんはなぜこの厄介な問題を適切に扱えたのか。そのバックグラウンドに秘密がある。彼は医学部で勉強した後、ネットメディアで働いており、そのからくりにも詳しい。さらに、人は思い込みや間違いをするものだという前提から出発して、誰もが試せる具体的で地に足の着いた対処法も提案している。つまり先の三つのポイントをすべて押さえているわけである。

同書に書かれていることは、医療情報に限らず虚々実々のニュースや噂が入り乱れ、通信技術によって拡散しやすいこの世界で、耳目にしたことの真偽を判断する役に立つ。これを知の予防接種といったら、ややこしいかしら。

バンドメンバーの紹介

本づくりはバンド活動のようなものだ。

普通、本の表紙には作者として著者の名前だけが出る。だから単著ならその人が一人で書いたように思われるかもしれない。著者はボーカルのようなもので、実際にはドラムやベースやギターその他の楽器がいる。

著者が原稿を書く。といっても、この時点ですでに一人ではない。そもそも本を書くのに先立って編集者から打診がある。会って話すうちに、なぜ私（著者）に本の執筆を依頼しようと思ったのかが分かる。テーマが提案されることもあれば、それならこういうのはどうでしょう、とこちらからアイデアを出すこともある。そして話し合う。

アイデアを検討して企画書というメモにする。書名、概要、目次、デザイナー、想定読者、判型、ページ数、定価、部数、刊行予定などを仮に書いてみる。これを材料に出版社内で検討するわけである。ゴーサインが出れば執筆開始。この段階で練り直しや没もある。というわけで原稿を書き始める。テーマについてそれまで読んだ本や論文などを参照しやすいように机の横にまとめて置く。書きながらさらに探し集めて読む。ほら、ここでも先達の知恵を借りている。

書いた分をそのつど編集者に見てもらい検討を続ける。本は他の人に読んでもらうために書くものだけに、第三者の目は重要だ。というのも自分では気づかないことがいくらでもあるから。コメントをもらって、書いたものを捨てたり書き直したりする。編集者とは、著者と二人三脚の伴走者なのである。

ついでながら執筆には、自分で発明したわけではない言語や表現を使うし、これまでに読んだ本や誰かとの会話やその他の経験も材料となる。これもまた先人や他の人との共同作業のようなもの。もちろん誰かが考えてこしらえた紙やペンやコンピューターや電気を使って書いたり打ったりするのも同様だ。

また、書いた原稿はそのまま本になるわけではない。ブックデザイナーが姿かたちを設計する。どんな紙にどんなインクで刷るか。書体やその大きさ、文字や行の間隔、余白のとり方といった要素は、その本の読み心地を大きく左右する。

そうした設計に基づいてゲラ刷りと呼ばれる印刷物がつくられる。「これが本として印刷される状態ですよ」というゲラを見ながら著者は赤ペン片手に校正を加える。同時に編集者や校閲者がチェックする。漢字の変換ミスや誤記といったものから、言葉遣いの間違いや事実誤認などを確認して訂正を施してゆく。なにしろ一度紙に印刷して複製したら、おいそれとは直せない。

数度の確認を経て、いよいよ本になる。これもブックデザイナーが設計した表紙や帯が巻かれて整えられる。読者は内容より先に表紙や背表紙を目にするだけに、これもまた大変重要である。

印刷所で印刷製本された本が取次を通して書店へ運ばれる。営業が本を宣伝し、書店では店員さんがそれぞれの本にふさわしい場所を選んで配置する。同じ本でも置く場所や環境次第で見え方が違うから不思議だ。そして最後に本は、誰かに読まれてこそのもの。

本づくりはバンド活動のようなものだと言ったけれど、こうして見てみると思った以上のビッグバンドなのであった。

ちょっとだけ変身する

ものを考えたいときは歩くに限る。

というのは私の場合だけれど、歩行と思考はどこかでつながっているような気がしている。

例えば机に向かって文章を書く。ずっと同じ場所に張りついていると、だんだんとその状態に馴染(なじ)んで無感覚になってゆく。そうなると発想も切り替えづらい。締め切り直前で時間と競争しているような場合はともかくとして、そうでもなければ机を離れて歩くのがいい。

目下取り組んでいる課題を頭の片隅に放り込む。ふらりと外に出る。目的地はない。家を出て左に行くか右に行くかも気分任せ。足の出たほうに歩き始める。

薄水色の空に雲がゆく。陽はあたたかで風はすずやか。散歩中の犬が足元に来て、しばしすんすんと匂いをかいだり、ちょっとぺろりと舐(な)めたりするのをなでる。道端に咲いている花、通り過ぎる車、どこかのお宅の門構え、遠くで電車が走る音、川にかかる橋。道の勾配や曲がり具合に従って目に入る景色も微妙に変わってゆく。

言えば当たり前のことながら、歩くと一歩ごとに目に見える景色が変わる。それにつれて机の前では思いつかなかったことがあれこれと浮かんだり、脳裏で考えが進んだりする。これは勝手に思っていることなのだけれど、歩くと考えが進むのは、歩くに従って目と耳と鼻と肌から伝わってくるもの、知覚が絶えず移ろうからだ。脳裏に放り込んでおいた課題と歩くつどやってくるさまざまな知覚が組み合わさって、思ってもみなかった発想が訪れる。「これは」と感じることは飛び去ってしまわないうちにつかまえたい。立ち止まってノートにメモをとる。そしてまた歩く。

ここまで書いてみて、この後をどうしようかと迷った。書き始める前につくったメモには「脱線」というキーワードも書いてある。脱線はそれ自体とても面白い言葉だ。でも、ここまでの文章にうまくつなげる手が見つからない。うーむ。というので私はいま外を歩いている（急に実況）。少し前まで桜が満開だった川沿いの遊歩道を……。

そう！　こんなふうに気の向くままに歩くことを「遊歩」などと言う。ほらね、机の前では思いつかなかった言葉が浮かんだでしょう？　歩くにつれてさらに連想が働く。遊歩を英語では「promenade」という。このコーナーのタイトル名でもある。

遊歩は無駄なことのように感じるかもしれない。でもあながちそうとばかりも言えない。ぶらぶら遊歩すると意識も遊ぶ。ここで遊びとは、効率や目的とは関係なく、いろいろな可能性を試してみるという意味だ。いまの自分には思いつかないもの、意識していないものを発見するための技法といってもよい。先ほどの「遊歩」という言葉を、机に向かっていた私は思いついてさえいなかった。

もちろん遊歩さえすれば、いつでもよいアイデアが浮かぶわけではない。それでも歩くことには意味がある。というのも歩き終わって帰ってくると、出かける前とは少しだけ別の人になっている。ささやかながら歩き回った経験の分だけ変化するからだ。自分が変われば、さっきまで「これしかない」と思っていた文章を見直したり書き直したりしやすい。

歩くのは、心に風を通してちょっとだけ変身することなのだ。

お生まれはどちら？

「お生まれはどちらですか」とお尋ねいただくと、とっさに答えられずに「ええと」と固まってしまう。特に複雑な事情があるわけではないのだけれど、ここが自分の生まれ故郷という感覚がないものだから、頭のなかで「生まれたのは……」と確認のワンクッションが入る。

なぜ郷里の意識が薄いのか。理由は簡単で、小学生の時分に2度の引っ越しをしているためだ。学校も二度転校している勘定で、土地の記憶と結びつくような幼なじみもおらず、いま実家がある場所も含めて、どの土地も故郷という感じがしない。

引っ越しをしたのは、スマートフォンはもちろんインターネットも普及していない時代のこと。一度ある土地を離れて転校すれば、それまでの友だちとは今生の別れ。まれに手紙のやりとりをする人はいても、つながりはほとんど維持されず、そのつどご破算となる。加えて言えば移動先の土地では転校生、ストレンジャーの扱いである。黒が標準の中、深緑のランドセルをしょって、男のくせに（とは同級生男子たちの言い分）ピアノを習っているとあってはなおのこと。といっても別段イヤではなく、そういうものかと思った。ただそれ以来、どこへ行っても土地や集団への帰属意識というものが薄く、かりそめの訪問者という気分が抜けないまま今日に至る。

先日、後藤明生『引揚小説三部作』（つかだま書房）という本に解説を書く機会があった。この本には『夢かたり』『行き帰り』『嘘のような日常』という一九七〇年代後半に刊行され、いまでは手に入りづらくなった三冊の小説がまとめられている。三作とも共通の主人公が登場する。彼はかつて日本の植民地だった朝鮮半島の永興という町で生まれ育ち、中学生の時に敗戦を迎えて内地に引き揚げてきた人だ。小説中では四〇代、生まれ故郷を喪失した中年男性である（後藤明生も同様の来歴を持っている）。

彼はかつてその地に暮らしていた人びととのやりとり、地図や写真や記録、あるいは日常のなかで不意に思い出されることなどを手がかりにして、失われた故郷について考える。例えばあるとき入浴中に、腕にあるはずの種痘の痕が見当たらないことに気づく。そこから何歳のことかは覚えがないものの永興にいた頃、校医の先生によってメスで種痘を施されたその場面が思い出される——という具合。

面白いことに彼はしばしば「思い出せない」「忘れてしまった」「はっきりしない」という。それもそのはず、20年以上も昔のことだ。私たちはすべての経験をくっきりと記憶しているわけではないし、いつでも自在に思い出せはしない。日々の暮らしのなかで、そのつど自分でも思ってもいなかったひょんなきっかけから不意に思い出されるものだ。それに記憶は後から変わりもする。

この小説の主人公は、母国であっても生まれ故郷ではない土地に一種の異邦人として暮らす。そこで折に触れては故郷について考え続けるわけである。その様子は、異郷を訪れて観察する人類学者のようでもあると感じて、解説を「帰る場所のない人類学者」と題してみた。

もっとも、いっときこの世に生を受けていつか去ると思えば、誰もが異郷にいるようなものなのかもしれない。と、つい話を広げてみたくなるのは自分もデラシネだからだろうか。

全集を少々

「全集」という言葉に弱い。めっぽう弱い。

どのくらい弱いかというと、ジャンルを問わず新刊案内になんとか全集とあれば、黙って見過ごすことができない。古本屋を歩いているときも、意識せずとも「全集」の二文字に目がとまる。

今も『定本漱石全集』『定本夢野久作全集』『吉本隆明全集』『アリストテレス全集』『ハイデッガー全集』『水木しげる漫画大全集』『セルバンテス全集』『池澤夏樹個人編集日本文学全集』『エウクレイデス全集』をはじめ、刊行順に手に入れて読んでいるものがある。ここに準全集というべき「著作集」「コレクション」「集成」「叢書（そうしょ）」「大系」「大全」などを加えると、リストは数倍になる（といっても、所詮個人による収集なのでたかが知れているのだけれども）。

いったい全集のどこがいいのか。まず名前がいい。なにしろ「全集」である。「全て集めた」というすがすがしさ。嘘でも仮でもそう言い切るところがいい。あたかもここに全てがあるというその気分。

ここで「でも、本当は全部なんて入ってないんでしょ？」と野暮（やぼ）を言わないようにしたい。そもそも「全部」とはどういう状態かということも、考え出すと分からなくなってくる。漱石が書き残したもの全部？　失われたものもあれば、意味不明のメモもあれば、反故（ほご）にした原稿だってあるだろう。どこまで集めたら全部なのか。そうした疑問をいったん脇において、まあまあこれが全体だと思いなせェという次第。

それから全集は、そうはいっても限りがあるのもよい。この数十巻が全体をなしている。せっかくの全集も無限に続くとあっては、こちとら有限の持ち時間の身だけにかなわない。これっきりという区切りがあるのがいい。そこに希望がある。全部丸ごと読めてしまうかもしれないという希望がある。

しかしどうしてこんなことになってしまったのか。記憶にある限りで最初に接した全集は、小学生の頃、隣に住んでいたお姉さんのおさがりでもらった『世界少年少女文学全集』だ。古代の神話から二〇世紀の小説までが何十巻かで編まれたジュブナイル版。書棚に背表紙が並ぶ様子にうっとりしたのはもちろんのこと、カラーの挿絵に励まされて順々に読んでいくのが楽しかった。

それからしばらく潜伏期間があった。全集熱が本格化したのは高校生の時分。神田の古本屋でシャーロック・ホームズの全作品が入った英語版の一巻本や、新書サイズの『二葉亭四迷全集』など、自分でも買える範囲の廉価なものからはじまって、露台に出ている全集の端本を集め読んだりした。

大学生のときには『プラトン全集』『アリストテレス全集』『西周全集』『マルクス＝エンゲルス全集』などが欲しかったけれど、さすがに財力が追いつかず図書館で借りて読んだ。

会社勤めをはじめてから、最初のボーナスで買ったのはプラトンとアリストテレスの全集だった。それから会社を辞めるまでの一〇年間、これはと思っていたものを集めて読んだ。

なぜそんなことを？　と言われても答えに窮する。人を説得できる理由はない。あえて申せば趣味だろうか。「ご趣味はなんですか？」「全集を少々」言われたほうも困るだろうから言わないけれど。

トーストの音

表面をかりかりに焼いたトーストにナイフでバターを塗る。

私はあるとき、この感触がたまらなく好きであることに気づいた。二〇一一年、劇場で映画を見ている最中だった。

スパイ小説の名手ジョン・ル・カレの『ティンカー、テイラー、ソルジャー、スパイ』を元にした映画『裏切りのサーカス』の1コマだ。英国情報部かどこかの執務室で、スーツを着た男がトーストにバターを塗っている。

いや、話の本筋からすれば、そこは注目すべき点ではないのだろう。だが、私はバターナイフがトーストに触れる音をうっとりと聴いている自分を発見した。金属だけでもなく、トーストだけでもない、両者がこすれ合うときだけに出る音だ。そして思った。ああ、なんてすてきな触感だろう。音もさることながら、ナイフごしに指先に感じられるはずのトーストの手触りもよい。なんなら私は、この感触を味わいたいためにトーストをこしらえているのではないかと思うことさえある。

こうした、モノの立てる音や触感への好みは人それぞれだろう。他にも、雨粒が傘の表面をたたく音やタイプライターの打鍵音、びんの蓋を開け閉めする音、本のページを繰る音、ナイフでエンピツを削る音、ギターの弦を指が滑る音など、気に入っている音がある。といっても、どうしてそれが好きなのかは自分でも分からない。

世の中には同じようにしてせっけんを削る音や、お菓子のパッケージを開ける音、ハサミを動かす音など、さまざまな好みを持つ人たちがいるようだ。近年動画共有サイトのユーチューブにそうした音を立てる様子を撮影した映像が大量に投稿されている。

これには名前がついていて、ＡＳＭＲという。Autonomous Sensory Meridian Responseという英語の略称で、いささか日本語にしづらい。人それぞれに感覚への刺激で心地よくなること、とでも言おうか。映画や動画の場合なら、目で見て音を聴いて心地よさを感じる。たとえば、電卓のキーをカチャカチャたたく様子ならずっと聴いていたい、という具合。また、自分でトーストにバターを塗るような場合なら、視覚、聴覚に加えて触覚あるいは嗅覚も関わっている。

で、ＡＳＭＲの動画を見てみると、ひたすらスプレーで液体を噴射したり、グラスに液体を注ぐ様子を流したりしている。もちろんただぼーっと眺め聴いてもよい。他方でこれにはもう一つの使い道があって、夜寝る際に少しボリュームを絞って音を流すと眠りやすいような気がしている。たとえるなら、電車のシートに座って揺られていると、ガタンゴトン、ガタンゴトンと音と振動があるのに、そのリズムがかえって眠気を誘うのにも似ている。というか、これもＡＳＭＲなのか。

かつてカナダの作曲家マリー・シェーファーが、音の環境を「サウンドスケープ」と名付けて、都市や農村などでどんな音の風景があるかを調査したことがあった。さらには社会の音環境を改善するために、サウンドスケープ・デザインという発想も提示していた。現在なら、コンピューターを使って自分好みの音空間をつくるのも、そんなに難しいことではない。私なら部屋でどんな音を流そうかな。やっぱりトーストにバターナイフ？

驚異の部屋

博物館や美術館と聞けば、ほとんど条件反射のようにときめいてしまう。

その気分をたとえるなら、散歩に行けると分かったときの犬の気持ちに近い。「どこに行くのか？　なにがあるのか？　ワクワクソワソワ」というあれである。心はぴょんぴょんするし、シッポなんかブンブンである（犬に聞いたら「お前と一緒にするな」と言うかもだけど）。

そこは、あるテーマに沿って自然物や人工物が集められ、ある見立てに従って並べられた場所。見知らぬものはもちろんのこと、いつか見たものだって新たな配置で接すれば、新鮮な眼で見えもする。未知と遭遇できる驚異の部屋なのだ。もうそれだけで興味が尽きない。

でも、自分はどうしてこうなったのか。思いあたる節はある。子どものころに連れていってもらった上野の国立科学博物館に圧倒されたこと、紙上の博物館たる図鑑を飽かず眺めていたこと、近所の断層に化石を探しに行ったことなど。小さなきっかけが、斜面を転がる雪玉のように大きくなり、その後も転がり続けているのかもしれない。

それにしても、思えば変な施設だ。場所も時代もさまざまな出処から集められたモノたちが一堂に会す。例えば、恐竜やアンモナイトの化石、世界中のあちこちから運んでこられた動物や植物や岩石の標本、フーコーの振り子や飛行機が一つの建物にある。そんなことでもなかったら、とても同じ場所にありそうもない森羅万象の断片。

そのようにして多様なモノが収集されたその空間には、複数の時間と空間が封じ込められている。なにしろ六千万年前（！）に地上を歩いていたというティラノサウルスの骨から二〇世紀の人工物まであるのだから。それを眺めているこちらは長くて一世紀ほどの人生である。そう思うとクラクラする。いま、もっぱら自然物や技術の産物を例にしたけれど、絵画や彫刻や写真、その他の創作物の場合も同様だ。有史以来、というか文字のなかった先史以来、洞窟に動物の絵を描き、土器や鏃（やじり）や建造物をはじめ、言語や法律のようなものを含めて人類はいったいどれだけ有形無形のモノをこしらえてきただろう。

翻ってみれば、私たち自身や日常もまた、それぞれが小さなミュージアムだ。というのが言い過ぎなら、さまざまな時代や場所の産物からなるコレクションのようなものだ。例えば、脳裏にある言葉の記憶は、それまで耳目にしてきた文字や音声から集められている（すべてを覚えていないにしても）。書棚に置いた本もそうなら、持っている衣服、生活に使っている各種の道具もそう。この場合、さしずめ自分が主任学芸員か。

もし仮に、いまこの瞬間の自分の部屋や仕事場を構成しているモノを全部並べてリストにしたらどうなるだろう。それこそクリップの一つ一つやペンの一本一本、なぜかたまってしまった空き箱やらティーバッグやらプリンターやら鉢植えやら、ともかく身の回りにあるモノを調べ上げて、それぞれについて分類ラベルをこしらえたらどうなるか。そのうち、つくられた時代や場所が分かっているものはどのくらいあるだろう。逆にどこから来たのか分からないものはどうか。

そう考えると、私たちは存外、どこから来たのか知らないものに囲まれているのかもしれない。これまた驚異の部屋だ。

ゲームクリエイターになるにはなにを勉強すればよいですか。しばしば中高生のみなさんからお尋ねいただく。

そうか、そうなのか。勉強しちゃうのか。はじめて問われたときは少々戸惑った。私自身はゲームの作り方を勉強したという自覚がなかったからかもしれない。勉強というよりは、作りたいから勝手に試行錯誤する。その過程で足りない知識や技術に気づいたら調べて試す。

とはいえご質問の意味も分かる。そうだよな。時代も違えば環境も違うもの。私が趣味でゲームを作り始めた一九八〇年代は、そうはいってもハードの性能はいまと比べて低かったし、できることにも制限があった。

映画を見たり音楽を聴いたり本を読んだり3Dグラフィックをバリバリ動かしたりはできなかった。ただし初心者にはよい環境である。なにしろパソコンの仕組みがずっと単純だったので、そのつもりになれば独学でもなんとかなる。

現在はどうか。パソコンの性能は段違いに向上した。3Dグラフィックを駆使できるのはもちろんのこと、人の声でも楽器の多い音楽でも動画でも自在に再生できるし、ネット接続も当たり前。視野を覆うヘッドマウントディスプレーのような装置や、人工知能をはじめとする各種既成のプログラムだって活用できる。ウェブにはプログラム入門の解説ページや独学のためのサービスもあり、書店に行けば多種多様な指南書や技術書がある。ゲーム開発に使える便利な道具や材料が多々提供されている。

なにを勉強すればよい？

なんだ、あとは作るだけじゃん。と言いたくなるものの、たしかに道具や環境がありさえすれば作れるというものでもない。頭に入れておくとよいこともある。

第一にゲームとはルールの複合物だ。例えば「オセロ」でも「将棋」でも「サッカー」でも「スプラトゥーン」でもよいけれど、それらはみな複数のルールを組み合わせてできている。自分で考案しようと思ったら、論理やモデルを考え、頭のなかで動かして予想する必要がある。これは数学や科学で鍛えられる。ゲームによっては物理学や計算機科学や統計学も活用できる。

また、ゲームは遊んでもらってなんぼのもの。遊ぶ人を楽しませたり、悔しがらせたりするのが仕事。そもそもゲームが提示する目的に挑んでみようとその気にさせねばならないし、できれば飽きずに遊んでもらいたい。そう、ゲームを作るには、なにより人間を知る必要がある。心理学、認知科学、哲学、社会学、歴史、文学の出番だ。

加えて言えば、ゲームの題材はゲームの外にこそある。古代の神話以来の諸芸術とその歴史、テクノロジー、各種の自然現象、社会現象、政治経済など、何を知っているかで出せるアイデアも大きく左右される。自分の経験と記憶を材料に発想するしかないからだ。

そして複数の専門家が集まって作る場合、なにをどう作るのかを適切に伝え、意思疎通できなければならない。読み書き会話がとてつもなく重要であるのは言うまでもない。

なんだか大変な話になってきた。でも大丈夫。以上に述べたことは、高校までの科目を理解していればなんとかなるものだ。ことに分野を問わずものを読んで理解するための基礎があれば申し分ない。そうすれば、自分で自分をヴァージョンアップできるから。

勝手に壁をつくる

文系か理系か、それがモンダイだ。

高校生の頃、この二択を迫られておおいに戸惑った。なにもこんなに早く絞り込まなくてもいいのに。と思ったのはどちらにもそれなりの楽しさを感じていたからだ（念のために申せば、よくできたわけではない）。クラス分けのためにいずれかを選べと言われて、文系に後ろ髪を引かれながら理系を選んだ。

高校を卒業して一年浪人した際も予備校の理系コースに通った。そんなふうに曲がりなりにも高校、予備校と理系コースにいて、物理学だの化学だの生物学だの数学だのの受験勉強に取り組んでいると、自分でもだんだんと理系のような気がしてくるからいい加減なものである。

結局、慶応義塾大学の環境情報学部という当時できたばかりで、海のものとも山のものとも知れない学部へ運よくもぐりこんだ。なぜ選んだのか。そりゃあ学びたいことがあったからですよ。と言えれば格好もつくのだが残念ながらそうではない。そこには一九九〇年という時期には珍しくインターネットを使える環境があった。なんのことはない、設備に釣られたわけである。ついでに申せば、入試科目は英語か数学のどちらかと言われて英語を選んだ。理系という選択はなんだったのか。でも、人生とはそういうものだ。

大学では、現代芸術（岡田隆彦）、心理学（小此木啓吾）、文学（江藤淳）、社会学（富永健一）、建築（槇文彦）といった教養科目のなかに科学論の講義があった。担当は赤木昭夫先生。この講義が大変面白く、どんな先生だろうと思って、ある日教員プロフィルを載せた冊子を読んでみた。するともともとご自身は英文学を専攻していたとある。先生はＮＨＫで科学番組を制作する過程を通じて科学史家に（も）なったのだった。

ゼミに出てみると、研究テーマはルネサンス文化だったり、ハリウッドの映画産業だったり、これまた科学論とも違う。そのたび驚いた。なぜ驚いたのか。考えてみたら私が勝手に壁をつくっていたからだ。文系か理系か。こっちはこっち、そっちはそっち。赤木先生の話を聞くたび、自分で勝手につくっていた壁が壊れていった。分野は気にせず面白いと思う問題を追跡しよう。必要ならそのつど勉強すればいい。それでいいのだ。

そんなふうにして壁が崩れてみると、気になることも出てくる。ではいったい文系／理系といった区別や、さまざまな学問の分類は、どんな経緯をたどって現在のようになったのか。それ以来、学術や教育制度の歴史が気になって調べている。

日本の場合、明治期に西欧から学術を移入したものが今日の学術の基礎となった。その頃、西（にし）周（あまね）という人が「百学連環」という私塾で行った講義で、ヨーロッパの学術全体と相互の関係を総覧しようと試みている（講義録が残る）。彼は後に教育制度の設計にも携わり、学問全体をいまでいう文系と理系に二分する案を提示した人物でもある。

学術の全体を眺めること、それらを分類すること。そうした西周の仕事ぶりについて『「百学連環」を読む』（三省堂）という本で検討を加えてみたのは、現在私たちが知の状況を捉えるためのヒントにもなると考えてのことだった。学術史についてはいずれ本やソフトウェアにしてみたいので、もうしばらく追跡してみるつもりである。

息を飲むとはこのことだ。部屋へと通じるドアをくぐったところで足が止まった。

四方の壁を天井まで埋める書棚。ガラス戸のついた棚には革装丁の本や和書が並ぶ。現在ではあまりお目にかからない本の姿だ。「それで喜ぶのは、お前さんが本好きだからだろう」と言われたら返す言葉もないけれど、そうでなくてもこの光景を前にしたら、思わず溜息（ためいき）が漏れるはず。古くは一五世紀というから、かれこれ五〇〇年以上前から存在してきた本である。

世界を変えた書物

そこは金沢工業大学の「工学の曙（あけぼの）文庫」。収められているのは、古代ギリシアのアリストテレスやアルキメデスを筆頭に、ガリレオ、コペルニクス、ニュートン、ケプラー、アインシュタインまで、科学や工学や数学に関してこの二千数百年のあいだに書かれた第一級の「世界を変えた書物」だ。しかも印刷本の原典初版が並ぶ。その数はおよそ二千冊というから驚きだ。この稀覯（きこう）本コレクションを収集・構成してきたのは、同大学ライブラリーセンター顧問の竺覚暁教授である。

科学や技術といえば、つい最先端のほうに目が行きがちなところだが、歴史を知ることにも大きな意味がある。なぜならそれは長い試行錯誤、もっといえば失敗と発見の歴史でもあるからだ。人間は古来、失敗を認めて検討するところから多くを学び、次の発見の芽を育ててきた。例えば、天動説から地動説への移行はよく知られた例だろう。では、現在の科学や技術の基礎となった発見をもたらした先達は、なにをどのように疑問に思い、考え、試したのだろうか。そうした英知の結晶がそれぞれの書物に収められている。また印刷技術の粋を凝らして造られた書物はどれも実に美しい。

もう一つ大事なことがある。書物とは独立して存在するように見えて、実はそうではない。書物は互いに関係しあってもいる。例えば万有引力の法則を説いたニュートンは、デカルトの本を愛読して触発されたと言われている。そのニュートンの本を読んだ後の人が、さらに考えを進める。こうした様子はしばしば「巨人の肩に乗る」とたとえられる。要するに先人が考え、試行錯誤しておいてくれた知の集合を巨人に見立てたわけである。その肩に乗れば、より遠くまで見通せる。「工学の曙文庫」が興味深いのは、そのつもりで眺めるとコレクション内に幾筋ものそうした知のつながりを見てとれるところ。

そしてここからが朗報である。これまで「工学の曙文庫」の誇る蔵書は、何度か展覧会に出展されてきた。最近では二〇一五年に大阪グランフロント北館で開催された「世界を変えた書物」展をご記憶の方もいるかもしれない。来たる九月八日に、今度は東京・上野の森美術館で新たに「世界を変えた書物」展が開かれる。えりすぐりの一二〇余冊の本を中心として、それらの書物同士の関係を空間デザインによって見えるようにするといった工夫も凝らされるようだ。これを見逃す手はない。

また、こうした書物の歴史にご関心のある向きは、やはり東京の飯田橋にある印刷博物館をおすすめしたい。同館の常設展では、八世紀、奈良時代末期に印刷された「百万塔陀羅尼(だらに)」から現代にいたる印刷の歴史を、時代ごとの印刷物や機械によってたどることができる。

最後に話を戻せば、私はしばらくこの文庫に住みたいと思っている。

要約してみよう

ゲーム制作はチームで行うことが多い。うまく協力できれば、一人では到底作れないようなものを形にできる。他方で人と人のあいだには擦れ違いや行き違いや勘違いも生じて、ことがややこしくなったりもする。

専門学校や大学などで学生のゲーム制作を見ていると、しばしばチーム運営で失敗してしまうことがある。原因はなんだろうと話を聞くと、どうも意思疎通ができていないケースが多い。学生からも「どうしたらコミュニケーションがうまくいきますか」「話しあいのコツはなんですか」と尋ねられる。私も上手にできるわけではない。むしろ苦手である。だから偉そうなことを言えたものではない。ただ、それだけに意識してやっていることがある。言えば簡単なことだ（ただし簡単に実践できるかはまた別の話）。

まず、人間はただでさえお互いに何を考えているか分からないものだ。そこで定期的に話す場を設けて考えを交換する必要がある。ただし、自分を含めて人の記憶は当てにならない。その場では合意したつもりでも、それぞれが忘れたり自分に都合よく記憶を変えてしまったりすることもある。そうなった場合でも後から確認できるように、話し合いの内容についてはできるだけ正確に記録をとっておくとよい。人間のほうが変わっても文字のほうは固定されている。

せっかく記録しても、保存場所が分からなくなったり後から勝手に破棄されたりこっそり書き換えられてしまったりしては意味がない。幸いコンピューターを使って複数の人で文書を共有して、いつ誰がどこを変えたかを記録できる仕組みもある。これで完璧とまでは言わないものの、使わない手はない。

次に具体的に話す場面はどうか。肝心なのは相手の話をよく聴くことだ。放っておいたらいつまでも話が終わらない人でない限りは、最後まで聴き届けてみよう。チーム内のやりとりをそばで見ていると、人の話を最後まで聴かず途中で割って入るケースが少なくない。これは話す人のやる気をおおいに削ぐ。繰り返し遮られれば、やがて「この人は話を聴かないから話すだけムダだ」と考えるかもしれない。人は相手に聴いてもらえると思えばこそ進んで話したくなるものだ。

そして思うにここが肝心なのだが、相手の話を聴きながら頭のなかで要約する癖をつけるとよい。私はいまの話をこう理解したと伝え、その上で不明な点や疑問があれば問い返す。よりよいゲームをつくるという目的にとって大事なのは、なによりもまず互いの考えていることやアイデアを適切に共有することだからだ。

おそらく最後に述べたことが一等難しい。だが鍛える方法はある。おすすめは本の要約だ。それなりの長さの文章を材料にして、そこには何が書いてあるかを要約してみる。例えば全一〇章の本を一章ごとに要約し、全章の要約をさらに要約する。章単位では難しいという場合は、節単位でも段落単位でもよい。要約しようと思えば元の文のどこを捨て、どこを残すかを決めることになる。エッセンスを取り出す作業といってもよい。

もう一つ忘れるところだった。これは私の好みかもしれないが、できれば機嫌よく話したい。不機嫌になってみたからといって目の前の課題は解決しないから。では早速練習。以上を要約してみよう。

どうしてそうなった?

二〇〇四年にコーエーを辞めて以来、フリーランスとして働いている。といっても、なにかやりたいことや目指したいことがあったからではない。一〇年会社勤めをしたところでいったん休んだら、またどこかの会社にでも就職しようと考えていた。

ひょんな巡り合わせで専門学校や大学からお声かけいただいては非常勤講師をしたり、出版社から舞い込む依頼に沿ってものを書いたり訳したりしているうちに、気づけば会社に入らないいま十余年がたっていたというのが実情である。二〇一五年からはモブキャストゲームスとプロ契約という形でフリーランスとして現場のクリエイター育成やゲーム企画に携わっている。

どうしてこうなったのか。なんの自慢にもならないけれど、子どもの頃から「将来はこうなりたい」といったヴィジョンや目標のようなものを持ったことがなかった。「ああいう人になりたい」という明確なロールモデルもいなかったように思う。

いや、違う。そうじゃない。こう書きながら思い出すことがある。小学生のときは手塚治虫の『ブラック・ジャック』を愛読して医者というかブラック・ジャックになりたかった。中学生のときは『レイダース/失われたアーク』(一九八一年)で活躍するインディ・ジョーンズの姿を見て「考古学者もいいな」と思った(いろいろな勘違いも含めて)。両親から海外旅行に行くならどこがいいかと尋ねられ、それなら古代の遺跡を見たいというのでエジプトを選んだのもその影響。後にヒエログリフや古代ギリシア語に関心を持ったのも三割くらいはインディのせいだ。彼が遺跡で出合う古代文字を解読してみせるのをかっこいいと思ったからだ。いまならさしずめ「厨二病（中二病）」というところか。

さすがに高校生ともなれば、もう少し現実的になりそうなもの。だが残念ながらそんなことはなかった。当時私が気に入っていたのは『となりのトトロ』（一九八八年）に登場するサツキとメイのお父さんである。いいなと思ったのはその仕事場。あちこちに付箋を挟んだ本がところ狭しと積み上がる。そんな机に向かってものを読んだり書いたりするのはさぞかし楽しかろう、となぜか惹かれた。執筆や翻訳の苦しみも（楽しみも）知らないでそんな想像をするのだから実に呑気なものである。

「いいな」と思ってその通りになったことがあるとすれば、あの書斎だろうか。これを書いている机の周囲には、付箋の挟まった本や論文がうずたかく積み上がっている。目下執筆に取り組んでいる『日本語文法小史』『科学の文体』『記憶のデザイン』といった本に関わる資料の山、翻訳中の『時間のカルトグラフィ』という時間表現の歴史を辿る本の関連文献、秋に印刷博物館で始まる「天文学と印刷」展の講演に向けて調べている天文学の図像集、『文藝』で連載中の文芸季評の材料となる文芸誌の山……。おお、ここだけはお父さんの部屋と一緒だ。

そんなわけで学生から「どうしたら先生のような働き方ができますか」と尋ねられても答えに窮する。振り返ってみると、なんのためでもなく興味の赴くままにプログラムを作り、読みたい本をひたすら集め読んだ結果、気がついたらゲーム作家になり文筆家になっていた。もしここになにかコツのようなものがあるとすれば、好奇心をもって自分の変化を楽しむことかもしれない。

第3章　読むことは書くこと

この辞書を見よ！20

言葉のアーカイヴ形成史

はじめに

辞書とは、言葉で言葉を説明する書物である。紙面に図が添えられたり、コンピュータ用の辞書では動画や音を併用する場合もあるとはいえ、基本は言葉ありき。ここから一つの疑問が浮かんでくる。辞書は自分が語釈や解説に使う言葉を漏れなく説明しているだろうか。たいていの場合、そんなことはない。ある辞書が、その辞書では説明されていない言葉を用いることはしばしばある。例えば、岩波書店の『哲学・思想事典』に「思想」の項目がないように。

それは当然のことで、一冊あるいは一組の辞書には、編集の意図がある。その意図に沿って厖大な言葉の中から、ある語を選び、ある語を選ばないという取捨選択を施して辞書が成る。例えば「日本語辞典」や「英語辞典」は、特定の言葉に対象を限定している。また、辞書編纂の歴史を覗いてみると、「下品」な言葉をどこまで採るかということが議論になっていたりもする。

言葉の選択と排除の結果でもある辞書は、こうした性格上、その一冊で完結するというよりは、もとよりその辞書の外にある世界と相互に補完しあうものだ。一方には「言葉と物」の関係、言い換えれば言葉とそれが名指す様々な事物や現象といった森羅万象との関係があり、他方には当該辞書外の言葉の世界との関係がある。前者は本稿の手に余るので、ここでは後者に注目してみたい。とりわけ、辞書と辞書の関係に。

では、一冊の辞書で話が終わらないとしたら、その隣にどんな辞書を置くか。どう組み合わせて使うか。これは言葉の意味や使い方に興味を懐く人にとって、常に無関心でいられない問題の一つである。

本稿では、現代の日本語について考える上で、言葉の来歴を視野に入れ、辿るのに便利な辞書を二十冊に絞ってご案内してみよう。私たちが使っている日本語は、時間と空間を超えて、どれだけの言語とつながっているかという連環を浮かび上がらせようという目算である。

日本語の歴史

1『日本国語大辞典』

（全二十巻、小学館、一九七二―一九七六。第二版、全一三巻、二〇〇〇）

現代日本語に関する辞書は、それこそ各版元がそれぞれに工夫を凝らした編集・改訂を続けており、新刊書店に行けば見比べられる。そちらについては読者諸賢にお任せすることにして、ここでは『日本国語大辞典』を出発点にしてみよう。ある日本語の言葉の来歴を知りたいとき、最初に当たるとよい辞書の一つである。

この辞書は、いわゆる「歴史主義」の方針で編まれている。言葉を引くと、定義に続いて歴史的な用法が掲載されている。具体的に見てみよう。本誌の誌名に添えられた「批評」はどうか。

ひ-ひょう　・・ヒャウ【批評】〔名〕事物の善悪・是非・美醜などを評価して論じること。長所・短所などを指摘して価値を決めること。批判。＊艸山集―三・与元贇書「辱蒙二垂音一、細賜二批評一」＊人情本・春色梅児誉美―後・一一齣「兵平衛此糸が事によりて、いまだ批判（ヒヘウ）をすることなかれ」（同辞典、初版「批評」の項目）

『艸山集』は元政上人による漢文詩集で一七世紀のもの、『春色梅児誉美』は為永春水による人情本で一九世紀前半のもの（後者は『第二版』で『蜆巖先生答問書』からの用例に差し替えられている）。時間の離れ具合を見えるようにするため、出典の時代を西暦で書いてみた。喩えて言えば、ほとんどの言葉は、このように私たちよりずっと長生きで経験豊かなのである。

収録語彙数／用例数は、初版で四五万／七五万、第二版で五〇万／一〇〇万。この辞書では、用例の出典として『古事記』『日本書紀』から現代に至る文献を駆使しており、さながら日本語資源全体が織りなす言語網の様々な場所へ通じる門のような書物なのである。

なお、同辞典は、現在インターネット上の辞書サイト「Japan Knowledge」でも使える（要有料会員登録）。また、第二版から語彙を取捨選択増補して三冊にまとめ直した『精選版日本国語大辞典』（全三巻、二〇〇六）がある。語彙、用例は共に三〇万で、新たに一五〇〇語、五千用例を追加という丁寧な改訂が施されている。

2 惣郷正明＋飛田良文編『明治のことば辞典』（東京堂出版、一九八六）

現在私たちが使っている日本語には、明治前後、ヨーロッパ諸語を翻訳するため、新たに造語されたり、従来とは異なる意味を与え直された語が少なからず入っている。例えば、「権利（right）」「思想（thought）」「自由（freedom, liberty）」「世界（world）」「電気（electricity）」などは、現在でもお馴染みの言葉だ。殊に学術（これもSciences and Artsの訳語）の領域では、この時期に造られた語のお世話にならずに論文を書くことは至難といってもよい。
『明治のことば辞典』は、一種のメタ辞典である。一三四一語について、明治を中心として江戸、大正に刊行された各種辞書三六〇余に、どのような説明が出ていたかをまとめたものなのだ。例えば、「否定」という語を引くと、こんなふうに記されている。

[哲学字彙・明治14] negation.
[新式以呂波引節用辞典・明治38] その事を否なりとして、決定せぬこと。
[新訳和英辞典・明42] Denial; negation. ——suru, To deny. ——go（——語）Negative.
[辞林・明44] 然らずとなすこと。非とすること。
[大辞典・明45] 否認シテ決定スルコト。
（意味解説は省略）

「否定」がnegationという英語の翻訳語である様子が窺える。もう少し言えば、この「日本語」が、その実「英語」に出自を持つ言葉であることがここから判る。
なお、ここで参照されている辞典の中には、近年進展著しい国立国会図書館のデータベース「国立国会図書館デジタルコレクション」（明治から昭和初期の書物を画像で閲覧・ダウンロードできるサーヴィス）他、インターネット上で閲覧できるものも少なくない。この辞書を中継地点として、引用されている辞書そのものへ手を伸ばす際にも頗る便利な一冊なのである。

3　頴原退蔵＋尾形仂編『江戸時代語辞典』（角川学芸出版、二〇〇八）

さて、明治からさらに遡ろう。ところで言葉を、歴史的な時代区分（政治体制の変化）で分けるのは、事情に通じぬ門外漢としてはいささか変な気がしないでもない。しかし、多くの辞書が序に書くように言葉は時代の鑑であり、なるほどたしかに政治や社会の情勢の変化は、言葉のあり様にも反映している。

例えば、先に見た明治は、ヨーロッパ語からの翻訳語が大量に増補された時代であって、自ずとそれ以前の時代とは言葉の様相もちがってくる。現代を知るには、どうしてこうなったのか、その条件をつくった最前の時代を知る必要があるように、明治をよりよく知るにはその前を見てみなければならない。言葉においても事情は御同様。

本書は、江戸時代全体を通じて、多様な分野で使われた言葉を、そうした文献から引いた用例とともに提示した辞書である。収録された項目数は二万一千を超えるという。巻末に七〇ページを費やして掲載された「出典一覧」には五〇〇〇点近い文献が見える。

明治以後の「学術」臭い語が少ないせいもあってか、採録された衣食住、遊び、職業、動作、人名、諺などにまつわる言葉を眺めれば、当時の人びとの生活風景が浮かび上がってくるようだ。

本書はそう、ただ言葉の意味を説明するだけの書物ではなく、江戸文化全般にわたる百科全書なのである。古典落語や近世の文物、あるいは時代小説に関心のある向きに益するところ大であることは言うまでもないが、それだけではない。

全巻を通覧するうちに、いくつかの鍵語(キーワード)が目に入ってくる。例えば、「気」や「茶」を巡る言葉の連なりと広がりを拾い読めば、現代人もそれと知ってか知らでか、そうした世界観や文化を受け継いでいる様子も否応なく感得されるはずである。

4『時代別国語大辞典』室町時代編（全五巻、三省堂、一九八五―二〇〇〇）

5『時代別国語大辞典』上代編（三省堂、一九八五）

日本語の歴史、言葉の歴史を考えようという場合、この辞書を見過ごすわけにはいかない。そもそも辞書編纂は、無数の文献から広く言葉を探し集めるという、それ自体が途方もない営為であるという性質上、（よい意味で）とんでもない企てが多い。この『時代別国語大辞典』も「上代編」「室町時代編」という巻立てから予想される通り、企図の壮大さにおいて指を屈すべき辞書の一つである。

「上代編」の巻頭におかれた「刊行に際して」によれば、企画は昭和一六年（一九四一年）に立てられ、「昭和十七年の暮、奈良・平安・鎌倉・室町・江戸の各時代一斉に発足」（「室町編」の「序」

によれば「近代」も目論まれていた様子）。途中戦争を挟んで中断があり、昭和三〇年（一九五五年）に再開。上代・平安・室町から着手したというから、半世紀以上をかけて「上代編（七―八世紀末）」と「室町編（一四―一六世紀）」を完成させたことになる。

ここでは内容そのものよりも、編集方針をご紹介することで、この辞書の凄まじさと意義を感じていただければと思う。想定されている利用者は「国語学・国文学の研究者、および大学の国語学・国文学専攻の学生」であり、「原則として、固有名詞・字音語を除き、上代語と見なされる全語彙を登録し、個々の語について、的確な解説と用例を加え、上代語としての歴史的な位置づけと体系化とをめざしている」（凡例より抜粋。傍点は引用者による）。「室町編」でも「当時行われていたと考えられる語彙全般を載録の対象とした」とある。

「全語彙」とは尋常ではない。だが、この網羅への意志はやはり得難く有難い。言葉とは、言葉相互の網目の中でこそ互いの意味をよく表すからだ。見出しの数は「上代編」で八五〇〇（本文に触れた語句は二万）、「室町編」全巻で八万五〇〇〇以上に上る。

事は国語学・国文学の専門家のみならず、例えば、広い意味での人文諸学に関心を持つ読者にも関わりがある。例えば先に見た「批評」なる言葉は、これがなかった時代にはどのような営みとして捉えられていたのか。そんな問いに捕らわれたとき、本書に尋ねてみるのは迂遠に見えて存外近道となるからである。

次に日本語の漢語（中国語）とのつながりを見ておくことにしよう。

6 諸橋轍次編『大漢和辞典』

（戦前版、巻一のみ刊行、大修館書店、一九四三。全一三巻、一九五五―一九六〇。縮写版、一九六六―一九六八。修訂版、全一三巻、一九八四―一九八六。修訂第二版、全一四巻、一九八九―一九九〇。補巻、二〇〇〇）

紆余曲折はあるものの、中国から借用を始めて以来、漢字は形を変えながら常に日本語表記に用いられ、明治に至るまで漢文は知識人の基礎教養であった。外来語をすぐに音写して早のみこみして済ませてしまう現代とは違い、先人たちはヨーロッパやアメリカの言葉をもっぱら漢語で以て翻訳したのだった。

さて、漢語と和語の対応を教えてくれるのは漢和辞典であり、今日では多種多様な版が手に入る。諸々の辞書を引き比べるのはもちろんのこととして、漢語について調べる際には、まずやはり『大漢和辞典』を見ておきたい。親字数約五万、熟語数五三万余が収められた大辞典である（修訂第二版）。さらに修訂第二版で追加された「補巻」で親字八〇〇、熟語三万三〇〇〇が増補されている。

この辞典を使いこなすには、ちょっとしたコツが要る。例えば、「思想」という語を引こうと思ったら、まずは「思」という字がどの巻にあるかを探すことになる。索引を繰って「心部」の「五畫」に「思」があることを突き止めて、その下に五〇音順で並ぶ熟語を見てゆく。ただし、「シソウ」で探しても見つからない。「あれ?」と思ってよく見れば、そう「シサウ」の読みで、「思」の熟語一〇五番目に「思想」がある。さらにその下に「思想家」「思想界」「思想化」「思想戰」「思想善導」といった語が置かれる(図1)。ご覧のようにそれぞれの語釈に続いて中国の古典での用例が引かれ、日本語としての漢語を中国語圏へとつなげてくれる。㊂のように漢籍からの用例がないものは、おそらく明治期に訳語として生まれた意味である。

後に出た『語彙索引』の巻は、熟語を現代仮名遣い(シサウではなくシソウ)で探せる便宜を図ったもの。

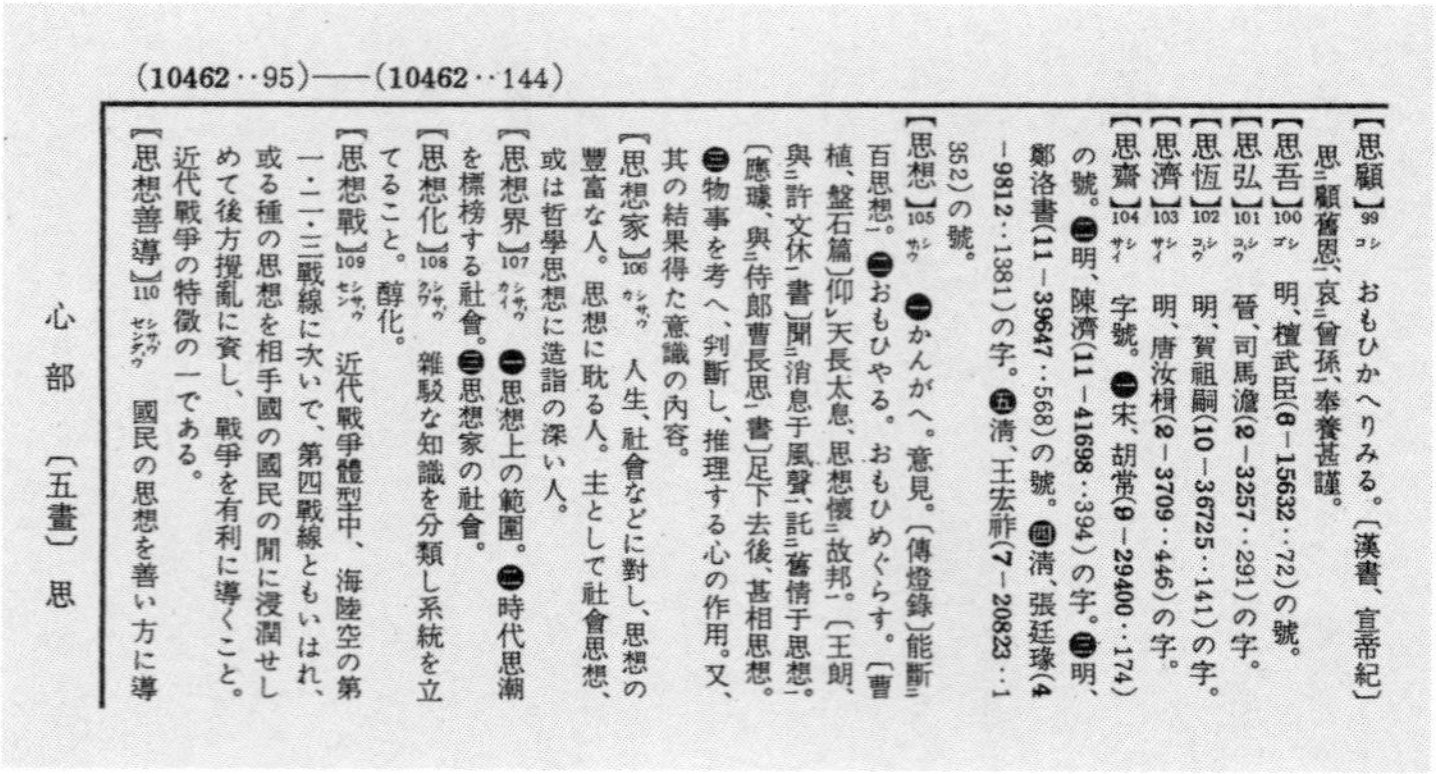

(10462・・95)——(10462・・144)

【思顧】99 おもひかへりみる。〔漢書、宣帝紀〕思顧舊恩、哀曾孫、奉養甚謹。
【思吾】100 明、檀武臣(8－15632・・72)の號。
【思弘】101 晉、司馬澹(2－3257・・291)の字。
【思恆】102 明、賀祖嗣(10－36725・・141)の字。
【思濟】103 明、唐汝楫(2－3709・・446)の字。
【思齋】104 字號。❶宋、胡常(9－29400・・174)の號。❷明、陳濟(11－41698・・394)の字。❸明、鄭洛書(11－39647・・568)の號。❹清、張廷瑑(4－9812・・1381)の字。❺清、王宏祚(7－20823・・1352)の號。
【思想】105 ❶かんがへ。意見。〔傳燈錄〕能斷百思想。❷おもひやる。おもひめぐらす。〔曹植、盤石篇〕仰天長太息、思想懷故邦。〔王朗、與許文休書〕聞消息于風聲、託舊情于思想。〔應璩、與侍郎曹長思書〕足下去後、甚相思想。❸物事を考へ、判斷し、推理する心の作用。又、其の結果得た意識の內容。
【思想家】106 人生、社會などに對し、思想の豐富な人。思想に耽る人。主として社會思想、或は哲學思想に造詣の深い人。
【思想界】107 ❶思想上の範圍。❷時代思潮を標榜する社會。❸思想家の社會。
【思想化】108 雜駁な知識を分類し系統を立てること。醇化。
【思想戰】109 近代戰爭體型中、海陸空の第一・二・三戰線に次いで、第四戰線ともいはれ、或る種の思想を相手國の國民の間に浸潤せしめて後方攪亂に資し、戰爭を有利に導くこと。近代戰爭の特徵の一である。
【思想善導】110 國民の思想を善い方に導

心部〔五畫〕思

図1

7 罗竹风主编『漢語大詞典』

（全一二巻、附録・索引一巻、汉语大词典编辑委员会、汉语大词典编纂处编纂、上海辞书出版社、一九八六―一九九三。『缩印本』、全三巻、二〇〇七。『漢語大詞典訂補』、上海辞书出版社、二〇一〇）

何語を調べる場合でもそうだが、日本語との対訳辞書のみならず、同時に英英辞書のような当該言語の辞書に当たるのが望ましい。では、漢字についてはどうか。

先に諸橋『大漢和辞典』を出したからというわけではないけれど、ここでは『漢語大詞典』を挙げておきたい。これは中国語について最大と言われる辞典である。全一二巻の紙幅に、語詞三七万五〇〇〇を収める。

『大漢和辞典』との大きな違いは、言葉の収録範囲にある。『漢語大詞典』では、用例に引かれる文章として、古典はもちろんのこと、近現代に至る中国語も含まれている。日本語の辞書で言えば、『日本国語大辞典』に近い造りである（言葉の配列などは別として）。中国政府は、『大漢和辞典』修訂版（一九八四年刊行開始）を五〇〇部予約購入したというから、これを研究して編纂に臨んだのかもしれない。

筆者のように中国語をよくしない利用者にとって一つ問題なのは、簡体字表記だ。例えば、書誌に見える「书」は、繁体字で書けば「書」という具合。用例の出典表記も「隋書」が「随书」となっていて、ちょっと拍子抜けしてしまう。いや、現代の表記に合わせてあるのは合理的と言うべきか。

なお、この辞書には三巻にまとめ直した『缩印本』や、CD-ROM版も出ており、いろいろな意味で使い勝手の向上も図られている。

8 **白川静『字統』**(平凡社、一九八四。新訂版、二〇〇四)
9 **白川静『字訓』**(平凡社、一九八七。新訂版、二〇〇五)
10 **白川静『字通』**(平凡社、一九九六)

白川静による『字統』『字訓』『字通』は、長年にわたる甲骨文や金文などの古代文字研究、漢字学における重要資料である許慎『説文解字』の批判的検討を経て作られた漢字の書だ。『字統』は漢字の字典、『字通』は漢和辞典。と、この二冊は既存の辞書の枠組みで説明しやすいものだが、『字訓』はいささか風変わり。著者の言葉を引けば「漢字を国字として使用し、その訓義が定着するに至った過程を、古代語の表記のしかたのうちに求めて、その適合性を検証することを、主たる目的とする」(「字訓の編集について」)。つまり、中国から漢字を借用し、日本語に取り入れるに際して、従来の日本語と漢語とがどのように対応させられていったかという接触面を見ようというのである。

この三冊に共通して言えることは、漢字全体を一種の体系(システム)(複数の要素が関係しあった全体)として捉え、そこに貫徹する条理（ロゴス）をとことん見てとろうとする姿勢と方法論であろう。筆者は、これを漢字のみならず、それを使っていた古代中国の人びとの社会や生活、文化との照応をも視野に入れて、「古代学的な文化諸科学の方法を、綜合的に適用する必要」を唱えていた。

字書三部作をこれから使うなら、著者による『字書を作る』（平凡社ライブラリー、二〇一一）をまずは覗いてみるとよい。三つの字書の序文と関連するエッセイを集めた一書で、そもそもなぜ漢字の来歴を辿ることが大切であるのかという意義についても教えられるところ大である。

ヨーロッパ諸語

以下、ヨーロッパ諸語のうち、英語、仏語、独語の辞書を一つずつ取り上げてみよう。先に見たように、これらの諸語は、翻訳を通じて現代日本語に基礎を提供している言語でもあるからだ。

11 *Oxford English Dictionary* (*13 vols, Oxford University Press, 1857-1928; 2nd Edition, 20 vols, 1989*)

明治期の日本において、新しい翻訳語を造語する際の大きな源となった言語という事情を鑑みると、明治の知識人たちがよく読んだ米国ウェブスターの『アメリカ英語辞典（An American

Dictionary of the English Language)』（初版、一八二八）やウェブスターが乗り越えるべきお手本とした英国サミュエル・ジョンソンによる『英語辞典（A Dictionary of the English Language）』（初版、一七五五）を挙げたいところ。

しかし、それ以上に言葉の歴史的変遷を視野に入れてみようという本稿の目的に照らすと、やはり、Oxford English Dictionary（OED）に軍配が上がる。当初 A New English Dictionary と題されていたこの辞書は、世界最大の英語辞典である。主要見出し語は二三万一一〇〇、引用例は実に二四三万六〇〇〇に及ぶ。

なによりの特徴は、その徹底した「歴史主義（Historical Principles）」である。多数の協力者によって書物から拾い出された用例を、歴史的に古い順に並べるという方針で編まれている。一つの言葉に複数の定義がある場合、定義ごとに用例を歴史順に配置する（図2）。この方針は、後に日本語の辞書にも多大な影響を与えてもいる。

歴史主義は、研究者ならぬ身にも非常に魅力的である。言ってみれば、歴史的用例とは、そ

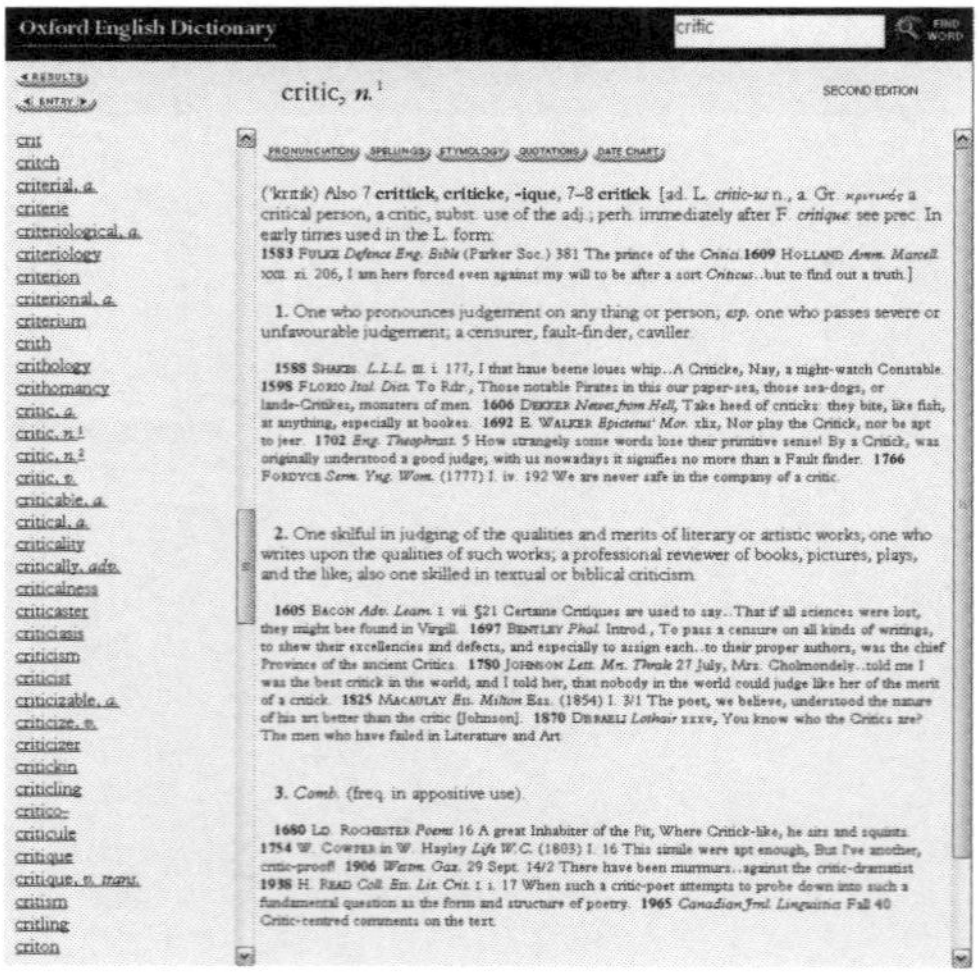

Oxford English Dictionary　critic　FIND WORD

◂RESULTS　◂ENTRY▸

critic, *n.*[1]　SECOND EDITION

crit
critch
criterial, *a.*
criterie
criteriological, *a.*
criteriology
criterion
criterional, *a.*
criterium
crith
crithology
crithomancy
critic, *a.*
critic, *n.*[1]
critic, *n.*[2]
critic, *v.*
criticable, *a.*
critical, *a.*
criticality
critically, *adv.*
criticalness
criticaster
criticiasis
criticism
criticist
criticizable, *a.*
criticize, *v.*
criticizer
critickin
criticling
critico-
criticule
critique
critique, *v. trans.*
critism
critling
criton

PRONUNCIATION　SPELLINGS　ETYMOLOGY　QUOTATIONS　DATE CHART

(ˈkrɪtɪk) Also 7 **crittick, criticke, -ique,** 7–8 **critick** [ad. L. *critic-us* n., a. Gr. *κριτικός* a critical person, a critic, subst. use of the adj.; perh. immediately after F. *critique*: see prec. In early times used in the L. form:
1583 Fulke *Defence Eng. Bible* (Parker Soc.) 381 The prince of the *Critici*. **1609** Holland *Amm. Marcell.* xxii. xi. 206, I am here forced even against my will to be after a sort *Criticus*..but to find out a truth.]

1. One who pronounces judgement on any thing or person; *esp.* one who passes severe or unfavourable judgement; a censurer, fault-finder, caviller.

1588 Shaks. *L.L.L.* iii. i. 177, I that haue beene loues whip..A Criticke, Nay, a night-watch Constable. **1598** Florio *Ital. Dict.* To Rdr., Those notable Pirates in this our paper-sea, those sea-dogs, or lande-Critikes, monsters of men. **1606** Dekker *Newes from Hell*, Take heed of criticks: they bite, like fish, at anything, especially at bookes. **1692** E. Walker *Epictetus' Mor.* xlix, Nor play the Critick, nor be apt to jeer. **1702** *Eng. Theophrast.* 5 How strangely some words lose their primitive sense! By a Critick, was originally understood a good judge; with us nowadays it signifies no more than a Fault finder. **1766** Fordyce *Serm. Yng. Wom.* (1777) I. iv. 192 We are never safe in the company of a critic.

2. One skilful in judging of the qualities and merits of literary or artistic works; one who writes upon the qualities of such works; a professional reviewer of books, pictures, plays, and the like; also one skilled in textual or biblical criticism.

1605 Bacon *Adv. Learn.* i. vii. §21 Certaine Critiques are used to say..That if all sciences were lost, they might bee found in Virgill. **1697** Bentley *Phal.* Introd., To pass a censure on all kinds of writings, to shew their excellencies and defects, and especially to assign each..to their proper authors, was the chief Province of the ancient Critics. **1780** Johnson *Lett. Mrs. Thrale* 27 July, Mrs. Cholmondely..told me I was the best critick in the world; and I told her, that nobody in the world could judge like her of the merit of a critick. **1825** Macaulay *Ess. Milton* Ess. (1854) I. 3/1 The poet, we believe, understood the nature of his art better than the critic [Johnson]. **1870** Disraeli *Lothair* xxxv, You know who the Critics are? The men who have failed in Literature and Art.

3. *Comb.* (freq. in appositive use).

1680 Ld. Rochester *Poems* 16 A great Inhabiter of the Pit, Where Critick-like, he sits and squints. **1754** W. Cowper in W. Hayley *Life W.C.* (1803) I. 16 This simile were apt enough, But I've another, critic-proof! **1906** *Westm. Gaz.* 29 Sept. 14/2 There have been murmurs..against the critic-dramatist. **1938** H. Read *Coll. Ess. Lit. Crit.* i. i. 17 When such a critic-poet attempts to probe down into such a fundamental question as the form and structure of poetry. **1965** *Canadian Jrnl. Linguistics* Fall 40 Critic-centred comments on the text.

図2

の言葉を用いた作家たちの殿堂のようなものだ。例えば、ここに掲げたcriticの第二の定義では、ベイコン（一六〇五）から始まって、ベントレー（一六九七）、ジョンソン（一七八〇）、マコーレイ（一八二五）、ディズレーリ（一八七〇）と、彼らの文章からの抜粋が並び、そうした作品に目を向けさせられる。

ＯＥＤについては、その効用を説いて余すところのないヘヴィユーザーである高山宏氏の諸著作（例えば『新人文感覚』、全二冊、羽鳥書店）をご覧になれば、すぐにでも一セットを手許に置いて引き倒したくなるだろう。ＯＥＤには、無理矢理一冊に縮刷した版（附属の虫眼鏡で読む！）や、CD-ROM版、オンライン版もある。

12 ***Deutsches Wörterbuch von Jacob Grimm und Wilhelm Grimm***

(16 Bde. in 32 Teilbänden, S. Hirzel, 1854-1960; Quellenverzeichnis 1971)

日本でグリム兄弟といえば、童話が真っ先に連想され、たいていの場合はそれで終わってしまうかもしれないが、彼らは童話の蒐集家（コレクター）である以上に、言葉の蒐集家（コレクター）であった。

書誌に記した刊行年をご覧いただくと分かるように、この辞書は一世紀以上の時間を費やして完成にこぎ着けている。これを企画・執筆したグリム兄弟は、弟のヴィルヘルムが一八五九年に、兄のヤーコプが一八六三年に没し、その時点でＦの途中（Frucht）までしか進んでいなかった。

ようやく完成したのが一九六〇年のことだから、人間がよく生きて一〇〇歳だとしても、それ以上の年月を費やしているわけである。

この辞書も歴史主義で編まれており、語釈と共に多数の用例が示されている。用例の出典は、一六世紀以降、グリム兄弟の時代までを対象とする。例えば、Kritikの項を見ると、彼らの同時代人であるゲーテ（一七四九―一八三二）やフリードリヒ・シュレーゲル（一七七二―一八二九）などの文章が、ライプニッツやレッシングからの引用と共に並んでいる。

辞書の完結後、グリム兄弟が執筆したAからFの項目について見直しをかける改訂版(Neubearbeitung) の刊行が分冊の形で続いている。第一分冊はAから Abenteuer（八〇ページ）という具合。

なお、この辞書はインターネット上でも公開されている他、CD-ROM版 Der Digitale Grimm (Zweitausendeins, 2004) もあり、Windows、Mac、Linux に対応している。

13 ***Pierre Larousse, Grand Dictionnaire Universel du XIXe Siècle***

(15vol., 1866-1876;2vol., suppléments,1877-1878)

先に見たOEDやグリム兄弟の辞典と同時代で、歴史主義によるフランス語辞典としてはエミール・リトレの『フランス語辞典 (Dictionnaire de la langue française)』（全四巻、一八六三―一八七三。

補遺、一八七七）を挙げるべきかもしれない。しかし、ここではこれもまた同時代に刊行されたラルースの『19世紀大辞典』をご紹介しておきたい。紙面に横溢する言語蒐集狂的な気迫が捨てがたいからだ。

全一七巻で見出し語は約三〇万。一ページは四コラム構成で、一コラムは約一二〇行で組まれている。意識を集中して行から行へと文字を目で追うだけでも一苦労だが、それ以上に恐ろしいのは、ページを埋め尽くす勢いの用例と解説である。

例えば、第五巻のcritiqueの項目を見ると、コント、ラ・ブリュイエール、ルソー、ボワソナードからの引用が続き、エンサイクロペディア、歴史、聖書批評という見出しで、長文の解説が現れる。聖書批評については、ご丁寧にキリスト教時代、一七世紀（スピノザ、リシャール・シモンをそれぞれ別項目！）、一八世紀はこうで、一八世紀末から一九世紀にかけてはこうでと数ページにわたって続き、それが終わったかと思えば文献学における批評、文学と芸術における批評が現れ、挙げ句の果てにはcritiqueを書名に含むポープやカントをはじめとする書物の解説に至る。たっぷり一五ページをかけてcritiqueを論じている（もちろん、それに続けてcritiqué、critiquerと関連後の項目が続く）。これは例外的な長さかといえば、そうでもないのである。読んでいるうちに、自分がなにを繙いているのか分からなくなるこの愉快な辞書は、現在、Gallicaなど、インターネット上で閲読できる。表題ページに列挙された副題やその補足の文言をぜひご自身の目で確かめていただきたい。

ヨーロッパ古典語

14 ***P. G. W. Glare ed., Oxford Latin Dictionary***
（*Oxford University Press, 1968-1982; 2nd edition, 2vols., 2012*）

ヨーロッパ諸語の根を辿ると、少なからぬ言葉がラテン語から派生していることが見えてくる。例えば、critic（英語）、Kritik（独語）、critique（仏語）は、その音からして同じ根を持つことが見て取れる言葉であり、実際ラテン語にもcritica、criticusという「文芸批評」「批評家」を意味する言葉がある。

こうした現代ごとの対応を見たいだけならば、James Morwood ed., The Pocket Oxford Latin Dictionary（Oxford University Press, 1994）のようなコンパクトな辞書や、水谷智洋編『改訂版 羅和辞典』（研究社、二〇〇九）などで十分用は足りる。

ただ、これらの辞書はラテン語と現代語との対応に専念しているため、ここまで見てきた辞書のような用例は掲げられていない。言葉が実際に過去の作家によって使われていた例に足を伸ばしたいという場合、やはりOxford Latin Dictionaryのような大きめの辞書を繙くことになる。見出し語は四万、用例は四〇万。

この辞書は、語彙の蒐集対象こそ二世紀までの古典ラテン語に限られているものの、各項目には、そのラテン語に対応する英語の訳と、古典ラテン語文献や古典ギリシア語文献における用例が出ている。criticaについては、criticusについては、キケローとホラティウスから、ペトロニウスから、という具合である。

二〇一二年の春に三〇年ぶりに大きな改訂が施された第二版が刊行された。

また、ここでは羅英辞典を取上げたが、ラテン語や古典ギリシア語を学ぶ場合、英仏独それぞれと対訳されているラテン語辞書を揃えて見比べてみると、相互の見通しもいっそうよくなる。

15 *H.G. Liddell and R. Scott, Greek-English Lexicon* (*Oxford University Press, 1843*)

西洋諸語の来歴を訪ねてゆくと、やがてラテン語を経由して、最後に辿り着く最大の源の一つが古典ギリシア語である。ここまで「批評（critic）」という言葉に注目してきた行きがかり上で言うなら、対応する古典ギリシア語はκριτικος（クリティコス）である。要するに、ラテン語もそれ以後の英仏独語も、みなこの古典ギリシア語を音写しているという次第。

ちょうど現代の日本語にカタカナ語が氾濫する状況がよい例だが、「コンピュータ」や「コンプライアンス」や「リスク」と言っても音だけではその実よく判らぬ、ということがままある。そんなとき、源である言語に遡ることで、語の意味についての見通しを得られることが少なくない。そこで「批評」の遠い語源であるκριτικοςをリデルとスコットの『希英辞典』で引いてみれば、それがアリストテレスなどの用例と共に示されているのに出合う。また、その前後を見てみれば、それがκρινω（クリノー）という動詞と関連する語であることが目に入る。これは「分ける」「選ぶ」といった意味を持つ言葉。

言葉を知る上で動作を表す動詞から押さえるのは一つのコツ。こうなればあとは文脈次第で、作品の優劣を選ぶという話にもなろうし、法廷で判定を下すという話にもなるわけである。

この辞書は、タフツ大学のウェブサイト「ペルセウス（Perseus Digital Library）」でも利用できる。同サイトは、古典語のテキストも提供しており、検索を駆使すれば、そのデータベース全体が用例の宝庫として活用できるようになっている。

仏教語・サンスクリット

続いて、漢訳や原語によって日本語に大きな影響を与えている仏教語とサンスクリットの辞書を一つずつ挙げておこう。

16 中村元『広説佛教語大辞典』（全四巻、東京書籍、二〇〇一。縮刷版、全二巻、二〇一〇）

さて、曲がりなりにもヨーロッパ方面を古典ギリシアまで辿ったが、今度は漢語の系列も遡らなければならない。古典ギリシア語を源とするヨーロッパの言葉が巡り巡って日本語に入っているのだよと言えば、驚く人もあるかもしれないが、仏教語についてはもう少し馴染みがあるのではないか。

例えば、「因果」「観念」「現在」「講師」「地獄」「存在」「大事」「入門」「評論」「微妙（みみょう）」などは、仏教語に数えられる言葉である。ただ、こうした言葉が、ヨーロッパ語を日本語に移入する際、翻訳語として意味を上書きされたものもあるため、後の人はこれが仏教語でもあったことを失念しているかもしれない。

仏教語の意味や来歴を教えてくれる辞書として、ここでは『広説佛教語大辞典』を挙げておこう。とかく難解と思われがちな仏教語を現代語で「平明かつ、簡潔に説明することに努めた」という編集方針の言葉通り、仏教に関する予備知識がなくても開いたページをぱっと読んで判るのがなによりありがたい。

用語は、仏教の漢訳文献、インド、中国、日本の仏教文献、朝鮮、ベトナムという範囲で集めたとの由。読者が用

いんが【因果】①原因と結果。いかなるものでも生起させるものを因といい、生起されたものを果という。事象を成立せしめるものと成立せしめられた事象。Ⓢvipāka-janaka〈『金光明経』三巻㊅一六巻三四四下:SP.v.48〉Ⓢhetu-phala Ⓢphala-hetu〈Laṅk.(宋)(魏)(唐)〉〈『中論』〉〈MAV.(真)(玄)〉。〈『観無量寿経』㊅一二巻三四五上〉〈『無門関』㊅四八巻二九三上〉②原因があれば必ず結果があり、結果があれば必ず原因があるというのが因果の理。あらゆるものは因果の法則によって生滅変化する。③善悪の行為には必ずその報いがあるという道理。解釈例ことわり。〈『安心決定鈔』末三三〉*〈『倶舎論』六巻四一二二、九巻一〇一一九など〉*〈『三教指帰』三三六〉*〈『徒然草』一八八段〉*〈謡曲『敦盛』『頼政』『砧』〉*〈『沙石集』一(序)〉*〈『一言芳談』下〉*〈『妻鏡』〉④打算。〈『四行論』第三〇、禅門撮要上〉⑤俗に、事の因果関係を明らかにする、納得させることを「因果をふくめる」という。

図3

例の出典やさらにはパーリ語、サンスクリット（語）、チベット語などの原典に遡れるようにとの配慮も行き届いている（図3）。「索引巻」には、日本語の語彙索引のみならず、「パーリ語、サンスクリット語等索引」と「チベット語索引」も具わっているため、本書をこれらの言語から日本語を引く辞書としても活用できるという充実ぶりである。

17 荻原雲来『漢訳対照　梵和大辞典』

（漢訳対照梵和大辞典編纂刊行会、一九二八—一九七四。改訂版、講談社、一九七九）

現代日本語から過去へと向かう言語の旅は、一方で古典ギリシア語に、他方で古代インドに辿り着く。

明治の啓蒙知識人の一人、西周は、西欧学術の流れと漢籍の教養を併せつつ萬学の関係を説いた「百学連環」という講義の中で、学ぶべき言語についても触れている。そこでは、古典ギリシア語、ラテン語に加えて、サンスクリット、ヘブライ語、ペルシア語、アラビア語も学ぶべきであることが述べられる。なかんづくサンスクリットの重要性が強調されているのは、おそらくインド＝ヨーロッパ語族という言語学的な分類を念頭に置いてのこと。

実際、サンスクリットの優れた文法書や辞書には、欧米の研究者によって造られたものが多い。印欧語のつながりを見る上では、そうした欧米諸語とサンスクリットの対訳辞書が好適であるが、ここでは漢語とサンスクリットの対応を目に入れやすい『漢訳対照 梵和大辞典』に触れておこう。

この辞典は、サンスクリットに対して、仏典からの漢語を多く充てているのが特徴である。見出しや文中に現れるサンスクリットはローマ字化されており、(つまり(देवनागरी のようなデーヴァナーガリー文字ではなく)、通常の語釈の他に「漢訳」という区分が設けられている。学習用の辞典として、サンスクリットと英語と日本語を対照した『基本梵英和辞典』(縮刷版、東方出版、二〇一一)を併せて使えば、英語への脈絡もつけやすくなる。

言葉・概念の歴史を可視化する

最後に複数の言語と文化をまたがって、言葉や概念が多様に変転する様を見えるようにしてくれる何冊かの辞書に触れよう。

18 **フィリップ・P・ウィーナー『西洋思想大事典』**(全五巻、平凡社、一九九〇)
Philip P. Wiener, ed., Dictionary of the History of Ideas: Selected Pivotal Ideas
(5vols., Charles Scribner's Sons, 1968-1974)

本書の意義を知るには、邦訳書名と共にそれとは少し趣を異にする原題を見直すのがよい。The Dictionary of History of Ideas、訳せば「観念の歴史の辞典」、「観念史辞典」とでもなろうか。要するに、あるアイディア（観念！）がいかなる経緯を辿って私たちの手許まで届いてきたのかという来歴を丹念に記した書物なのである。これがまたすこぶるつきに面白い。

項目数三一一と言えば、ここまで見てきた辞典の圧倒的物量と比べてやけに少ないと感じるかもしれない。だが、この「辞典」の各項目は、それぞれが立派な論文なのである。しかも、大学の学部編成に見られるような学術の縦割りとは無縁の超領域的な視野に立って書かれている。

例えば、モーリス・ケンドル執筆の「偶然（Chance）」という項目を読むと、話は未開人の世界から説き起こされ、古代文明以来人間の社会で行われてきたサイコロ遊びや賭博を通奏低音としつつ、中世ヨーロッパにおける神学や哲学との関わり、近代に発達した数学における確率論、自然科学での偶然の統計的扱い、そして量子論へと展開してゆく。万事がこの調子でこれがつまらないわけがない。

本事典から個別の項目を抜粋再編集した叢書「叢書ヒストリー・オヴ・アイディアズ」もあり、こちらはコンパクトな新書サイズなので、興味ある分冊から読んでみるのもよいだろう。また、その後新たな編纂者による新版も出ている。こうした脱領域的発想に関心のある向きは、Journal of History of Ideas のバックナンバーも宝の山である。

19 石塚正英＋柴田隆行監修『哲学・思想翻訳語事典』（論創社、二〇〇三／増補版、二〇一三）

改めて言えば、現代の日本語には諸外国語から翻訳されて日本語となった言葉が少なからずある。とりわけ学術の領域では、江戸以前の学術的な営みに代えて、ヨーロッパの新しい学問・技芸術を移入するにあたって大量の翻訳語を造り出した。

カタカナで音だけ写す場合は別として、多くは漢語に翻訳される。言うなれば、英語なら英語という異語を、中国語というこれまた異語を用いて、「日本語」へと変換するというアクロバットが行われているのである。

このように形成された語について考えてみようと思えば、日本語はもちろんのこと、その翻訳に使われた漢語（中国語）、翻訳元の言語の最低三つの言語の関係を視野に入れる必要がある。かつて明治年間に井上哲次郎らによって造られた『哲学字彙』を見ると、「附清国音符」（初版、一八八一）、「附梵漢対訳仏法語藪」（改訂増補版、一八八四）、『英独仏和哲学字彙』（一九一二）と、そうした言語同士を付き合わせようとした痕跡がよく見える。

『哲学・思想翻訳語事典』は、「意志」「遠近法」「概念」「啓蒙」「自由」「他者」「理性」など、一九四の翻訳語について、そうしたアクロバットの痕跡を教えてくれる好著だ。

例えば、「批評」という語に当たれば、『英和対訳袖珍辞書』（一八六二）に「critic 批評、譏評」、『哲学字彙』（一八八一）に「criticism 批評」と見えること、そして「批評」という営みが積極的に取り組み始められるのは、大西祝が「批評論」（一八八八）を嚆矢とすることなどが判る。学術に取り組もうという程の人であれば、まずは本書を隅々まで読んでから取り掛かってもよいのではないかと思う。

20 渡部昇一編集代表『ことばコンセプト事典』（第一法規出版、一九九二）

『ことばコンセプト事典』は、日本語圏ならではつくりえない書物の一つである。この事典は、先の『西洋思想大事典』やMortimer J. Adler ed., A Syntopicon of Great Books of The Western World (2vols., Britannica, 1952) という先行する類書を発想源として編まれている。ただし、これらの書物とはひと味違う要素がある。ある言葉なり概念を、西欧諸語、サンスクリット、漢語、和語が重なり合う文脈のなかで論じているのである。

例によって「批評」（平野和彦執筆）を引くと、これまでに見てきた英独仏羅希の言語と日本語の類語が併記され、短い定義の後に、「ヨーロッパにおける「批評」概念」として、古典語における語源を確認した後、イタリア、フランス、イギリス、ドイツ、アメリカでの状況を概観し、加えて日本においてcriticismが「批評」と訳された経緯が追跡されている。

さらには、「批評」という言葉を使った文章の引用が二ページにわたって掲載され、最後に「参考・関連文献」のみならず、「映画・演劇」「美術」（項目によっては「音楽」）まで載っているのも特徴である。言語だけに閉じることなく、他の表現形態にも話をつなげようという広げ方に注目しておきたい。

一八六項目と規模こそ小さいものの、本稿で取り上げてきた各種辞書の流れを、日本語を中心に据えつつ、歴史的・文化的・言語的に最大限の視野で一望させてくれる辞書である。

おわりに

番外　石井米雄編『世界のことば・辞書の辞典』（三省堂、二〇〇八）

以上で一旦、日本語を巡る旅を終えたいと思う。ひょっとしたらここに描かれなかった言語や辞書が思い浮かんだかもしれない。例えば、アラビア語やヘブライ語はどうなっているのか、あるいは百科事典や古辞書はどうなのか、等々。読者諸賢には、この余白の多く不十分な地図を、各人の手で必要に応じて作り替えていっていただけたら幸いだ。

このことを補う意味も込めて、さらに言葉と辞書の網目を辿ってみたい向きにうってつけの書物を最後にご紹介したい。『世界のことば・辞書の辞典』は「アジア編」と「ヨーロッパ編」の二冊で六五の言語を俎上に載せている。各言語について、辞書編纂史、古典的辞書、現代の辞書、文法書と入門書を、それぞれの言語の専門家が懇切丁寧に案内・推奨してくれる誠に得難い書物だ。辞書が言葉の地図だとすれば、さしずめこれは地図の地図といったところ。お持ちの辞書のよき隣人として備えておけば、言葉の探検が捗ること請け合いの一組である。

＊

さて、雑駁にも程があるとお叱りを受ければ返す言葉もないが、こうした視野とつながりの中で現代の日本語を捉えてみると、それが漢語のみならず、さまざまな言語の混淆したものであることが見えてくる。

この言語や言葉同士のつながりを、どこまで視野・脳裏に収めるか。このことは、とりもなおさず或る人が、人類史上、いまに伝わる文化資源全体をどこまで楽しめるかということにも深く関わってくる。それは言葉や辞書と記憶のこれまた重要な問題でもあるのだが、もはや紙幅が尽きてしまった。いまはこの二〇余冊を一堂に会したことでよしとしておきたい。

計算論的、足穂的
タルホ・エンジン仕様書

それから、或いはまずく、きれぎれに語られるかも知れないこの用件が、君のイマジネーションによって適宜におぎなわれることをも希望する。

（「緑色の円筒」）

1　はじめに

稲垣足穂が書き、倦むことなく手を入れ続けた作品群を眺めると、彼を一言で「小説家」と呼んでしまうことにためらいを覚える。ためらうというよりは、もし彼を小説家と呼ぶのだとしたら、彼以外のいわゆる小説家をなんと呼んだらよいのかわからなくなる、そんな戸惑いを覚えるのだ。どこでもよい、足穂の一ページを開こう。そこには文字で組み立てた模型とでも言いたくなるような、世界の仕組み、あるいは、その仕組みの模造を目指したなにかが、淡々と記されている。人間の喜怒哀楽や意識の世界ではなく、そうしたものを一部として含み、そうしたものごとを成立させている世界や物質のことがさまざまに報告されているのだ。

その作品群が既存の「文学」からおおいに逸脱しているということはいかにもありそうなことで、足穂自身もしばしば同時代の無理解に対して反論を述べている。

将来はともかく、今のところ、僕は、只自分自身のために勝手な仕事をしているにすぎない。だから、人が「お前のかくものは文学でも芸術でもない」と云ったたって僕には一こうかまわない。如何にも、その言葉どおり、僕はそれらの人々の所謂「文学でも芸術でもない」ところに僕の文学と芸術とをつくろうとしているのだから。

（「云いたい事一つ二つ」）

小説、宇宙論、少年愛、A感覚、飛行機、活動写真、未来派、哲学、作家の来歴と記憶に根ざす回想的創作——彼はこちらがなんとはなしに抱いている「文学」のジャンルのようなものを知ったことかとどしどし蹂躙する。こうした足穂の関心の向き先を見ていると、公表された第一作「チョコレット」（一九二二）に登場するほうきぼしのロビン・グッドフェロウが、誇らしげにこんなことを言っていたのが思い出される。

まだまだ知らない所は無数にある。きみがこの地球上から仰いで空ッポな場所だと思いこんでいる所にだって、きみが夢さら考えたことのないきれいな、奇妙なものでいっぱいなんだぞ。その応接にいそがしくて、からだがいくつあっても足りゃしない。（「チョコレット」）

これを青年足穂自身の抱負だと読むのは穿ちすぎかもしれない。だが他方で後年、たびたびつぎのような断定を下していることを思うとあながち的外れとも思えないところがある。

現に我国の大旨の作家らが書いているようなものは、日常生活的次元にとどまって、人情噺であり風俗描写を出ない。文芸批評家と云えば、文化的チンドン屋のそのつどつどの思い付きを述べているにすぎない。政治と文学をつなごうとするなんか、機関車を両側に付けたようなもので、どちらにも走りっこは無い。それは文学的貧困の証明に他ならない。

（『「キタ・マキニカリス」註解』）

「日常生活的次元」「人情噺」「風俗描写」を出ない作品とは、足穂好みの哲学者の一人、マルティン・ハイデガーの区別で言えば「存在的（存在者的）」なものにとどまっていて面白みに欠けるということになるのだろう。それに対置されるのは「存在学的（存在論的）」なものである。「存在学（存在論）」とは図式的に言えば、個々の存在者を存在者たらしめている〈存在（Sein）〉に着目する思想であり、存在者のさまざまなありようよりは、その存在者や「日常生活的次元」を成立させている条件のほうに目を向けるということである（1）。

足穂における存在論的な関心とは、経験の次元のみに満足できずその経験の条件を見てとろうとする関心、有限の身でありながら世界（宇宙）を把握してみたいという欲求の現われでもあるのではないか。そもそも死すべき人間の身で広大無辺際の宇宙を把握するためには、どうしたって経験の次元にとどまるわけにはいかない。畢竟現象と経験を一般的に把握する理論の次元が要請されることになる。足穂はそうした理論に大いに関心を寄せたが、彼は物理学者にも哲学者にもならず、あくまで文学者としてこれを論じた。

そのような関心のもとに書かれた作品は、小説とも随想とも論文ともつかない、独得の味わいをたたえている。人はそのつもりになれば彼のどの作品をも小説として読むことができようし、随想とも独自の理論が表明された論文として読むこともできるだろう。こんな作品をなんと呼ぶべきだろうか。いや、もちろん作品は分類に先立つ。形式上の分類や文学史上の類型といったモノサシをいったん脇に置いて、あるいはこれまで足穂に与えられてきたさまざまな称号をいったん取り外して作品をくりかえし読んでみる。すると作家自らも随所で言う抽象志向が改めて目に入るのはもちろんだが、どうやらそれはただの抽象ではないらしいことが見えてくる。その直観をあらかじめ述べれば、彼は動かない言葉でもって動きのある機械——それも後で詳しく述べるようにマシニックな状態——を設計しようとしたのではないだろうか。更に現在私たちが手にしている機械を考慮に入れて言ってしまえば、コンピュータ上で走るいくつものプログラムたちのようなものとして足穂の作品はつくられているのではないか。この直観が本稿の駆動力であり、この機会に言葉でとらえてみようと思う対象である。そんなわけでここでは、ささやかながら足穂が志向した存在論的なものを読む上での補助線を引いてみたい。そのキーワードがタイトルに冠した「計算論」である所以を縷々ご説明しよう。

2 足穂的──リヴァース・エンジニアリング

存在におけるコスモポリタン

一九二三年に刊行された最初の書物『一千一秒物語』は、何度読んでも得体の知れない読後感が残る作品だ。

さあ皆さん　どうぞこちらへ！　いろんなタバコが取り揃えてあります　どれからなりとおためし下さい

そんな前口上に誘われて、それでも最初は文字があらわれる順に読み進んでみよう。やけにつくりものめいた舞台のような、あるいは活動写真の一場面のような、いつの時代のどことも知れぬ場所に、誰とも知れぬ誰かとお月様だけがいて、アクションに継ぐアクションが展開する。冒頭に置かれた「月から出た人」という断章はこんな具合だ。

夜景画の黄いろい窓からもれるギターを聞いていると　時計のネジがとける音がして　向うからキネオラマの大きなお月様が昇り出した　地から一メートル離れた所にとまると　その中からオペラハットをかむった人が出てきて　ひらりと飛び下りた　オヤ！　と見ているうちに　タバコに火をつけて　そのまま並木道を進んで行く　ついてゆくと　路上に落ちている木々の影がたいそう面白い形をしていた　そのほうに気を取られたすきに　すぐ先を歩いていた人がなくなった　耳をすましたが　靴音らしいものはいっこうに聞えなかった　元の場所へ引きかえしてくると　お月様もいつのまにか空高く昇って静かな夜風に風車がハタハタと廻っていた

（『一千一秒物語』）

いくつかのアクションが続いたかと思うと、ぷつりと終わる。『一千一秒物語』にはこうした断章が七〇近くつぎつぎと現れる。中には二行や三行きりのものもある。一貫したプロットがあるわけでもなく、シャッフルされた紙芝居のように、あるいはたまさかそのようにモンタージュされた映像のようにパッパッと光景が切り替わる。どの断章も「ある晩」「ある夕方」「ある夜おそく」「真夜中に」「昨晩」と、それぞれが別々の日の出来事であるように書かれているものの、ひとつの街の一晩の出来事だと言われても違和感がない。作品の末尾こそ「ではグッドナイト！お寝みなさい　今晩のあなたの夢はきっといつもとは違うでしょう」と結ばれているものの、最後まで読んでも何かが終わった気がせず、そのまま冒頭や任意の断章に戻っても、あるいはこちらがページを閉じた後もこんな話がいくらでも続いているような、もっと言ってしまえば、このいつでも夕方か夜ばかりの街のあちこちで、いまもずっと誰だかわからない誰かが月や星を相手に追いかけっこをしたりピストルを発射したりなぐられたりぶっとばされたりと忙しくアクションを続けている、そんな気がするのだ。「以後の作品はすべてこの「一千一秒物語」の解説に他ならない」とは作家自身が折りにふれて述べたことだが、たとえば「シャボン玉物語」（一九二三）、「南京花火物語」（一九二四）、「来るべき東京の余興」、「神戸漫談」、「Y-dan」、「タルホ五話」（以上、一九二五）、「新道徳覚書」（一九二六）、「第三半球物語」、「月星六話」（以上、一九二七）、「星じるしエロナン見本帖」（一九三一）、「よりどり前菜（オルドーブル）」（一九三七）、「続アドラティ＝バヴァナ」（一九七三）といった作品は、断章スタイルという形式上の類似もさることながら、そこに書かれていることがらが『一千一秒物語』のヴァリアントのように読める作品群でもある。

　ところで月や星といえば足穂のトレードマークの一つだが、なぜ月や星なのかということについて、足穂はつぎのように説明を加えている。

> これら一群にはおのずから「存在に於けるコスモポリタン」とでも名付くべき性格があって、其処に昔からの附随的観念を伴わせていない、その点に生まれる効果であろうと思う。こんな群の代表者は月と星である。月及び星々は最も古参であるに拘らず、仰ぎ見るたび毎にわたし達の頭にへんな気分を惹き起すのは、それらが余りに超絶的であるから、どんな事

柄の掛かり合いに引き出されても、その為に染められるということがないからである。
（「わたしの耽美主義」）

「存在に於けるコスモポリタン」とは洒脱な表現もあったものだが、要するに月や星は他の存在者に比べると、文脈や固有性に規定されるところが少なく、それだけ抽象度も高いということなのだろう。この、私たち人間から見てあまりに遠方にあり、「余りに超絶的」なものを、具体的な状況の中に置きいれて具体的な関係のもとに置くこと。ここにはたとえばアエソフォス（イソップ）の動物寓話を読むときに感じる「誰でもない誰か」が帯びる〈形をとった抽象〉とでも言いたくなるような効果が生じている。もっとも足穂の作にはいわゆる寓話に含まれるあまりに人間的な教訓は一切ないのであるが。この抽象志向は、月や星を小説の登場人物にするというレヴェルにとどまらない。つぎに、彼が関心を寄せ続けた宇宙論について見てみよう。

機械論を超える機械論——物理学から生じる自由

「僕の〝ユリーカ〟」（一九五六）や「ロバチェフスキー空間を旋りて」（一九六四）、「カフェの開く途端に月が昇った」（一九六四）などに見られる、芸術と思想と科学が渾然一体となったコスモロジーの開陳は、随筆や論文や小説といったジャンルの境界線をゆうゆうと跨ぎ越えてはばかるところがない。

たとえば「僕の〝ユリーカ〟」は、聞き手である「貴女」に語り聞かせるスタイルで宇宙論の歴史と現在を論じている。「緒言　彼らはいかにあったか」は、大阪城天守閣内の郷土博物館で目にしたという天体観測器具から受けた印象にはじまる。その製作者の来歴を語りおこし、そこから星を蝶番にして古代ギリシアのタレス以来の天体観、錬金術や占星術、あるいはSF的想像力と踵を接してきた天文学の歴史をたどり、近現代の天文学・宇宙物理学にいたる。ここにはティコ・ブラーエ、ガリレオ・ガリレイ、ヨハネス・ケプラー、ファブリチウス、ニュートン、麻田剛立、ヒルベルト、アインシュタインといった自然科学の書物で馴染みのある名前に混ざって、ルキアノス、シェイクスピア、シラノ・ド・ベルジュラック、ゲーテ、モーツァルト、ベートーヴェン、ポオ、ヴェルヌ、ベルクソン、ラフォルグ、メリエス、H・G・ウェルズ、ラッセル、ダンセーニ、ジョイス、ハイデガー、ダリといった芸術家や思想家がつぎつぎと登場する。ここに挙げた名前の多くはひょいと通りがかるような形で登場するものも多いのだが、宇宙論を説こうとする足穂がどのような道具立てでそれを論じているかが垣間見えるだろう。続く「第一部　ド・ジッター宇宙模型」「第二部　ハッブル＝ヒューメーソン速度距離関係」は、表題からも推察されるように宇宙論をテーマにしている。文化史の諸側面を自在に往来しながら筆が進められてゆく様子は「緒言」と同様だが、そこで嬉々として論じられるのは、宇宙の構造を記述する各種のモデルである。専門家による宇宙論や科学史の書物とはおよそ異なるスタイルで書かれているものの、こうしたコスモロジーを展開する折に足穂が引き合いに出すのはもっぱら天文学・宇宙物理学である。作家はおそらくこれらの学を念頭に置きながら物理学——物の理（ことわり）の学——についてこんなことを述べている。

そしてふいに、「生理学にたいする物理学」というアイデアをつかんだのでした。そうだ！生理学はただ行われているべきものにすぎないけれども、云いかえると、それは必然性の世界であるが、物理学とは、そんな現実を超えてさらに別箇の消息が取扱わるべきところ、無限なるわれわれの可能性の世界を意味していなければならぬ。幸福論から離れることができない一般人が生理学にとどまっていると云うのは、私にはもはや議論の余地がないことのように思われてきました。

（「記憶」）

一見すると、生理学と物理学がどのように対照されているのかがわかりづらい。というのも生理学が人体のメカニズムを探究する学だとするならば、物理学とは宇宙や自然全般のメカニズムを探究する学であり、その意味ではどちらも「必然性の世界」であるだろうからだ。しかし足穂は、物理学が必然性の世界を超えて「無限なるわれわれの可能性の世界」を意味しているはずだと言う。これはどういう意味だろうか。

カレイドスコープの宇宙

このことを考える手がかりになるのが、カレイドスコープ（万華鏡）である。一九世紀のはじめにスコットランドの物理学者デヴィッド・ブリュースターによって発明されたこの玩具、円筒に二枚もしくは三枚の鏡と色のついたたくさんのガラス片を入れて光にかざして覗き込むと、鏡に映し出されたガラス片が織り成す幾何学模様を見ることができるというもの。カレイドスコープ内のガラス片は固定されておらず、覗くつどその配置が変わり、ほとんど無限の模様を楽しむことができる。かつてマルセル・デュシャンは盟友フランシス・ピカビア――足穂が「ピカソよりピカビア」と言ったあのピカビア――を評して「ピカビアがこれまで行ってきたことは、一連の、万華鏡のように多様な芸術的実験である。それらは外見においてほとんど関連性をもたないが、実はそれらの全てには彼の強烈な個性の刻印が押されている」（2）と述べている。これはつぎつぎと作品のスタイルを変化させていったピカビアをカレイドスコープに見立てたものだ。カレイドスコープの面白さは、有限の、そして同一の道具立てであるにもかかわらず、そこにほとんど無限と言いたくなるような模様が現れるその仕組みにある。足穂もまたこの面白さに着目していた。

カレイドスコープの六角花園の千変万化、何千年まわしても同じ模様をくり返すことは絶対にないではないか。機械と個性の一致する原理はここにも暗示される。（「われらの神仙道」）

「機械と個性の一致する原理」とはどういうことか。人間や自然を含む宇宙を、物質とその運動、物質からなる機械として把握しようとする思想は古代ギリシアの原子論からデカルトの人間機械論、現代のサイバネティクスや分子生物学、あるいは脳科学が提示する人間観にいたるまで長い歴史をもっている。他方で、この機械論と相即するように宇宙には機械に還元できない要素があるとする思想もまた長い歴史をもっている。カントが『判断力批判』(一七九〇)で示したアンチノミー(二律背反)は、この対立図式をよくあらわしている。

正命題。物質的諸物のすべての産出は、たんに機械的な諸法則にしたがって可能である。
反対命題。物質的諸物の幾つかの産出は、たんに機械的な諸法則にしたがっては可能ではない。
(カント『判断力批判』(3))

足穂の言葉にある「機械」とは正命題に、「個性」とは反対命題で言われる機械的な諸法則によらないものに該当するだろう。両者が「一致」するとはどういうことか。足穂が、カレイドスコープという一種の機械にこの一致を見ていることから、一見彼の言う「一致」とは、個性を機械に還元することのようにも思える。しかし、ベルクソン読みでもある足穂は、そのように短絡しているのではない。アンリ・ベルクソンは、同時代の科学の成果を尊重しながらも、科学が世界を記述するさまを批判的に検討し、科学の機械論的な世界像に対して人間の経験と実感に即した哲学的世界像を思考しつづけた哲学者である。とりわけ足穂が好んで言及するのは、時計によって計測される物理的な時間(空間化された時間)に対して、人間の意識に直接与えられる時間のありかた、純粋持続である。ここでの議論のためには、物理的な時間が決定論的であるのに対して、ベルクソンの純粋持続には決定論におさまらない自由の要素が含まれていることを確認して済ませておこう。足穂の眼には、物理学（宇宙論）に代表される機械論的な抽象モデルの魅力とともに、「決して反復を許さない生命的持続」（4）もたしかに映っているのだ。先に引用した言葉に続けて、足穂はこう言い換えている。

しかも色ガラスの破片と鏡を入れたこのブリキの筒も、神さまでないかぎりはおしまいにこわれよう。そしたらもっと面白いもの、またその反対のものが造られるだろう。ここに決してくり反されることのない自由無礙な創造的進展と、いくたびでもくり反される便宜な機械との一致の道が示される。

（「われらの神仙道」）

ここで言われる「くり反されることのない自由無礙な創造的進展」をもう少し具体的に考えてみよう。「緑色の円筒」といううってつけの作品がある。これは、神戸の「或る大きな倉庫」の中に造られた街「グリーンコメットシティ」への招待状という体裁をとった小説である。この招待状の中で、グリーンコメットシティはこんなふうに描写されている。

他でもない。街全体がカレイドスコープの原理による機械になっている。すなわち、ネジ止めにされた骨組に、数百箇の別なフレームが取りつけられ、それらにたいして廻転自在な家屋や橋や道路が結合され、さらに複雑な運動をする数千箇のドアーや梯子や車や、その他のさまざまな細部がくっついている。明滅する燈火と止むを得ない箇所以外は電気仕掛ではなく、ただここに入りこんだ人間の重量と動作とによって運動を引き起すように仕組まれている。だから、市民がふえると街の廻転は幾何級数的に増大する。したがってカレイドスコープの幾何模様と同じく、緑色彗星塔中において全然同一状態が起りうるとは、ただ擂鉢の上へほうり出されるという一事をのぞけば、永遠に不可能であると云ってよい。

（「緑色の円筒」）

そう、街全体をカレイドスコープのような機械として構想したのが、このグリーンコメットシティである。この説明からわかるのは、街自体は有限で同一の機械でありながら、街を構成するさまざまな要素の組み合わせが、二度と同じになることがない、無限と思われるほど多様な状態を産出するだろうということだ。つまり、「くり反されることのない自由無礙な創造的進展」が他ならぬ機械論的な世界から生じるということである。たとえばチェスというゲームは容易に数え上げられるほどの要素——チェス盤、駒、ルール——から構成されている。だがものの本によると、この有限の要素の組み合わせから生じる、最初の一〇手の指し方には、一六九、五一八、八二九、一〇〇、五四四、〇〇〇、〇〇〇、〇〇〇、〇〇〇通りあるらしい。このチェスというゲームを挟んで二人の人間が向かい合うとき、この気の遠くなる組み合わせが、プレイヤーに裁量の余地、プレイの自由を保障している（5）。もちろん、有限の要素から生じる組み合わせは有限である。それを無限と呼びたくなるのは、もっぱらそれを経験する人間のほうに限りがあるという都合によっている。

メカニック／マシニック

先に生理学と物理学を対比したところで、「物理学とは、そんな現実［必然性の世界］を超えてさらに別箇の消息が取扱わるべきところ、無限なるわれわれの可能性の世界を意味していなければならぬ」という足穂の言葉を見たが、いまやここで足穂が述べたことの意味が了解されるだろう。つまり、彼は一方で宇宙を成立させる条件を記述した物理学の機械論的なモデル（模型）を手にしながら、他方で同時にそうしたモデルが規定する規則に従って多数の要素同士がかかりあい交差する場面を見ているのだ。厳格な機械論者なら、すべての事物が物理法則にのっとって完全に決定されるのだから、そこに自由の生じる余地はないし、そうした規則と宇宙に存在する物質の状態がわかれば未来を正しく予測できるというラプラスの魔が存在できると考えるだろう。あるいはスピノザのように世界は完全に決定論的に動いているものの人間の認識が脆弱であるために、人間にはその必然が見通せないと考えるだろう。しかし足穂はそのようには考えていない。反復をこととする機械の組み合わせから反復されない差異が無限に生じるその機微に着目しているのだ。それはちょうどジル・ドゥルーズがフェリックス・ガタリとともに「メカニック（機構）」から区別した「マシーン（機械）」という概念を用いるとうまく整理できる。

機械(マシーン)、機械状作用(マシニスム)、「機械状(マシニック)」とは、機構的(メカニック)でも有機的なものでもない。機構(メカニック)とは相互依存的な事項間のより緊密な連結の体系である。機械(マシーン)とは、その反対に、各々独立する異質な事項間の「近接」の集合(近傍)である。(位相的な近接そのものは距離や隣接性とは別だ)

(ジル・ドゥルーズ+クレール・パルネ『ドゥルーズの思想』(6))

ここで「マシーン(machine)」と呼ばれているものは、私たちが日頃「機械」という言葉で考えるもの――たとえば時計や車――とは違う。右の区別を使えば、そうした馴染みある機械は「緊密な連携の体系」、まとまりをそなえた「メカニック(mécanique)」である。ドゥルーズがマシーンという言葉で指し示しているのは、メカニックのようなまとまりをもたず、相互がばらばらに存在していながら、近接して集まったもの、そのような組みあわせ(アンサンブル)のことである。「位相的な近接そのものは距離や隣接性とは別だ」との断りがあるのは、物理的な距離の近さだけがここで言われる近接の要件ではないという意味である。たとえば、誰かが天体望遠鏡で月を眺めるとき、眺める人と天体望遠鏡と月とのあいだにマシニックな関係が生じている、と考えてみることができる。

このメカニック/マシーンの区別を用いて、足穂のグリーンコメットシティについて考えてみよう。街それ自体は、模造されたひとつの総体をもつメカニックだ。その街は自然発生的に造られた街がそなえるさまざまな要素を模倣するようにそなえつけられている。その気になれば人はグリーンコメットシティの全体から細部にいたるまでの仕組みを表現した設計図を作り、この街のメカニックを記述したり理解できるだろう。この限りにおいては、グリーンコメットシティは「相互依存的な事項間のより緊密な連結の体系」、メカニックである。しかしそこに人が入りこみ、人の動きによって街のあちこちに同時に無数の動きが生じるとき、事柄は途端に複雑になる。問題は単に複雑であることではない。それぞれの人が自由に動くか機械論的に動くかは問題ではない。いずれにしても、このグリーンコメットシティと人びとという「各々独立する異質な事項」の組み合わせ——人と街の各種メカニックの組み合わせ、そこから生じる動きの複数の組み合わせ、人と人の組み合わせ——からは、メカニックでは説明のつかない状態、多様でマシニックな状態が出現する。足穂がカレイドスコープにことよせてあらわそうとしているのは、このようにメカニックな世界からマシニックな世界が生じる次第である。

私たちが足穂の描く世界に似たものと出合うのは、文学や言語芸術よりは、むしろ映画やヴィデオ・ゲームにおいてだ。たとえばジャック・タチの映画『プレイタイム』（一九六七）を観ると、都市のさまざまな場所で生じるマシニックな状態をつぶさに観察することができる。主人公であるユロ氏のまなざしの先には、空港で互いに関係なく行き交う人々、パーティションで区切られたオフィスの個室同士、ロータリーを渦巻きのように移動する自動車群、アパルトマンの各部屋で同時に行われる相互に無関係な行為といった、その気になれば私たちもまた日常に見つけることのできる事物のアンサンブル、マシニックな都市が見えている。また、都市計画シミュレーション・ゲーム『シムシティ』（一九八九—）をしばらく動かしてみれば、右に述べたことはたちどころに実感されるだろう(7)。有限の要素を有限のルールに従って操作しているだけなのに、いくらもしないうちに目の前に複雑な都市の姿が立ち現れる。さらにこのゲームを何度か繰返しプレイしてみれば、同じようにプレイしていても小さな差異からまったく異なる都市が生じていく場面を経験することになる。その様子を眺めていると、カレイドスコープのような都市という足穂の構想に別様な表現を与えたものがこのソフトウェアなのではないかと思われてくる。足穂はいわばこうした作品に匹敵するものを、動かぬ文字だけでつくりあげようとしたのである。

Matériel Transcendantalisme

マシーンとメカニックのちがいを足穂との関係でもう少し考えてみる。メカニックな状態は抽象化された理論の言葉で記述できる。それは先のドゥルーズの説明にもあったように「相互依存的な事項間のより緊密な連結の体系」であり、物理学の言葉や機械工学の言葉で記述できる領域である。ところが「各々独立する異質な事項」同士が「近接」しあい、そこに生じるさまざまな関係、マシニックな状態を一般的に記述する術は目下のところ発見されていない(8)。いまのところマシーンを記述するうえで私たちにできることは、おそらく二つある。ひとつは、マシニックな状態を生じさせる条件を記述すること(潜在性の記述)。もうひとつは、生じているマシニックな状態を描写することである(顕在性の描写)。先に引用したグリーンコメットシティの記述は前者の方法を採ったものであり、ついでに言えば宇宙論、少年愛、機械について抽象化されたモデル（模型）を用いながら論じる足穂もまた、前者の方法を志向している。先に触れた『シムシティ』のプログラムがこの潜在性の記述に該当する。また、『一千一秒物語』のどことも知れぬ場所で誰とも知れぬ人と天体とのあいだに起こる出来事をアクションの継起で描いた作品群は、そうした潜在性が顕在化した個々の場面をスケッチしたものにほかならない。『プレイタイム』にあらわれるそれぞれの場面、『シムシティ』のプレイ中に生成する都市がこの顕在性の描写に該当する。

また、グリーンコメットシティにかぎらず、飛行機、活動写真の映写装置、幻燈機械といった機械から、果てはゼンマイや「ギボン！」と音をたてて壊れてしまうものまで、足穂のメカニック愛好ぶりは作品の随所で余すところなく発揮されている。メカニックとともにマシニックな状態を注視していた足穂は、だからこそ、メカニックな必然と同時に自由を信じ、物理学から「無限なるわれわれの可能性の世界」が生じると、安んじて言うことができたのである。この気分は、たとえばつぎのような一文に結晶している。

六月の夕べなど、電燈が点った頃、その光が分析されて、卓上の書物も、壁面にとめたペナントも、その前に座している人物も、かたえのキャビネットも、みんなモザイックみたいにきれぎれとなり、窓外に銀星を浮かべたトワイライトに融けこんで、すべての物象が等しく限界を失って遠い火星や星雲が散在する方にまでつながり、いわゆる“Matériel Transcendantalisme”を実現する瞬間があるものです。それは文字通り束の間に消えるし、また、われわれが街の方へそぞろ歩きに出かける時刻まで持続していることもあります。
（「記憶」）

これは足穂がさまざまな文章の中で反復する重要なモチーフである（9）。光を介して諸物が火星や星雲の彼方にまでつながるとは、先ほどの言葉を使えば、足穂はまさにここにマシーンの出現を見てとっていると言えるだろう。ではそのような状態が仮託されている概念「Matériel Transcendantalisme」とはなにか。作家自身の解説を読んでみよう。

第一次大戦で戦死した未来派画家兼彫刻家のボッチョーニに〝Material Transcendentalism〟という造語があった。各物体はそれ自身にそなわる力線を伸ばして、おのおの形態を粉砕し、無限に拡大しようとする傾向を持っている。なんでもそんな謂であった。これは、芸術家的天稟によっていち早くキャッチされた二十世紀物理学の「場」の概念ではなかろうか。
（「美のはかなさ」）

足穂はこの言葉を「物質的超絶」「先験的物在」（「美のはかなさ」）、あるいは「物質的先験論」（『弥勒』）と訳している。なにやらものものしい字面だが、要するに個別の輪郭をもって相互に独立して存在する個物たちのあいだになんらかの関係が生じ得る機微を、この概念はとらえようとしている。ベルクソニアンであるボッチョーニが「力線」という概念にどんな意味をこめたのかについては別の考察が必要だが、先に引いた「記憶」での記述から読み取れるように、足穂は実際にものたちが力を及ぼしあっているか否かというよりも、光を媒介として諸物がつながりあうこと、そんな関係がたとえどんなにはかないものだとしても生じうることを見ている(10)。足穂は「各々独立する異質な事項間の近接」、まさにマシニックな状態に驚異し、これを言葉で書きとめようとしたのである。

マシニックな文学

メカニズムを原理としてそこから生じながらも、もはやメカニズムの埒外にあるマシニックな出来事。機械論(mechanism)に飽き足らず、こうした事態に強い関心を抱いたところに存在者より存在論を志向する足穂の面目躍如たるものがある(11)。このような関心は、とうてい人間の意識や生活、自然の表面に現れる現象の次元にはとどまりえず、自ずと意識されないものや現象の条件、潜在的なものへと向かうことになる。多くの論者が足穂作品について夙に指摘してきたその特徴のいくつか——宇宙論、模型的世界、機械学、存在論——の背後にこのような、カレイドスコープ的世界観、つまりメカニックとマシーンが踵を接する世界が横たわっていると考えてみると、足穂がさまざまな主題をとりあげながら考え抜こうとしたことがいくぶんクリアに見えてくる(12)。しかし、なんという表現への意志があったものだろうか。

さて足穂はカレイドスコープでその世界観をあらわした。だがその意図を以上のように忖度するならば、いまや私たちはカレイドスコープに加えて、コンピュータをこそ足穂作品と組み合わせて考えてみるときではないだろうか。

3 計算論的——タルホ・エンジン

工学化するアーティスト

ライトアート、コンピューターアート、エアアートをやる者には工学部出身者が多いが、いまに殆んどすべてのアーティストは、工学、物理学、機械技師、写真家、印刷関係者になってしまうことであろう。

（『「キタ・マキニカリス」註解』）

足穂がこう書いたのは一九七〇年のこと。いまでこそコンピュータは巷にあふれているが、世界で最初のパーソナル・コンピュータと言われるAltair880（MITS社）が発売されたのは一九七四年で、Apple社の第一号機Apple Iがガレージで生まれたのが一九七六年。すでに「コンピューターアート」というハイカラーなアートが足穂のアンテナにかかっているのが興味深い。ところで作家は別の文章でこんな思いも漏らしている。

でも、どうなるものでない。自分には一つの「夢」があり、そのものは絵画か音楽かで表現するのが適当だと思われるが、環境上、文章を選んだという迄に過ぎない。

（「随筆キタ・マキニカリス」）

もし足穂の時代に現代のように気軽に使えるコンピュータがあったら、彼こそは率先してコンピュータ・アーティスト（当世風に言えばメディア・アーティスト）になっていたかもしれない。というのも、前節で見たように足穂がカレイドスコープや宇宙論や模型の街に託した言葉の構築物は、コンピュータのプログラムとして書かれてこそ、その嗜好／志向／思考をまっとうする性質を色濃くそなえているからである。繰返しになるが、先に引いた言葉をもう一度読んでみよう。

しかも色ガラスの破片と鏡を入れたこのブリキの筒も、神さまでないかぎりはおしまいにこわれよう。そしたらもっと面白いもの、またその反対のものが造られるだろう。ここに決してくり反されることのない自由無礙な創造的進展と、いくたびでもくり反される便宜な機械との一致の道が示される。

（「われらの神仙道」）

二一世紀の現在、この「もっと面白いもの」とは目下のところコンピュータである。コンピュータのプログラムこそは、彼がカレイドスコープに見た「くり反されることのない自由無礙な創造的進展と、いくたびでもくり反される便宜な機械との一致の道」をより十全に実現したものにほかならない。このことを述べるためには、プログラムについての若干の説明を要する。

プロ・グラム――潜在性をデザインする言葉

> 可視のものはみな不可視のものと境を接し――聞き取れるものは聞き取れないものと――触知しうるものは触知しえないものと――ぴったり接している。おそらくは思考しうるものは思考しえないものに――。
>
> （ノヴァーリス「断章と研究　一七九八年」(13)）

プログラムとはなにか。まず、言葉の意味から確認すれば、それはprogramの音写であり、もとを辿れば古典ギリシア語のπρόγραμμαを語源とする。πρό＋γραμμα、つまり、前もって書かれたもの、書かれたものによる予告の謂いである（もっともそれを言えば、あらゆる言葉は読まれるにさきだって書かれるわけだが）。

プログラムにはなにが書かれているのか。コンピュータが実行すべき一群の命令である。命令はプログラム言語の文法と語彙にのっとって書かれる。そのように書かれたプログラムがコンピュータに与えられると、コンピュータはそれを記憶装置（メモリ）に記録し、プログラムに記された記号を命令として順次、解釈・実行してゆく。

たとえばコンピュータでワードプロセッサーのプログラムを使って文書を作成する。当たり前のことながら、このワードプロセッサーのプログラムはどこかから湧いて出たものではない。その正体は、プログラマによってコンピューターが取りうる状態をあらかじめ書いた何万行、何十万行の命令群である。プログラムは使用に先立ってあらかじめ書いたもの、言ってみれば潜在性をデザインしたものである。プログラムは通常、ユーザーからは見えない状態でその効果だけを提供する。そのような意味でも潜在的なものである。以上の理解を携えて、プログラムと足穂の作品を比較しながら見てゆこう。

分離ゆえの連接——有限の要素から多様性を産出する

プログラムとは、命令を並べたものだと述べた。しかし、ひとつづきに書かれた文章のように順を追って命令を並べるのではない。それではいかにも効率が悪いからだ。そこでよほど小さなものでなければ、プログラムには構造が導入される。どのような構造か。プログラム言語によって考え方に違いはあるものの、プログラムを機能ごとのブロックに分割し、このブロック相互の関係を設計するという方法がとられる（Cなら「関数（function）」、C++なら「オブジェクト（object）」といった要素がこれに該当する）。ここに引用したのは、C言語で書かれたLinuxのソース・コードの一部である（次頁）。左端に並ぶ数字は行数の表示で、これは便宜的に付されたもの。本来ソース・コードには含まれない。四六三から四七二行、四七四から四九二行がそれぞれ一つの塊、関数になっており、それぞれ固有の名前が与えられている（14）。これを見ると、プログラムが、断章形式で書かれた文章のように、相互に分離された形で記されていることが感覚的にもわかるだろう。プログラマは、このようにプログラムを部分に分離することで、分離された部分を相互に連接させることができる。

たとえば、『シムシティ』というゲームでは、有限個の要素から多様な都市が出現すると述べた。この多様性はどのように実現されるのか。作り手があらかじめゲームのとりうるすべての状態を具体的に用意するのではない（それではいつまでたってもゲーム開発が終わらない）。作り手はただ、都市を生成させるためのいくつかの要素と有限個のルールを用意するだけだ。ここから多様性が生じるのは、諸部分を様々に連接させるプログラムの構造があるからだ。

先に『一千一秒物語』はグリーンコメットシティのような都市の具体的な状態を写し取った作品だと述べた。が、にもかかわらず、この短い断章からなる作品群にはやはりどこかプログラムめいたところがある。本稿第二節の冒頭で「得体の知れない読後感」があると述べた。ようやくその得体の知れなさについて述べる準備ができた。

二つのレヴェルがある。第一にその「得体の知れなさ」は、プログラムを読み書きするときに

```
/**
455  *       bitmap_release_region - release allocated bitmap region
456  *       @bitmap: a pointer to the bitmap
457  *       @pos: the beginning of the region
458  *       @order: the order of the bits to release (number is 1<<order)
459  *
460  * This is the complement to __bitmap_find_free_region and releases
461  * the found region (by clearing it in the bitmap).
462  */
463 void bitmap_release_region(unsigned long *bitmap, int pos, int order)
464 {
465         int pages = 1 << order;
466         unsigned long mask = (1ul << (pages - 1));
467         int index = pos/BITS_PER_LONG;
468         int offset = pos - (index * BITS_PER_LONG);
469         mask += mask - 1;
470         bitmap[index] &= ~(mask << offset);
471 }
472 EXPORT_SYMBOL(bitmap_release_region);
473
474 int bitmap_allocate_region(unsigned long *bitmap, int pos, int order)
475 {
476         int pages = 1 << order;
477         unsigned long mask = (1ul << (pages - 1));
478         int index = pos/BITS_PER_LONG;
479         int offset = pos - (index * BITS_PER_LONG);
480
481         /* We don't do regions of pages > BITS_PER_LONG.  The
482          * algorithm would be a simple look for multiple zeros in the
483          * array, but there's no driver today that needs this.  If you
484          * trip this BUG(), you get to code it... */
485         BUG_ON(pages > BITS_PER_LONG);
486         mask += mask - 1;
487         if (bitmap[index] & (mask << offset))
488                 return -EBUSY;
489         bitmap[index] |= (mask << offset);
490         return 0;
491 }
492 EXPORT_SYMBOL(bitmap_allocate_region);
```

生じる効果に似ている。どういうことか。まず、断章という形式上の類似があるわけだが、この感覚にはもう少し別の要因もかかわっている。プログラムを読み書きするとき、読み手／書き手はいま読み書きしているブロックだけではなく、つねにそのプログラムに含まれる他のブロックとの関係を念頭に置く。もしプログラムがブロックに分かれておらず、ひとつづきの文章のように書かれていたとしたらこのような芸当は無理な相談だ（もちろん長いプログラムにせよ分厚い書物にせよ、繰返し読むことでかなりの部分を記憶できるということはあるにしても）。だが、プログラムがブロックに分かれてブロックごとに名を与えられていることで、目下読み書きしているブロックに連接するブロックが自然と想起されるのだ。『一千一秒物語』を読む経験は、これに似た感覚をもたらす。ある断章を読むとき、つねにいくつかの断章が記憶の中で連接する。わかりやすい例を出せば、「襲われる話」と分類できそうなこんな断章群がある。

ある晩の出来事
ある晩　月のかげ射すリンデンの並木道を口笛ふいて通っていると　エイッ！　ビュン！
たいへんな力で投げ飛ばされた

突きとばされた話
（略）へんだなと考えていると　うしろからやにわにグヮン！　と頭を殴られた　部屋には
たれもいなかった　出ようとするとうしろから廊下へ突きとばされた　ふり向くとたんにピ

シャン！　と鼻先でドアがしまった

水道へ突き落された話
（略）水道の蓋が開いていた　何が出たのだろうとのぞこうとすると　うしろから突き落された　バチャンと水音がして頭の上で蓋がしまった　家へ帰っていた
（『一千一秒物語』、傍点は引用者、以下同様）

ここに「第三半球物語」の「三階から突き落された話」、「香炉の煙」の「夕焼とバクダートの酋長」、「シャボン玉物語」の「本が怒った話」などの突き飛ばされる話を加えてよいだろうし、さらには『一千一秒物語』の「流星と格闘した話」や「お月様とけんかした話」のような格闘ものが想起されるかもしれない。これらの断章は、相互に明示的なつながりをもたない。にもかかわらず読み手の中で（この場合なら）突き飛ばすという行為によって連接する。また、右の「水道へ突き落された話」の「家へ帰っていた」という末尾はそのまま、家へ帰るとなにかが起こるという別の断章群につながっていく――などなど。
この形式的な類似を手がかりにすると、より本質的なレヴェルでの類似が見えてくる。プログラムは、当然のことながら最終的にはコンピュータ上で具体的な効果を生じさせることを目的とするが、同じ機能を実現するにも、プログラムの書き方は一通りではない。たとえばオセロのプログラムを一〇人のプログラマに書かせれば、一〇人が完全に同じプログラムを書くということはまずない。プログラマがプログラムを書く際に目指すことのひとつはエレガンシー、つまりより少ない行数のプログラムからより多様な結果を得るということだ。言い換えれば、十分な抽象化を施すことが目指される。逆に、そのような眼で他人が作ったプログラムが動いているのを見るとき、つまりプログラムそのもの（その正体は先ほど見たLinuxのソース・コードのようなものだ）は見えず、その挙動だけが（たとえばコンピュータ上でオセロが行われる）見えるとき、プログラマはその背後で動いている不可視のプログラムを推定し、自分ならそれをどのように抽象化するか、と考えるだろう。

さて、『一千一秒物語』「得体の知れなさ」は、まさにいま述べた他人のプログラムを見るプログラマの気持ちをそそるところにある。『一千一秒物語』とは、ちょうどコンピュータ上で実行中のプログラムのアウトプットであり、あたかもそのアウトプット（断章）の背後に、「AがBを突き飛ばす」という抽象化されたプログラムが働いているかのように見えるのだ。

これには、生じる出来事のセンス／ナンセンスの区別が一向に気にかけられていないところ、つまり、生じる出来事の良し悪しといった判断をはさまずただ起きる出来事を記す記述のスタイルや、出発点から終着点へと流れるストーリーが存在しないこと、断章から断章へとリニアではない読み方ができることなども与っているだろう。最大の要因は、断章同士に直接的な関係がないにもかかわらず、それぞれの断章を構成する要素の共通性によってこの一群の断章を律する規則のようなものが見えることにある。そのような要素としては、月、流星、黒いもの、黒猫、自分といった行為者たち（いずれも「存在のコスモポリタン」式の抽象化が施されている）。懐中電燈、シガレット、ピストル、びん、グラス、ポケット、ガス燈、自動車、モーターサイクル、梯子、ドア、部屋、カフェー、バー、街路、煙、三角といったモノや場所。聞く、飛び下りる、見る、進む、歩く、耳をすます、走る、帰る、はいる、云う、どなる、飛ばされる、投げる、追っかける、逃げる、転がる、当てる、登る、待つ、落ちる、寝る、飲む、口へ入れる、引き金を引く、いなくなる、といった行為などが数えられる。そしていったんこのような要素とそれを組み合わせる規則が見えてくると、『一千一秒物語』に記された断章が、こうした要素のありうる組み合わせの一部であるかのように思えてくる。つまり、先にプログラムは分離ゆえの連接によって有限の要素から多様性を産出すると述べたが、『一千一秒物語』にも断章同士のレヴェル、断章を構成する要素同士のレヴェルで同じ仕組みが働いているように見えるのである。

タルホ・エンジン

仮にこうした作品群の背後で或るプログラムが作動していると考えて、これを「タルホ・エンジン」と呼ぶことにしよう。すると、彼の宇宙論やグリーンコメットシティは、タルホ・エンジンを構成する仕様書もしくはプログラムであり、『一千一秒物語』その他の作品はこのプログラムが作動した結果生じるいくつかの場面を描写したものだと考えることができる。足穂の方法論をカレイドスコープではなく、プログラムとしてとらえなおしてみることに意義があるとすれば、それはカレイドスコープが比喩の域を出ないのに対して、プログラムは世界を文字による抽象模型でとらえようとした足穂の意向の延長上で、実際に世界をメカニックとしてシミュレーションできる点にある。そしてこのタルホ・エンジンは、彼の作品を通して、知らず識らずのうちに読者の脳裡にインストールされ、作動しつづける。

第二節で、『一千一秒物語』について「こちらがページを閉じた後もこんな話がいくらでも続いていているような」読後感があると述べたが、タルホ・エンジンという喩えを用いるとこの感覚もうまく説明できる。それは、書かれることで顕在化した作品のほかにも、タルホ・エンジンというプログラムがまだ顕在化させていない状態があるのではないか、という感覚である。

ここでふたたびプログラムについて言えば、プログラムの作者は、自分が書いたプログラムがどのような挙動をとるのかということを、完全に把握しているわけではない。それはちょうどカレイドスコープの作者が、そのカレイドスコープのとるすべての状態をあらかじめ把握できないこと、チェスのルールを考えた人がチェスのゲームで生じうる全ての状態をあらかじめ把握していないことに似ている。つまり、プログラム自体は有限であるにもかかわらず、その動作から生じる状態は多様で、作り手といえどもあらかじめそれを把握しつくすことはできないのだ。プログラムがどのように動くかということは、当のプログラムをさまざまに動かして試してみなければわからない。タルホ・エンジンもまたそのような性質を備えている。

私たちは折々ほんのみじかい時間だけそんなところへ近づいたと感じられるときがある——そのことを次の瞬間に立ち戻った最もそれに近い実感によって把えよう。そういうこととのみが出来るだけで、そのメカニズムを私たちがこしらえるのです。けれども作者は只そんな一つの機械を提供するほかは使用法とてよく説明なし能わない。故にかかるものを理解するには自身製作者になるほかはないであろう。

（「機械学者としてのポオ及び現世紀に於ける文学の可能性に就いて」）

これは足穂が、エドガー・アラン・ポーを偉大な機械学者（メカニシャン）――「思惟にたえざるものばかり」の冒険小説を一個の機械として普遍的なものへと作り直した機械学者――として遇した文章だが、そのまま足穂自身について語った言葉として読むことができる。右の文にあらわれる「そんなところ」とは、先に見たMatériel Transcendantalismeという概念で表現された、天体から地上の諸物までが光によってつながるように感得される稀有な状態のことだろう。足穂はそれをさまざまにとらえようとして、文字の機械をつくりつづけた。世界（宇宙）を有限の言葉でとらえようとするとき、足穂が採ったのはその条件と挙動を記述するというやり方だった。グリーンコメットシティというメカニックを記述することで、そこから生じるマシニックな状態を潜在的に表現すること。また、『一千一秒物語』に見られるように、あたかもあらかじめ書かれたもの、プログラムが顕在化した状態とそのヴァリエーションを幾重にも記述することで、それを生じさせている世界のメカニックを示すこと。それは顕在する存在者のみならず、そうした存在者を潜在させるなにかを存在論的にとらえるための機械製作の試みであり、ここではそれをタルホ・エンジンと呼んだのだった。

このような姿勢で作品に取り組んだ足穂であってみれば、もはやつぎのように述べていることに奇異な感じを受けたりはしないだろう。

私は作品も時間と共に改良されて行っても差支えないと考えている（但しそれが改正を要するものである限り）何故なら、何事も一つのメカニズムになっていなければよく私たちの前に有用たるものではなかったからである。

（「訂正及創造に就て」）

彼は自分がこしらえた機械をメンテナンスしつづけ、一〇〇枚書いた原稿を二五枚に削ることもいとわなかった。また、一連の作品についてこう述懐している。

この物語を書いたのが十九歳の時で、以来五十年、私が折りにふれてつづってきたのは、すべてこの「一千一秒物語」の解説に他ならない。

（「無限なるわが文学の道」）

本稿では『一千一秒物語』を、タルホ・エンジンというプログラムが顕在化したもの、プログラムから生成される多様な状態（の一部）を示した作品として読んでみた。右の足穂の言葉を信じるならば、『一千一秒物語』は以後の彼の作品のプロ－グラム（あらかじめ書かれたもの）でもあったのだ。プログラマは未来の自分を含めた他人のために、自分が書いたプログラムにコメントを付す。なぜなら一般にプログラムが抽象的であるほど可読性が低下するからだ。プログラムに付されたコメントは、抽象絵画に付されたタイトルのように、それを読み解く文脈と方向を読み手に指し示す。そういう意味で、足穂はさしずめ律儀で心配性のプログラマといったところだろうか。なにしろ五〇年にわたって最初にこしらえたプログラムにコメントをつけつづけ、そうしたコメントにも改良を施しつづけたというのだから。

4 おわりに

ひょっくりと現われたこの今日の科学の感覚（人間の感覚と云ってはふさわしくない）の産物は、同じ感覚一途にしてもアルチュール・ランボオとは似てもにつかないもの、そこにはどのような人間らしい病的な分子もふくまれず、あくまでも物質のもつ健全と明るさである。またこんな文学の標準は事あたらしく設けられるまでもなく、世界のどこかにあるコメット・シティの言語芸術にそっくりあてはまっている。その街は設計者も云うようにたしかに吾々の地球の上に存在してますます拡張しつつある。やがて電気人間の街の触手は蜘蛛のように地球の面に巣を張って包んでしまうだろう。

（「タルホ入門　初学者諸君のために」）

存在者ならぬ存在論に関心を寄せ、言葉の集積によって数々のカレイドスコープ的模型世界をこしらえた足穂を、一人のコンピュータ・エンジニアとして遇してみること。その作品を計算論的に読んでみること。なるほどこんなことはうたかたの思いつきにはちがいない。だが、物理学から自由が、メカニックからマシーンが生じる機微に着目した足穂の仕事をこのように眺めてみることで、アートフル・サイエンス（バーバラ・M・スタフォード）あるいはサイエンスフル・アートのありうべきかたちを垣間見ることができるのではないだろうか。「なるべく永持ちするようにナマな箇所は削り取り、作品の長さをそれぞれにうんと縮めた」（『「キタ・マキニカリス」註解』）というその作品群、耐用期間はまだまだ終わりそうもない。

註

0）以下の註にウェブのURLが記されている場合がある。今から一二年前のものであり、多くはリンク切れの可能性もある。本書収録の際、削除することも考えたが、これもまた一種の時代変化の記録と考えてそのまま残すことにした。

1）たとえば「緑の蔭　英国的断片」（一九六三）の中で、「エントツがボール紙製にとは、それがわざと拵えたもののように置かれているの謂いで、（黒森の哲人ハイデッガーの云い方を借りれば）「存在的（オーンティシュ）にではなく、存在学的（オーントロギッシュ）にそれが在る」というほどの意味である」とか、同性愛に比べれば「男と女のいきさつなど、「存在的」ではあっても「存在学的」だとは決して云えないのである」と書いているところを読むと、足穂の云う「存在的」は無自覚的／自然的、「存在論的」は自覚的／構成的と言い換えられる概念であるかもしれない。

2）マルセル・デュシャン「フランシス・ピカビア」（鈴木啓二＋伊勢浩朗訳、『ユリイカ』第二一巻第一二号、一九八九年九月臨時増刊「総特集＝ピカビア　生成変化するダダイスト」、青土社、所収）。また、カレイドスコープについては、たとえば http://www.efrank.com/byokal/kal2.html のフラッシュで雰囲気をつかむことができる。

3）Immanuel Kant,Kritik der Urteilskraft (Werkausgabe Band X, Suhrkamp, 1990, S.336) カント『判断力批判』（牧野英二訳、『カント全集9』、岩波書店、二〇〇〇、四八ページ）

4）「古典物語」の「これはもともと純粋な、決して反復を許さない生命的持続に対して、同一事の繰返しである機械的印象が与えられるからだ、というのである」という下りからの引用。

5）この試算はフランソワ・ル・リヨネ『チェスの本』（成相恭二訳、文庫クセジュ六〇三、白水社、一九七七、一一〇ページ）に拠る。算定方法は不明。

6）Gilles Deleuze + Claire Parnet, Dialogues (Flammarion, 1996, p.125) ジル・ドゥルーズ＋クレール・パルネ『ドゥルーズの思想』（田村毅訳、大修館書店、一九八四、一五八ページ）を参照。以下、名詞形を「マシーン／メカニック」、形容詞形を「マシニック／メカニック」と記す。また、この概念を（おそらく創出し）縦横に愛用したガタリの一連の書物、『機械状無意識』『闘争機械』『分裂分析的地図作成法』

『カオスモーズ』Ecrits pour l'Anti-Œdipeほかを読むと、マシーンをめぐる多様な理論と実践に触れることができる。

7）ゲーム・デザイナーのウィル・ライトによる『シムシティ』は、「シム」と呼ばれる市民たちが住む街の市長となって、都市を運営するシミュレーション・ゲーム。シリーズとして続編がつくられている。初期ヴァージョンを以下のウェブサイトでプレイできる。http://www.japan.ea.com/simcity4/sim_classic/
なお、ここでは都市との関係で同作をとりあげたが、そもそもヴィデオ・ゲーム自体が、本稿で述べているメカニックからマシニックな状態が生じる機微、プログラムにあらかじめデザインされた潜在性が多様に顕在化する機微を楽しむ装置である。

8）たとえばＡＩ（人工知能）や複雑系の研究は、科学の言葉によってマシニックな状態をとらえようとするアプローチの一種だと考えることができる。しかし、周知のように前者の夢は頓挫し、後者は一時的な期待の盛り上がりを経て、実質的な成果を模索する状態にとどまっている。〔上記は目下の第三次ＡＩブーム以前について述べたものだが、現在はどうか。〕

9）たとえば、『弥勒』（一九三九）、「有楽町の思想」（一九四五）、「実存哲学の余白」（一九四八）、「美のはかなさ」（一九五二）を参照。

10）中谷礼仁『セヴェラルネス　事物連鎖と人間』（鹿島出版会、二〇〇五）は、まさにこの問題（メカニックからマシニックが生じる次第）を都市・建築論の観点から考察している。とりわけ、クリストファー・アレグザンダーの「都市はツリーではない」（A City is not a Tree）を引き寄せながらその議論に内包された可能性に新たな光を当てようとする「第五章　自尊心の強い少年」を参照。「有限の要素の集積からなぜ限りない体験、いわば都市という状態が生まれるのか」という問題設定を、ここで論じている足穂のグリーンコメットシティの問題設定をひきうけたものとして読むこともできる。また、アレグザンダーが提示したツリー／セミラティスの対比は、本稿のメカニック／マシーンに対応する。http://www.rudi.net/bookshelf/classics/city/alexander/alexander1.shtmlに「都市はツリーではない」の原文がある。

11）また、そのようなカレイドスコープ的世界を観想する足穂が、同時にこの瞬間と似た瞬間が、いつか別の場所でも生じたのではないか、という永劫回帰の感覚を随所に書きとめていることにも注意しておきたい。たとえば「天体嗜好症」に見られるつぎの箇所など。「(――と云って、いつかきらきらした夜景を前に誰かと接吻しようとした時、この同じ瞬間に同一のことが行われているのかも知れない、遠い星の都会の夜におけるもう一人の自分とその愛人との上に想いを馳せた……ということを話されたあなたは、やはりそれに似た一つであるところの、私どもの宇宙的郷愁をお笑いにはならぬはずです。)」

12) たとえば「A感覚とV感覚」(一九五四)や『少年愛の美学』(一九五八)において、PでもVでもなくAに足穂の関心が集中することを同様に考察してみることができるだろう。また、足穂の存在学的な探究の在り方をめぐる本稿の関心から言えば、足穂が作品を通じて人間の心身をどのように捉えようとしているかという問題は彼のもう一つの主要関心事である「記憶」(記憶に根ざした伝記的作品、ベルクソンの記憶論への関心)とともに当然検討されてしかるべき重要かつ興味あるものだが、ここでは計算論的解釈に道を譲り、他日を期したい。

13)『ノヴァーリス作品集 第一巻 サイスの弟子たち・断章』(今泉文子訳、ちくま文庫、筑摩書房、二〇〇六)

14) ここに引用したソース・コードは、http://lxr.linux.no/source/lib/string.c からのもの。

＊本稿で引用した足穂の作品は、すべて筑摩書房版『稲垣足穂全集』およびちくま文庫版『稲垣足穂コレクション』を用いました。

投壜通信年代記
思想誌クロニクル　一九六八—二〇〇五

1　価値紊乱装置としての思想誌

日本の思想誌の歴史をたどってみると、一九六〇年代末期から一九八〇年代にかけて、従来とは異なるタイプの思想誌が群生していることに気づく。簡単に言うと、雑誌のコンテンツである作品とその提供者である作者に対して、エディターシップとブックデザインがそれまで以上に存在感をもちはじめるのだ。

ここで思想誌と呼ぶのは、たとえば文学や自然科学などの特定専門分野を対象とするばかりでなく、哲学、文学、美術、音楽、映画、建築、化学、数学など、思想全般をジャンル横断的に対象とする雑誌である。誌名をあげれば、『パイディア』『ユリイカ』『遊』『現代思想』『エピステーメー』『GS』『批評空間』その他の雑誌がこれに該当する。類誌には学術学会誌、あるいは政治的旗色を鮮明に掲げる左翼系思想誌や保守論壇系思想誌などもあってそれぞれに興味深いのだが別の機会に譲りたい。

ところでこうした思想誌にはどこか、少しばかり効率の好い投壜(とうびん)通信という趣きがある。それは誰の手に届くかわからぬまま編集され書物の海に投じられる(学会誌や予約購読誌と異なり宛先が不確定)。その上ジャンル横断的という性質上、内容を一言であらわす「これ」というラベルもない。ただしこんな機会でもなければ並ぶこともなかろうと思われる多様な顔ぶれや議論が、編集する者の企みによって一冊の雑誌に集成されている。少しばかり効率が好い秘密はここにある。誌名、特集テーマ、論題、執筆者、装幀など、思想誌を構成する諸要素のいずれかをきっかけに人はそれを手にとる。もし読み手が目次や内容に目を通すことを怠らないならば、それを手にとるきっかけとなった要素を超えて予想外の要素に出会うだろう。ただ一篇の論考を読むつもりが扱われているテーマ全般への関心を惹起されたり、テーマへの関心に誘われて見知らぬ執筆者や未知の問題群と遭遇する——思想誌はそんな関心の横滑りや価値の紊乱を読み手のなかに起こす愉快な装置なのだ。こう考えると、思想誌におけるエディターシップとブックデザインの発展は、投壜が拾われる確率を高めるための創意工夫の過程であることが見えてくる。

以下に読まれるのは、書物の海に飽くことなく投じられてきた価値紊乱装置の一側面をたどるささやかなクロニクルであり、そのさまざまな試みがストックしてきた潜在性のヴァリエーションである。

2　前史　思想誌の零度『思想』

思想誌といえば、その名も『思想』という月刊誌が岩波書店から刊行されている。創刊は一九二一年。先行誌『思潮』（一九一七―一九一九）に続いて刊行された思想誌で、途中休刊をはさみつつ現在まで九〇年以上継続している。一九六〇年代末期を画期として思想誌について語ろうとするこの場所で同誌に触れるのはいささか奇異な感じがするかもしれないが、現在も書店で手にできること、思想誌のひとつの典型であることからここで取り上げる次第。

この思想誌、創刊当時の主幹は和辻哲郎で、後に林達夫や三木清らが編集・執筆に参加したことでも知られる。創刊の辞に「時流に媚びずしかも永遠の問題に一般の読者を近づけようとする雑誌」という高遠な理想を掲げ、哲学を中心とした人文・社会科学の硬派な論考を掲載。創刊号からしばらくの目次を眺めれば、和辻のほか、ケーベル、石原純、小宮豊隆、吉村冬彦（寺田寅彦）、上野直昭といった執筆者が常連として名を連ねている。白地にひたすら文字だけで構成されたミニマルな紙面。現在、執筆者はもっぱら大学関係者で占められており、内容は哲学を中心とする。参考までに最近の特集をいくつか拾ってみると、「現象学と東洋思想」「デリダへ」「知覚の謎」「ストア派の哲学とその遺産」等々。創刊当初から特集主義を採らず、特集を組まない号も多い。類誌にドイツ哲学と日本思想を中心に哲学を扱う『理想』（理想社、一九二七―）がある。

『思想』は掲載論文の体裁や装幀のそっけなさを含めて一見、『哲学』（日本哲学会編、法政大学出版局、一九五二―）のような学会誌と見分けがつかない。しかし両者には違いがある。端的に言えば学会誌は当該学会員の情報交換のために編集されており、他方で、『思想』は、学会やアカデミーの内外を問わず思想に関心をもつ読者を想定している。アカデミーとその周辺を主なリソースとしながら一般読者に向けられた商業誌であること。これは以下に見てゆく思想誌に共通する基本的な特徴だ。また、かならずしも特集主義を採らないこと、和辻という主幹がいた創刊当初はともかく現在では編集サイドが黒子に徹していること、装幀が限りなく簡素であること、この三点により『思想』は思想誌の最もシンプルなかたちを提示している。

もちろん同誌のほかにも『展望』（筑摩書房、一九四六―七八）、『思想の科学』（先駆社、後に思想の科学社、一九四六―九六）など数多の魅力的な思想誌が存在した。しかしここでは右に述べた理由から『思想』を鏡として一九六〇年代末期以降の思想誌を概観してみたい。

3　一九六八年　エディターシップとブックデザイン

『季刊パイデイア』

一九六〇年の終わりから七〇年代にかけて、それまでとはいささか趣きの異なる思想誌が百花繚乱の季節を迎える。その先駆的な存在が一九六八年に創刊された『季刊パイデイア』（竹内書店）

だ。パイデイアとはギリシア語で、子供の教育、転じて教養・文化を意味する。

同誌は基本的に特集主義を採っている。創刊時の編集長・安原顕によれば、フランスの『アルク』誌を手本にしたものらしい。創刊号から第一一号までの特集名をひろっておこう。「構造主義とは何か」(創刊号)、「映像とは何か」(第二号)、「変革の演劇　オフ・オフ・ブロードウェイ」(第三号)、「ヌーヴォー・ロマンの可能性」(第四号)、「瓦礫と創造　革命の中のアメリカ」(第五号)、「シュルレアリスムと革命」(第六号)、「モーリス・ブランショ」(第七号)、「ジョルジュ・バタイユ」(第八号)、「ヌーヴェル・クリティック」(第九号)、「シンボル・錬金術」(第一〇号)、「ミシェル・フーコー」(第一一号)。

このようにテーマは、フランスを中心とした海外の思想・文化で構成されている。同誌の特徴は、海外思想文化へのある種偏執的とさえいえる熱意の高さである。「時流に媚びず」の『思想』とは逆に、むしろ積極的に「時流」に取り組む誌面を可能にしたのは、編集長・安原の強力なエディターシップであろう(第七号からは鈴木道子、第一一号は中野幹隆が編集長)。編集長が気になるテーマを、専門家の手を借りて編集する。その結果、雑誌の主なリソースとなるアカデミーや海外の状況に依存しつつもそこからは独立した独自の思想誌空間が立ち現れる。もちろんそのような編集のあり方は、たとえば『思想』なら林達夫たちが同様の役割を果たしていたのであり目新しいことではない。しかし、特集主義の採用とテーマの選定の仕方と次に述べるデザインの導入によって、『パイデイア』は思想誌に新しい風を送り込んだ。安原はその後、『海』や『マリ・クレール』といった雑誌でも『パイデイア』で培った手法を展開し、この文芸誌と女性誌に独得の誌面をつくってゆく。

同誌で見逃せないもうひとつの要素は、杉浦康平と辻修平によるブックデザインだ。彼らは第四号から第一一号までのデザインを担当し、思想誌に新しい装いを与えている。とりわけ第一一号フーコー特集にいたっては論文ごとに異なる紙を使い、文章の割付も変えるという凝りよう。このようなデザイン導入の結果、従来の思想誌が文字中心のオーソドックスな外観であったのに対して、『パイデイア』は一見して冒険的な香りを漂わせることになる。視覚的なデザインと紙の手触りが、思想誌を読むことに大きくかかわりはじめたのだ。

同誌は第一六号（一九七三年）まで刊行されるが、編集方針が変わった第一二号以降はそれまでとは別の雑誌になり、装幀も杉浦の手を離れて尖鋭性を失う。このギャップは、雑誌における編集者とブックデザイナーの役割の大きさを示す好例であろう。

4　一九七〇年代　多様性の展開

編集とデザインが重要度を増した思想誌のあたらしいかたちは、一九七〇年代の試行をつうじてさまざまな方向に展開される。編集者とブックデザイナーの役割、テーマの選ばれ方に着目しながらこの時代に創刊された四つの思想誌を概観しよう。

一九六九年　批評を拡張する『ユリイカ』

一九六九年に『ユリイカ』が青土社から復刊される。伊達得夫によって編集された第一次『ユリイカ　詩と詩論』（書肆ユリイカ、一九五六―一九六一）の後をうけて青土社の創設者・清水康雄が復刊したのが現在につづく第二次『ユリイカ　詩と批評』だ。同誌の先行誌には第一次『ユリイカ』のほかに、『本の手帖』（昭森社、一九六一―一九六九）、『現代詩手帖』（思潮社、一九五九―）などがある。創刊号で清水はこう書いている。「ユリイカは、詩と批評を中心に、しかし、領域や形式にとらわれず、あくまで自由に、文学の自由と深淵をめざす雑誌でありたい」。

その言葉どおりというべきか、「詩と批評」の雑誌として詩に軸足をおきながらも「神話の構造」「モーツァルト」「サド」「バタイユ」「道化」「ピカソ」といった特集や、映画、音楽、写真、マンガ、演劇、ダンス、建築ほかの諸領域など、詩という領域から逸脱したテーマ、あるいは批評という枠組みを広げるテーマを積極的に扱いはじめる。『パイデイア』がもっぱらフランス文化に焦点をあてていたのに対して、『ユリイカ』はいま述べたように古今東西の文化全般へと縦横無尽に目を向けてゆく点がユニークだ。

同誌にこのスタイルを定着させたのは、復刊当初から編集にかかわり一九七二年から一九七五年まで編集長を務めた三浦雅士。巻末のバックナンバー一覧を見ると、この伝統がいまも受け継がれていることがわかるだろう。毎号が「エウレカ！」（余は発見せり！）の愉悦に満ちている。

一九七一年　関係を編集する『遊』

一九七一年、工作舎から「objet magazine」と銘打たれた雑誌『遊』が創刊される。水面から飛び出した眼球のイラストが配された見るからに異様な表紙の左右には、黒字にオレンジの文字で「空中飛行器」「ヘッケル形態学」「山月記」「ＤＮＡ構造」「不確定性原理」といった言葉が列挙されている。その誌面には、稲垣足穂のエッセイ、梯明秀の論考、写真、「精神技術史編年表」、小説ほかに加えて、演劇、芸能、思想、映画、自然、写真、建築、言語、音楽、絵画、出版にかんする「ノート」といった各種のテキストが、記号と図像の乱舞する誌面に配置されている。デザインは杉浦康平。編集長は松岡正剛。戸田ツトムも編集に参加している。同誌は、デザイナーと編集者が死力を尽くして闘いを繰り広げるアリーナであり、そのことも含めて先に見た思想誌とは編集のロジックが違っている。繙くと未知の規則にしたがって編みなおされた博物学書を読んでいるような眩暈を覚えるのだ。

同誌の最大の特徴は、読者の参加を促し、執筆者と編集者と読者の関係を大胆に組み替えたことにある。まず編集人に名を連ねた松岡正剛、高橋秀元、定森義雄、上杉義隆は、それぞれが同誌の書き手でもあった。読者欄を設けることに加えて松岡が主宰する「遊塾」という一種の編集者養成講座をつうじて読者から多くの編集者——たとえば『談』の現編集長・佐藤真や、後藤繁雄、山崎春美など——を輩出している。

第一期（一九七一—一九七七、全一一号）第二号からは「レオナルド・ダ・ヴィンチ学」「ギリシャ自然学の世界」「現代音楽の最前線」などの特集が導入される。第二期（一九七八―一九八〇、全一六号）では「呼吸＋歌謡曲」「電気の美学＋脳髄論」「方程式＋国家論」といった概念のかけあわせを、第三期（一九八〇―一九八二、全二三号）では「舞う」「逢う」「盗む」「科学する」など動詞のテーマを次々と繰り出し、独自の誌面を提示しつづけた。それにしてもなんと奇天烈な思想誌があったものだろうか。

一九七三年　現代思想を展望する『現代思想』

一九七三年に創刊された『現代思想』（青土社）の誌名には、フランス語で「revue de la pensée d'aujourd'hui」と添えられている。創刊号の編集長は中野幹隆でフランスの『アルク』誌との連携を報じている。表紙のデザインは木村恒久。中西夏之の作品が配されている。

同誌は創刊から一貫して特集主義を採り、同時代欧米の思想潮流を中心にテーマを選定、その思想状況を整理・展望しようという志向が鮮明である。ほぼ毎号掲載される討議もテーマについての見通しを得るうえで有益なものが少なくない。

創刊号の特集「現代思想の総展望」では、科学、現象学、精神分析、神学、構造主義／構造主義以降、言語学、マルクス主義など思想の諸領域について、八杉龍一、ラカン、レヴィ＝ストロース、渡辺格、種村季弘、フロイト、ブロッホ、チョムスキー、デリダ、中村元、中村雄二郎、長谷川宏、花崎皋平、廣松渉、生松敬三、生田耕作、木村尚三郎、澁澤龍彥、白井健三郎、城塚登、ソシュールほか、内外諸分野の執筆者が名前を並べる。

三浦雅士が編集長に就いた一九七五年以降は、『ユリイカ』で展開した手法がここでも発揮され、「スキャンダルの構造」「愛の論理」「ゲリラ」など、テーマがいっそう多様化してゆく。また、「現代思想の109人」のように後まで版を重ねるカタログ的特集、図版を多用して判型も変えた「1920年代の光と影」のようにむしろ『ユリイカ』の領域のようにも見える文化史特集など、当時のバックナンバーには思わず手にとりたくなる号も多い。

一九七五年　知の地平を測定する『エピステーメー』

一九七〇年代の思想誌を印象づけるいまひとつの雑誌が『エピステーメー』(朝日出版社)だ。ギリシア語で「知」を意味する誌名を冠したこの雑誌を創刊したのは中野幹隆。一九七五年七月に「創刊準備号」と銘打った第〇号が発行される。縦横比五対三の縦長でスマートな判型に各種図像や本文の一部がレイアウトされている。「イコンゾーン」と呼ばれる図像だけのページ・レイアウトを含め、杉浦康平と鈴木一誌の手になるデザインはここでも思想誌に前代未聞のかたちを与えている。

同誌の第一期(一九七五—一九七九)は第四四号まで刊行されており、通覧すると編者が哲学、科学、芸術という三つの領域を意識していることが見える。「ウィトゲンシュタイン」「ユング」「ラカン」といった思想系の話題のほかに、「アインシュタイン+科学と哲学」「宇宙の地平線」「数学の美学」などの科学、「音・音楽」「セザンヌ」「マルセル・デュシャン」「映画狂い」といった諸芸術にまつわる特集も多い。思想誌としてとりわけ目にとまるのは、小尾信彌（宇宙論）、竹内均（地球学）、矢野健一郎（幾何学）、渡辺格（分子生物学）など科学系の執筆者が多いことだ。その科学志向は、科学の古典的名作をすべて原典から翻訳する未曽有のプロジェクト『科学の名著』（第I期全一〇巻＋別巻、一九八〇―一九八一、第II期全一〇巻、一九八八―一九八九）にも色濃く現れている。

同誌は、銀地に白文字という驚くべき装幀をほどこされた終刊号（第四四号、一九七九年）で一旦活動を終える。一九八四年に判型を変え厚みを増した後継誌、第二期『エピステーメー』（一九八四―一九八六、全四号）が創刊されるも都合四号で終刊を迎える。中野はその後自ら興した哲学書房で『季刊哲学』（一九八七―一九九一）を創刊。同誌ではAI、カントール、心脳問題など理数系のテーマを扱う一方で、ライプニッツ、スコトゥス、アクィナス、オッカムといった古典も俎上に載せた。その後一九九五年には生命と哲学を扱う『季刊ビオス』（一九九五―一九九六）も創刊している。

以上の四誌が同時に並んでいた一九七〇年代の書店店頭を想像するだけでも興奮せずにはいられないが、この時期にはほかにも『情況』（情況出版、一九六八―）、『伝統と現代』（學燈社、一九六八―一九六九／伝統と現代社、一九七〇―一九八四）、『思潮』（思潮社、一九七〇―一九七二）、『現代と思想』（青木書店、一九七〇―一九八〇）、『終末から』（筑摩書房、一九七三―一九七四）、財団法人たばこ総合研究センターの機関誌『談』（TASC、一九七三―）、『知の考古学』（社会思想社、一九七五―一九七七）、『カイエ』（冬樹社、一九七八―一九八〇）、『インパクト』（イザラ書房、一九七九―、後に『インパクション』）、『夜想』（ペヨトル工房、一九七九―一九九六）など多数の思想誌・類誌が刊行されている。編集者による舵取り、特集主義を中核とする誌面構成、ブックデザインの導入など、その後の思想誌の枠組みは、概ねこの時期に出揃ったといってよいだろう。

5　一九八〇年代　知の制度を相対化する『GS』

思想誌の可能性は右に見た試みに尽くされているようにも思える。しかし、一九八四年にあらわれた『GSたのしい知識』（冬樹社、一九八四―一九八五／UPU、一九八六―一九八八）は、内容はもちろんのこと、これまでに見てきた思想誌のあり方を自覚的にとらえ返してみせたという意味でも見落とせない思想誌である。まずはつぎの文を読んでいただきたい。

いま、わたしたちの周囲にあって、知識はかつてない頽廃に陥っています。僧房を思わせる研究室の薄暗がりのなかで醸成され、隠蔽される知識。ひとえに現実的効用という目的にのみ奉仕する知識。あるいは、てぎわよく無害に調理され、カタログふうに羅列される啓蒙的知識。およそ、知識と名のつくほとんどすべてのものが、こうした制度的格子に応じて秩序づけられ、鈍重な足どりで生産・分配・消費の回路をめぐっているというのが現状です。

（「「たのしい知識」刊行について」より抜粋）

右は創刊号の責任編集者、浅田彰、伊藤俊治、四方田犬彦の三名による同誌のマニフェストの一部である。彼らは知識のおかれた現状をこのように分析したうえで、同誌ではそうした諸制度の秩序とは別に「始点も終点もない知識の移動・横断・滑走」をめざす旨を宣言している。このいささか楽観的（あるいはヤケクソ）にも見える見識は、『GS』の性格のみならず本稿で触れてきた思想誌のポジションを理想的に示すものである。

同誌の特徴として、従来の編集者主導から書き手主導へとシフトしたことが挙げられるだろう。号ごとに複数の執筆者が編集委員として名をつらね、誌面やテーマに多様性を実現している。編集実務を担当したのは荻原富雄（後に『Inter Communication』『10+1』の編集）。デザインは『遊』出身の戸田ツトム（一部、鈴木一誌が参加）。一九八八年の終刊号まで都合九冊（他に蓮實重彥、多木浩二による二冊の別冊）を次のような特集で構成している。「反ユートピア」（第一号）、「POLYSEXUAL複数の性」（第二号）、「ゴダール・スペシャル」（第二1/2号）、「千のアジア」（第三号）、「戦争機械」（第四号、この号から版元がUPUに変更）、「電視進化論」（第五号）、「ジュネ・スペシャル」（第五1/2号）、「トランスアメリカ　トランスアトランティック」（第六号）、「神国／日本」（第七号）。

『GS』は、誌面のにぎやかさから『遊』を連想させるところもあるが、『遊』が博覧志向であったのに対して『GS』は特集の密度が高く、その点では『現代思想』や『エピステーメー』をはるかにしのいでいる。天地と小口を塗装された四〇〇ページを超える創刊号はさながら電話帳か月刊マンガ雑誌だ。ドゥルーズとガタリの「戦争機械」という概念をテーマに据えた第四号にいたっては、七〇〇ページ（日本思想誌史上最厚記録？）の大盤振る舞いである。その誌名やマニフェストのかろやかさとは裏腹な同誌の重さを可能にしているのは、責任編集者である青年たち（当時二〇代後半から三〇代）の高度な文化資本の蓄積と知的修練であり、なるほど編集者の主導ではここまで先鋭的な誌面にはなりえなかったかもしれない。もちろん彼らに企画を任せ実務レヴェルで雑誌の実現を可能にした編集者の功績も見逃してはなるまい。『GS』創刊の年には岩波書店から、磯崎新、大江健三郎、大岡信、武満徹、中村雄二郎、山口昌男といった各界のヴェテランが編集同人を務める『へるめす』（岩波書店、一九八四—一九九七）も創刊されている。

一九八〇年代にも多数の思想誌が登場した。誌名だけでも挙げておこう。『同時代思想』（JCA、一九八〇／後に『テーゼ』、風濤社、一九八〇—一九八二）、『杼』（エディションR、一九八三—一九八七）、山崎正和と田所昌幸を編集委員とする『アステイオン』（TBSブリタニカ、一九八六—一九九八／阪急コミュニケーションズ、一九九九—）、『W-Notation』（UPU、一九八五年、全二号）、『季刊哲学』（哲学書房、一九八七—一九九二）、『季刊思潮』（思潮社、一九八八—一九九〇）、『リブラリア』（インターシフト、一九八八、全一号）、『季刊都市』（河出書房新社、一九八九、全二号）。

6　一九九〇年代　編集力学の変容

一九九〇年代には、『ユリイカ』、『現代思想』、『大航海』のように編集者主導でつくられる思想誌が継続・創刊する一方で、『批評空間』、『ルプレザンタシオン』、『重力』といった思想誌があらわれ、『GS』や『へるめす』で採られた編集委員制をさらに先鋭化させてゆく。これらの思想誌の最大の特徴は、特集という枠組みをはずし、個々の作品の強度によって誌面を成立させる点にある。具体的に見てゆこう。

一九八八年　思考の強度に賭ける『季刊思潮』『批評空間』

一九八八年に、市川浩、柄谷行人、鈴木忠志を編集同人とする思想誌『季刊思潮』が創刊される。第三号からは浅田彰が編集同人に加わる。編集者は『現代思想』『現代詩手帖』などの編集経験をもつ山村武善。デザインは東幸見(後、東幸央)。同誌の特徴は、従来の思想誌に見られる特集形式というトップダウンの枠をはずしたうえで、ものを考えたい人のために場所を提供するといういわばボトムアップな方針を採用したところにある。それは、編集者主導+特集主義という本稿で見てきた思想誌の典型にアンチテーゼをつきつけるものだと言えるだろう。(ちょうど六〇年ほど前に『思想』が林達夫や三木清の主導で特集を組まない誌面を形成していたことが想起される)。特集主義を採らないことについて柄谷行人は創刊号のなかでつぎのように述べている。

ここ数年のいろいろな雑誌をみていると、編集者の仕掛けにそってやっているわけです。特集形態というのもそうだけども、とにかくわり当てですよ。こういうことをやりますからこれを書いて下さいと言われて、書く方もそれに慣れちゃって、あまりにも過剰適応して何も考えてないんじゃないかという気がしてるんです。あるテーマが与えられないと書けない。

（「共同討議＝〈場所〉をめぐって」より）

実際同誌には特集の枠組みはなく、創刊号には編集同人とピーター・ブルックや荒川修作との対話、甲野善紀へのインタヴュー、演劇、経済、哲学に関する論文、エッセイ、思想、文学、建築、演劇、美術の季評、連載評論、水村美苗の連載小説「続 明暗」などが掲載されている。毎号、編集同人のほかにゲストを迎えた共同討議が大きく誌面をとるものの雑誌全体を統制する枠組みではない。また、第二号からは小説・評論などジャンルを問わない投稿作品を募集しており、実際に投稿から掲載された作品も出ている。

『季刊思潮』は一九九〇年の第八号で終刊となり、基本的な編集方針と編集者、デザイナーはそのままに、浅田彰と柄谷行人を編集委員として翌年創刊の季刊『批評空間』（福武書店）へと継続する。『批評空間』は、一九九四年の第一二号で終刊、第二期『批評空間』（太田出版、一九九四―二〇〇〇、全二五号）、第三期『批評空間』（批評空間社、二〇〇一―二〇〇二、全四号）へと続く。第二期の第六号からは、同じく『現代思想』編集経験をもつ内藤裕治が山村のあとを継いでいる。批評空間社を興していよいよ体制を整えた第三期は、二〇〇二年、同社の代表でもあった内藤の早すぎる死とともに終刊、同社も解散を迎えた。

『批評空間』の特異性は、アカデミーや既存の諸制度からは自由に、潜在的な書き手に自分の問題を徹底的に考え抜くことを奨励しつづけたことだろう。もちろん自由とはなんでもありのことではなく、編集委員の厳しい選定にかけられ、同時に選定するものの眼が試される、そのようなプロセスを経たうえでの自由である。同誌に掲載される作品はその水準を示すものだ。この場所から東浩紀のようなすぐれた書き手があらわれたことを思うと、目下の『批評空間』の不在が惜しまれる。

一九九一年　映画から表象へ『ルプレザンタシオン』

一九九〇年代以降の思想誌をざっと眺めておこう。一九九一年、東京大学教養学部表象文化論研究室を中心に編集された『ルプレザンタシオン』（筑摩書房、一九九一―一九九三、全五号）が創刊される。編集委員は高橋康也、渡邊守章、蓮實重彥で年二回刊行。蓮實重彥の責任編集で刊行された季刊映画誌『リュミエール』（筑摩書房、一九八五―一九八八、全一四号）の判型、デザインを踏襲した同誌は、映画をその一部に含んだ表象文化全般を扱う。『批評空間』同様、編集委員方式を採り、毎号特集名を冠しているもののそれは誌面全体をゆるやかに方向づける以上の役割を負っていない。また、巻頭におかれる編集委員の言葉は東京大学教養学部表象文化論研究室という出自の特権性を否定し、ただ言葉の運動を促し交差させることが編集委員の任務である旨を繰り返し強調している（ついでに言えば商業誌であることへの自覚も表明されている）。現に広く投稿を募り「とりわけ、あらゆるジャンルにおける女性の書き手の出現を恒常的に期待している」という一文が印象的だ（『リュミエール』も女性の書き手を奨励していた）。また、日本語の作品と同時にフランス語の作品を原文で掲載するという試みも行われた。

一九九二年　メセナ思想誌の可能性　『InterCommunication』

一九九二年には、NTTが主催する現代メディア・アートの文化施設インターコミュニケーションセンター（ICC）がオープンに先立って機関誌『InterCommunication』（NTT出版）第〇号を刊行する（ICCは一九九〇年からの構想・準備を経て一九九七年にオープン）。浅田彰、伊藤俊治、武邑光裕、彦坂裕の四名を編集委員に迎えて（後に編集委員制はなくなる）、芸術と科学と技術が交差するメディア・アート・シーンを中心に、関連諸領域のトピックを紹介する紙面を構成。デザインは、東泉一郎、中垣信夫（杉浦康平事務所出身）を経て現在は松田行正。最盛期は毎号三〇以上の記事が併載されて、同時代内外のメディア・アートを展望する姿勢が見られたが、幾度かの誌面刷新を経て目下は記事数を二〇前後に抑えたシンプルな内容に変わっている。

年代は前後するが、企業のメセナ活動の一環として刊行される思想誌や類誌には、ポーラ文化研究所の「美と文化の総合誌」『is』（一九七八―二〇〇二、全八八号）、三和酒類株式会社の『季刊iichiko』（日本ベリエールアートセンター、一九八六―）などがある。なかでも『季刊 iichiko』は出資企業のPR誌という体裁でありながら、商業誌につきまといがちな内容の咀嚼・希釈といった条件を免除したうえで、「時流に媚びず」を地でゆく学術的な紙面を構成するというアクロバットを実現している。

一九九四年　カジュアルな思想誌のかたち『大航海』

一九九四年には、新書館から『ダンスマガジン』別冊として思想誌『大航海』が隔月刊で創刊される（二〇〇一年から季刊）。編集長は三浦雅士。特集を中心とした構成で、テーマに関する対談と論考を並べる青土社時代に自家薬籠中のものとしたスタイルを踏襲する。Voyages into history, literature and thoughtという誌名に添えられた言葉どおりというべきか、テーマの選定も「ポストモダン再考」「現代医学最前線」「精神分析の21世紀」「現代日本思想地図」など、対象の展望とマッピングを志向する傾向が強い。昨今左翼系思想史的なテーマが好んで選ばれる『現代思想』と比べると同時代の思想状況を見渡す両誌の視線のちがいがうかがわれる（もちろんどちらが好い／悪いという話ではない）。アカデミーの制度からも、ある種の政治的な傾向からも距離を置く同誌は、現在一般読者がもっとも手にとりやすいカジュアルな思想誌だと思われる。（同誌は二〇〇九年に第七一号で終刊となった。）

二〇〇二年　編集・作品・商業主義を問い返す『重力』

二〇〇二年、「ハイブリッド・マガジン」と銘打った雑誌『重力』（青山出版社）が創刊される。

発行者は「『重力』編集会議」。第一号の編集は、市川真人、井土紀州、大杉重男、可能涼介、鎌田哲哉、西部忠、松本圭二の七名によるもので、詩、小説、批評、討議を中心に領域横断的な紙面をつくっている。デザインは中垣信夫事務所出身のHOLON。同誌の特徴は、第一号の共同討議や、絓秀実、内藤裕治、古井由吉へのインタヴュー「雑誌、同人誌の構想と現実」などからうかがえるように、既存の文芸誌や思想誌の在り方に強い疑念を抱き、同誌自体がそれに対するアンチテーゼたろうとしていることだろう。経済的な自立は精神的な自立の必要条件である、という鎌田哲哉の言葉には、商業主義への隷属を排し作品の強度で勝負するという気概が表れている。版元が変わった第二号（作品社、二〇〇三）には編集者たちの自費で賄われているという同誌第一号の会計報告も公開されている。また、中島一夫を迎えて第一号の作品合評会を行うなど、読み手から見ても従来の思想誌（文芸誌）にはない手ごたえが伝わってくる。作品の強度に賭けるという点では、『批評空間』や『ルプレザンタシオン』という前例があるものの、『重力』は広告収入を利用しないという姿勢にも見られるように、精神的な自由度を重んずるあまり経済的に潔癖すぎる点、編集者による作品や雑誌への過度の自己言及が作品の強度に賭けるという姿勢を裏切りかねない危うさなど、問題があるように見受けられる（こうしたことが読者に垣間見えるのも同誌の特徴なのだが）。ともあれ目下、次号が待たれる雑誌のひとつであることは間違いない。〔その後続刊は出ていない。〕

一九九〇年代以降に創刊された思想誌と類誌にはつぎのものがある。精神医学『imago』（青土社、一九九〇―一九九六）、文化『TH series（トーキングヘッズ叢書）』（トーキングヘッズ編集室、一九九二一九九六／アトリエサード、一九九六―）、建築『10＋1』（INAX出版、一九九四―二〇〇八）、文学・批評『（第九次）早稲田文学』（早稲田文学編集室、一九九七―二〇〇五）、演劇『演劇人』（舞台芸術財団演劇人会議、一九九八―二〇〇九）、社会思想『学芸総合誌季刊環【歴史・環境・文明】』（藤原書店、二〇〇〇―二〇一五）、在野の思想家・中山元が主宰する現代思想誌『ポリロゴス』（冬弓舎、二〇〇〇）、戸田ツトムと鈴木一誌が編集するグラフィックデザイン批評誌『季刊 d/SIGN』（筑波出版会、二〇〇一―二〇〇二／太田出版、二〇〇三―二〇一〇）、演劇『舞台芸術』（月曜社、二〇〇二―二〇〇六／KADOKAWA、二〇〇七―二〇〇九／KADOKAWA、二〇一二―）、批評『季刊前夜』（影書房、二〇〇四―二〇〇七）、社会思想『季刊 at』（太田出版、二〇〇五―二〇一七）。

7　思想誌空間

以上、まことに雑駁ながら思想誌の四十年を駆け足で通り抜けてみた。思想誌におけるエディターシップとブックデザインの発展、編集委員の導入によるエディターシップの移譲、特集形式を捨てた思考と創作の原点への回帰。もちろんどの思想誌もこうした図式的な整理におさまるわけではないが、以上のように見てみることで、思想誌という思えば不思議な雑誌を成立させている条件をいくらかなりとも整理できるのではないだろうか。思想誌が不思議だというのは、アカデミーを主たるリソースとしながらも、その外で商業誌（商品）として資本主義の回路をとおり、誰ともわからない読者（ウェブログの普及で幾分可視化される機会が増えてきたが）へと差し向けられているること、そのように雑誌が発行されるそのつど書き手・編み手・読み手のあいだに蚊柱のように――「「人文書」空間」（長谷川一『出版と知のメディア論』みすず書房、二〇〇三）のひそみにならって言えば――思想誌空間とでもいうべきものが成立しているということである。おそらくこのような雑誌が成立することは、「人文書」というこれもまた鵺のような書物が成立することと少なからずかかわっているのだろう。この思想誌空間は、日本の知識社会の中でどのような機能を担ってきたのだろうか。これもまた興味ある問題である。

紙と思想の接触面
——日本思想誌クロニクル

1 物質と思想

思想は物質を介して人から人へと伝えられる。ここで「思想」とは、人が心に思い浮かべ考えたこと、というほどの意味である。西洋における idea や thought を、中国古来の「思想」という語で受け止め訳した言葉だ。時代や状況に応じて特定の意味を与えられることもあったが、言葉の原義に戻って考えれば、人間が思い浮かべることのすべてを、いったんは思想と呼ぶことができる。したがって、その内容は多種多様でありえる。

そのような意味で、物質に象られた思想の歴史を考えようという場合、まずは古代シュメルの粘土板や古代中国の木簡を思い浮かべてみるとよい。つまり、千年単位の時間を閲して、現代にまでその痕跡を遺し伝えている物質のことを。思想は、或る物質に或る言語をなんらかの手段で刻み付け、写すことによって、はじめて書き手の手を離れ、それとは別の誰かのもとへ届くことができる。その歴史は文字と認めうる最古の考古学史料から現代における電子の流れを介して伝達・表示されるものまで、少なく見積もっても五千年の幅を持っている。

ここでは、そのうち近現代の日本において、雑誌という媒体に映し出された思想の姿を、いくつかのポイントから眺めてみたい。

2 思想と雑誌

仮に思想というものが、人が思い浮かべ、考えたことだとすれば、あらゆることがその対象となる。つまり、思想には「これこそが思想である」といった固有の対象はない。なるほど、各種の思想事典や思想にかかわる文献を覗けば、そこでは「これは思想であり、あれは思想ではない」という選別が働いているようにも見える。しかし、思想をそのように選別するのは、あくまでもそうした取捨選択をする者であることに注意しよう。思想とは本来、ものを考えるという人間精神の働きやその産物に与えられた名であった。

そのような意味で、思想は雑誌と相性がよい。なぜなら雑誌とは文字通り「雑」なるものが一冊の紙束に寄せ集められるものだからだ。「雑誌」と訳されたmagazineの語源であるアラビア語

مخازن はいみじくも「倉庫」を意味していた（弾丸を入れたマガジンは弾倉となる次第）。
多種多様な思想を並べた倉庫としての雑誌は、日本においては一九世紀半ば過ぎ、『官板バタビヤ新聞』（一八六二創刊）に始まるとも、柳河春三の『西洋雑誌』（一八六七創刊）に始まるとも言われる。いずれにしても、互いに必ずしも関連性のない諸項目を有限の紙束のなかに或る順序、ある配置で並べた雑誌は、当初からそれを手にする人の意識、興味関心を（一時的であれ）思ってもみなかった方向へと散乱させる装置でもあった。

＊以上の見立てから言えば、日本だけでも現在四千誌前後が刊行されている雑誌（これは出版ニュース社が刊行する『出版年鑑』に数えられた数。実際にはここにカウントされないさらに多数の同人誌もある）、あるいはこの一四〇年ほどの間に刊行されたあらゆる雑誌の全体が、ここでの対象となりうる。その全体を見晴らすことが理想ではあるが、そうもゆかない。本稿では、いわゆる人文諸学（humanities）を中心とするいくつかの商業誌を題材として、そのデザインやスタイルに注目してみる所存である。来たるべき「思想誌クロニクル完全版」のスケッチであると想定していただければ幸いだ。それにしても、常に見切れない全体を念頭に置くことは肝要である次第。ついでながら、「思想」という概念については、その思想史（history of ideas）を見通す著作を準備中である。

3 思想誌の原型——雑なるものをミニマルに

ここではまず、日本初の学術雑誌『明六雑誌』(一八七四—一八七五)に注目しておこう。というのも、これこそはその後一四〇年ほどの思想誌の姿を考えるうえで、恰好のモノサシとなるからだ。

同誌は、森有礼、西周、西村茂樹、福沢諭吉、津田真道、中村正直、加藤弘之など、明六社に集ったいわゆる啓蒙知識人たちによる多種多様な論考を掲載した同人思想誌である。掲載される論考は、創刊号の西周「洋字ヲ以テ國語ヲ書スルノ論」、西村茂樹「開化ノ度ニ因テ改文字ヲ發スヘキノ論」のように、関連性を持つ場合もあるが、雑誌全体になんらかの特集の枠組みがあるわけではなく、基本的に論考は互いに関連性を持たない。また、号が進むと連載も始まって、一つの雑誌のなかに異なる時間の流れが並置され始める。造形に目を向ければ、巻頭言の周囲に施された飾りを例外として、白地に黒いインクで刷られた活字が整然と並ぶ。『明六雑誌』は、こうした思想を盛る器としての雑誌というものの最もシンプルな姿を示している。

ここに大杉栄と荒畑寒村による『近代思想』(一九一二—一九一六)、岩波書店の『思潮』(一九一七—一九一九)や『思想』(一九二一—刊行中)などを並べてみよう。お分かりのように、これらの諸誌には、現在に至る一四〇年のあいだ踏襲されてきた学芸誌、紀要などの基本フォーマットとでも言えそうなデザインが施されている。それは後に登場するさまざまな意匠を纏った思想誌から振り返ってみると、ほとんどデザインらしいデザインを施していない、限りなく透明に近いインターフェイス（読者に対する物理接触面）を提供しているようにも見える。

一見雑然とした話題を並べ、必要最低限の誌面で構成されたこれらの雑誌の姿に対して、以後の思想誌は何を加え、変化させたのかという観点から眺めてみることができる。

4 編集のスタイル——結合術

ことは思想誌に限らないが、雑誌は互いに必ずしも関連性のない複数の文章を寄せ集め、束ねることでつくられる。この時、誰が、何を、どのように束ねるのかということ、つまり編集のスタイルが、その思想誌の特徴をかたちづくることになる。

先に挙げた『明六雑誌』は、森有礼の呼びかけで集まった同人による雑誌である。同人、つまり同好の士が集まって、特にテーマなどを設けず互いの関心事を自由に持ち寄る場合、その誌面はいわばボトムアップ式に構成される。この編集スタイルを意識的に徹底しようとした思想誌の例として『試行』が挙げられる。これは、一九六一年に谷川雁、村上一郎、吉本隆明の三名による同人誌として創刊された雑誌だ（後、第一一号から吉本の単独編集）。その創刊号「編集後記」に表明された方針は、今なお同様の試みを行おうと思う者にとって吟味に値すると思われる。つまり、論じる領域を限定せず、統一性や党派性を退けて、現在の諸領域にはらまれる問題の多様性と混沌とに開くこと。ここに示された理念は、冒頭に述べた思想という語の本来の意味とも重なっている。思想の持つ力や可能性を最大限に引き出そうとする姿勢といってもよい。

このような編集スタイルを仮に「混成主義」とでも呼ぶとすれば、その対極にあるのは「特集主義」となろうか。つまり、同人や編集者が或るテーマを設定し、さらには執筆者を選び揃えて目次を設計するやり方である。トップダウン式と言ってもよい。例えば、創刊以来、現在まで刊行が継続している青土社の二誌、『ユリイカ』（第二次、一九六九年創刊）と『現代思想』（一九七三年創刊）はそのほとんどを特集で構成している。特集では、冒頭に「共同討議」や「対談」を置いて、テーマに関する状況の整理と展望を提示する。これによって特集全体を読むための文脈が供されるわけである。目次は時として、実際のページ配列順とは別の構成が示される。執筆者も編集者や同人が、特集ごとに選ぶため、雑誌全体に強力なエディターシップが行き渡ることになる。

この点に関してもう一つ注目したいのは、雑誌外部に対する編者の姿勢だ。一方にはあくまで同人や編者の差配で雑誌全体を編集・構成するつくり方がある。他方には『思想の科学』や先に触れた『試行』のように、読者に自由投稿を呼びかけ、必ずしも編者たちの視野に入っていない潜在的な書き手を発見しようと努める雑誌がある。柄谷行人と浅田彰による『批評空間』への投稿で東浩紀がデビューした例は、稔りある発見の最たるものであろう。東もまた、その後自ら雑誌『思想地図』を主宰し、その他にも新たな書き手を発見・育成する機会を積極的につくっている。雑誌は、人を誘惑し、人と人とを編みあわせる場としても機能し得るのである。

5 デザインの冒険——記憶の劇場

一九六〇年代末から一九八〇年代にかけて、日本における思想誌のスタイルに大きな変化が生じてゆく様子が窺える。雑誌の物質としての側面に、大胆で趣意に富んだデザインが導入されるようになるのだ。そうしたデザイン面での可能性を試し、拡げた雑誌に『パイデイア』『遊』『エピステーメー』『GS』がある。表紙にはじまり、口絵、目次、扉など、イラストや図を多用した造本によって、同じ雑誌でも号ごとにまるで異なる外見をまとっている。同じ雑誌でも、誌名のロゴや巻号数表記など、最小限の形式を共有しつつ、号相互の違いを最大化しようとしているかのように、一冊ずつデザインを起こし直している。さらにはページによって色の違う紙を使い(『エピステーメー』第一号、『遊』創刊号など)、表紙や扉に本文の一部が侵出するかのように引用され、時に文字が斜めに傾けられる(『エピステーメー』)。そうかと思えば一つの号の中で、一見して何種類あるのかも分からないほど多様な版面が駆使されたりもする(『GS』)。著者、編集者に対して、雑誌に姿かたちを与えるデザイナーの創意が、雑誌の隅々にまで行き渡り、ただの一つの要素もそのままでは置かないという意志さえ感じられてくる。

こうしたデザインの全面化は、どのような効果をもたらすか。近年の神経科学や認知心理学の知見によれば、同じ文章であっても、フォントの色や形、あるいは印刷の鮮明さなどを変えると、読者の読み方や印象も変化することが確認されている。

また、こうしたデザインの工夫は、読者の記憶に影響を与えると思われる。つまり、デザインは、その雑誌で読んだ文章を後に思い出す際の手がかりにもなるだろう。ちょうど或る歌の記憶を、メロディや歌詞や声、さらには歌い手の姿や身振りといった複数の手がかりから思い出すように、思想誌の外装や版面に施されたデザインは、そこに印刷された思想内容を思い出すよすがとなるはずである。一冊ごとに記憶の劇場をこしらえていると譬えてみてもよい。

思想誌におけるデザインの多様化は、商品としての思想という側面とも無縁ではない。なぜなら、あらかじめ目当てとする雑誌を検索・特定して、脇目もふらずに手にするような場合を除けば、私たちは書店などでまずもって雑誌の外見を目にすることになるからだ。デザインは、山のような書物や雑誌のなかから、私たちの注意を引き、魅了さえする重要な要素である。

6　編みあわせ繫ぎかえる——攪乱発生装置

ある編集方針、テーマの下に、多種多様な書き手の文章や図版を集め、有限の紙束のなかに或る順序に配列する思想誌は、それを読む者の関心を思ってもみなかった方へと繫ぎかえる攪乱発生装置でもある。これは言えば当たり前のことのようだが、雑誌が備えている最も重要な機能であろう。

例えば人は、誌名や装幀、あるいは表紙に見える著者名やテーマに惹かれて、あるいはなんらかの必要に駆られて雑誌を手にとる。ページを開き、目次を眺めたり、ぱらぱらと繰りながら、そうするまでは思ってもみなかったものとの遭遇を果たすことがある。私たちは、そのようにして自分にとって未知の対象と出会い、新たな関心を発見する。雑誌には、いわばシャッフル機能が備わっていると言ってもよい。

例えば多木浩二と八束はじめを編集委員として創刊された『10＋1』は、建築や都市論を主題とする雑誌であり、毎号の特集はなんらかの意味で建築や都市に関わるものが選ばれているが、登場する執筆者は建築家や都市研究者に限らない。哲学者、精神科医、写真家、批評家、グラフィックデザイナー、社会学者など、多様な領域の専門家たちが寄稿している。もちろんそもそも建築や都市という主題自体が、人間の生活やあらゆる営みに関わるものだ。しかし、ここに建築作品や技術を専門とする雑誌を並べてみれば、『10＋1』の異種混交性（ヘテロジェニティ）は明らかである。同誌に触れた読者の関心は、建築や都市を入口として、文学や哲学、デザインや自然科学、歴史やサブカルチャーといった、さまざまな方向へと繋がれてゆくことになる。

あるいはここにデザイン上のつながりや重なりを感じ取ることもできるだろう。例えば、『10＋1』の第五号から終刊号までのデザインを手掛けた松田行正は、メディアアートを主題とする『季刊インターコミュニケーション』の第四一号以降のデザインも手掛けている。それだけに主題や内容とは別に、両者のヴィジュアルからこの二誌に類似性を感じる読者がいても不思議ではない。それがどのような思想であれ、私たち読者は、まず第一に知覚によって、つまり雑誌なら雑誌の物理的な外観と手触り（さらには音響と香り）を介して近づくことを見落としてはならない。ここでは夢想に留めざるを得ないが、こうした観点から、各種雑誌のテーマ、執筆者、編集者、デザイナーの重なりや繋がりを網羅的に図示することで、文化の生態誌とでも言うべきものを浮かび上がらせられるはずである。

話を戻せば、そうした知覚と印象から人は或る思想誌に接近し、ページを繰ることによって、事前には思ってもみなかった方へと注意を繋ぎかえられてゆく。それこそが雑誌の醍醐味であり、愉悦というものであろう。

7　あれはこれを滅ぼすか

インターネットとそれを利用するための各種手段が普及したと感じるようになって久しい。そうした環境に生きる私たちの眼には、もはや雑誌の使命と機能はネットに取って代わられたと見えるかもしれない。

なるほどコンピュータを相互接続した世界規模のネットワークは、それ以前には不可能な速さで人と人の距離を埋めることに成功した。人間の知覚にとってはほとんど即時(リアルタイム)と言える速さで、地球上の離れた複数の地点を繋ぎ合わせることができる（設備さえあれば）。つまり、或る時、ある場所で誰かが考え、言葉や図像で表現したことを紙の束に印刷して、場所から場所へと運び、並べ、配布するという従来の雑誌のやり方は、時間の面でも空間の面でも、ネットの速報性と可動性には到底かなうものではない。

また、出版社や取り次ぎや書店といった媒介なしに、個人や同人が読者へ直に言葉を届けるメールマガジンの試みもある。ことにブレーン・テキストのみで構成される場合、デザインという媒介も必要最小限度まで省略されて、冒頭で触れた『明六雑誌』のミニマルな形を更に徹底した姿になったとも言えよう。

こうしたことが直接の原因かどうかは措くとして、事実、統計によれば雑誌の種類や発行数は減少傾向にある。果たして、思想のやりとりにおいて雑誌はもはや完全に不要になるのだろうか。言い方を換えれば、ネットのような「便利」な環境があるにもかかわらず、なぜいまもって紙束という形で雑誌がつくられ、読まれているのだろうか。従来の慣習が惰性のように、あるいは慣性のように働いているのだという見方もありうる。そのように考えた場合、やがて紙の思想誌はなくなって、すべてがネットでやりとりされると予想されるかもしれない。だがそれなら、同時に（内容は別としても）現代ほど多種多様な同人誌が紙で製作され、楽しまれている時代もないという事実も思い出す必要がある。

こうした観点から興味ある思想誌の例を見ておこう。紙媒体と電子媒体を、さらにはゲンロンカフェという空間を併せて活用している東浩紀の『思想地図β』は、思想誌のあり得べき方向を模索する好例である。人を誘惑し招き入れることを企むデザイン、読む者を思わぬ方向へ攪乱する多様な要素の組み合わせと配列、ことに第三号の分厚さや第四号（二冊）の大きさは、目下のところこの形でなければ十全に味わえないものであろう。

また、宇野常寛は『ＰＬＡＮＥＴＳ』第九号の編集に際して、クラウドファンド（ネットを利用した出資募集）を活用して読者の支援を集めた。この試みを、例えば半世紀前、『試行』の誌面を通じて吉本らが繰り返し、読者に直接予約購読を呼びかけたことに重ねてみてもよい。加えて、鈴木茂と木村元による音楽言論誌『アルテス』のように、紙版と並行して電子版を積極的に活用する試みにも注目しよう。「紙か電子か」といった分かりやすい択一につい乗りそうにもなるが、もちろん双方を共に使えばよい。他方では『建築と日常』のような質の高いユニークな雑誌が長島明夫という個人によって刊行されている例もある。

8　思考の条件――物質と記憶の接触面

以上の延長上で最後に注目しておきたいのは思想誌という媒体を利用する人間の生態、あるいは思考の条件である。より具体的に言えば、私たちが文字や図像を介して人の思想を知覚し、読み取ろうとする際、その接触面（インターフェイス）では実際のところ何が生じているのか、また、そうした営みにとってはどのような物理的環境が好適であるかという問題と言ってもよい。

例えば、込み入った問題を論じた比較的長い文章を読む際、どのような道具や環境がそれにふさわしいだろうか。このことを実感しようと思えば、五〇〇ページほどの同じ書物なり雑誌をなんらかの電子環境と紙束で通読してみればよい。両者が同じ文章を読むことでありながら、経験としては二つの異なる種類の読書であることが感じられるであろう。どちらがよく、どちらが悪いといった話ではない。必要に応じた道具を選ぶこと、道具のふさわしい活用をすることが肝要である。

いまここでは紙の思想誌の可能性について注目しておこう。おそらく少なくとも次の二点において、今後とも紙によって思想を象ることには積極的な意味がある。

第一に、思想誌は有限の大きさと機能を備えている。これは気の向くまま際限なく閲覧遊歩できるネットに比べて消極的な性質に思えるかもしれない。しかし、それだけではない。物理的に限られていることにはいまや積極的な意味がある。ごく手短に言えば、紙束はそれを読むこと以外の機能を持たず、また有限の大きさであるために、読者は読むことに集中できる。

第二に、思想誌は物理環境となりうる。例えば、部屋の書架に並べ置くことで、普段から意識せずとも眼に入る環境の一部となる。その意味と価値は、書物を並べた空間のなかをしばらく歩き回ることで感得できるだろう。モノがいつでも眼の前にある状態は、自覚的に検索し、呼び出した時にだけ表示される電子ファイルと決定的に違う。また、一つ一つの書冊が、素材においてもデザインにおいても物質として異なることは、記憶にとってより多くの手がかりを与える。そのような意味でも思想誌とは、物理環境なのである。

このことを煎じ詰めると、人が自らの思考と記憶をどのように世話したいと考えるか（考えないか）という問題に帰着する。私たちは幸か不幸か無数に並ぶ個物をそのまま認識・記憶できるほど強力な身体能力を備えていない。だからこそ、森羅万象を分類し、抽象化して、あるまとまりとして名づけ、互いに区別する。そうすることで、物事を人間の能力で見通せる有限の事物に象るわけである。

例えば、一〇〇曲の並び順が固定されていない音楽ファイルを把握するのは難しい。だが、一〇曲ごとに一枚のアルバムとして名前が与えられ、ジャケットの映像や特定の配列が伴えば、それほど難しいことではない。これは言語と図像を駆使して営まれる思想とその伝達においても有効な手立てである。つまり、私たちの知覚や記憶のなかで、或る思想なら思想を一つのまとまりとして操作する場合、他の事物とは区別された一つの個物、物質に象られて存在することには、少なからぬ意味と効果があるはずである。

加えて言えば、既にお分かりかもしれないが、そのようにして物質として個別につくられた雑誌なら雑誌は、集め、相互に並べられることによって、そのような組み合わせによってしか見えない何かを浮かび上がらせもするだろう(ここでもささやかながら試みてみた次第)。物理的に分離し見た目においても違いを施すことは、それらを自在に組み合わせるために必要な条件である。そうした操作は、電子環境でも不可能ではないが、目下のところ手に取れて、そこに置くことができる物質以上によくできるものは他にない。

もし紙束としての思想誌に未来があるとすれば、人がなおもそのような思考のあり方を必要とし、それにふさわしい道具を必要とするかどうかに懸かっているかもしれない。あるいは、思想誌が内容と編集とデザインによって、読む者を誘惑し、思考を触発し、攪乱する装置として、いま以上の力を発揮できる姿を発明し直すことに。それはなおも探求に値する課題ではなかろうか。なにしろ、私たちはスプーンとそれを持つ手のあいだで何が生じているかということもさることながら、雑誌とそれを持つ手や見る眼のあいだで何が生じているのかを、まだよく知らないのだから。

思想誌
pick up

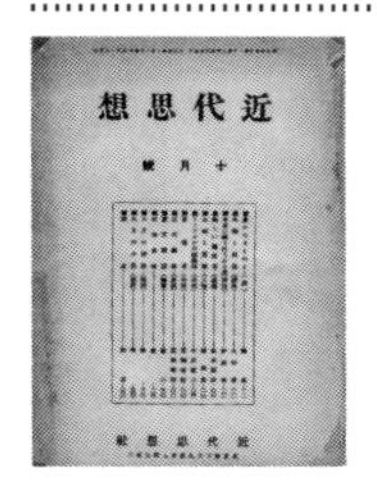

近代思想

創刊＝1912年10月　編集・発行人＝大杉栄　印刷人＝荒畑勝三　発行所＝近代思想社　特集主義は採らず。「大逆事件以降、沈黙を強いられていた社会主義者が、運動史上の暗黒時代に微かながらも初めて公然と発した声なのである」（荒畑寒村「刊行者としての思い出」）。1914年9月、第2巻第11・12号で終刊。大杉と荒畑は『平民新聞』、第2次『近代思想』を刊行するがほとんど発禁処分となる。

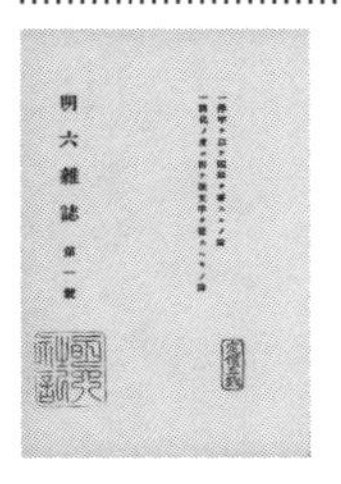

明六雑誌

創刊＝1874年4月　発行所＝明六社　発売＝報知社　1873年7月に設立された明六社の機関誌。1875年11月、第43号で終刊。現在は岩波文庫他に収録されている。

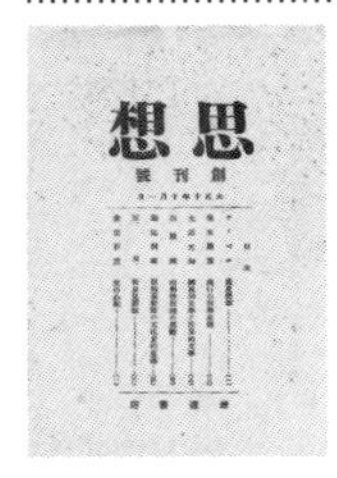

思想

創刊＝1921年10月　編集＝和辻哲郎　発行所＝岩波書店　創刊当時は特集主義を採らず。後に号によって特集を組む。「当時は専門の学術雑誌が揃つてゐて、さういふ著者たちの研究を発表するのに困るといふことはなかつたが（中略）岩波君はこれらの著者を一般の読者に近づける道として『思想』の創刊を考へた」（和辻哲郎「『思想』初期の思ひ出」）。継続中。
https://www.iwanami.co.jp/magazine/#shiso

思潮

創刊＝1917年5月　編集主幹＝阿部次郎　発行所＝岩波書店　阿部次郎、石原謙、和辻哲郎、小宮豊隆、安部能成を同人とする。特集主義は採らず。1919年1月、第3巻第1号で終刊。岩波書店はこの後、同じフォーマットの雑誌『思想』を創刊する。

思想誌
pick up

哲學叢書

1900年10月　著作者＝井上哲次郎　発行者＝澤當　発行所＝集文閣　「哲学專門の機關雑誌としては巳に哲學雑誌のあるあり、然れども其冊子たる薄小にして大論文を載するに便ならず」（井上哲次郎「緒言」）とのことで、大論文を載せられる器として同誌を創刊したとのこと。306ページの紙幅に「緒言」「新刊批評」を除いて3本の論文が掲載されている。

知性

創刊＝1938年5月　編集・発行人＝中村正幸　表紙・カット＝荒木剛　発行所＝河出書房　特集主義を採らず。「今思惟のあらゆる文科には苛烈な現象の前で清算の氣運が動き出した。この重大な時期に知性創刊號を世に問ふことは、だが、かへるべきものがない程大きな悦である」（「編集後記」）。巻頭論文は三木清「知性の新時代」。

試行

創刊＝1961年9月　編集＝試行同人会　編集責任者＝吉本隆明　表紙装幀＝黒沢充夫　発行所＝試行社　創刊から第10号まで、谷川雁、村上一郎、吉本隆明を同人とする。第11号以降は吉本の単独編集。特集主義を採らず。1997年12月、第74号で終刊。

『試行』創刊号の「後記」には「試行」はここに、いかなる既成の思想、文化運動からも自立したところで創刊される」と始まる。文の末尾には吉本の署名がある。ある決まった思想や形に添って作品を募るのではなく、「安易な統一や徒党性」を退け、秩序以前の渾沌と多様性を重視することが謳われている。課題は「文学・芸術・思想・政治のすべて」の領域にあり、「特定の分野を排除したり、特定の分野に自己を限定したりすることはありえない」。

思想誌
pick up

ユリイカ 詩と批評

創刊＝1969年7月　編集・発行者＝清水康雄　題字・表紙構成＝桜井幸太郎　扉＝植草甚一　発行所＝青土社　伊達得夫が1956年に創刊した詩誌『ユリイカ』（書肆ユリイカ）を復刊した第二次『ユリイカ』。「誌と批評を中心に、しかし、領域や形式にとらわれず、あくまで自由に、文学の自由と深淵をめざす雑誌でありたい」（清水康雄「編集後記」）。継続中。
http://www.seidosha.co.jp/

哲学季刊

創刊＝1946年4月　著者＝哲学季刊刊行会、代表者＝大島康正　発行所＝秋田屋　「機関雑誌として我國で最初の試みであり、獨自な企圖と編輯方針をもつた綜合的な哲學論文蒐錄誌」（「編輯後記」）。宗教、美学、社会学、法律、経済、生物、物理、数学等、広く哲学的論文を掲載する旨が謳われている。1949年6月、第10号で終刊。

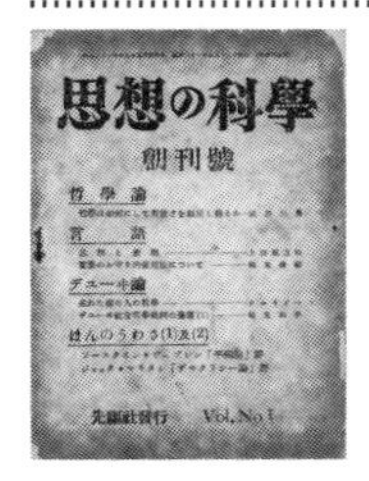

思想の科学

創刊＝1946年5月　編集・発行人＝天田幸男　発行所＝先駆社　思想の科学研究会の機関誌。「本誌は、思索と實踐の各分野に、論理實驗的方法を取り入れる事を、主なる目標とし、之に伴ふ方法論的諸問題を検討したい」（「創刊の趣旨」）。以後、1996年3月の第8次終刊（思想の科学社）まで、通関で536号が発行される。
http://www.shisounokagaku.co.jp/

現代思想

創刊＝1973年1月　編集人＝中野幹隆　発行人＝清水康雄　表紙構成＝木村恒久　発行所＝青土社　誌名には、“la revue de la pensée d'aujourd'hui” と添えられている。創刊号の特集は「現代思想の総展望」。編集の中野幹隆は、後に『パイデイア』（朝日出版社）、『季刊哲学』（哲学書房）を創刊する。『現代思想』は継続中。
http://www.seidosha.co.jp/

思想誌
pick up

思想地図

創刊＝2008年4月　編集委員＝東浩紀＋北田暁大　装幀＝宮口瑚　NHKブックス別巻　発行所＝日本放送出版協会　「現代日本の諸問題を多角的に考える新しいタイプの思想誌」（編集後記）。創刊号の特集は「日本」。Vol.5まで刊行された。後継誌は「思想地図β」。

批評空間

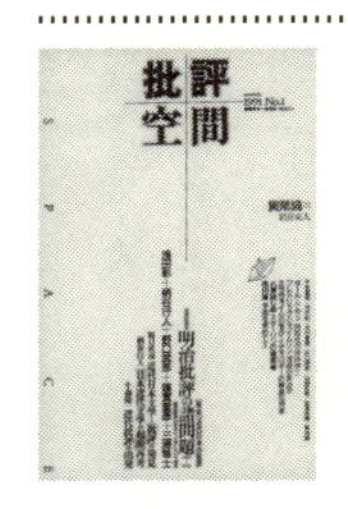

創刊＝1991年4月　編集委員＝浅田彰＋柄谷行人　編集人＝山村武善　表紙・目次構成・本文デザイン＝東幸見　発行所＝福武書店　「季刊思潮」の後継誌。表紙には“CRITICAL SPACE”と英文が配されている。創刊号の特集は「近代日本の批評」。1994年まで刊行の後、第2期（太田出版）、第3期（批評空間社）と続いた。

水声通信

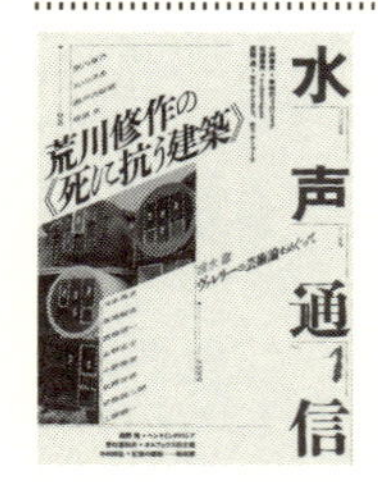

創刊＝2005年11月　編集発行人＝鈴木宏　デザイン＝宗利淳一　発行所＝水声社　創刊号の特集は「荒川修作の《死に抗う建築》」。2011年第1号との号数を振られた通巻第34号（特集「「社会批評」のジョルジュ・バタイユ」、2011年8月）で休刊。2011年6月には『別冊水声通信』も創刊されている。
http://www.suiseisha.net/

大航海

創刊＝1994年12月　編集人＝三浦雅士　表紙・本文レイアウト＝SDR（新書館デザイン室）　ダンスマガジン別冊　発行所＝新書館　表紙には誌名の横に「思想・文学・歴史」、下には“Voyages into thought, literature and history”と添えられる。創刊号の特集は「いま、宗教って何？」。編集人は「ユリイカ」「現代思想」の編集長を務めた三浦雅士。2009年第71号で終刊。

思想誌
pick up

遊

創刊＝1971年9月　編集人＝松岡正剛＋高橋秀元＋定森義雄＋上杉義隆　表紙構成＝杉浦康平　発行人＝中上千里夫　発行所＝工作舎　誌名には“objet magazine”と添えられている。「オブジェ・マガジン《遊》は、当初、仮面社において図書誌「仮面」として企画され」(「《遊》刊行前後」)、紆余曲折の末、「遊」として工作舎から刊行された。1982年10-11月刊行の1037-38号で休刊。
http://www.kousakusha.co.jp/

パイデイア

創刊＝1968年4月　発行人＝竹内博　発行所＝竹内書店　創刊号には、創刊の辞や編集後記などは掲載されておらず、編集や装幀の表記もない。第2号編集後記には「採算を度外視した小冊子」とある。創刊号の特集は「構造主義とは何か」。第4号から編集人は安原顕(第6号まで)、表紙・本文レイアウトは杉浦康平。第11号の編集人は中野幹隆。

GS・たのしい知識

創刊＝1984年6月　責任編集＝浅田彰＋伊藤俊治＋四方田犬彦　表紙・目次デザイン＝戸田ツトム　本文レイアウト＝戸田ツトム＋GS編集部　発行所＝冬樹社　誌名「GS」の横に「la gaya scienza ジーエス［たのしい知識］」と添えられる。創刊号の特集は「反ユートピア」。1988年9月刊行のVol.7(特集「神国／日本」)で終刊。

エピステーメー

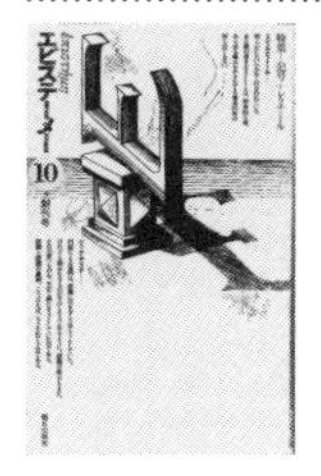

創刊＝1975年7月(創刊準備号)　編集者＝中野幹隆　デザイン＝杉浦康平＋鈴木一誌　発行所＝朝日出版社　誌名にはἐπιστήμηとギリシア語表記が添えられる。創刊準備号はミシェル・フーコー「エピステーメーとアルケオロジー」と蓮實重彦「ディスクールの廃墟と分身――ミシェル・フーコー『言葉と物』を読む」を掲載。1984年12月に第2次エピステーメー(第0号)が創刊される。

思想誌
pick up

季刊インターコミュニケーション

創刊＝1992年4月（No.0）　編集委員＝浅田彰＋伊藤俊治＋武邑光裕＋彦坂裕　編集＝萩原富雄＋柴俊一＋高田明＋橘淳子＋本田英郎＋松村伊知郎　アートディレクター＝東泉一郎　エディトリアル・デザイン＝竹内恵美＋宮岸秀一＋能登伸治　発行所＝NTT出版　NTTインターコミュニケーション・センターの機関誌。創刊号の特集は「コミュニケーションの現在」。2008年5月刊行のNo.65（特集「コミュニケーションの未来」）で終刊。同年10月に「IC」というフリーペーパーが製作されている。

10＋1

創刊＝1994年5月　編集制作＝都市デザイン研究所　編集委員＝多木浩二＋八束はじめ　造本・デザイン＝鈴木一誌　発行所＝INAX出版　都市と建築の批評誌。創刊号は特集「ノン・カテゴリーシティ――都市的なるもの、あるいはペリフェリーの変容」。2008年3月刊行のNo.50（特集「Tokyo Metabolism 2010/50 Years After 1960」）で終刊。10+1 website が継続中。また同誌バックナンバーがデータベース化されている。
http://10plus1.jp/

ExMusica

創刊＝2000年3月（プレ創刊号）　責任編集＝長木誠司　発行所＝ミュージックスケイプ　直接予約購読制　プレ創刊号の背表紙には「0」と番号が振られている。1998年に休刊した音楽之友社の「『音楽芸術』に替わる批評誌を」との思いから企画が始まった（編集後記）。プレ創刊号の特集は「国家・音楽」。2002年4月刊行の第6号（特集「黛敏郎」）で終刊。ウェブ版も運営されていた（2003年6月終了）。

舞台芸術

創刊＝2002年6月　責任編集＝太田省吾＋鴻英良　編集委員＝八角聡仁＋森山直人＋橋口薫　編集制作＝オリシス　デザイン＝川畑直道＋石塚雅人　発行所＝京都造形芸術大学舞台芸術研究センター　発売元＝月曜社　『舞台芸術』は現在の日本の舞台芸術、文化状況を狭窄的ではないかということを共通理解としていて、それを解放するための多様な試みの拠点にしたいという希みをもって創刊される」（太田省吾「創刊にあたって」）。版元をKADOKAWAにかえて第3期継続中。
http://k-pac.org/book/

思想誌
pick up

季刊リュミエール

創刊＝1985年9月　責任編集＝蓮實重彦　編集＝淡谷淳一＋間宮幹彦＋郷雅之　アートディレクション＝中村かほる　発行所＝筑摩書房　映画雑誌。表紙の誌名はLUMIÈREとフランス語表記。「季刊映画リュミエール」と添えられている。創刊号は特集「73年の世代」。

早稲田文学

創刊＝1891年／第10次復刊1号＝2008年4月（以下同号について）　スタッフ＝芳川泰久＋青山南＋江中直紀＋買澤哉＋十重田裕一＋山本浩司他　デザイン＝奥定泰之　発行所＝早稲田文学会　発売元＝太田出版　文芸誌。フリーペーパー「WB」、「GRANTA JAPAN with 早稲田文学」などの姉妹誌もある。第8号以降の発売元は筑摩書房。
http://www.bungaku.net/wasebun/

d/SIGN

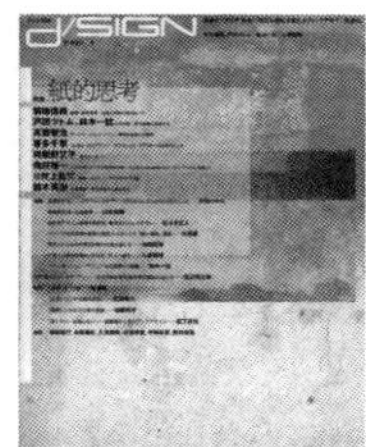

創刊＝2001年8月　責任編集＝戸田ツトム＋鈴木一誌＋入澤美時　発行所＝筑波出版会「事態とメディア、生命の現在を透析するグラフィックデザイン批評誌」。創刊号は特集「紙的思考」。no.10以降の発行所は太田出版。
http://www.ohtabooks.com/publish/design/

情況

創刊＝1968年8月　編集＝情況編集委員会　発行者＝阿由葉茂　発売元＝柏書房　「変革のための綜合誌」として特集「世界革命の思想——ゲリラと都市暴動」で創刊。第1期は1976年11月号で休刊となるが、1990年7月に第2期が古賀暹を編集・発行人として状況出版から創刊される。2018年7月より第5期スタート。

思想誌
pick up

PLANETS

創刊＝2005年12月　企画＝善良な市民＋転叫院＋faira 編集＝善良な市民＋青木魔周　デザイン＝犬山秋彦　発行所＝第二次惑星開発委員会　サブ・カルチャーの総合雑誌で、第4号まで誌名に「大衆を挑発するお茶の間襲撃マガジン」と添えられた。第2号からは編集人・発行人・責任編集は宇野常寛。
http://wakusei2nd.com/

思想地図β

創刊＝2011年1月　編集人・発行人＝東浩紀　装幀＝浅子佳英　発行所＝合同会社コンテクチュアズ　第1期『思想地図』(NHK出版、2008-2010）に続く第2期。創刊号は特集「ショッピング／パターン」。版元のコンテクチュアズは2012年4月からゲンロンに社名変更して同誌の刊行を続けている。2013年の第4号（2冊）まで刊行。2015年に『ゲンロン』創刊。
https://genron.co.jp/

建築と日常

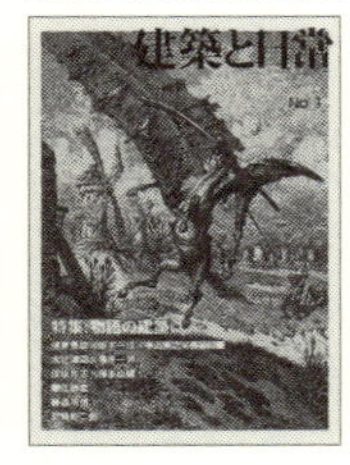

創刊＝2009年9月（No.0号）　編集・発行＝長島明夫　「文学や写真、美術、映画などさまざまな表現ジャンルを横断しながら、日常の地平で建築を捉える」個人雑誌。創刊号の特集は「建築にしかできないこと」。
http://kentikutonitijou.web.fc2.com/

アルテス

創刊＝2011年11月　編集・発行＝鈴木茂・木村元　デザイン＝宮一紀　発行所＝アルテスパブリッシング　「ジャンル無用の音楽言論誌」。第4号までは紙媒体での刊行。2013年9月から電子版の配信を始めている。
http://magazine.artespublishing.com/

思想誌

pick up

エステティーク

創刊＝2014年6月　企画・編集・デザイン・発行＝日本美学研究所　編集長＝三浦和広
三浦和広を所長とする日本美学研究所発行の美学文芸誌。「美」をテーマとし、探究することを目指す。創刊号の特集は「美」。第2号「狂」。
http://bigakukenkyujo.jp/

α SYNODOS

創刊＝2008年3月（Vol.0）　責任編集＝荻上チキ　編集＝山本奈々子　装幀＝田所淳　発行・配信＝シノドス　2007年に芹沢一也が設立した「知の交流スペース」シノドスが発行する有料電子マガジン。「知性を高める情報メルマガ」として月2回配信（Vol.0は無料サンプル号）。2018年4月から芹沢が編集長を務める。
https://synodos.jp/a-synodos

ポリロゴス

創刊＝2000年3月　編者＝中山元　カバー装幀＝日野絵美　発行者＝内浦亨 発行所＝冬弓舎　編者の中山元は、1995年に哲学をテーマとするメーリングリスト「ポリロゴス」を開始、1996年5月からは同名ウェブサイトでオンラインマガジンを創刊している。
http://polylogos.org/

余が一家の読書法

［原文］　余が一家の読書法　夏目漱石

一　暗示を得来る事

読書の法、自ら種々あり。或は其書に記載せる所の事実及び学理を記臆し、若くは之を理解感知するを以て目的とするものあり。これ又一方法たるを失はざるべし。然れども此他に於て亦一種の読書法なしとせざる也。余は必ずしも之を以て総べての人々に適用せよ

［現代語訳］　私の読書法　夏目漱石

1．暗示を得る

読書にはいろいろなやり方がある。例えば、本に書かれた事実や理論を記憶したり、理解したり、感知したりするのを目的とするような読書法がある。これも一つのやり方だ。ただし他のやり方もある。といっても、私はいまから述べる読書法を、誰かれかまわず適用せよとは言わない。創作をしたり、論

と言ふこと能はざるも、或創作を為し、論文を草せんとするが如き場合に於て、多少功果ありと思はるゝ方法あり。何ぞや、曰く自己の繙読しつゝある一書物より一個の暗示(サゼッション)を得べく努むることこれ也。唯漫然として書の内容を記憶し、理解するに止らば、読書の上に何の功果かあらんや。故に或暗示を得んことを心懸けて、書に対すれば、吾人は決してその書の内容以外に何等の新思想、新感情を胎出すること能はざるやうなる場合少かるべき乎。仮令(たとい)その書の全部を読了せずとも、暗示だに得る時は、宜(よろ)しく之を逸せざるやう、消滅し去らざるやうに努めて、或は之を文章の上に現はし、若くはその思想を取纏むるを必須とす。カントの哲学を読むに当りても、唯彼の言ふ所のみを記憶して、其言語文字の中より一個の或暗示を得来らざれば、吾人終(つい)にカントの思想以外に独歩の乾坤を見出すこと能はざらん。乃(すなわ)ち余の所謂暗示を得んとする

文を書いたりするような場合には多少効果があると思われる方法がある。

それはどのような読書法か。目下読みつつある本から、一つの暗示（サジェスチョン）を得るように努めること。これである。ただ漫然と本の内容を記憶したり理解したりするにとどまれば、読書をしたところでなんの効果があるだろうか。だが、暗示を得ようと心掛けて本に向かえば、その本に書かれた内容の他にも新たな考えや新たな感情を得られる。

仮にその本を全部読まないとしても、暗示を得られたなら、その暗示を逃さないように、どこかに消え去ってしまわないように努めて、それを文章に書き、あるいは考えたことをまとめる必要がある。

例えば、カントの哲学を読む場合でも、単にカントが言っていることを記憶して、その文章からなんらかの暗示を一つも得ないとすれば、その人はついにカントの思想以外には、自分なりの天地を見いだすことができないわけである。

私がここで述べている暗示を得ようとする読書法

読書法に依る時は、如上の平凡に堕することを免れ且つこれを活用することを得て、乱読家たるの譏(そしり)を受けざるに庶幾(ちか)からん。されど余はこれを以て絶対的に一般功果を有すと断言せざるも、未だ之を知らざる青年諸子に対しては、多少功能ありと信ずる也。

二　思想上の関係を見出す事

青年諸子が其書を読むに当つてや、既読の甲書と、今現に繙読しつゝある乙書との間に、何等かの関係を見出さんとするが如き心懸けあるや否やは、頗る疑問也。大抵のものは、両者が或方面に於て必然的に似合ひたる箇所あることを発見せんと努めざるが故に、勢ひ読書の興味を減殺するのみならず、又一面に於て自家思想の散漫に流れ、箱庭的に狭小となり、形式的、機械的の読書に堕することを防ぐ能はず、これ甚だ不利益なる方法と言ふ

を用いれば、そうした平凡なことに陥らずに済むし、むしろ本を活用できるようになり、乱読家という誹(そし)りを受けないようになるだろう。

とはいえ、私はこの方法が誰にとっても絶対に効果を発揮するとは断言しない。ただ、こういう読書法をまだ知らない若いみなさんにとっては、多少役立つところがあると考えている。

2.　思想の関係を見つけ出す

お若いみなさんが本を読む際、すでに読んだAという本と、いま読みつつあるBという本のあいだに、なんらかの関係を見いだそうとしているかどうかはたいへん疑問である。ほとんどの人は、AとBがある面で必然的に似ている、そんな箇所があるのを発見しようとせずに読んでいる。そのため、読書の興味を殺(そ)いでしまうばかりか、自分の思想も散漫となり、箱庭のようにこぢんまりとして、形式的な読書、機械的な読書に陥るのを防げない。これはたいへん

べし、凡そ如何なる思想感情と雖も、その間何等か共通の点を有し、磨滅すべからざる関係を保持せるに似たり。例せば之を諺の上に徴するも、「出る釘は打たれる」と言ふが如き利害の事に関係せる俗諺と、「苟（いやし）くも道に戻らざれば、千万人と雖、吾往かん」と言へる道徳上の金言とは、その間、何等の関係をも有せざるが如しと雖も、若し前者が矢張謹慎（プルーデンス）の徳より出でしを知らば、必ずしも後者と関係なしと言ふべからざる也。更らに之を文学上に於て見るに、アリストートルが戯曲の上に於て整正（シンメトリー）と筋とを尊びしが如き見地と、マッシュー・アーノルドの戯曲上に於ける見解と、その間、一見関係なきが如く見ゆれども、之を歴史的に研究し、且つ一々相対照比較する時は、必ずやその間に於て、一個共通の関係あることを看取すべき也。此方法も亦如何なる場合にも適用せよとは言はざるも、若し機械的詰込主義以外に立脚し、且つ

に不利益な方法である。

　およそどんな思想や感情も、それらのあいだにはなんらかの共通点がある。それは摩滅しない関係が保たれているようなものだ。例えば、ことわざで考えてみよう。「出る杭は打たれる」という利害に関係するものと、「苟（いやし）くも道に戻らざれば、千万人と雖（いえど）も、吾往かん（自らの良心に恥じるところがないなら、反対者がどれだけいようとも自らの道をいこう）」といった道徳に関するものは、一見するとなんの関係もないようだ。だが、前者もまた謹慎の徳から出てくることわざであるのが分かれば、後者とまるきり無関係とは言えないのが分かるだろう。

　さらに文学の例で言えば、アリストテレスが戯曲について、シンメトリーと筋を重視したのと、マシュー・アーノルドが戯曲について持っていた見解とは、一見関係がないように思える。だが、これを歴史的に研究し、なおかつ一つずつ対照しながら比べてみると、両者のあいだに共通関係があるのが見てとれるはずである。

読書の功果を収めんとする以上は、宜しく之を用ひて、一個の新発見を為すも可ならずや。しかし乍ら多くの青年諸君は、或甲書と乙書とが如何なる点に於て、関係あるや、漠然としてその共通点を見出すに疎漫なるが故に、何時迄も甲乙両書が全く異なれる領分を有するものにして、何れ（いづ）れも別々のものなりと見做すこと少からず、勿論余の見る処の前庭の松も、他の人が之を見る時は、又別様の感想を起すが故に、万人万種、其解釈を異にするは自然の帰結也。されど之を同じ平面に置きて見る時は、必ずやその間に共通の点あるを看取すべき也。今二個の団扇を斜面的にその一端を相接せしむる時は、何れか契合点なるかを知る能はざれど、之を平面的に変ずる時は、明かに両者の相接するところを見出すに苦まざるべし。青年諸子にして、這般（しやはん）用意を以て書に対しなば、自ら別様の智識を得、且つ思想の散漫に失するを防ぐことを得ん。是又一

こうした方法もまた、いつでも適用せよと言えるものではない。ただ、機械的に詰め込むやり方ではなく、読書で効果を得ようとする場合には、これを用いれば新たな発見もできるだろう。

だが多くの若人の諸君は、Aという本とBという本がどのような点で関係するのか、漠然として共通点を見いだそうとしないために、いつまで経ってもAとBの両者がまるで違うものであって、関係のない別々の本であると見なしてしまうということが少なくない。

もっとも同じ庭の松でも、私が見るのと他の人が見るのとでは、抱く感想も違うはずで、万人万種、解釈も違っているのは自然なことだ。だが、これを同じ平面に置いて見れば、必ずそれらのあいだに共通点があるのを見てとるはずである。

例えば、二つの団扇を互いに接した場合、斜めからこれを見ると接している箇所は分からないが、平面として見れば接している箇所は難なく分かる。若人の諸君は、こうした心構えで本に向かえば、〔そ

方法也。

三　要訣

要之(つまり)、右の読書法二則は、何れも機械的に詰込むと言ふよりも、自発的態度と精神とを以て、その読書し得たる処より何等かの新思想を得、又一方には雑多なる智識を取纏めて一種の系統を得るやうに心懸くる処に、根拠を有する也。これ「余一家の読書法」とも言ふべき乎。若し此方法、精神を以て文学の書に対する時は、何等かの暗示、何等かの纏りたる思想を得べく、又之によりて多大の興味を感ずべき也。

〔『世界的青年』第一巻第一号、明治三十九年九月一日〕

の本に書かれた内容以外にも〕別様の知識を得られる。かつ、自分の思想が散漫になるのも防げる。これもまた読書の一つの方法である。

3. まとめ

以上をまとめよう。右に書いた読書法の二つのポイントは、いずれも機械的に詰め込むというより、自発的な態度と精神でもって読書からなんらかの新しい思想を得て、また他方では雑多な知識をまとめて一種の体系を得るように心掛けるというところに根拠がある。これを「私の読書法」と言っておこう。もしこの方法と精神でもって文学書に向きあえば、なんらかの暗示、なんらかのまとまった思想を得られるし、多大な興味を感じることだろう。

『世界的青年』第一巻第一号、明治三十九年九月一日

〔解説〕漱石の読書術

本はどんなふうに読んだらよいのだろう。

いつの頃からか、そういう疑問を持つようになった。たぶん中学生くらいのときのことだ。いくらか本を読むようになってみて、興味にしたがって次から次へと本を手にとるものの、読んでも読んでもなんだか右から左へ抜けていくように手応えがない。それで読んだと言えるのか。目を通す本が増えれば増えるほど、むなしさのような気分もいや増してくる。

こちらの理解力になんらかの問題があるのだろうけれど、それにしたってどうすればいいのか。そこで読書の方法を説いた本を集めて読むようになった。

はじめて自覚的に読んだ読書論は、呉智英『読書家の新技術』（朝日文庫、一九八七）だった。以後、紀田順一郎『現代人の読書術』、ショウペンハウエルの『読書について』、ドーレンとアドラーの『本を読む本』をはじめ、目につく読書論を読み続けて今日にいたる。

それぞれの読書論からさまざまな示唆を得て、自分なりに試行錯誤しながらやってきた。そうしたなかでもおおいに膝を打ったのが、ここにお目にかける夏目漱石の読書術だった。

大学生の頃、漱石の全作品を読もうと思い立って、小説から順に読んでいった。小説をあらかた読んだ後で漱石先生による大学の講義に進む。そこで『文学論』も手にしたのだが、これが読めない。しかし、そこにはなにかとても重要なことが書かれていると感じた。ちなみにその頃の私は、本とは頭からおしまいまで全部目を通すものだと考えてなんでもかんでも最後まで読むことにしていた。『文学論』ではそうできず、途中で何度も放り出した。

ただ、漱石が作家になる前に、英文学について相当研究したことが分かった。それだけでなく、文学を研究するために、一見それとは関係ないように(当時の私には)思われる心理学や社会学、自然科学や哲学も研究している様子が垣間見える。いったいこれはどういうことか。私は『文学論』の攻略法を考えるかたわらで、漱石本人がどうやって本を読んでいたのかということに興味を持つようになった。

そのつもりで岩波書店の『漱石全集』を眺めると、手がかりとなる文章があちこちに見つかる。とても重要なヒントは、漱石が蔵書に書き込んだメモばかり集めた巻。いわゆるマルジナリア集だ。これを読むと、どの本のどの箇所に、漱石がどんな言葉を書き込んだかが分かる。読書の痕跡である。

簡単にいえば、そうした書き込みから、漱石が本に書かれた文章と対話しているかのような様子が見てとれる。文章を読んで脳裏にある考えや発想が浮かぶ。ときには「然り」、ときには「ソーデスカ」、あるいは「まったくそうは思わない」という具合に、彼は自分が思い浮かべた印象を記録している。場合によっては、そこからさらに考えたことが文章として書き込まれている。

彼は本に書き込みをせずには読めない人だったようなのだ。つまり、一方的に読む、紙面の文字を目に入れるだけではなく、その結果脳裏に生じた思考や感情をページの余白に出すということをしたわけである。これを能動的読書といってもよい。

どこかでその読書法についてまとめて述べていないだろうかと思って全集を見てゆくと、まさにそのことを述べた文章があった。それが「余が一家の読書法」である。そのままだと少し読みづらいかもしれないので、現代語訳をお目にかける次第。

漱石が述べていることに特に難しい点はないと思う。本はいちいち全部読み終わらなくてもよい。読んで暗示を得られたらそれでいいのだというわけである。彼が「暗示」と言っているのは、英語のsuggestionに対応する言葉で、「示唆」と言ってもよいし、「思いつき」「連想」と言ってもよい。つまり、本に書かれた文章を目にして、そうでもなかったら思い浮かばないかもしれないアイデアや感情が生じるということがある。それが得がたいと漱石は指摘している。言われてみればごく単純なことのようだけれど、これは私もたいへん重要だと思う。なにかを目にしてなにかを思い浮かべる。本（文章）とそのときの私（記憶・経験）の組み合わせから、そのときしか生じない意識の状態が現れる。それが常に価値や意味のあるものとは限らないけれど、そのようにして文章を読むことで自分に生じる状態のことを漱石は「暗示」と言っている。そして、そうした暗示を得るためにこそ読書をする、そういう読書法もあると教えてくれている。

漱石の読書法のもう一つのポイントは、一冊一冊の本をバラバラの関係ないものとして読むのではなく、結びつけながら読もうという指摘だ。これもたいへん重要である。結びつけることで記憶にも残りやすくなるし、そうした結びつけ自体が一種の創造的行為でもある。Aという本とBという本がある。両者を眺めて、そこに共通点を見てとることは、私の頭のなかでのみ生じる出来事だ。人間が行っている各種の創造や学術の研究は、基本的に既存の知識や発想の組み合わせからできている。なにとなにをどう組み合わせるかがポイントになる。

こうした漱石の読書法は、もちろん彼も注意しているように、いろいろあるなかの一方法であり、いつでも誰でもこれが適切なやり方というわけではない。例えば、一冊の本を穴のあくほど繰り返しゆっくりじっくり読み込む精読という方法もあり、そのように読まなければ得られないこともある。言ってしまえば、目的に応じて読み方を選べばよい。その際、漱石が勧めているやり方は、言い換えればつまみ食いのようなものだ。これは、いまではかえってよく分かる読み方になっているかもしれない。というのも、私たちは、日々、インターネットやウェブを通じて、断片的にものを読むことに慣れつつある。本もそのように読んだってよい。

最後に、漱石がここで述べていない重要なことを一つ付け加えておこう。本を読んで暗示を得るためには、読者の側になんらかの「問い」があるとなおよろしい。例えば、先ほど書いたように、「漱石はどうやって本を読んでいたのだろう」という問いを念頭に置くと、『漱石全集』の見え方が変わる。いままで気にせず読み飛ばしていた文章や一節が、俄然輝きを増してくる。それもこれも「問い」があればこそだ。もちろん、明確な問いを持たずに読んだって構わない。自覚していなかったことであっても、本を読むうちに、「あれ？　そういえば古代ギリシア語の文法って、誰がつくり始めたんだろう？」と疑問が生じてくることもある。それもまた暗示なのだ。

というわけで、すでに同様のことを実践しておられる方もあるかもしれないけれど、みなさんの読書の手がかりになればと思ってこの小文をここに収めた次第。なんらかの暗示が思い浮かんでいれば、これ幸い。

『文字渦』

歴史的注解付批判校訂版

「梅枝」篇断章より

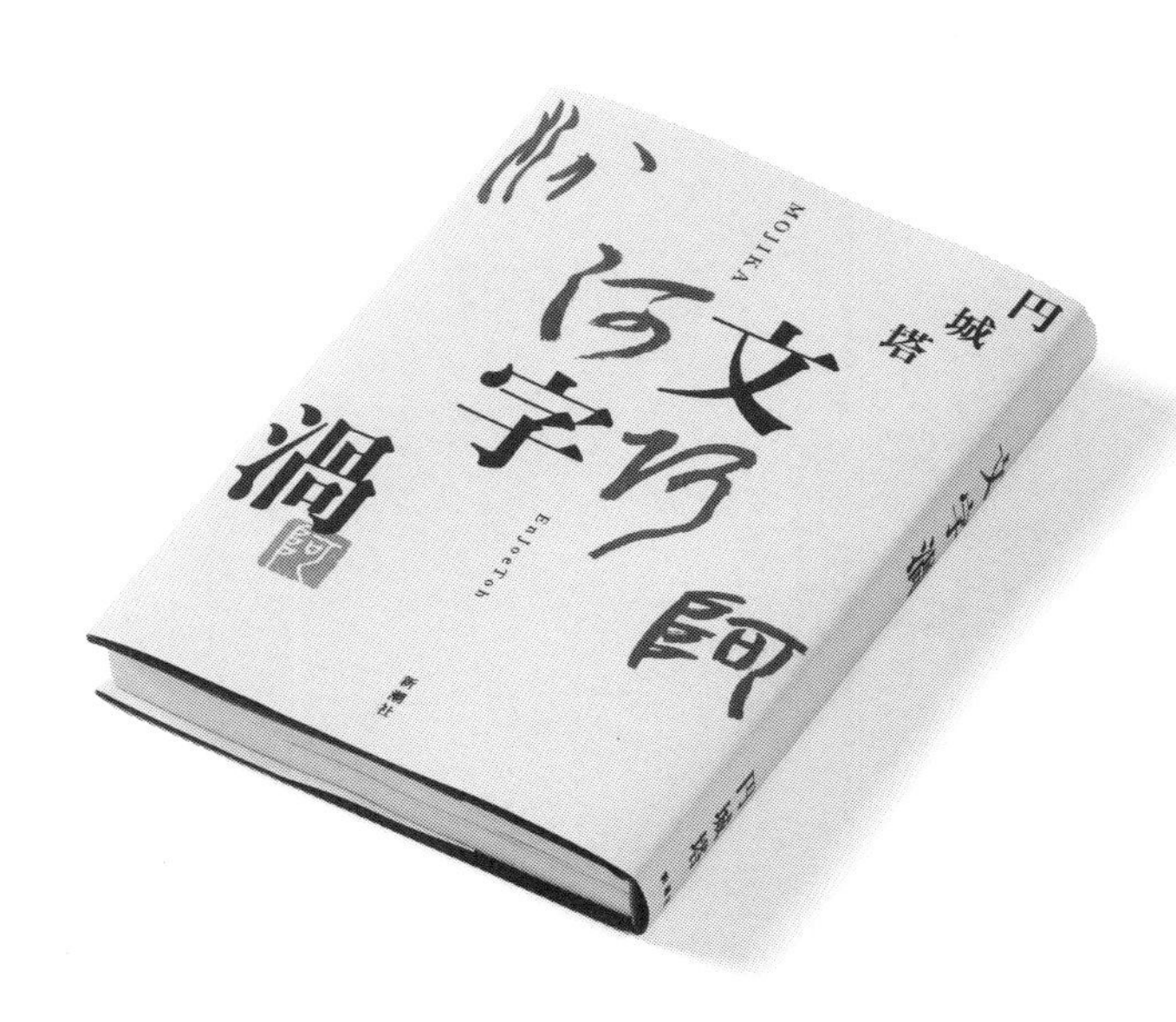

以下に読まれるのは、一般に「デジタル・パリンプセスト」と呼ばれる、破片化したデータから復元されたテキストである（復元に用いた統計的手法については附録に記載した）。これは『文字渦』と題されたテキストの批判校訂版のうち、「梅枝」と名付けられた部分に対して施された注解であると思われる。制作年代は西暦二〇一八年以前と推定される。執筆者は不明だが、文体解析の結果は、これがＡＩによる支援なしに人間によって書かれた文書であることを示唆している。文中で言及のある作家・円城塔については『銀河大百科全書』に項目があるので参照されたい。その作品一覧にも『文字渦』という短篇小説集が記載されている。ただし、同作品は散逸しており引用の形で一部が伝わるのみである。なお、以下のテキスト中、〔……〕で示した箇所は、データの復元に失敗したため不明となっていることを表す。

『文字渦』歴史的注解付批判校訂版「梅枝」篇断章より

1

〔……〕ときどき思うことがある。文字は私たち人間よりはるかに長生きなのではないか、と。もちろん文字は、文字通り「生きている」わけではない。とはいえ、地球上にこれまで生まれた人間と、なんらかの物質に象られた文字とを比べると、どちらが長く残り続けているだろうか。文字は、なんらかの物質に象られ、記録されなければ存在できない。多くの場合、宿主である人間の脳裏に入り込み、ものを考えさせ、話させたり、書かせたりする。（いままさに私もそうしているところだが）人が文字を書くということは、この世に文字が増えるということである。ネットだろうが、紙だろうが、石だろうが、なんだろうが、人間が文字を打ったり書いたり刻んだりするつど、世界には文字が増えてゆく。しかも、人は無闇に新たな文字をつくったりせず（うろ覚えの字を間違って書くことはあっても）、律儀に型通りの文字を再生産する。もちろんそうしなければ、自分専用の文字など書いても、他人に伝わらないからだ。型に従うことで、ようやく文字は文字として誰かに読まれるようになる。そしてその型は、たいていの場合、自分がこしらえたものではない。自分より古い時代から存在してきた文字である。

いずれにしても、おそらく地球上に存在する文字の総量は、現在まで基本的に増え続けてきただろう。例えば、日本語は中国から文字を借りて自分たちの用途にカスタマイズして現在にいたる。日本語を表現するための文字たちは、少なく見積もっても千年以上の時間を生き延びながら増殖してきた。その元となった甲骨文や金文の文字から数えれば、さらに倍以上になる。とりわけ本の形をとった文字の塊は、本そのものの大量複製技術が発展してからというもの、以前にも大きな勢いで同類を増やしている。また、それを手にとり読んだ者の脳裏に入り込んでもいるのはご存じの通り。

他方で二〇世紀も終わり頃からデジタル・コンピュータが発達普及して以来、文字の増力スピードは格段に高まっている。コンピュータに対する命令を記すプログラム・コードは文字でつくられるものであり、コンピュータ同士のあいだで行き来するデータもまた、いうなれば文字である。あなたが駅の改札に交通系カードをタッチするとき、カードと改札機のセンサー（とその向こうにつながっているコンピュータ）のあいだでデータのやりとりがなされる。目には見えないものの、結果的にあなたのカードから当該電車の初乗り料金が数値として差し引かれて記録し直される。これはほんの一例であり、いったい現在、どれだけの文字が世界中を移動したり動かしたりしているかをここで立ち止まってちょっと想像してみるのもよいだろう。

この文字たちは、私たち人間より長い寿命を保っている。例えば、紀元前三千年とか二千年頃に書かれた古代メソポタミアの物語が、粘土板に刻まれて現代に伝わっているのを見ればよい。あるいは作家がこの世を去ったあとも、作品は残り続ける（読まれ続けるかはまた別として）。結果だけを見れば、作家という人間は、ひとかたまりの文字の集合を組み立てるためにこの世にやってきて、いくばくかの文字を組み合わせたモノを残してこの世を去ってゆく。そして文字だけが残る。

以上は前置きというか前座というか、心の準備体操みたようなものだ。

2

〔……〕円城塔『文字渦』である。

この小説は、私が見るところ、目下の円城塔作品のなかでも最高傑作である。というのも、この一二の短篇を集めた本には、例によっての技術と人間のあいだで生じうること、あるいはその範囲を超えて現実の斜め上をゆくマジカルな状況がさも当然のように持ち上がる展開（私は以前、そうした円城作品の特徴を「マジック・アルゴリアリズム」などと名付けてみた）、ややこしい事態とそれを引き起こす環境と推移、けっして声高にでも強制的にでもなくそれとない笑いを生み出すチャンスを見逃さない作家の姿勢、文芸においていまだ十分探検されていないかもしれない方面に向かう実験精神（今回はとりわけ文字とタイポグラフィにおいて）といった要素が、読者が先を知りたくなるような結構とともに示されているのだ。

文の単位でなら、読めば書かれていることは理解できるし面白さを感じるのに、結果的になにを読んだのかつかめないような、夢から覚めた後のような、そんな記憶の痕跡を残す作品群である。要するに、『文字渦』を構成する文字やページの様子を目から脳へと入れるとき、送り込まれた文字たちやそれを構成する物質の印象が、私たちの脳裏に蔵されている文字や記憶を逆手に利用して、なにかをしているわけである。

さて、「文字渦」「緑字」「闘字」「梅枝」「新字」「微字」「種字」「誤字」「天書」「金字」「幻字」「かな」と題された一二の短篇は、文字とその生態を主題としながら、時代も場所もさまざまで、ときにゆるやかに、あるいは緊密につながりあっていたりもする。その射程は、漢字の起源から未来まで。あるときは、中国の昔話のように、またあるときはＳＦのように、歴史小説のように、ミステリのように、小説の異種格闘技戦が開催されたらかくやという構えで、作家は自在に要素を組み合わせてみせる。

とりわけこの『文字渦』が面白いのは、文字と私たち人間とのあいだで生じうることに読者の想像を向かわせるところにある。読者は作家が紙上に描き出してみせる状況に触れて、そこに生じる出来事はもちろんのことながら、そこでは明記されない出来事をも感知・想像することになる。作家が描いているそういう状況がありうるのならば、直には描いていないこういう状況もありうるのではないか、という具合に。

喩えるなら、読者にプログラムのデモンストレーションを見せているような状態である。電卓アプリでちょっとした計算をして見せる。つまり、できることの一部を具体的に見せる。すると、「それならこういうこともできそうだね」と、その電卓アプリでできそうな他のこと（プログラムに潜在している状態）についても伝わる。もう一つ別の喩えをすれば、将棋というゲームのルールから生じうる具体的な試合の展開を見せることで、それとは違う展開の可能性も伝わる。そんなふうにして円城塔という人は、文章によるプログラムを組み立てて、そのプログラムが動く様子を見せる。もっと言えば、読者の脳へとインストールしているのではないかと疑っている。

どの一篇についても、見所や補助線を引くと面白いポイント、その他述べるべきことがいろいろあるけれど、ここでは「梅枝」について検討してみよう。

3

コンピュータが普及して電子書籍や電子ペーパーといった新たな道具が登場した当初、しばしば紙か電子かといった議論が持ち上がったことをご記憶の読者もおられるだろう。例えば、同じ小説の紙版と電子版があるとする。両者を読む経験は、果たして同じか違うか。中身が同じならどっちも変わりないだろうという意見もあれば、手と目にする媒体が違えばその経験も違うはずという意見もある。実際のところどうなのかは目下調査研究が進められているところで答え（およそ誰が確認してもこうだろうという合意できる仮説がどれであるか）は不明というほかにない。

円城塔は、そうした状況を踏まえつつ、しかしまったく別の角度から問題を組み立ててみせる。「梅枝」は、すでに紙の本が珍しいものとなり果て、ほとんどは「新型の紙」であるフレキシブルディスプレイに取って代わられた後の世界である。そこで語り手は、紙の本について説明しようとして、こんなふうに言う。

いまどき、自宅に本を持っている人は少ない。それはつまり、紙でできた本ってことで、ここでいう紙はほんとの紙で、木を原材料とする紙であり、フレキシブルディスプレイの異称ではない。このあたりには歴史的にややこしい用語の混乱がある。現代における「紙」はかつて、切り貼り折り曲げ自在な極薄のディスプレイと呼ばれていたものだ。この「紙」の生産コストが下がったことで、旧型の紙の大部分は新型の紙へと置き換えられた。ほとんど

の用途において新型の紙は旧型の紙に対する上位互換性を満たしたからだ。(略)
いやそんなことはない、うちにはちゃんと本がある、という人だって多いはずだが、でもそれは、新型の紙——ええともう、面倒くさいな、現在広く使われているフレキシブルディスプレイの異称としての紙のことは、紙の異体字を使って「帋」と書くことにする——つまり、帋でつくられた本なのだ。本の厚さは一定じゃないってきくと、驚く人も多いだろう。そう、本というものは、それぞれに厚さもサイズも違うものだったのだ。それは当然そうだろう。だって、「本に印刷されている文字数の総計はそれぞれ異なる」んだ。まだぴんとこない人のためにつけ加えるなら、「一頁に表示できる文字の数は決まっている」のだ。

私たちが、現在、カセットテープやフロッピーディスクについて、それを見たことのない人に説明する場面を思い出す。とはいえ、いっそカセットテープとCDやmp3のようなデジタルデータくらい見た目も違うもののほうがむしろ話は分かりやすく、紙と帋のほうが互いに似ている分だけ余計にややこしいかもしれない。
ともあれ、そのような時代に珍しくも紙の本をつくるもう一人の人物が登場する。境部さんといって、右の語り手とは旧知の仲らしい。語り手がワトソンで、境部さんがホームズといったら余計な喩えになるかもしれないが、別の短篇「幻字」では実際に「ワクワク事件」という殺字事件の捜査に境部さんが乗りだして解決に至る様子を、語り手が報告しているので、当たらずとも遠からずであろう。

その境部さんは自らさまざまなものをつくる人でもある。昏が主流の時代に、紙の本をつくったりもする。彼女はこんなふうに指摘している。「テキストデータそれ自体は本ではない。どう実体化させるかによって文章の性質は変わる」「内容が変わることだって珍しくはない」「レイアウトにより、デザインにより、文字の伝える意味内容は異なってくる」と。それが語り手には分からないから「そんなことはないでしょう」なんて応じている。

そう、例えばテキストデータが「同じ」二つの小説があるとする。一方はスマートフォンの画面に横書きで表示されており、他方は文庫本に縦書きでレイアウトされている。この二つを「同じ小説」と言ってみることはできる。なるほど、両者を製作する際の元になったテキストデータは同じかもしれない。しかし、テキストデータとは、そのままではわれわれの目には見えないものだ。なぜなら、それはコンピュータの記憶装置に記録されたデータであり、私たちの目は記憶装置の状態変化からそこに記録されたデータを読み取れるようにはできていない。

スマートフォンやパソコンの画面に表示されているテキストは、そうした記憶装置上にあるテキストデータを、われわれ利用者が見られるように物質化された結果である。例えば、「同じ小説」のテキストデータであっても、あなたのスマートフォンの画面と一〇インチのタブレットマシンと二四インチのパソコンのディスプレイに表示される場合、いずれも異なる形で物質化されている。これらの装置はそれぞれ画面の質感を決める画素数や発色数、発光の加減も違う（これはハードウェアの違い）。また、表示に使われるフォントデータや文字のサイズ、色、背景の状態などの設定も千差万別である（これらはユーザーには意識されない場合でも、各種ソフトウェアによって実現されている)。到底「同じ」テキストとは言えないし、それぞれ読み心地も違うはずである。

まとめ直せば、こうなる。

A. テキストデータ
↓
B. 表示装置(ハードウェア)+表示プログラム(フォントデータ+ソフトウェア)
↓
C. 読者

そのままでは見えないテキストデータ(A)が、装置とその状態を制御するプログラム(B)によって見えるようになり、それが読者の視覚に刺激を与える。仮にAが「同じ」テキストデータだったとしても、AとCが接触するインターフェイス、Bが違えば「異なる」知覚をもたらす文章として読者に提示されるわけである。

いまは「テキストデータ」という具合にコンピュータを使う場合を例にして整理したが、実際にはAをなんらかの原本、Bを石版、巻物、冊子などの各種形態の写本や印刷本と置き換えてもよい。

と、境部さんの言葉の裏には、こうした事態が控えているわけである。

帋が主流となった世界では、読者にとってテキストデータを、自分の好みにあわせて異なるフォントや大きさや色で表示できるのは、いわばごく当然のことに過ぎない。このとき、彼らから見ておそらく過去を生きている私たちがいまのところまだ馴染んでいる紙の本は、なぜそうである必要があったのかが分からない古代の遺物のようなものだろう。ときどき、境部さんのような物好きが現れて、昔の本を再現しようとする。そして実際につくって使ってみることではじめて分かることがある。

ただし境部さんは、『源氏物語絵巻』の巻物をこしらえる際、筆写の部分は筆を持たせたアームつきのコンピュータとそこに搭載した人工知能プログラム「みのり」に任せている。この設定だけでも、考えてみたくなる種々の課題が潜んでおり、作家はその一部を顕在化させてみせる（ソフトのデモンストレーションのように）。

例えば、境部さんは、この装置が文章を筆写するとき、「悲しい場面を写すときには筆が乱れるべきなのだ」といって、文章の内容にあわせて、筆の動きに読み手＝書き手の感情をあらわすようにつくっているという。

境部さんはそこまで指摘してはいないけれど、筆写から離れつつある私たちは、ここではっとするかもしれない。そうか、私たちが見慣れた活字やフォントは、同じ書体の同じ文字は文中に何度現れようが当たり前だが同じ文字であって、筆写のように書き手の感情を表したりしないのだ、と。だから愛情を込めた「ばか」も、叱るときの怒りのこもった「ばか」も、照れ隠しにささやく「ばか」も、軽蔑とともに吐かれる「ばか」も、まったく同じように示されるのが普通であり、読者たる私たちもそのことを疑問に思わない。いまこう書いている私の文章も、特に指定をしなければ（あるいはデザイナーさんが書体を変えようと思わなければ）、同じ書体で同じ「ばか」と印刷されるはずである。

面白いことには、この「みのり」の仕組みが完成した暁には、境部さんは、これを丸ごとソフトウェアに移し替えるつもりだという。つまり、物理的な装置としてのアームと筆を使って筆写する仕組みを、帋のうえで――ということはアームも筆もなしに画面上で――再現するわけである。するとそこには、従来の固定したフォントを使った文字表示とはまるで異なる発想による表示方式が生まれる。ユーザーがページを開くそのつど、その場で新たに文章が筆写・生成されるというのだから。しかも、文章の内容によって情緒が動くさまも書体に現れるような形で生成しようというのである。

これは一見すると奇異で無駄なことのように思えるかもしれない。だが、実際に私たちが使っている電子ペーパーにしても、ディスプレイにしても、画面を表示するつど、テキストデータにフォントを割り当てて画面のしかるべき位置に並べて表示するという処理を行っている。つまり画面を表示したり切り替えたりするつど、画面そのものは生成されているといってよい。とりわけディスプレイの場合は、人の目では認識できないものの、一秒間に三〇回あるいは六〇回程度書き換えられて、そのつど画面が生成されている。

境部さんの一工夫は、写字から活字を経由したさいに、ある意味で文字からそぎ落とされた書き手の情緒に代表される表現の幅を、再導入しようというものだ。そもそも固定されたフォントは、金属や木で活字を組んでいた時代の名残である。金属活字は、母型さえ造ってしまえば、活字を量産鋳造できるというメリットがあった。同じ文字をたくさん効率よく造れて、それを組み版によって配置さえすれば、同じ版面を大量に印刷できる。この効率よき複製のための工夫が活字だった。しかし、デジタルの世界では、もはや活字のような制限に縛られる必要はない。本当は、手書き文字のように、同じ文字でも文中の異なる位置に現れるつど、字の形が微妙に（あるいは大きく）変わっていたって構わないはずである。境部さんの試みは、それを筆文字の時代の日本語についてやってしまおうというものである。

そのようにして、ハードとしてもソフトとしても文字を記すことについて、つくりながら検討する境部さんだけに、その指摘と提起は鋭い。

「筆で書くのに便利なように、文字はつくられてきた。印刷するのにもまあ、それほど問題は起こらなかった。というよりもこの場合、よりマシな解決方法がなかったと言った方が適当かもしれないけれど。でもこんな」と、傍の呑を取り上げる。

「ことが可能になってしまったときに、文字は変われずにいられるんだろうか。少なくとも、機械処理に向いたフォントを作り直したりするべきなんじゃなかろうか。いやいっそ、字形自体を変えてしまうべきなんじゃ。」

「學」が「学」と略記されたような、あるいは中国語で繁体字が簡体字に切り替えられたような例を思い浮かべてもよい。ただ、あれらの変化はまだ、人間の都合に合わせたものだった。いずれにしても、文字は物質に象られてこそ存在する。人間がなにかしらの道具を使って記す場合、人間の便利なようにすればよい。身体（手や腕）と物質（筆と墨と紙）の組み合わせにおいて記しやすい文字の形がある。例えば、これは安田登さんから教えてもらったのだが、甲骨文字では矩形で描かれるパーツが、金文では円になっているケースがあるという。骨に円を刻むのは大変だが、粘土になら円も描きやすいという材質と加工の都合によるのではないか。と、これは推測である。筆にしたって、人間の身体構造と水分を含んだ筆先の動かしやすさに沿って文字が構成されている。では、筆を使わず、キーを叩いたりパネルをなぞったりして文字を入力する場合には、どのような文字の姿が似つかわしいのだろうか。これが境部さんの問題提起である。

しかも彼女はもう一歩を進めて言う。文字はその時代によって技術によって、さまざまに象られてきた。でもそれは文字の抜け殻みたいなものなのじゃないか。

「文字の本質はきっと、どこかあっちの方からやってきて、いっとき、今も文字と呼ばれているものに宿って、そうしてまたどこかへいってしまったんだろう。どう思う」

と境部さんが繰り返す。

「昔、文字は本当に生きていたのじゃないかと思わないかい」

実にさらりと言ってのけられるこの問いこそは、文字と取り組んだ境部さんが、いわばそれを逆解析（リヴァース・エンジニアリング）した果てに直観した真理をとらえかけた仮説というか、本書全体のライトモチーフというか、中核をなす想像のエンジンなのである。

そのつもりで『文字渦』を読んでみると、あるときは文字が生き物のように蠢き（「闘字」）、あるときはこの世界を構築する元素のようでもあり（「微字」）、電子の海で朽ち果ててゆく古い地層のようなものであり（「緑字」）、限られた領土を争うものであり（「誤字」）、宇宙を構成し……という様子がそこかしこで目に入るだろう。これは〔以下を欠く〕

おわりに

人生は、自分では予定していなかった出来事でできている。

いまでは必要があると「ゲーム作家・文筆家」と名乗っているものの、目指してそうなったわけではない。気づいたらそうなっていた。およそ当人以外にとってはどちらでもよろしいようなことだけれど、本書の成り立ちを説明することにもなるので、少し思い出話をしたい。

私が物書きになったのは、ひとえに赤井茂樹さんのおかげである。当時、朝日出版社にいらした赤井さんの発案と導きで、吉川浩満くんとともに最初の本、『心脳問題——「脳の世紀」を生き抜く』(朝日出版社)を書いた。それは二〇〇三年から二〇〇四年のこと、私はコーエー(現コーエーテクモゲームス)というゲーム会社で『戦国無双』というアクションゲームの開発に携わっていた。

二〇〇四年に最初の本を刊行し、そのタイミングで一〇年勤めたコーエーを辞めた。といっても「これからは物書きになろう」と思ったわけではない。ものを知らない私も、さすがにそこまで脳天気ではなかった。『心脳問題』はさまざまな要素が重なってはじめてできた本である。そのまま文筆が仕事になるとは思っていなかった。それに同じような趣向の本を書き続けるなんて到底考えられなかった(ミシェル・フーコーの『言葉と物』のように「プチ・パン」のごとくたくさん売れたらまた別かもしれないけれど)。

そんなわけで私は少し休んだら、他のゲーム会社に行こうと考えていた。といってもその後、会社員に戻ることはなかった。ひょんなきっかけからお声かけいただいて、専門学校や大学でものを教える仕事を始めたのだった。それから十余年、教師として教壇に立った。

その間、少しずつ原稿や本の執筆・翻訳の依頼が舞い込むようになった。どこかに売り込んだりしているわけでもないのに、これは不思議なことがあるものだと思った。いまなら少し想像がつく。編集者のみなさんは、刊行された本や雑誌その他に載った文章を読んで、「この人にこのテーマで書いてもらったらどうか」と発想するようなのだ。実際、先ほどご紹介した赤井茂樹さんは、私たちが一九九七年から運営していた「哲学の劇場」というウェブサイトに吉川くんが書いた書評を読んで『心脳問題』を企画したのだった（付言すれば、まだ誰も評価していない、海のものとも山のものともしれない書き手に本の執筆を依頼したわけで、その点も驚きである）。

赤井さんとは、その後もサールの『MiND』（吉川浩満と共訳、朝日出版社／ちくま学芸文庫、近刊）、『コンピュータのひみつ』（単著、朝日出版社）、『暮らしの放射線Q＆A』（編集協力、朝日出版社）、『脳がわかれば心がわかるか』（『心脳問題』の増補新版、太田出版）、セットガスト『先史学者プラトン』（吉川と共訳、朝日出版社）といった本をつくってきた。目下も『私家版日本語文法小史（仮題）』（単著）という本を進めているところ。

また、本を出したばかりの私たちを後押ししてくれたのは、二つの書評新聞だった。「図書新聞」からは心脳問題に関わる本（茂木健一郎さんの『脳の中の小さな神々』）の書評の依頼をいただき、「週刊読書人」からは新人の紹介欄で取材をしていただいた（これもまた余談だが、私はコーエーに勤めるあいだも毎週この二紙を購読していた。しばしば両紙を見かけた同僚から「そんなマニアックな新聞があるの!?」と驚かれたのを覚えている）。

『心脳問題』刊行の翌年、二〇〇五年に『ユリイカ』（青土社）と『考える人』（新潮社）から私たちのもとに原稿の依頼が届いた。前者は「ブログ作法」という特集号で、当時編集長だった郡淳一郎さんからお話を頂戴した（批評家の栗原裕一郎さんによる紹介だったと伺っている）。また、後者は茂木健一郎さんを中心とした「心と脳」をおさらいする」という特集号にブックガイドとキーワード解説、それと茂木さんとロジャー・ペンローズやホラス・バーロー、ニコラス・ハンフリーらとの対談に注をつけるご依頼をいただいた。同誌創刊号以来の編集長は松家仁之さん（現在は小説家でもある）、担当編集者は﨑津真砂子さん（茂木さんによる紹介だったと伺っている）。雑誌が好きな私は両誌とも愛読していた。

当時はそんなことを知るよしもなかったけれど、朝日出版社に加えて『ユリイカ』と『考える人』、さらには『InterCommunication』（ＮＴＴ出版）という雑誌が、以後の私にとって物書きの学校となった。言ってみれば赤井茂樹さん、郡淳一郎さん、﨑津真砂子さん、柴俊一さん（『InterCommunication』誌編集長）が先生である。かれらとのやりとりからどれだけたくさんのことを教えてもらったか分からない。

例えば、本書に収録されており、また書名の由来となったエッセイ「投壜通信年代記——思想誌クロニクル 1968-2005」は、郡淳一郎さんからのご依頼で書いたもの。物書きになって最初期の文章のひとつである。郡さんとはその後も『ユリイカ』の他、『アイデア』（誠文堂新光社）などでご一緒して現在にいたる。

また、本書に収められた『考える人』に掲載されたブックガイドは、すべて﨑津真砂子さんの発案によるものだ（本書に収録していないものが他にいくつかある）。あるテーマに沿って、二〇から三〇冊の本を選び集め、そこに文脈をつけて案内する。そういう紹介の仕方が身についたのは、とにもかくにも千本ノックのように多様なテーマで書く機会を与えてもらったからだった。﨑津さんとは同誌で「文体百搬」という連載をもち、その後『文体の科学』（新潮社、二〇一四）という本として刊行した。同書をきっかけにして、科学方面やデザイン方面の仕事が増えたのだが、これも予定外の出来事である。

私がいま、物書きを仕事にできているのは、ひとえにこうした優れた編集者たちのおかげである。本書に集められた文章は、そのようにしてかれらとのやりとりの中で、そのつどリクエストに応じて書かれたものである。かれらの発想と依頼がなければ、そもそもこれらの文章が書かれることもなかった。そういう意味で共著者といっても過言ではない。至らぬ点は私の責任であるのは言うまでもない。

つい思い出話をした。人はときとして、自分でなろうと思っていなかったものになることがある。それも思いがけないきっかけから人と出会い、話しあい、協力しあうことを通じて、例えば文筆家になったりする。書いたものは基本的に投壜通信のようなものだけれど、誰かが拾って思うところがあれば、そこからまた次の出会いと協力が始まる。そういう傍からは見てとりづらい次第をお伝えする例として、なにかのご参考にならないでもない、などと考えて少し詳しく記してみた。こうした物書きの仕事は、私にとってほとんどが予定外の出来事として生じたものだった。要するに、本書は予定外の産物なのである。

＊

最後に謝辞を述べたい。この本も多くの人たちの協力なくしてはつくられなかった。

本書は、とにもかくにもひとえに本の雑誌社の高野夏奈さんの発案と編集と進行と奮闘によってつくられた。私がしたことといったら、これまで雑誌やウェブに書いた文章の一覧を渡して、ときどきお茶のみ話をしたくらいである（それも備忘のためにブログにつけておいたものをお知らせしただけで、実質なにもしていないに等しい）。

そのリストをもとに文章を集め、読み、選び、編んだのはすべて高野さんである。また、私が講演や対談で配ったメモ類も入れたいと思いつき、お預けした資料から本書に収録するものを選んだのも高野さんである。打ち合わせを重ねるなかで、私が一ヵ月間に入手した本の記録が入っていたら面白いかもしれないということになり、ご覧のようなページもできた。また、夏目漱石の「余が一家の読書法」を入れたいと考えたのも、円城塔さんの『文字渦』の書評を入れたいというのも、高野さんのリクエストによって実現した。

高野さんとはじめて仕事をご一緒したのは、『考える人』の数学特集号だった。円城塔さんにインタヴューをするため、大阪まで同行して原稿を整えページをつくったのは高野さんである。その後、彼女は本の雑誌社に移り、いくつかの原稿を依頼してくださった後で、「マルジナリアでつかまえて」という連載を同誌で始めた。もとはといえば、いつだったか吉川くんと私が書店で行った公開対談で配布した資料に入れておいたマルジナリアの話を、イヴェントに来てくださっていた高野さんが読んで記憶に残っていたのがきっかけである。これもまた投壜が拾われてそこからなにかが始まった例としてここに記録しておきたい。

というわけで、たしかに収録された文章の書き手は私だけれど、この本の作者は高野さんということになる。そのまま放っておけば人目に触れることもないはずの文章を、集め編んで新たな形に仕立てていただいた。ありがとうございます。

一言だけ加えれば、本書は二〇一八年の私の予定にはなかったものだ（そう、これも予定外）。初夏のある日、高野さんが思いつき、二ヵ月足らずで編集し、気づけば私はゲラを読んでいた。

本書に収めたそれぞれの文章の初出は四四六ページに示した通りである。これらの文章を書くきっかけを与え、編集を担当してくださったみなさん、�津真砂子さん（『考える人』、新潮社）、干場達矢さん、村上由樹さん（日本経済新聞）、郡淳一郎さん、山本充さん（『ユリイカ』、青土社）、室賀清徳さん（『アイデア』、誠文堂新光社）のおかげです。ありがとうございました。また、文章の本書への再録をお許しくださった各出版社のご厚意にも感謝申し上げます。

デザインを担当してくださったのは松本孝一さん。表紙にはミヅマアートギャラリーのご協力のもと、宮永愛子さんの作品「life」を使わせていただきました。分不相応にかっこいい本になっているような気がしなくもありませんが、書架に置いて目にもうれしい本になっているとすれば、ひとえにみなさんのおかげです。

また、師である赤木昭夫先生と無二の親友である吉川浩満くんとの折りに触れての対話の機会がなければ、やはりこれらの文章がこのように書かれることはありませんでした。これは奇遇ですが、先頃、赤井茂樹さんの編集による吉川くんの論集『人間の解剖はサルの解剖のための鍵である』（河出書房新社）が出たところでした。

以上を企画し、編集実務全般を担い、帯文や著者プロフィールを書いたのは高野夏奈さんです。もう一度感謝を。どちらかというと長い時間をかけて本をつくることに慣れてきた身には、少々刺激の強いジェットコースターのような三カ月でした。

そしてこの得体の知れない壚を手にして、誰ともしれない物書きの文章をお読みいただいたあなたにも心から感謝します。この本が、次の読書の扉を開くきっかけになれば幸いです。

ではまた、機会があったらどこかでお目にかかりましょう。ご機嫌よう。

二〇一八年八月一八日　山本貴光

附録

本との遊び方

マジック・アルゴリアリズム宣言　ver. 0.32

――円城塔『シャッフル航法』（河出書房新社）刊行を記念して

この世に小説家が現れた瞬間を考えよう。ひとりの男が、ある日全き偶然に遭遇し、その中では自分が決めたことが全くそのままになる巨大なページを手に入れる。こいつはいいと男は様々な無茶をし始める。なんといっても彼はそのページの所有者で、彼がすなわちそのページで起こることの法則なのだ。いささか調子を乱すことはあるにせよ。

——円城塔「Event」

そういう話は理解ができる。

ほんとうの話じゃないはずなのに、何故かそれでも構うまいという気持ちになれる。

——円城塔「Bobby-Socks」

事物についての観念と事物そのものをしっかりと区別することは、我々の心にとっていつもいつもそうたやすいことではないのだ。

——エリザベス・シューエル『ノンセンスの領域』

この構造を見いだすためには、我々自身一つの構造をつくり上げねばならない。

——前掲同書

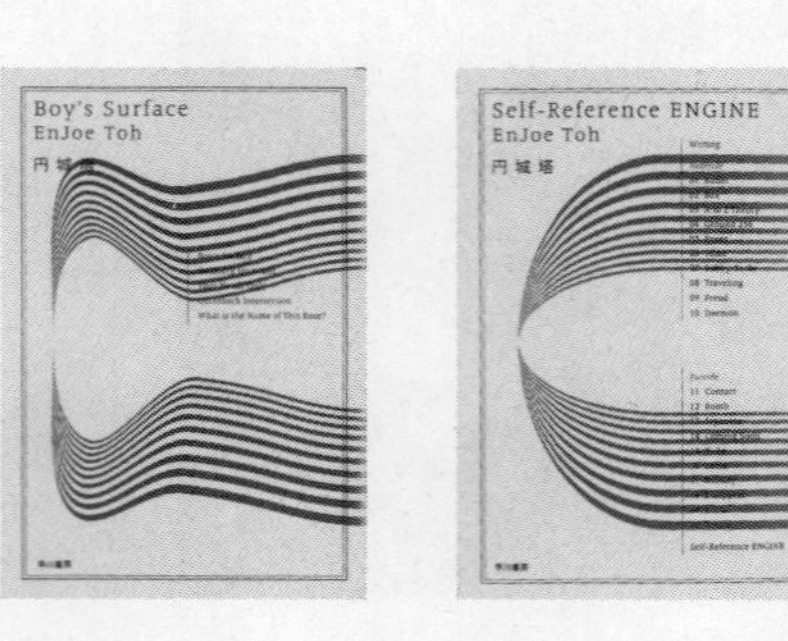

I　プロローグ──読みの関数fは時間とともに変化する

そもそも、とあなたは思っている。ある小説なり文学作品の楽しみ方や読み方は、読者の数だけあるはずだ、と。ごもっとも。あるいはひょっとしたら「あなたの読み方や翻訳をfとして、弟の読み方をgとすれば、$A'=f(A)$で、$A''=gf(A)$になる。$A=g(A)$は成り立つと思う」といった「松ノ枝の記」の一節を思い出しているかもしれない。

ただし、気をつけたいことがある。例えば、この表記をお借りして、目下のあなたの読み方をfとした場合、『シャッフル航法』(A)の読みは$f(A)$と表されるわけだけれど、この読みの関数fは、その機能自体を時々刻々と変化させてゆくものである。なぜなら、少なく見積もっても、あなたの記憶はあなたが生きている限り時々刻々と変化しているだろうからだ。つまり、さしあたってfは時間とともに変化すると考えてよい。オオゲサでもなんでもなしに、あなたはいま、この文章を読むことによって、これらの文字を眼から脳へ通すことで、fをも変化させているはずである。

などと言えば、どうにも胡散臭い感じは否めない。だが、考えてみて欲しい。あなたは同じ小説なら小説を、二度、まったく同じように読むことができるだろうか。仮にあなたが映画『メメント』の主人公のように、長期記憶を保持できない状態だとしたら、あるいはあり得るかもしれない。しかし、そうでないとしたら、どう少なく見積もってみても、二度目の読書においては一度目の読書の記憶が残っている。あるいは、一度目の読書から二度目の読書のあいだに経験したさまざまな出来事の記憶が脳裏にあるはずである。例えば、同じ『シャッフル航法』を読むのであっても、お昼にお腹いっぱいカレーを食べた後で、ソファに深々と腰かけてページを開くのと、空腹を抱えながら夕方の満員電車に揺られて読むのとでは、到底同じ読書をしていると言えないことがお分かりいただけるだろう。

話を戻せば、いまあなたが目を通している拙文を読むことで、たとえそこに記されているのが、到底真面目に受け合うに値しないほどくだらないことだったとしても、もしこのまま読み進めてしまうと、以後あなたが円城作品を読む際に、好むと好まざるとにかかわらず、なにがしかの影響を被ってしまう可能性がある、ということをお伝えしたい。以下の拙文に限らず、なにかを眼にするということは、fを変化させる可能性に触れるということでもある、のである。これをいささか不穏かもしれない譬えで言えば、感染と申し上げてもよい。

＝　マジック・アルゴリアリズム

円城塔の小説は、マジック・アルゴリアリズムである。——と鹿爪らしく宣言してみたものの、こう言ったからといって、作品そのものになにかしら変化が起きるわけではない。

さりとて、読み手としては、ちょっと役立たないことがないでもない。ほら、なんだか捉えどころのないものでも、分類したり、名前をつけたりすると、少し見通しが立つじゃないですか。それに不要になったら、登り終わったハシゴと同様、放っておけばよいのです。

私ははじめ、『シャッフル航法』を読みながら、「やっぱり円城さんの小説は、思っていた以上にどこかプログラムめいているぞ」と思った。これはもう少し説明を要する。

コンピュータのプログラムとは、平たく言えば、ある性能を備えた装置（コンピュータのハードウェア）に対して、特定の処理を行わせる（特定の状態をとらせる）ために、「命令語」を書き並べたものだ。

例えば、「まず、画面に「名前を入力してください」という文字列を表示する」「次に、ユーザーがキーボードから文字を入力するのを待つ」「「ＯＫ」ボタンが押されたら、入力された内容を確認して、もし空欄なら……」という具合である（実際には、こうしたことを、プログラミング言語の文法にのっとって記述する）。要するに、コンピュータという装置の働き方を、あらかじめ（プロ）、書いておいたもの（グラム）という次第。このプログラムのことを、ソフトウェアとも呼ぶ。装置をハードウェアと呼ぶのと対にしているわけだ。

さて、もう一度言えば、円城さんの小説は、なんだかプログラムめいている。円城さんが発想した綺想を、精密に設計し、日本語の規則に従って記述し、そのようにして構築された作品を複数、ある順序で配列したものが、例えば『シャッフル航法』である。これを仮にプログラムであり、ソフトウェアだと譬える。私たち読者は、円城さんが書いたプログラムを、自分というハードウェアの上で実行する。円城さんが書いた命令語を、一文字ずつ、一語ずつ眼から脳へ送り込み、脳を中心とする心身が言葉に応じてなにかしらの動きをし始める。

この時、円城さんのプログラムを受け取り、解釈するハードウェアである私たち読者は、一人一人がそのつど異なる状態を持っている。だから、例えば『シャッフル航法』の巻頭に置かれた「内在天文学」の扉ページを眼にした時、「内在天文学」という語から心身に生じる出来事は、人によってだいぶ違っていると予想される。「内在、はてな?」と疑問符がぽぽんと後頭部あたりから飛び出す人もあれば、「内在って、外在と対だよな」とか「内に在るってどういうことだ?」とか「内在というと、ぼかぁ、ドゥルーズの晩年を思い出すナ」などと、読書を含む過去の経験に基づく記憶が、その時その状態でこの文字列に触れなかったら思い出されなかったかもしれない、そんな状態で想起されるわけである。ごちゃごちゃ言っているけれど、それって要するに、同じ本を読んでも人によって読み方が違うってことだよね。その通り。この件についてはまたいつか戻ってくることにして、いまは円城さんの小説がどこかプログラムめいているという点に戻ろう。

はじめに綺想がある。「綺想」などと言えばかえって陳腐に聞こえる恐れもなしとしないが、ここでは虚心坦懐に奇を衒わず「綺想」と述べたい(★1)。円城さんの小説を楽しむ人なら、その作品を読みながら、「なんでそんなことを思いつくわけ?」と一度ならずつぶやいたことがあるだろう。例えば、こんな書き出しを読んで。

祖母の家を解体してみたところ、床下から大量のフロイトが出てきた。

問い返されると思うのであらかじめ繰り返してお

けば、発見されたのはフロイトで、しかも大量に出現した。フロイトという名の何か他のものでしたなんて言い逃れることはしない。フロイトという姓のフロイトであって、名をジグムント。

強面だ。

——「Freud」(『Self-Reference ENGINE』、ハヤカワ文庫JA)

★1——例えば、ここで「綺想」という言葉で念頭に置いているのは、『世界文学大事典』(集英社)の河村錠一郎氏によって書かれた「奇想([英]conceit)」の項目の記述にあるような意味である。「一見まるで違って見える事象や概念に意外な同質性を見つけだし,はなれわざ的に結び付ける比喩ないし論理の展開。イタリア語のコンチェット concetto に由来する。ペトラルカの恋愛詩がその優れた数々の奇想で有名で,ヨーロッパのルネサンス恋愛詩の基本的スタイルをつくったが,イギリス文学では,特に形而上派詩人たち(とりわけジョン・ダンやクラショー)が,これを極限に推し進めた。これは,当時の亜流ペトラルカの俗っぽい教養性,偽物くささ,擬似優雅性などを風刺する意味合いをももっていたと考えられるが,それとは無関係に,独自の文学的価値をもつに至った。単に哲学的な思弁と感性の結合といった抽象的あるいは美的な価値だけでなく,時代を代表し,また先行する思想,詩人個人の思想,同時代の世相と感性,詩人個人の感受性などが一点に結び合わさった,巧緻で深い表現法として,1930年代以降,盛んに研究や論評の対象にされ,モダニズム詩法にも少なからぬ影響を与えた。例えば,魂を朝日(神)に打ち震える露にたとえたマーヴェルの詩を美と感じるか滑稽と感じるか,受容の仕方の変遷は時代の感性の歴史を反映している。美術そして文学におけるマニエリスムの再評価とともに,ヨーロッパ大陸の奇想派も見直されるようになった。スペインのゴンゴラ,イタリアのマリーノが代表的である。」

ついでに申せば、conceit は、「妊娠する」「知覚する」「心にいだく（つまり、考える）」を意味するラテン語 concipio に由来する英語 conceive から派生する concept と姉妹の言葉。上記で河村氏が語源として言及しているイタリア語 concetto は、英語でいえば concept、「概念」「判断」「着想」、そして「奇想」という意味を持つ。ここでの文脈に応じて要すれば、心のなかに或る考えを産み懐くとなろうか。

「床下から大量のフロイトが出てきた。」——「床下」も分かるし「大量」も分かるし「フロイト」も分かるし「出てきた」も分かるし、それを繋ぐ「から」とか「の」とか「が」といった言葉も分かる。だが、「床下から大量のフロイトが出てきた」となると話は別だ。いや、分かる。分かります。分からないではない。分かる。たぶん。なぜなら……床下から……大量の……フロイトが……出てきたからだ。よもや現実にそういうことはないだろうし、あって欲しくない気もするけれど、そんな状況を自分では円城さんに言われてみなければ死ぬまで思いつかなかったかもしれないものの、こうして言われてみれば想像してみることはできるし、理解もできてしまう。そう、できてしまうんである。コワイ。

と、ここまでなら、それこそシュルレアリストたちの実験ではないけれど、人が普段思いもかけないものを結び付けたり、並べたりしてかりそめに「超現実」世界を現出せしめる錬金術的結合術！という話で終わるところ。だがしかしむしろ、モンダイはこの先である。

円城さんは、小説において綺想をいわば「定義(define)」する。その「仕様(specification)」を記述する。つまり、その綺想がいかなるものであるか、どのような仕組みを持っているのかということを記述する。直に定義や仕様として「〜のようなものである」と記述することもあれば、そうした仕組みが動くさま、現象の描写を通じて、そこに働いている規則や条理を示すこともある。

本来であれば、ここからさまざまな作品の具体的な文章に即して議論を進めるべきところであろう。実を申せば一度はそのようにして三千文字ほど書き進めた（九月二日未明）。だがそもそも、これはいったい全体果たしてなんの文章なのか。私は我に返って少しく考えた。そうだった。できれば、この文章を読むかもしれない人に、うまくいけば円城作品をいっそう楽しく読めるかもしれないささやかな視点をお示ししてみようと思っていたのだった。よもやそんな物好きはいらっしゃらないとは思うけれど、『シャッフル航法』を読む前にうっかりこの文章を読み進めてしまった人が、話の展開を先に知るということがあっては無粋というものだ（とはいえ、その程度のことではびくともしないのが円城作品でもあるのだが）。

うむ。かくなる上は、くだくだしい論証はさておき、話が抽象的になるのも構わず、ポイントを簡潔に述べることにしよう（時間が足りないだけなんじゃないかと思ったあなたは鋭い）。読者諸賢におかれては、もし以下の話におつきあいいただける場合、そこに書かれていることを、ぜひともいろいろな円城作品を読む際に頭の片隅に置いて検討してみていただきたい。

さて、私が見るところ、円城作品には次のような特徴が観察される。

1. ある綺想が提示される。多くの場合、報告者が存在するようだ。

2. 当該綺想の仕様が記述される。記述はときに仮説や対抗仮説の説明という形を採る。

3. その綺想の仕様が稼働して、潜在していたものが現象となって縦横に展開される。時にどこまで行くのかというところまで。

4. 現象の記述は、記述に用いられる言語の意味内容で示される場合もあれば、言語の表現形式を通じて示される場合もある。例えば、段落が一文字ずつ減っていくように。

5. 後から現れる記述によって、それ以前の記述の文脈が改変される。その結果、パラドックスやアンチノミーや矛盾などが生じることもある。あるいは、譬えるならメビウスの帯やクラインの壺やボロメオの環のような構造が生じることもある。というよりも、これらの構造でさえ単純極まりないように思えるような抽象構造が生じることも稀ではない。

と、ここまでなら、サイエンスフィクションやファンタジーと呼ばれる作品群にも多くみられる特徴ではないか、と思うかもしれない。ただし、次のことに注意を要する。円城さんは、綺想の記述に用いる言語の文法規則にのっとっている。だから読み手である私たちは読んで理解できてしまう。だが、そこに記述される現象は、現実において人が見たり聞いたりしているような形では必ずしも想像できない出来事なのである（★2）。記述によって時に生じる矛盾なども「読み流して問題はなく、生真面目に見つめるならば何かが起こる。」が、「矛盾は並ぶ文章により解消されうる。」（「道化師の蝶」）ものである。こうした構成物を、部分同士は時に矛盾した関係を孕むものの、全体としては何食わぬ顔をして動いているプログラムに譬えてみることもできる。矛盾が明確に露呈してバグのように問題を生じた場合でも、後からそのバグを手当てする（読み替える）パッチを当てることで、プログラム全体の動きは維持される。ただし、小説の読者たる私たち人間も、プログラムを動かすコンピュータも、小説の全体やプログラムの全体というものを、適切に把握したり理解している保証はどこにもないことには注意したい。

★2——ここだけの話だが、私は円城塔という作家が、一種のアルス・コンビナトリア・マシーン、つまり、複数の言葉や概念を、人間なら意味や経験に囚われて試そうとも思いつかないような組み合わせをしてみせる機械装置もしくはそのような機能を実装したソフトウェアなのではないかと疑っている。その名称の由来の通りに。

コンピュータは人間と違って、メモリに載せられたプログラムの全体を把握しているのではないか、と考えたくなるかもしれない。しかし、メモリにデータの塊を記憶（記録）していることは、そのままそのプログラム全体の挙動を把握したり理解していることにはならない（もしそれが可能であれば、自分でプログラムの間違いを訂正するコンピュータをつくることができる)。コンピュータも、そのつどプログラムの一部を命令語として実行し、結果を出力するという挙動を繰り返してゆき、その累積によって例えば、いま自分が動かしているプログラムを記憶しているメモリが侵食されて、ついには正しく動かなくなったりもするわけである。話を戻せば、円城作品は、コンピュータがプログラムの全体を一度に把握できないのと同じように、人間が小説の全体を一度に把握できないことを逆手にとって活用している可能性を指摘しておきたい。これは精密な分析を要する、またおおいにやりがいのある仕事だが、ここでは追跡しない。

ときに、以上に述べたような特徴を備えた作品には、うってつけの呼称がある。ノンセンスだ。いや、待ってほしい。「意味ナーシ!」という意味ではない。意味のあるノンセンス、ノンセンスな意味、意味の意味を捉えるノンセンス、ええと、つまり私たちが日ごろ無自覚に使っている言葉やその意味(センス)の自明性を揺るがすような、センスを使ってセンスの外側に人を連れ出してしまうような……と、これについては、私が不器用に言葉を積み重ねるより、エリザベス・シューエルの的確な表現/評言を借りたほうが話は早い。彼女は、ノンセンス文学の双璧とも言えるエドワード・リアとルイス・キャロルの作品を探究した『ノンセンスの領域』のなかでこう述べている。

ノンセンスとは、ただ単にセンスの否定であったり、日常経験のでたらめな転倒であったり、日常生活の制約の中から偶然と無限の中へと走る逃避行であったりするのではなく、逆に周到そのものに限定され、理性によりコントロールされ導かれている一世界であり、それ自身の法則に従う一つの構築体なのではあるまいか。

——エリザベス・シューエル『ノンセンスの領域』

まるきり円城塔作品を評したような言葉ではないだろうか。私が申し上げたいのも、こういうことなんである。ところでそろそろ風呂敷を畳みにかからなければならない。円城作品はまるでプログラムのようであると述べた。プログラムとは、ある着想をコンピュータにおいて実現するために、命令語を書き並べた言語の構造物である。プログラムの要件を記述した文書を「仕様書(specification)」と呼ぶ。仕様書には、たいていの場合、そのプログラムがのっとるべき規則や構造が記される。これは抽象的に書かれる。なぜなら、抽象的に書かなければ、多様な具体的状況を現出させられないからだ。

譬えるなら、こんな具合である。『テトリス』で上から落下してくるブロック（テトリミノ）は、接地するまでのあいだであれば、プレイヤーは左右に移動したり回転させることができる。『テトリス』では、ブロックの出現地点で回転操作された場合、ブロックの出現地点から一ドット下に移動した状態で回転操作された場合、ブロックの出現地点から二ドット下に移動した状態で回転操作された場合……という具合に、画面中のあらゆる位置でブロックを回転する可能性がある。だからといって、画面の特定の位置で回転操作がなされた場合に一対一で対応したプログラムを書くのは馬鹿げている。例えば、仮に画面の大きさが幅四八〇ドット×高さ六四〇ドットの場合、

・画面の座標（0, 0）で回転操作された場合
・画面の座標（0, 1）で回転操作された場合
・画面の座標（0, 2）で回転操作された場合
・（中略）
・画面の座標（479, 637）で回転操作された場合
・画面の座標（479, 638）で回転操作された場合
・画面の座標（479, 639）で回転操作された場合

という具合に、都合三〇万七千二百個の命令を書き並べることになる。しかし、プログラマーという種類の人間は、基本的に「同じことをするなら、なるべく楽をしたい」と考える。三〇万七千二百回も似たようなプログラムを書くぐらいなら、もっと楽をしたい。いや、すべきだ。というので――

・どこでもいいけど回転操作された場合

という書き方をするわけである。これが先の個別具体的な記述と比べてかなり抽象化されていることは、お分かりいただけると思う。また、いま述べた「どこでもいいけど」の部分に、いろいろなものを放り込むことで、綺想を生み出しうることにもお気づきかと思う。

円城作品は、そこに登場する綺想の仕様が記述される場合もあれば、そうした仕様を実際に具体的な状況で動かすと何が生じるのかという現象の記述を通して仕様を表現する場合もある。ここでの譬えによって言いかえれば、抽象化されたプログラム（規則の組み合わせ）を見せる場合もあれば、そうしたプログラムが実行されて動いている様子を見せる場合もある。リスとか。

いずれにしても重要なことは、円城作品はそれを読む者の脳裏に、こうしたプログラムを送り込むということだ。プログラムに書かれているのは、ある綺想の仕様とその挙動。これをアルゴリズムと言いかえてもよい。アルゴリズムとは数学の用語で、なんらかの問題を解決するための操作手順と思っておけばよい。プログラムとは、なんらかのアルゴリズムをコンピュータに対する命令語の組み合わせによって記述したもの、と言いかえられる。つまり、言いたいことはこうだ。あなたが円城作品を読む時、あなたはそれと知ってか知らでか、望んでか望まないでかはさておき、その作品に記述されたアルゴリズムを、自らの脳の記憶の座に、言うなればインストールしていることになる。これは、通常の意味での小説を読むということとは、いくらか違う種類のことかもしれない（あるいは、よく考えたら同じことなのかもしれない）。

通常の——と、いかにも大雑把な分類のままで恐縮だけれどいまは先を急ぎたい——小説では、複数の人物が登場して、彼女ら彼らのあいだで生じるさまざまな関係や言動や出来事が綴られ、場合によっては起承転結といった結構を伴い、どんでん返しなどを挟みながら、大団円へと向かう。だから、たいていの場合、登場人物の魅力、筋や話の流れ、その面白さが問題とされるであろう。これはこれでよい。

他方で、円城作品のようにアルゴリズムの仕様とその挙動が示されるタイプの小説はどうか。もちろん一見すると、そこには通常の小説と同じように筋が提示される。だからそのように読もうとして、そのように受け止めれば、登場人物の魅力、筋や話の流れ、その面白さが問題とされるであろう。それはそれでよい。

しかし、真骨頂はその先というか奥というか根底というか、どうにも三次元空間の譬えでは指し示しにくいところにある。そう、読者の脳裏にアルゴリズムがインストールされるとしたら、なにが起きるのか。ここから先は慎重な検証も要されることなのだが、敢えて断定してしまおう。そのアルゴリズムは、アンインストールしない限り、あなたの脳裏で動き続ける。なにしろどのように動くかという仕様が手渡されている。また、その仕様が例えばどんな状態をとりうるのかという現象が手渡されている。場合によっては、その仕様や現象に対する登場人物による仮説もついてくる（機械装置に仕様・使用説明書がついてくるように）。これだけ揃ったら、そのアルゴリズムはあなたの脳裏（あなたの脳、身体というハードウェア）で、どうしたって動く。動いてしまう。動かないわけがない。ほら、ほらほら、こうしているいまも。

申し添えれば、幸か不幸か、私たちの脳裏に一度インストールされたアルゴリズムを、アンインストールする方法は見つかっていない。

角度を変えてまとめよう。円城作品は、或るアルゴリズムを設計し、その抽象的な仕様（specification）とそこから生じる具体的な現象(phenomenon)とを記述する。「仕様」と訳されているspecificationは、この際意味深長である。なぜなら、これは「詳述」「列挙」「明細書」「設計書」「条件の記述」といった意味を持つ言葉。しかもその英語の根にあるラテン語specioは、ズバリ「見る」「観察する」という意味を持ち、ここからspectator、speculate、special、species、spectrum、spectacle、aspect、conspecific、inspect、introspective、perspective、respect、disrespect、suspect……等々、見ることにまつわる各種の言葉が生まれている。つまり、スペシフィケーション（仕様）とは、自分が設計する対象をよく見ることによって――そこには物理的に見ることも含まれていれば、精神的に見ること（想像、空想）も含まれている――こそ、はじめて十全に記述されるものなのである。

円城作品は、いわばそうして見てとられた仕様を、ときに破綻寸前に至るまで駆動させ、他の仕様と複合させることで構築されている。最後に見ておくべきは、その仕様が制限事項として受け入れているいくつかの規則である。少なくとも、次のような規則がある。

α. 綺想の規則

β. 記述言語の規則

γ. 当該言語が基盤とする現実世界の規則

ただし、βとγはしばしばαによって侵食され上書きされ、のっとられる（お好みならハックされると言ってもよろしい）。通常βはγに対応する形で運用されるところを、言語が備えた規則の許す範囲で、必ずしもγに対応しない言語的現実を生じさせたりもする（言葉の音の類似を用いるダジャレなどはその好例、円城作品では「tome」などを想起されたい）。慎重を期せば、ここにもう一つの要因が関わる。

δ. 読者の心身の規則

ただし、これは先に述べたように、時間とともに変化するものであり、目下のところは身体と精神という二つの要素から成るとか、いやいや全部物質であって精神なんてものはないでしょう、まて魂は？　といった議論や仮説によって捉えられている。

人が円城作品を読むとき、文字列によって記述されたアルゴリズムやその挙動が脳裏に送り込まれ、こうしたいくつかの規則の歯車がかみ合ったり、空転したりしながら、動きだすわけである。もはや贅言は要さないかもしれないけれど、そうした状態のことを、「魔術的リアリズム（realismo mágico）」という主にラテンアメリカの小説――つまり、現実にはあり得ないような驚異的現実が、あたかも当たり前の出来事のように展開する小説――の特徴を捉えんとして提唱されたキーワードと、円城作品を構成する主要部品であると思われるアルゴリズムにかけて、一名「マジック・アルゴリアリズム」としてみたわけである。

III　エピローグ――ウィルスとしての小説

前にも触れたように、『うつほ物語』全二〇巻の作者が一人の人物であったと私は考えていない。ここで詳しく述べる余裕はないが、何度かの改作を経て今の形になったと考えている。したがって、嵯峨院の巻の詩宴の場面を書いた作者と、それを菊の宴の残菊の宴の場面に書き直した作者が同一人物であったかどうかは即断できないが、次に述べる『伊勢物語』の場合は、後人による加筆と断じてよいと思う。

結論的に言えば、平安時代には作品が生きていた、生きていたから動いていたのであり、動いていたから本文の異同が多かったと考えられるのである。作者が改訂版として新写本を書いても、既に広まっている旧写本を廃棄できない。新写本と旧写本、この両者の本文の違いが異本を作るのであるが、読者の方も、興に乗れば、第二、第三の作者と成り代わって筆を加えてゆくのである。そして、享受による異本が生まれるのである。

例えば、こんな文章を読んで、あなたはこれが円城塔による新作小説の一部ではないと自信を持って言えるだろうか。自由が丘（東京都目黒区）のブックファーストで、海外文学と並ぶ文芸批評の棚からなんの気なしにこの本を取り出して、たまさか眼に入ったページを読んだ私は、「え」と変な声を出してから表紙を見直した。『平安文学の本文は動く』――「円城さんの新作でもおかしくない」と思う。一方で「いやいや」とさらに表紙を眺める。「片桐洋一」と著者名がある。「いや、これが円城さんの筆名ではないとは限らない……」と疑念にとらわれつつ、奥付に添えられた著者略歴を見て、ようやく別人であるという気がしてくる。

　これはどうしたことか。もしまだあなたが、三冊以上の円城作品を読んだ後で、こんな症状に遭遇したことがないとしたら、

・円城塔作品と思い込んで別の作家の小説を読んでいた。
・円城作品を読んだという記憶が偽記憶である。
・自覚症状がないだけである。

といういずれかであると思われる。

　私がお伝えしたいことはこうだ。かつて、言語とは宇宙からやってきて人間にとりついたウィルスである (Language is a virus) と喝破した人があった。また、それを歌にしてみんなに伝えようとした人もあった。言語がどこからやってきたかはさておくにしても、言語でつくられた文章が、一種のウィルスのように機能することには、もっと注意を払ってもよい。

　とりわけ円城作品はヤバい。なぜなら、それはまず、言語の規則に従うふりをしながら、必ずしも言語やそれを使用してきた人間たちが想定していなかったかもしれない状態へと当該言語を向かわせる（途中で読むのを止める人がいるとしたら、それはこの危険を察知してのことだろう。先を読み進めたくなる人がいるとしたら、やはりそれはこの危険を察知してのことだろう）。しかも、それは人間にとって完全に無意味となり果ててしまう手前に位置するよう、慎重に設計されている。したがって、読者は自分が何を読んでいるのか分かるのに分からないという言葉と意味のダブルバインド状態に置かれて、それをなんとか脱するためには、どうしたって先を読まずには済まない状態に置かれる。例えば、「ファウルズ。／とある町の名前でこの町の名前。人が降ることで有名で、地理の試験に出ることは決してないが、誰もがみんな知っている。人が降るっていうのは人が降るってことで、つまり文字通り人が降る。」（「オブ・ザ・ベースボール」）だなんて文章に触れて、読み進めるほかにどんな抵抗の仕方がありうるだろうか。

　そして、一度この状態を創作物としてであれ、脳裏に

受け入れたならなにが生じるか。それは本論で述べたことでもあるので詳しく繰り返さないが、仮にあなたがかつて空から人が降ってくるということを一度も考えずに生きてきたとしても、以後、言語のうえにおいては、人が降ってくる可能性を考えてしまう躰にされてしまうのである。そう、あなたがこれまでさまざまな経験を通じて蓄積してきた記憶を、とりわけ言語使用に関する記憶を、円城作品は繋ぎかえてしまうのである。

　もしそれだけで済めば幸いだ。あなたの脳裏に収まった円城作品は、やがてあなたの記憶のなかで、言語のうえで、世に「現実」と言われる出来事の記憶と容易に溶け合い、区別しがたくなってゆくだろう。私たちの脳は、現実と虚構を明確に区別することが思ったほど得意ではないらしいことは、認知心理学のさまざまな実験を通じて報じられている。それは例えば、自分が目の前で見たわけでもない出来事について、「〜ということがあったんだってよ」と人づてに聞いて、ショックを受けたり、心拍数が上がったりすることからも実感できるだろう。

　さて、仮にもし、円城作品がここに述べてきたようなものだとしたら、そうだとしたら、私たちはそれを読むことで、なにをされているのか、なにを実装されているのか。それこそがモンダイのはずである。

■附録A――もっとシャッフルしたいあなたのために

以下に述べるのは、「シャッフル航法」をさらにシャッフルするためのアルゴリズムである。つまり、物事を解決する手順である。ここで解決したいモンダイは、「もっとシャッフルしたいが、どうしたらよいか」というものだ。だから、こうしたモンダイに取り憑かれたり悩んだりしていない向きにはさしあたり無用である。ただし、いま無用であることは、将来にわたって無用であることを保証も約束もしないのは記憶のどこかに留めておいてよいとも思う。

さて、「シャッフル航法」をさらにシャッフルするにはどうすればよいか。次の手順にそって手を動かし、工作することで可能となる。

手順1．円城塔『シャッフル航法』（河出書房新社、2015年8月）を一冊用意します。

手順2．作業を進める前に、ペンとはさみかカッターナイフ、必要であれば定規を用意しましょう。

手順3．『シャッフル航法』の75ページを開きます。

手順4．「00」という見出しで始まる75ページの、「ある朝に、」以下、段落行頭の一文字アキと次に現れる句読点、あるいは句読点と句読点に挟まれた文字列に番号を振ってゆきます。番号は、特に好みがなければ1から始めます（このアルゴリズムをプログラムする場合は、0オリジンで構いません）。また、後ほどはさみを入れることを考慮して、数字はできるだけ小さく書き込むとよいでしょう。正しく数字を振った場合、1から始まり、最後は52番となるはずです。

手順5．番号を振った文字列を、互いに切り離します。

あらかじめ鉛筆と定規で線を引いておくと、適切に切り離しやすくなります。結果的に52個の番号を振られた文字列ができれば成功です。

手順6．テーブルの上を片付けます。『シャッフル航法』も閉じて書棚に戻して構いません。

手順7．サイコロを二つ準備します。正13面体が一つ、正4面体が一つ必要です。ここは場合によって少し難しいかもしれません。代替手段としては、正52面体のサイコロを一つ用意するか、52を因数分解（factorization）してできる数字に対応するサイコロを用意するのでも構いません。以下では、正13面体と正4面体のサイコロを使うという前提で説明を進めます。

手順8．切り取った文字列は、一ヵ所にまとめておきます。番号順に並べておくと、以下の作業が進めやすくなりますが、必ずしもそうする必要はありません。この文字列の集合を「山」と呼ぶことにします。以上で準備完了です。

手順9．お待たせしました。いよいよシャッフルの開始です！　まず、二つのサイコロを振りましょう。出た目を掛け合わせます。1d13＊1d4です。

手順10．手順9で計算した結果に対応する番号を振った文字列を「山」から探します。見つかったら、これをテーブルの好きな位置に置きます。これを「場」と名づけます。また、場に置かれた文字列を「第1文字列」と呼ぶことにします。この番号は、それぞれの文字列に振られた番号と異なることに注意してください。区別しやすいように「第I文字列」とローマ数字で記すのもよいでしょう。もちろん楔形文字やアラビア文字など、別の言語の数字でも構いません。

手順11．次に、二つのサイコロを振ります。出た目を掛け合わせます。1d13＊1d4です。

手順12．手順11で計算した結果に対応する番号を振った文字列を「山」から探します。ただし、該当する数字に対応する番号を振った文字列が、既に「場」に出ている場合、今回の計算結果は無視して手順11に戻ります（★1）。計算結果に対応する番号を振った文字列が、まだ「場」に出ていない場合、当該文字列を「場」に配置します。既に配置された文字列の下に隙間なく（ただし重ならないように注意して）置きます。

手順13．「山」にまだ文字列が残っている場合、手順11に戻ります。第52文字列、あるいは第LII文字列まで並び終えたら、シャッフル完了です。これで、あなただけの「シャッフル航法」ができました。記念に番号を与え、写真を撮りましょう（★2）。『シャッフル航法』と同じサイズの紙に印刷して、「シャッフル航法」の途中や後ろに挟み込むことで、「シャッフル航法」をさらにシャッフルすることもできます。

★1――追加ルール：『シャッフル航法』を二冊用意することで、文字列の「山」を二倍にできます。この場合、サイコロを振った結果の計算結果が、既に「場」に出ている文字列の番号に対応している場合でも、「山」に同じ番号を振られた文字列があれば、11に戻らず、12以下の処理を進めることができます。例えば、「場」に既に「1．ある朝に、」が出ており、サイコロを振った結果の計算結果が1だった場合でも、「山」に「1．ある朝に、」があれば、「場」に並べることができます。その結果「ある朝に、ある朝に、」という文字列が出現する場合もありえます（★1-1）。

★1-1――追加ルールへの追加ルール：同様に『シャッフル航法』をn冊用意することで、文字列の「山」をn倍使えます。この場合、サイコロを振った結果の計算結果が、既に「場」に出ている文字列の番号に対応している場合でも、「山」に同じ番号を振られた文字列があれば、11に戻らず、12の以下の処理を進めることができます。例えば、「場」に既に「1．ある朝に、」が出ており、サイコロを振った結果の計算結果が1だった場合でも、「場」に出ている「1．ある朝に、」がn-1以下の数m個であれば、「山」に「1．ある朝に、」がn-m個あるので、「場」に並べることができます。その結果「ある朝に、ある朝に、……ある朝に、」という文字列が出現する場合もありえます（★1-1-1）。

★1-1-1――追加ルールへの追加ルールへの追加ルール：『シャッフル航法』を一冊しか用意しない場合でも、「00」から「08」までの各シャッフル結果を用いることで、最低五セットの文字列群をつくれます。ただし、本アルゴリズムの設計者は、それらの文字列群が全く同一のものであることを保証するものではありません（★1-1-1-1）。

★1-1-1-1――追加ルールへの追加ルールへの追加ルールへの追加ルール：当然お気づきのこととは思いますが、『シャッフル航法』を構成する全てのページを、このアルゴリズムを適用する材料とすることができます。ただし、その場合、上記中の手順4に適切な修正を加えることをおすすめします。つまり、「段落行頭の一文字アキと次に現れる句読点、あるいは句読点と句読点に挟まれた文字列」というルールのまま実行することもできますし、実行するのをとめるわけではありませんが、その場合、「文法的な基本線さえ超えてしまえば誰からも文句がつかないから」といった相対的に長い文字列が生じる状況や、「いつもその行く手には機械〔改行〕状のものが立ちはだかった。」のように文字列が行をまたいでしまい、切り離しが困難な状況が生じる可能性があります（★1-1-1-1-1）。

★1-1-1-1-1――追加ルールへの追加ルールへの追加ルールへの追加ルールへの追加ルール：さらにシャッフルを楽しみたいプレイヤーは、以下のルールを適用するとよいでしょう。上記中の手順4を次のように変更します。「00」という見出しで始まる75ページの、「ある朝に、」以下、文章を構成する文字に番号を振ってゆきます。番号は、特に好みがなければ1オリジンとします（このアルゴリズムをプログラムする場合は、0オリジンで構いません)。また、後ほどはさみを入れることを考慮して、数字はできるだけ小さく書き込むとよいでしょう。正しく数字を振った場合、1から始まり、最後は374番となるはずです。さらにこだわりたい場合、ルビも個別の文字として番号を与え、切り離すとよいでしょう。

★2――より秩序にかなった番号を与えたい場合、第1文字列から第52文字列までが、この番号順に並んだ文字列の組み合わせを「第00シャッフル」として、この「第00シャッフル」に対して、第51文字列(「支離滅裂に。」)と第52文字列(「支離滅裂に。」)だけが入れ替わっている文字列の組み合わせを「第01シャッフル」とする、といった「第xシャッフル」カウント・アルゴリズムを設定するとよいでしょう。この拡張ルールに興味のある向きは、別紙「より安全な宇宙でシャッフル航法をするために」を参照願います。

■附録B ——円城塔がますます楽しくなるミニ・ブックリスト

以下に並べるのは、円城作品の隣に並べて読むと、相互にますます楽しくなると思われる本たち。一冊ずつ解説をつけるべきところ、このたびは簡単な書誌だけで失敬、失敬。

†文芸作品＋α

★円城塔『シャッフル航法』（河出書房新社）ならびに円城塔全作品

★フランソワ・ラブレー『ガルガンチュアとパンタグリュエル』（宮下志朗訳、ちくま文庫ほか）

★ロレンス・スターン『トリストラム・シャンディ』（朱牟田夏雄訳、岩波文庫）

★ノヴァーリス『ノヴァーリス作品集』（全3巻、今泉文子訳、ちくま文庫）

★ルイス・キャロル『不思議の国のアリス』（高山宏訳、亜紀書房）

★エドワード・リア『完訳 ナンセンスの絵本』（柳瀬尚紀訳、岩波文庫）

★ゴーゴリ『鼻／外套／査察官』（浦雅春訳、光文社古典新訳文庫）

★ヴァージニア・ウルフ『灯台へ』（御輿哲也訳、岩波文庫）

★ジェイムズ・ジョイス『フィネガンズ・ウェイク』（柳瀬尚紀訳、河出文庫）

★ナボコフ『ローラのオリジナル』（若島正訳、作品社）

★ナボコフ『青白い炎』（富士川義之訳、岩波文庫）

★イタロ・カルヴィーノ『宿命の交わる城』（河島英昭訳、河出文庫）

★イタロ・カルヴィーノ『冬の夜ひとりの旅人が』（脇功訳、ちくま文庫）

★エイモス・チュツオーラ『やし酒飲み』（土屋哲訳、岩波文庫）

★G・ガルシア＝マルケス『百年の孤独』（鼓直訳、新

潮社）
★J・L・ボルヘス『伝奇集』（鼓直訳、岩波文庫）
★コルタサル『遊戯の終わり』（木村榮一訳、岩波文庫）
★ナタリー・サロート『生と死の間』（平岡篤頼訳、白水社）
★ミシェル・ビュトール『心変わり』（清水徹訳、岩波文庫）
★アラン・ロブ＝グリエ『消しゴム』（中条省平訳、光文社古典新訳文庫）
★レーモン・クノー『文体練習』（朝比奈弘治訳、朝日出版社）
★レーモン・クノー『棒・数字・文字』（宮川明子訳、月曜社）
★ジョルジュ・ペレック『ぼくは思い出す』（酒詰治男訳、水声社）
★ジョルジュ・ペレック『給料をあげてもらうために上司に近づく技術と方法』（桑田光平訳、水声社）
★稲垣足穂『一千一秒物語』（新潮文庫ほか）
★尾崎翠『第七官界彷徨』（河出文庫ほか）
★マーク・Z・ダニエレブスキー『紙葉の家』（嶋田洋一訳、ソニー・マガジンズ）
★Mark Z. Danielewski, The Familiar, Volume 1: One Rainy Day in May (Pantheon)
★リディア・デイヴィス『ほとんど記憶のない女』（岸本佐知子訳、白水Uブックス）
★リディア・デイヴィス『サミュエル・ジョンソンが怒っている』（岸本佐知子訳、作品社）
★スピノザ『エチカ――倫理学』（畠中尚志訳、岩波文庫）
★ウィトゲンシュタイン『論理哲学論考』（野矢茂樹訳、岩波文庫）
★『空飛ぶモンティ・パイソン』（DVD、ソニーピクチャーズエンタテインメント）

†文学をリファクタリングするための道具箱

★寺田寅彦「数学と語学」（岩波文庫など）
★森毅『数学的思考』（講談社学術文庫）

★ミシェル・フーコー『言葉と物――人文科学の考古学』（渡辺一民＋佐々木明訳、新潮社）

★グスタフ・ルネ・ホッケ『文学におけるマニエリスム――言語錬金術ならびに秘教的組み合わせ術』（種村季弘訳、平凡社ライブラリー）

★浜口稔『言語機械の普遍幻想――西洋言語思想史における「言葉と事物」問題をめぐって』（ひつじ書房）

★エリザベス・シューエル『オルフェウスの声』（高山宏訳、白水社）

★エリザベス・シューエル『ノンセンスの領域』（高山宏訳、白水社）

★高橋康也『ノンセンス大全』（晶文社）

★ルイス・キャロル『不思議の国の論理学』（柳瀬尚紀編訳、ちくま学芸文庫）

★ロザリー・L・コリー『パラドクシア・エピデミカ――ルネサンスにおけるパラドックスの伝統』（高山宏訳、白水社）

★バーバラ・マリア・スタフォード『ヴィジュアル・アナロジー――つなぐ技術としての人間意識』（高山宏訳、産業図書）

★片桐洋一『平安文学の本文は動く――写本の書誌学序説』（和泉書院）

★ピーター・メンデルサンド『本を読むときに何が起きているのか』（細谷由依子訳、フィルムアート社）

★ドゥルーズ＋ガタリ『カフカ――マイナー文学のために』（宇波彰＋岩田行一訳、法政大学出版局）

★多和田葉子『エクソフォニー――母語の外へ出る旅』（岩波現代文庫ＮＦ）

★ダニエル・カーネマン『ファスト＆スロー――あなたの意思はどのように決まるか？』（村井章子訳、ハヤカワ文庫ＮＦ）

★クリストファー・スタイナー『アルゴリズムが世界を支配する』（永峯涼訳、ＫＡＤＯＫＡＷＡ）

★Martin Fowler『リファクタリング――既存のコードを安全に改善する』（児玉公信＋友野晶夫＋平澤章＋梅澤真史訳、オーム社）

★Hanno Depner, Kant für die Hand: Die «Kritik der reinen Vernunft» zum Basteln & Begreifen (Albrecht

Knaus）〔『手でカント――造って分かる「純粋理性批判」』〕

★山本貴光『文体の科学』（新潮社）、『コンピュータのひみつ』（朝日出版社）、『世界が変わるプログラム入門』（ちくまプリマー新書）、『心脳問題――「脳の世紀」を生き抜く』（吉川浩満との共著、朝日出版社）

『ルールズ・オブ・プレイ』攻略法

『ルールズ・オブ・プレイ』攻略法　目次

＊この小冊子は、「Ludix Lab 公開研究会『意味ある遊び』を生み出すルールとデザイン」の参加者に配布するために書き下ろされたものです。

1　はじめに

ケイティ・サレンとエリック・ジマーマンによる『ルールズ・オブ・プレイ――ゲームデザインの基礎』（上下巻、拙訳、ソフトバンク クリエイティブ、二〇一一―二〇一三）は、ディジタルかアナログか（コンピュータを使うか否か）を問わず、広く「ゲーム」を探究した書物です。ゲームを作ってみようという人や、ゲームを分析したり評価したい人、そもそもゲームとはどういうものなのかを考えてみたい人にとって、たくさんの手がかりを与えてくれる好著です。

ただし、いくつか難点がないわけではありません。一つにはその分厚さです。原書でも七〇〇ページ弱（ページは二コラム構成）でびっしりと文字が詰まった本でしたが、読解を手助けするための詳しい訳注を施した邦訳版は、上下巻で一三〇〇ページ以上もあります。このページ数（文字数）は、読者を躊躇させるに十分なものかもしれません。実際に読み始めた場合も、通読するだけで数日を必要とします。このため、本書全体を理解して脳裏に収めるのも難しいという事情があります。「一気に読めないほど長くなれば、その間に世の雑事が侵入してきて、全体性といったものはたちまち破壊されてしまう」と指摘したのはエドガー・アラン・ポーでした（ただし、これは詩についての言葉です）。一言で言えば、分厚さと文字量からいって読み切るのが大変な書物なのです。

また、どんな概念も検討せずにはおかない著者たちの探究の姿勢は、一見すると「なんでゲームについて考えたいだけなのに、そんなことまで考えるの？」と思えるほど徹底していますが、もちろん必要あってのことです。普段は自明視されてしまっているものごとについて、それを成り立たせている条件に疑問をぶつけ、その土台を検討するという営みは、従来「哲学（philosophy）」と呼ばれてきました。あるいはもう少し広く「人文学（humanities）」といってもよいでしょう。『ルールズ・オブ・プレイ』は、よりよいゲームデザインを実践するための本でもありますが、同時にゲームと遊びをめぐる哲学の試みでもあるのです。それだけに、そうした哲学の営みややり方になじみのない読者にとって、取りつきづらい印象を与えるかもしれません。

加えて目次（本冊子三七四—三七五ページ）を眺めればお分かりのように、内容がじつに多岐にわたっています。それこそ哲学思想の議論もあれば、デザイン、複雑系、情報理論、確率論、物語論、ジェンダー論、文化研究など、本当に幅広い諸学術の知恵が活用されています。通読するだけでも眩暈がするような書物でもあるのです。さらには訳文が読みづらいという可能性もありますが、訳者としてはお読みいただいたみなさんのご意見を俟つほかはありません。

そういうわけで、大変重要かつ示唆に満ちた書物でありながら、なかなか読みづらい本でもあるのです。

では、この本をどうやって活用したらよいか。どうすれば使いこなせるか。著者でもないのに僭越ながら、人よりはちょっと詳しくこの本を読んでみた立場から、『ルールズ・オブ・プレイ』を読み倒すためのポイントを解説してみようという次第です。

2 本の読み方

読書という営みにはいろいろなやり方やスタイルがあり、基本的には自由なものです。ただし、「これは」と思う書物に向き合い、その書物を最大限活用してみようという場合、あるいは分厚い本や込み入った本を読む場合、普通に通読するだけでは足りないことも多いと思います。そこで、楽しみのために小説を読む場合のような通読の他に、もう少し工夫が必要となります。それは従来、人文学と呼ばれる学問領域で磨き抜かれてきた方法でもありました。

ここでは『ルールズ・オブ・プレイ』を念頭に置きながら、一〇のポイントについて述べてみましょう。

A 読書は育成ゲームである

読書を育成ゲームであると考えてみることは、いつでも有益です。例えば、鉢植えの植物にときどき水や養分をあげて育てるように、時間をかけてじっくりと変化を見届けながら育てるというイメージです。

読書の場合、書物そのものを完成したものと考えるのではなく、所有者であり、読者である自分次第で、その書物（さらにはその書物を読む自分）が成長してゆくと考えるのです。そのためには、一読して「読み終わった」と片付けるのではなく、折に触れて何度でも手に取って読むことになります。読むたびに新しい発見があるとしたら、とてもその書物を「読み終えた」とは言えないからなのです。そもそも「或る書物を読み終えられる」とは、いったいどういうことかと考えてみてもよいでしょう。

そうして読みながら、問題点や不十分な点については補足し、関連することや連想したことを書き加えるなど、読書を通じて浮かんでくるさまざまなアイディアや疑問を、書物そのものに記録してゆきます。こうすることで、書店で手に入れてきた大量複製物としての書物は、世界に一冊しか存在しないカスタマイズを施された書物へと変貌を遂げるのであります。

このようにして時間をかけてよく育成された書物は、

おそらくいろいろな場面で、あなたを助けたり、示唆を与えてくれるに違いありません。以下に述べる九つの項目は、いわば書物を育てるための方法でもあります。

B　書物に問いを投げかけてみる

書物に問いを投げかけてみるのもよい読み方です。例えば、『ルールズ・オブ・プレイ』に対して、「ゲームとはなにか?」「面白いゲームとつまらないゲームはどこが違うのか?」「どうしたら楽しいゲームをつくれるのか?」などと問いかけてみるわけです。

こうした問いを念頭に読んでゆくと、平らな紙面が、起伏をもって迫ってくるようになります。人間の認知能力というものはたいしたものだと思うのはこういう場合です。頭の片隅に問題を置いてものを読むと、それに関連する文章やページがぱっと目に飛び込んできます。嘘だと思ったら、例えば「意味」という言葉(他の言葉でも)を見つけ出そうというつもりで、『ルールズ・オブ・プレイ』をぱらぱらめくってみてください。速読法などトレーニングしていなくても、面白いことに自分の身体がぱっと見つけてくれます。大切なことは、書物に問いかけるべき「問い」を念頭に置くことです。

明治の文豪としてお馴染みの夏目漱石は、作家になる以前に文学研究者であり、大の読書家でした。その漱石先生は、読書法を尋ねられて、「暗示を得ようと思って読むといい」と述べています(附録「余が一家の読書法」に全文を入れておきました)。該当する部分を、現代語に訳してみます。

〔効果のある読書をしようと思ったら、よい方法は〕自分が読みつつある書物から暗示(サジェスチョン)を得ようとすることである。内容を記憶したり、理解するだけにとどまれば、読書をしたところでなんの効果があるだろうか。ただ漫然と書物の内容の他にも、新しい考えを得られたり、新しい気分を味わえることは少なくないものだ。たとえ書物全体を読まない場合であっても、暗示を得かしらの暗示を得ようと心がけて書物に向かえば、なにその書物の内容の他にも、新しい考えを得られたり、たときは、それを逃さないように、消え去ってしまわないようにしよう。あるいは得られた暗示を文章に書いたり、思いついたことをまとめてみることが肝心である。

本を読みながら思いつくことがあれば、それを書いておいたほうがよいという勧めです。積極的に暗示を得るには、先に述べたようになんらかの問いをもって書物に向かうとさらに効果的です。つまり、自分の関心事と書物をぶつけて、そこで飛び散る火花を消え去るままにしないほうがいいということであります。

たとえ同じ書物でも、読むたび、読み取れることは変化します。例えば、私は小学生のとき、『吾輩は猫である』を読んで、なんだかつまらない小説だと感じました。大学生になって読んだときには、少し面白く感じるようになります。貧しい経験とはいえ、学問を囓り、世の中にはいろいろな人間がいることを経験したからでしょう。さらに社会人となってから何度か読んでいますが、その頃には、それはもうメチャクチャ面白くて、好きな落語の噺を繰り返し聴くような心持ちで読んでいます。大学生以後、明治の文物や学術の歴史に関心を持ち、漱石先生の『文学論』という本について考える機会があったために、同じ『吾輩は猫である』という小説が、幾重にも解釈できる楽しい小説に感じられるようになってきたわけです（またいつか別の機会に述べますが、あの小説は学術バトル小説なのです）。

なぜこうなるかといえば、読者が毎日の生活や経験を通じて、絶えず変化しているためなのです。他方で、特に紙の書物は捨てたり焼いたりしない限り、変化せずに一〇年でも三〇年でも、傍らに存在しています。こうなると、いろいろと問いかけるつど、一種の鏡として、問いに応じた読者の側の変化を映し出してくれるようになったりもするのです。

C　書き込みをしてみる

先に名前を出した漱石先生は、蔵書にたくさんの書き込みをしています。ときには著者への同意や反論であったり、暗示を得て思いついたことだったりします。書物に書き込みをすることに抵抗のある方もいると思いますので、無理にとは申しません。しかし、私自身、いろいろな紙やカードにノートをとるとか、コンピュータで文章をつくるといった、いろいろな方法を試してきた結果、当の書物そのものに書き込むのが一番手軽であると思うに至りました。ノートやカード、コンピュータのファイルは、時間が経つとどんどん散逸してゆき、見つからなくなります（整理が悪いだけかもしれません）。しかし、書物の余白に書いたメモは、その本さえ失われなければ、いつでも見つけることができます。しかも、自分がなにを読んでそういうことを思いついたのかという文脈も分かるので、一石二鳥です。

これは古今東西、ものを読むことを深めてきた人びとのあいだで、広く共通して採用されてきた方法でもあります。英語では、marginalia（余白の書き込み、傍注）といい、和書の世界では「書き入れ」と呼び、近年研究が盛んになってきた領域でもあります。作家や学者については、彼らが蔵書に書き込んだメモを集めた本が出ていたりもします。例えば、ライプニッツの蔵書の書き込み集とか、コールリッジの書き込み集などです。彼らの思考の痕跡を垣間見られる貴重な資料でもあります。

書物に書き込みを施すということは、Aで述べたように、書物を育成することでもあります。

D　自分の言葉で言い換えてみる

書物を読みながら、読み取ったことを、著者の言葉ではなく、自分の言葉で言い換えてみたり、書き直してみるのも、読書を進めるうえでいつでも有益なことです。例えば、『ルールズ・オブ・プレイ』に登場する「意味ある遊び」を、自分なりの理解や解釈で言い直すとしたらどうなるか。そんなふうに考えてみるわけです。例えば、私が翻訳しながら考えたのは「やり甲斐のある遊び」という言葉でした。

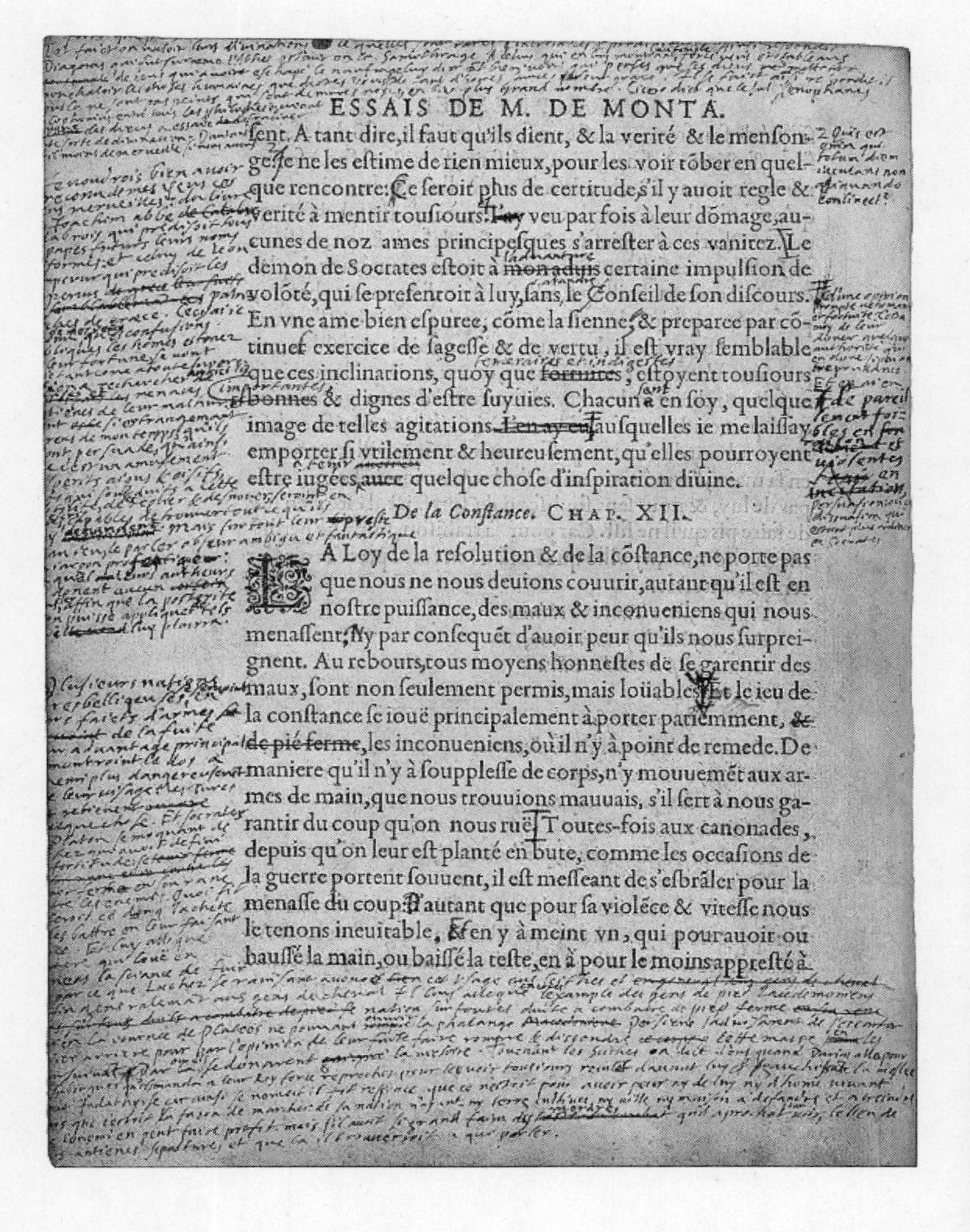

ESSAIS DE M. DE MONTA.

sent. A tant dire, il faut qu'ils dient, & la verité & le mensonge. Ie ne les estime de rien mieux, pour les voir tõber en quelque rencontre: Ce seroit plus de certitude, s'il y auoit regle & verité à mentir tousiours. I'ay veu par fois à leur dõmage, aucunes de noz ames principesques s'arrester à ces vanitez. Le demon de Socrates estoit à mon aduis certaine impulsion de volõté, qui se presentoit à luy, sans le Conseil de son discours. En vne ame bien espuree, cõme la sienne, & preparee par continuel exercice de sagesse & de vertu, il est vray semblable que ces inclinations, quoy que fortuites, estoyent tousiours bonnes & dignes d'estre suyuies. Chacun a en soy, quelque image de telles agitations. I'en ay eu ausquelles ie me laissay emporter si vtilement & heureusement, qu'elles pourroyent estre iugees auec quelque chose d'inspiration diuine.

De la Constance. CHAP. XII.

LA Loy de la resolution & de la cõstance, ne porte pas que nous ne nous deuions couurir, autant qu'il est en nostre puissance, des maux & inconueniens qui nous menassent: Ny par consequẽt d'auoir peur qu'ils nous surpreignent. Au rebours, tous moyens honnestes de se garentir des maux, sont non seulement permis, mais loüables. Et le ieu de la constance se ioüe principalement à porter patiemment, & de pié ferme, les inconueniens, où il n'y à point de remede. De maniere qu'il n'y à soupplesse de corps, n'y mouuemẽt aux armes de main, que nous trouuions mauuais, s'il sert à nous garantir du coup qu'on nous ruë. Toutes-fois aux canonades, depuis qu'on leur est planté en bute, comme les occasions de la guerre portent souuent, il est messeant de s'esbrãler pour la menasse du coup: D'autant que pour sa violẽce & vitesse nous le tenons ineuitable, & en y à meint vn, qui pour auoir ou haussé la main, ou baissé la teste, en à pour le moins apresté à

本への書き込みの例
モンテーニュ自身による『エセー』第２版への書き込み
Michel de Montaigne, Essais, Bordeaux Copy
この執念ともいえる容赦ない自己ツッコミ！

E　要約してみる

分厚くて長い書物を読む場合、一区切りついたところで、そこまで読んできた内容を要約して書いてみるのもよい手です。例えば、一章の最後や、もっと細かく節単位などで、要約をしてみるのです。そうすると、自分の理解が十分でないところに気づくことができます。

これは、言葉にして書いてみようとすることではじめて自覚できることです。あるいは、誰かに話してみることでも、同様の効果を得られます（ただし、話したことは記録しない限り消えてなくなってしまいますが）。本当に理解しにくかったり、話が込み入っているような場合は、ページ単位、段落単位で要約するのも有効です。

そして、最後まで読み終わったとき、それらの要約をまとめてみれば、自分が今回その書物を読んで理解した内容を確認できます。

F　目次を読む

書物を読み始める前や、読んでいる最中に、目次を確認するのは役に立ちます。目次は、書物の構造やストーリーの流れを示すものだからです。たとえれば、これから訪れる土地の広域地図を眺めるようなことでもあります。東京都の全体はだいたいこんな様子で、区はいくつぐらいに分かれており、それぞれどのあたりに位置しているかという概要を摑むわけです。そうしておくと、いざ特定の場所を訪れるときでも、その土地を東京という地域のなかに位置付けて、他の地域との関係をイメージしやすくなります。

このようなことは、読書でも有効です。いま読んでいるくだりは、その前後、あるいは書物全体とどのような関係にあるのか。それを教えてくれるのが目次です。ときに著者（や編者）が用意した目次が不適切に感じられることもあります。そういう場合は、自分にとってよりふさわしく思える目次を追記してもよいでしょう。

＊『ルールズ・オブ・プレイ』の目次は、本冊子三七四

一三七五ページにも掲載しています。

G　索引を読む

私が本を読むとき、真っ先に開くページは、じつは索引です。なぜなら、索引に並ぶ言葉のなかで、たくさんのページ番号が割り振られている項目は、その書物にとって重要な要素であることが多いからです。例えば、『ルールズ・オブ・プレイ』上巻の索引を見てみると、『三目並べ』というゲームについて、九箇所が索引に拾ってあります。しかもページ数は、書物の全体にわたっているので、この本で『三目並べ』が重要な例として言及されている様子が窺えるわけです。キーワードを知るために索引を読むのですね。

H　索引を拡張する

索引は、著者や編集者が作成することが多いのですが、必ずしも網羅的であるとは限りません。索引の作成者が重要だと考えた言葉が選ばれているからです。索引にない項目だけれど、自分としては重要であるし、後でそのページを参照したくなることがありそうだと思うような言葉がある場合、自分で索引を作成してしまうとよいでしょう。

例えば、私は「思想」という日本語の用法に関心を持っているため、いろいろな本を読む際に、「思想」という言葉が出てくると、その本の一番後ろのページに自分で索引を書き込んだりしています。同様に、この言葉や表現は、後で場所を特定したいといった場合、索引を拡張します。

これについては、電子書籍の場合、検索機能で代替できますね。とはいえ、検索の場合、検索したことを記録しておかないと、その場限りで消えて失われてしまいますので、そのような意味で索引とは異なることに注意が必要です。

I 自分が知っている具体例で考えてみる

『ルールズ・オブ・プレイ』では、ゲームをさまざま
な側面から分析しています。そこで、著者たちはそのつ
どいろいろなゲームを例に出しています。読者はそうし
た箇所に出会うたび、自分がこれまでに遊んだことのあ
るゲームを例にして、『ルールズ・オブ・プレイ』で提
示されている分析を行ってみるとよいでしょう。例えば、
確率論の観点から『スーパーマリオブラザーズ』を眺め
ると、なにが見えてくるかとか、情報理論の観点から『将
棋』を観察すると、どんなことが言えるか、といった具
合です。

J 概念を使ってゲームを考えてみる

これも『ルールズ・オブ・プレイ』についてですが、
章ごとに検討されるさまざまな概念に触れたら、その概
念を使ったゲームを自分で考えてみるとよいでしょう。
例えば、「創発システムとしてのゲーム」という考え方
を理解したとしたら、自分で創発の状態が生じるような
ゲームを考案してみるわけです。

要するに、IとJで述べたことは、読書を読むだけに
とどめず、分析や創作に応用・活用してみることで、理
解をいっそう深めるという方法です。

他にもいろいろな工夫があると思いますが、以上のよ
うなことを手がかりに、『ルールズ・オブ・プレイ』と
長い目でつきあいながら、育成してゆくと、ゲームをつ
くったり分析したりするうえで、いっそう遠くまで冒険
できるようになると思います。

Index —— 索引

『ルールズ・オブ・プレイ』下巻の索引
言及頻度の高い言葉に注目してみよう。

3 『ルールズ・オブ・プレイ』攻略法

本章では、具体的に『ルールズ・オブ・プレイ』を読み解くうえで基礎となる、注目すべきポイントについて検討してみたいと思います。

なお、本章の末尾に同書の目次を掲げてあります。また、以下では煩雑さを避けるために同書を「ROP」と略記します。

1 テーマと対象

ROPのテーマは、ゲームデザイン上の問題解決に役立つ言葉や概念を鍛えることです。

> 本書の狙いは、ゲームデザインのために批評の語り方（クリティカルディスコース）を鍛えることだと言ってもよい。（上巻、四ページ）
>
> 言い換えれば、ゲームを制作したり分析するための道具、ものの見方をつくるということでもあります。

ROPでは、それをきちんと言語化してみることを重視しています。そこで、いろいろな用語や概念を定義します。ただし、注意が必要です。

> デザイナーにしてみれば、定義の値打ちは、あくまでもデザイン上の問題を把握したり、解決したりする批評の道具として使えるところにある。（上巻、六ページ）

ここで「ゲーム」とは、コンピュータを使ったディジタルゲームだけでなく、アナログゲームも含む、ゲーム全般です。

2 方法

ROPでは、ゲームを多様な観点から考察します。というのも、ゲームは複雑で多様なものだけに、一つの見方で十分ということはないからです。ROPでは、主に三つの大きな観点からゲームを考察します。同書ではそうした「観点」を「図式」と呼んでいます。

・ルール
・遊び
・文化

まずもってゲームは「ルール」の集合体です。これはゲームの形式的な側面といってもよいでしょう。しかし、ルールがあるだけではゲームになりません。それらのルール（形式）を、プレイヤーたちが運用して、遊んでこそゲームの遊びが生じるのです。ですからゲームを考察する上では「遊び」もまた重要な側面です。そして、ゲームとは人間の営みである以上、ある社会や文化のなかで行われるものです。ゲームやそこで生じる遊びは、そのゲームの遊びが行われる文化のなかで意味を与えられます。それだけに「文化」を無視することはできません。文化はゲームに意味を与えますが、ゲームもまた文化を変化させる可能性があります。

ROP全体は、四つの「ユニット」から構成されています。まず、ユニット1は、同書全体の基礎となる各種概念の検討に充てられています。そして残る三つのユニットが、右で述べた「ルール」「遊び」「文化」に充てられているわけです。それぞれのユニットの下には、多数の図式が配置されています（詳しくは本章末尾三七四—三七五ページに掲載したROPの目次をご覧あれ）。

3　読解のポイント

ROPを読む際に、最も重要なことは、同書から知識を得たり、知識の確認のために読むだけで終わらせないことです。同書を一種の地図だと思って、それぞれの読者が使い込む必要があります。地図を片手にある土地を探索してゆくなかで、地図に不足を感じたり、記載のない現象に遭遇したら、地図を書き換えてゆけばよいのです。ROPは、そうしたゲームを冒険するための心強い地図だと思って使うとよいでしょう。

4　意味ある遊び（第3章）

ゲームデザインの目標は、プレイヤーにとって「意味ある遊び（meaningful play）」を生み出すことです。

> ゲームにおける「意味ある遊び（ミーニングフルプレイ）」とは、プレイヤーの行為（アクション）とシステムがとる結果の関係から生じる。それはプレイヤーが、あるゲームのデザインされたシステムにおいて行動（アクション）をとることや、そのシステムがプレイヤーの行動に反応するといったことから成る過程（プロセス）だ。ゲームにおけるある行動の「意味」は、その行為と結果の関係にあるのだ。
>
> （上巻、五八ページ）

> ゲームの中の行為と結果の関係が「認識できて」、かつ、そのことがゲームのより広い文脈へと「統合される」場合、「意味ある遊び」が生じる。意味ある遊びを生み出すことこそが、よいゲームデザインの目標なのだ。
>
> （上巻、五九ページ）

ROP全体は、この「意味ある遊び」を生み出すようなゲームのデザインを巡って検討されるといってよいでしょう。例えば、レースゲームで、クラクションを鳴らすという仕組みが用意されているとしましょう。このとき、ゲーム中でプレイヤーがクラクションを鳴らしても、ゲームになんの変化も生じないとしたら、クラクションには「意味がない」ことになります（せいぜいプレイヤーの気分の問題です）。しかし、クラクションを鳴らすと目の前にいる車がスピードを上げたり、車線を変更するといった反応があるとしたら、そのゲームにおいてクラクションを鳴らすという行為には「意味がある」ということになります。

ゲーム中の出来事がきちんと認識できるようになっていて、プレイヤーは**何が**起きたかが分かり（「怪物に攻撃を当てた」）、そのことがゲーム全体に統合されることで、**どんな**影響を及ぼすかということがプレイヤーに分かる（「怪物に攻撃を続ければやがて怪物は倒れる。怪物をやっつけたら、レヴェ

> ルが上がる」)。プレイヤーがとるあらゆる行動は、ゲーム経験の全体という、より大きな織物へと編み込まれている。こうなっていれば、そのゲームの遊びはきっちりと意味あるものになるのだ。
>
> (上巻、六二ページ)

「意味ある遊び」を「やり甲斐のある遊び」と言い換えてもよいでしょう。

5　ゲームデザイナーの仕事(第6章)

> ゲームデザイナーは、遊びを直にデザインするわけではない。ゲームデザイナーの仕事は、あくまでも遊びが行われる構造と状況(コンテクスト)をデザインして、プレイヤーの行動を間接的に形作ることなのだ。私たちは、こんなふうにゲームデザインに含まれている、将来生じることになる行動の空間を**可能性の空間**と呼ぶ。
>
> (上巻、一三二ページ)

ゲームを作るとき、プレイヤーが味わう経験を直に作ることはできません。これは、ゲームデザイナーにとって、とてもじれったいことではありますが、避けられない条件です。とはいえ、これはゲームに限らず、作品やデザイン全般に共通することでもありましょう。例えば、イスのデザイナーは、あくまでもイスをデザインできるだけです。そのイスに座った人が、どんな経験をするか、どんな座り心地を感じるかということを直にデザインするわけにいきません。イスをどんな材質で、どんな形にするかということだけを決めるのです。

ゲームデザイナーは、ゲームのルールや舞台を設計して、プレイヤーが遊ぶ状況をデザインできるばかりです。それは潜在性をデザインすることだと言ってもよいでしょう。プレイヤーがゲームで遊ぶそのつど、ゲームの具体的な状況が多様に顕在化するのです。

6　ゲームの定義（第7章）

著者たちは、過去になされたさまざまなゲームの定義を比較検討したうえで、次のような定義を示しています。

> ゲームとは、プレイヤーがルールで決められた人工的な対立に参加するシステムであり、そこから定量化できる結果が生じる。（上巻、一六一ページ）

7　ゲームを観察するレンズ（第10章）

ユニット2、3、4の目次に並ぶさまざまな「図式」は、それぞれがゲームを眺めるための「レンズ」のようなものです。

> 図式とは、ゲームを理解するためのレンズ、ゲームデザインを実践するためのレンズ、あるいは広く一般的に使える枠組みとして便利なものだ。というのも、図式があればこそ、ゲームという複雑な現象を、自由に、そして直感的に分類できるのだし、ゲームの個々の特徴に注目できるからだ。
> （上巻、二一二ページ）

別の言い方をすれば、図式とは、ゲームをゲーム以外のなにか（X）として眺めてみるということでもあります。見立ての問題であると言ってもよいでしょう。では、どんなレンズを通してゲームを見るか。ROPでは言及されていない他のレンズも、どんどん活用してゆけばよいわけです。

8　ルールの定義（第11章）

例えば、『三目並べ』というゲームで遊ぼうと思ったら、紙の上にマスを描いて、そこに○×を書いていってもいいし、パソコン上で遊んでもいいし、砂浜に描いて遊んでも構わないわけです。遊ぶ際に使う材料や道具立てがなんであれ、『三目並べ』というゲームのルールさえあれば、同じゲームを行うことができます。古来、西洋の哲学では、世界を「物質（質料）」と「形式（形相）」という二つの要素の組み合わせで捉える発想がありました。この見方でいえば、ゲームのルールとは形式の要素です。同じ形式さえ維持されていれば、どんな物質で遊ぼうが、同じゲームになるわけです。

> ルールとは、ゲームの底にある構造なのであり、現実世界で行われるあらゆるゲームの遊びはそこから生じてくるのである。（上巻、二三九ページ）

著者たちは、ルールの性質を次のようにまとめています。

- ルールはプレイヤーの行動を制限する。
- ルールは明確で曖昧さがない。
- ルールはすべてのプレイヤーが共有する。
- ルールは固定されている。
- ルールは拘束する。
- ルールは繰り返す。

おそらく重要なことは、ルールというものが、プレイヤーの自由を縛る制限でもあるということです。例えば、サッカーには、ゴールキーパー以外はボールを手に持ってはいけないという制限があります。しかし、この制限があるからこそ、サッカーでは、主に足（と手以外の体の部分）を使って、どれだけ巧みにボールを操作できるかという遊びの工夫と自由が生まれるわけです。当然のことながら、そうしたルールをゲームに参加するプレイヤー全員が共有し、尊重する（自らその制限を受け入れる）からこそ、遊びが成り立ちます。ルールは、変化することなく固定しているからこそ、ゲームの遊びを通じて繰り返し適用されて、遊びを形づくってもゆきます。

9　レンズの例——不確かさ（第15章）

ゲームを眺めるレンズ（図式）の一例として、ここでは「不確かさ」に注目してみましょう。

> ゲームに何らかの目的が感じられるようにするためには、ゲームの結果がどうなるかは、不確かである必要がある。言い換えると、不確かさは、意味ある遊びの鍵を握る要素なのだ。
>
> （上巻、三五一ページ）

> プレイヤーが、ゲームの展開をまったく知らないということは、とても重要だ。考えてみて欲しい。ゲームが始まる前から誰が勝つか分かっていたら、わざわざ遊んでみようという気になるだろうか。TVのスポーツ中継が、たいてい生中継なのはこのためだ。先が読めないドラマの結末をネタバレされたら、人は興味を失ってしまうだろう。
>
> 　では、どうしてゲームには不確かさが必要なのだろう。このことを理解しようと思ったら、一つには次のように考えてみることだ。つまり、はなからゲームの結果が分かっていたら、そのゲームを経験してみたところで、意味ある遊びは味わえない。ゲームに不確かさがなかったら、つまり、ゲームの結末が予め完全に決まっていたら、プレイヤーが［ゲーム中で］下す意志決定には意味がない。なぜなら、プレイヤーはゲームの展開に影響を与えられないということだからだ。意味ある遊びは、意味ある選択からこそ生じてくる。もしプレイヤーの選択が、ゲーム中で何の意味も持たなければ、遊ぶ意味は皆無というものだ。
>
> （上巻、三五二ページ）

「不確かさ」とは、意味ある遊びを生み出す上で、非常に重要な見方です。例えば、不確かさの一つ前の章で論じられる「創発システムとしてのゲーム」でテーマとなっている「創発」という概念も、突き詰めれば、人間にとって不確かな状態が生み出されることを捉えようとするものです。創発とは、あるシステムを構成するそれぞれの要素だけからでは生じないことが、要素同士の関係のなかから生じてしまう現象を指しています。『シムシティ』で、何度遊んでも違う都市ができてしまうのは、その一例といってよいでしょう。創発とは、予測できそうで予測できないという、複雑系でいうカオスのような状況にも通じる非常に面白い現象です。詳しくはROPをご覧いただくとして、ここでのポイントは、創発もまた、プレイヤーにとって先の読めない「不確かさ」を生み出す仕組みであるということです。「情報理論」や「サイバネティクス」など、ユニット2で取り上げられる各種図式（レンズ）についても、この「不確かさ」というレンズとの関係から眺めてみると、いっそう有益です。つまり、ROPの図式は、ゲームを眺めるために使えるだけでなく、他の図式を捉え直すためにも使えるのです。

10　遊びを定義する（第22章）

ユニット3「遊び」に目を転じてみましょう。

> 意味ある遊び（ミーニングフルプレイ）をデザインするには、どんな形の遊びであれ、ルールがどのようにして〔個別具体的な〕遊びに枝分かれするかということを理解する必要がある。そもそもゲームの遊び（プレイ）は、プレイヤーがそのゲームのルールの働き具合を経験することでしか生じない。ゲームが始まるまでは、ゲームシステムの各種形式的な構成要素はじっと待っている。例えば、誰もいないフットボール場、初期位置に置かれた『チェス』のコマ、ハードディスクにインストールされたゲームのプログラムなどのように。プレイヤーがゲームに加わって、ようやくそのシステムは十全に働く。例えば、選手とファンがスタジアムにつめかけるとか、『チェス』のコマが初期位置から一手ずつ打って出るとか、保存されているゲームのファイルが〔コンピュータのメモリに〕読み込まれて、画面にゲームが表示されるといったように。そのようにしてプレイヤーがそのゲームの遊びをもたらす可能性の空間に入り込み、探索し、操作することで、ゲームの可能な遊びの空間として、ゲームの諸要素のあいだに眠っていた関係が忽然と立ち現れるのである。（略）ルールはあくまでも遊びを生み出すための手段に過ぎない。（下巻、七ページ）

だからこそ、ゲームについて考える際、ルールだけに注目するのでは足りないわけです。彼らは遊びを、次のように定義しています。

> 遊びとは、比較的固定した構造の中での自由な動きである。（下巻、一二ページ）

先に見たように、ルールという固定されて変化しない構造があるからこそ、そのルールに従ったかたちで、遊びの自由が生じるわけです。別の言い方をすれば、ルールによる拘束がなければ、ゲームのなかの自由も生じません。例えば、自分が操作するキャラクターに体力というパラメータが与えられており、ゲーム世界内でなんらかの攻撃を受けたり、ダメージを受けて、体力がゼロになってしまうとゲームが終わってしまう。こういうルールがあればこそ、それなら、どうしたら体力が尽きないように活動できるだろうか、という遊びの工夫の余地や選択も生じてくるわけです。

11　中核となる仕組み（コアメカニック）（第23章）

> どんなゲームにも**中核となる仕組み**がある。中核となる仕組みとは、その遊びにとって要となる行為（アクティヴィティ）のことで、プレイヤーはそのゲームの中で繰り返し何度もすることになる。場合によっては、中核となる仕組みがただ一つの行動ということもある。例えば、徒競走の中核となる仕組みは走ることだ。クイズの中核となる仕組みは質問に答えることだ。『ドンキーコング』の中核となる仕組みはジョイスティックとジャンプボタンを使って、画面上のキャラクターを操作することだ。（下巻、四二ページ）

中核となる仕組みとは、ゲームの活動に不可欠な要点であり、その仕組み（メカニズム）によって、プレイヤーは意味ある選択をし、意味ある遊びの経験を味わうに至るのだ。だからこそ、デザイン工程（プロセス）に着手するに当たって、「これから作ろうとするゲームの」中核となる仕組みをきちんと特定できていることが非常に重要なのである。
（下巻、四二ページ）

これは、言われてみれば簡単なことに見えますが、実際に自分でゲームをつくろうという場合、なかなか苦労する点でもあります。専門学校などで学生にゲームをつくらせると、そもそも中核となる仕組みを自分たちで特定できないまま開発が進み、開発の終盤になってからようやく「ああ、自分たちがつくろうとしていたゲームはこういうものだったのか」と発見することがしばしばあります。

日頃からさまざまなゲームを観察する際に、「このゲームの中核となる仕組みはなんだろうか」と考える癖をつけることで、いざ自分がつくる場合にも、そうした発想を活用しやすくなると思われます。文章をよく書けるようになるためには、その前によく読む必要があるのと似て、ゲームをよく観察することで、よくつくれるようになるわけです。

12　同じなのに違う（第24章）

ゲームにおいてもう一つ重要なこととして、いかにプレイヤーが飽きずに遊べるかという問題があります。先に見たように、もしそれぞれのゲームには、プレイヤーが繰り返し何度も行うことになる「中核となる仕組み」があるのだとしたら、それを繰り返しても飽きるどころか楽しいという状態を生み出す必要があります。一般に人は、同じことの繰り返しに飽きる動物です。では、どうしたらよいのか。

あるゲームで生じうるあらゆる状態と経験は、「可能性の空間」と呼ばれる理論上の構成物の中に含まれている。ゲームのプレイヤーは、可能性の空間を旅してゆく際に、毎回同じ場所、つまりゲームの最初から出発する。だが、プレイヤーがその空間を通ってゆく経験の道筋は、そのゲームで遊ぶつど変わる。ゲームのルール、その形式構造は固定したま

> まであるにもかかわらず、ゲームの遊びはそのつど唯一のものとなるのだ。ゲームのこうした性質、つまりゲームが毎回**同じ**一貫した構造を提供するものでありながら、遊ぶつど**違う**経験と結果になることこそが、遊びを維持し、促す強力な原動力(エンジン)なのである。この考え方を、手短に「**同じなのに違う**」と呼ぶことにしよう。
>
> (下巻、九七ページ)

同工異曲ではありませんが、「同構異遊」とでも訳したいところです。これこそは、同じゲームなのに、プレイヤーが何度も遊びたくなる要因です。人が『チェス』や『将棋』を何度遊んでも飽きないのは、まさに対局のつど、同じルールであるにもかかわらず、まるで違った状況が生じるからです。

著者たちは、そうした遊びが生じるために重要なもう一つの要素として、「短期目標」と「長期目標」についても触れています。そのつど目の前にある短期目標を追求しつつ、大きな長期目標に向かうというわけです。分かりやすい例としては、RPGがあります。そのつど繰り返される戦闘は、短期目標の一種です。あるいは、個々のクエストも短期目標と言えるでしょう。そうした短期目標の達成を積み重ねてゆきながら、プレイヤーは、世界を危機から救い出すとか、さらわれた人物を助け出すといった最終目標を目指すわけです。

13　遊びの意義——世界を異化する(結論)

> おそらくは遊びが持ちうる最も奥深い意味とは、その変化(トランスフォーム)をもたらす力であろう。変化をもたらす遊びとは超越する瞬間であり、そこでは人が「そういうものだ」と当然視していた構造自体が、突如プレイヤーとしての役割を振られることになる。
>
> (下巻、六七八ページ)

一見無益で無用な「遊び」は、人に変化をもたらす。これは、本書が辿り着いた重要な見方です。もちろん、小説や映画や演劇など、各種表現物もまた、それに触れた人を変化させる力を持っています。ゲームの遊びには、プレイヤー自らが、そのゲームの一部として役割を与えられ、自らの試行錯誤と努力によって、ゲームから与えられるモンダイに取り組み、解決するという特徴があります。そうした試行錯誤（成功／失敗）の経験を通じて、プレイヤーは、ものの考え方や世界の見方を、知らず識らずのうちに変えられもします。

例えば、歴史シミュレーションゲームで君主となって領土を統治したプレイヤーは、おそらく歴史の書物で通り一遍に知識を得るのとは別の仕方で、当時の世界を眺めるようになるはずです。あるいは、ＲＰＧで複数のキャラクターから成るパーティを管理しながら冒険をやりおおせたプレイヤーは、状況に応じて人の能力をいかに組み合わせながら活用したらよいかというものの見方が、ただの知識以上の経験として身に沁みることでしょう。

それは、一見たいしたことではないように思えるかもしれませんが、ゲームで遊んだ人のものの見方を、深いところで変化させているはずなのです。それはよしあしというよりは、一つの事実です。

果たしてゲームがプレイヤーや文化にもたらす変化とは、いかなる性質のものなのか。私たち人間は、ゲームをつくり、ゲームで遊ぶことによって、いったいなにをしていることになるのでしょうか。そのこと自体は、目下各方面で探究が進められているところでもあります。ゲームがなにかの役に立つか否かなどと、ものごとを有益さで測ろうとする発想に乗って、ことさら主張する必要もないと思いますが、少なくとも過去五千年ほどの歴史を眺める限り、どうやら人はゲームで遊ぶことを手放さなかったこともまた事実です。

そうしたことも含めて、ゲームや遊びについて考えたり、さらに面白いゲームや意味ある遊びを生み出すために、ＲＯＰがなにかしらのヒントになれば、訳者としても幸いです。

『ルールズ・オブ・プレイ』目次

4 応用篇 『パズル&ドラゴンズ』を分析する

はじめに

ここでは『パズル&ドラゴンズ』(ガンホー)の楽しさを生み出しているメカニズムを分析してみよう。既に二千万超(二〇一三年一一月時点)のダウンロードという大ヒットを記録しているゲームであり、ネットや紙媒体などで多くの攻略情報が書かれてきているだけに、いまさらその面白さを云々するのは言わずもがなのようで、いささか気がひけなくもない。

とはいえ、とりわけゲームをつくってみようという立場や、批評してみようという立場からすれば、たとえ自明に感じられることであれ、その次第をできるだけ精確に言語化してみることは無駄ではない。物事を自明視することは、それ以上の観察や探究とそこから生じるかもしれない発見や創造の機会を自ら遠のけることでもあるのだから。

本章は大きく二つの部に分かれる。第Ⅰ部「ゲームの構造分析」では、ゲーム全体をいくつかの要素に分解・区別しながら記述しよう。第Ⅱ部「意味ある遊びを生み出すループ」では、そうした要素同士の関係が織りなす相互関係とその網目(ネットワーク)こそが、ゲームの面白さ、プレイヤーがつい『パズドラ』を起動してしまう誘引力の根源となっている次第を考察しよう。

先にいくつかお断りをしたい。本稿では紙幅の都合上、ネットワークに関する要素(フレンド関連)や演出表現(映像と音)、多様なモンスターの特徴などについては分析を省略する。いずれも遊びの楽しさを増す重要なものだが、ここではゲームの中核をなす構造に注目してみたい。

また、本稿ではゲームを遊ぶ中で得られる情報やデータのみに依拠し、ゲーム外部の情報やデータを参照していない。狙いは、あくまでも遊びの経験を通じて観察されるゲームの基本的な骨格を洗い出してみることにあるためだ。読者には、自分のプレイ経験から知り得ていることをもとに、本稿で示すゲーム構造を、必要に応じて補足したり、書き換えていただければ幸いだ。

また、本稿は二〇一三年に書かれたものであり、『パズドラ』もその当時のヴァージョンを対象としている点をご了承願いたい。

I　ゲームの構造分析

01　タイトル

タイトルは、『ダンジョンズ&ドラゴンズ』や『トンネルズ&トロールズ』、『マイト&マジック』といった古典的RPGの伝統に則った形である。頭韻こそ踏んでいないものの、『パズル&ドラゴンズ』という具合に、ゲームを象徴する二つの要素を「&」で結んでいる。

日本語では、しばしばゲーム名を四音節に省略する。『ドラクエ』(『ドラゴンクエスト』)、『エフエフ』(『FINAL FANTASY』)、『俺しか』(『俺の屍を越えてゆけ』)、などなど。ゲーム制作者は、時に自分たちのゲームタイトルが、省略した形でも呼びやすい(発音しやすい)かどうかを考慮して命名することがある。その点で、『パズドラ』は口に出してみても無理なく、すっかりこの形でお馴染みとなっている。

02　ストーリー

『パズドラ』では、ストーリーらしいストーリーは提示されない。また、プレイヤーの立場も特には明示されていない。

ただ、ゲームの展開や与えられた手段を見る限りでは、どうやらプレイヤーは手下のモンスターたちを自在に使役して、お宝や新たなモンスターを求めてダンジョンに挑む冒険者のようでもある。登場するモンスターは、ゲーム世界ではお馴染みのファンタジー小説や神話やゲームに登場するものが中心であり、メカも登場する。中でもドラゴンが大きな価値を持つことは、タイトルに冠されていることからも推察できる。

モンスターを編成したチーム全体の「体力（HP）」が尽きるとゲームオーバーとなることから考えると、ゲーム世界内にプレイヤーキャラクターは存在していない、いわゆる「神視点」のようでもある。

とはいえ、こうしてゲームを離れて冷静に考えれば視野に入ることも、遊び始めてしまうとまるで気にならない。

03　ジャンル

このゲームの遊びを一言でいえば、パズルを解いて戦うゲームである。思えばゲームの世界では、古来「戦い」をさまざまな遊びで表現してきた。例えば『チェス』や『将棋』は、相手のコマが置かれたマスへ自分のコマを移動させることで戦いに勝ったことになる。あるいは典型的なＲＰＧの戦闘は、煎じ詰めればサイコロの振り合いである。その他、クイズで戦おうが、ダンスで戦おうが、落ちものパズルで戦おうが、もちろん肉弾や武器で見たまんま戦おうが、或る対立の状況があって、定量的に勝負がつけば、どのような手段であっても戦いを表現できるのだ。

また、『パズドラ』は、パズルを解くだけではなく、戦って勝つと経験値やコインやモンスターが手に入り、プレイヤーの手駒であるモンスターたちを成長させる要素が組み込まれている。つまり、戦闘部分がパズルになったＲＰＧの一種と考えてよい。ただしこの場合のＲＰＧとは、登場キャラクターになって（ロールプレイして＝役割を演じて）ゲーム世界で冒険とストーリー展開を楽しむという元来の意味ではない。成長するキャラクターを組み合わせてダンジョンに潜る『Wizardry』（一九八一）以来の伝統的なスタイルといってもよい。02で述べたように、ストーリー要素が希薄で問題ないわけである。

ここでは仮にジャンルを同定してみたが、もちろん別の分類の仕方があってもよい。ジャンルとは元来、ものごとを理解するための便宜に過ぎない。標語風にいえば、「作品はジャンルに先立つ」のだから。

04　ゲームの基本構造

ゲームは大きく二つの部分に分かれている。ここでは整理のために「準備パート」と「戦闘パート」と呼ぶことにしよう。ゲームは基本的にこの二つのパートを繰り返すことで進んでゆく。そして、これから見てゆくように、両者は密接に関係しあっている。つまり、準備の仕方によって戦闘に影響がもたらされ、戦闘の首尾によってその後の準備に変化が生じるのだ。この相互に影響を及ぼすループこそが、「意味ある遊び（ミーニングフルプレイ）」を生み出して、プレイヤーを惹きつける原動力となっている。

また、なかでも戦闘パートのパズルは、ゲーム中、プレイヤーが何度も繰り返しプレイすることになる「中核となる仕組み（コアメカニック）」である。後に18で述べるように、この部分は、プレイヤーに短期目標を与えるゲームのエンジンである。同様に、手元のモンスターを管理する準備パートは、ダンジョンからダンジョンへとまたがってゲーム全体に影響を及ぼす要素であり、いわば長期目標を提供する。準備パートと戦闘パートで行ったことが、相互に影響を与え、いずれの変化もゲームの状態に統合されている。

05　基本パラメータ

このゲームは、プレイヤーに明示されているだけでも、多数のパラメータから成り立っている。中でもゲームの進行状況を示す最も大きな要素として、「ランク」「経験値」「スタミナ」「コスト」がある。

戦闘パートで、ダンジョンを最後までクリアすると、経験値が与えられる。この経験値が一定量を超えるごとにランク、スタミナやコストの上限（さらにはフレンド数の上限）が増加する。

このうち「ランク」が、ゲームの進行度合い（ダンジョンを攻略した量や回数）を総合的に表現する要素である。このため、プレイヤーは自分がプレイしてきた結果の累積を、ランクで実感できる。プレイヤー同士で進度を比較する場合などの目安にもなる。

また、「スタミナ」とは、戦闘パートでダンジョンを選ぶ際に対価として消費される要素であり、時間経過(07)か魔法石(06)を消費することで回復される。ダンジョンは難易度に応じて、より多くのスタミナを必要とするため、これがプレイヤーの選べるダンジョンの選択肢を制御する一要因ともなっている。「コスト」については後述しよう(11)。

06　ゲームの経済

さらにゲーム全体を通じて貨幣の役割を果たす二つの要素が用意されている。一つは文字通りの「コイン」であり、ダンジョンを攻略したり、モンスターを売却(13)することで手に入る。また、モンスターの強化や合成によって消費される(12)。つまり、モンスターの管理に必要な資源(リソース)であり、04で述べたゲームの基本ループにプレイヤーを駆り立てる要因でもある。次に述べる「魔法石」と違い、コインはゲーム世界内にのみ関わる貨幣である。

もう一つは「魔法石」というアイテムだ。これは、いわばゲームシステムに関わる貨幣的要素である。各ダンジョンの初クリア時の報酬、現実世界の貨幣(リアルマネー)での購入(いわゆる課金)、運営会社からの配布などによって増える。また、戦闘パートでゲームオーバーになった際、魔法石を消費して戦闘を継続できる。プレイヤーが戦闘を断念したくないと感じる最大の理由は、それまでの戦闘で入手したコイン(宝箱)やモンスターを失いたくないということだ。魔法石は、所持できるモンスター数の上限を増やすことにも使える。また、希少性の高いモンスターを入手するための「ガチャ」を利用する際にも必要となる。このゲームでは、強力なモンスターをチームに入れることが、ゲーム進行にとって最重要の決め手となるだけに、その重要な手段である魔法石の価値もいや増すことになる。魔法石は、コインとは違って現実貨幣と交換されるため、半ばゲーム世界の外とつながるゲームシステム貨幣と位置づけた次第である。

また、モンスターは、売却によってコインと交換できることから、貨幣の一種と見ることができる。強化・進化させることで売却時の価値も変化する。複数のモンスターをばらばらに売却した場合と、合成して売却した場合とで、価格がどのように変化するかは比べてみなければ分からないものの、その設定次第では強化・進化が、一種の投資という意味も帯びることになる。

いずれにしても、本作に限らず現実世界における貨幣や経済の要素は、ゲームに選択肢とジレンマを導入する上で、優れた要素である。一方ではプレイヤーが購入できる（貨幣と交換できる）「商品」を複数用意することで、選択肢の幅が広がる。プレイヤーは限られた手持ちの貨幣で商品を買わねばならないため、ゲームを有利に進めるためには、どの商品（効果）を買うべきかと考えることになる。商品の効果と価格の設定が適切であれば、この選択にジレンマが生じて、プレイヤーは嬉しい悩みを抱える。また、購入できる商品の出し方や量を制御することで、ゲームデザイナーはゲームの難易度を調整できる。

加えて言えば、資本主義経済体制の下で生活することに慣れている私たちにとって、お金を稼ぎ、好きなことに使う行為そのものが、場合によって楽しさを生み出しているという社会文化的な背景を重ねて考えることもできるだろう。カール・マルクスが『資本論』で分析してみせたように、資本主義経済では、手元の資本（G）を一旦は断念して商品（W）などに投資することで、もしそれが売れた場合には当初の資本（G）よりも大きな資本（G'）となって返ってくるという仕組みを活用している。この、一旦は断念の痛みを受け入れること（投資すること）で、将来より大きな喜び（剰余価値）が返ってくるという次第は、ゲームのなかでもしばしば活用されている。例えば、RPGの武器やアイテムの購入はその典型である。また、『クッキークリッカー（Cookie Clicker）』は、この仕組みを極限まで切り詰めて凝縮してみせたゲームである。

貨幣とは、本来、他の商品と交換できるだけで、そのもの自体は記号的なモノに過ぎない。しかし、むしろそれを蓄積したくなるという一種の逆転現象が生じて守銭奴が現れるのも、人間の面白いところである。ゲームの遊びでも、そうした面ではプレイヤーの性格が反映されるので、この角度から分析すれば、人間心理の性質が浮かび上がってもくるだろう。

07 ゲームの時間

ゲーム内には二種類の時間が流れている。一つは、先に述べた準備パートと戦闘パート（04）の循環から成る円環的な時間の流れで、これを「ゲーム世界内時間」と呼ぼう。もう一つは、プレイヤーの行動を制限するための実時間で、これを仮に「ゲームシステム時間」と呼んで区別したい。

ゲーム世界内時間は即時的（リアルタイム）ではなく、プレイヤーがコマンドや入力を行うことで次の変化が生じるターン制を基本としている。このゲーム世界内時間については、日付や時刻を特定する要素はないため、また、モンスターが普通の意味で成長するわけでもないため、プレイヤーは無時間的な印象を懐くかもしれない（登場人物が永遠に歳をとらない連続ドラマやアニメの世界のように）。プレイヤーは、攻略したダンジョンの数、経験値やランク、手持ちのモンスターによって、プレイに費やしてきた時間を実感することになる。それでもゲーム中で時間が即時的に進んでいるように感じられるとしたら、それは絶えずBGMが流れている効果であろう。

ゲームシステム時間は、即時的に変化する時間であり、ゲーム中は分と秒によってカウントダウン形式で表示される。これは05で述べたスタミナの回復を制御している。

08 ゲームの空間

『パズドラ』の世界は、大きく分けると、準備パートの舞台（これを仮に「ホーム」と呼ぶことにする）と、戦闘パートの舞台である「ダンジョン」という二つの空間から構成されている。

ホームは一種の抽象空間である。具体的な場所ではなく、プレイヤーが使えるコマンドが並ぶ。コマンドは

「ダンジョン」「モンスター」「ショップ」「ガチャ」「フレンド」「その他」の六種類で、それぞれのコマンドの下にさらなるコマンドが配置されている。

ダンジョンは、プレイヤーの進度に応じて選択肢が増えてゆく。いずれかのダンジョンを選ぶと、戦闘パートへと移行する。各ダンジョンは一本道であり、プレイヤーが能動的に「移動」する必要はない。パズルによる戦闘をこなしてゆくことでダンジョンの奥へと進む。これについては戦闘パート（14）で述べよう。

09　準備パート

準備パートでは、戦闘パートでよりよく戦うための準備を整える。ここでプレイヤーにできることは、大きく分ければ次の通り。

- チーム編成
- 強化・進化
- 売却
- 情報閲覧

以下、節を分けて検討してみよう。

10　モンスター

モンスターは『パズドラ』において最重要のゲーム要素である。多種多様なモンスターが登場する。各モンスターは、名称、タイプ、HP（ヒットポイント、体力）、攻撃、回復、属性（火木水光闇のいずれか、あるいは複数）、経験値、LV（レヴェル）、スキル、スキルLV、スキル、リーダースキルといった要素（パラメータ）から成る。

いずれの要素も戦闘パートに関わっており、プレイヤーは手持ちのモンスターのこうした各種要素を、できるだけよいものにしたいと考えながらモンスターを取捨選択し、強化や進化させることになる。

モンスターのパラメータは、ゲーム中の随所から情報閲覧画面に移行して確認できる。

11　チーム編成

プレイヤーは、所持しているモンスターを組み合わせて、ダンジョン（戦闘パート）に出かけるチームを編成できる。準備パートには、いろいろな仕組みが用意されているが、突き詰めれば、チームをいかに編成するかという点に集約される。というのも、ここで編成したチームで、戦闘パートを遊ぶことになり、その首尾を大きく左右するからだ。これは『パズドラ』のゲームデザインにおいてとりわけ優れた点の一つである。

一つのチームに登録できるモンスターは、リーダーを含めて最大五体まで。ただし、無制限ではない。「コスト」というパラメータで制限される。05で述べた基本要素の一つにランクと連動して増加する「コスト」というパラメータがある。区別のためにこれを「チームコスト」と呼ぼう。これに対して、各モンスターには、チームに登録するために必要な「コスト」が設定されている。これを「登録コスト」と呼ぶことにする。例えば、チームコストが20の場合、選んだモンスターの登録コストの合計が20以下になるように組み合わさなければならない。

一般に強力なモンスターほど登録コストが高いため、チームコストが低いうちは、仮に強力なモンスターが複数いても、同時にチームに組み込めない状況が生じる。

これを制作の観点から言えば、ゲームの難易度を調整する上で必要となる要素だ。プレイヤーがモンスターを入手する手段には乱数性（ランダムネス）があり、低ランクでも強いモンスターを入手する可能性がある。チームコストによる制限を設けないと、低ランクでもチームを強力モンスターで固めれば、ランクに合わせて設計されたダンジョンが、苦もなくクリアできる楽勝なものになってしまう。しかし、失敗の可能性が薄いゲームは、プレイヤーにとって遊びとしてはつまらない。例えば、自機が無敵のシューティングゲームを想像してみるとよい。なにをされても破壊されないので、そもそも敵弾を避けたり、敵を撃墜する必要と動機が失われてしまう。そうではなく、被弾すればやられてしまうからこそ、プレイヤーは弾を避け、敵を撃墜したくなるし、そこに意味ある遊びが生じもするのだ。コストの仕組みは、こうした「意味ある遊び」が損なわれないようにするための工夫である。

さて、モンスターは戦闘パートで敵モンスターを倒すことやガチャによって増え、合成・進化や売却によって減る。戦闘やゲームオーバーによって死んだり減ったりすることはない。つまり、プレイするほどモンスターは増えてゆき、それをいかに使うかが、プレイヤーの選択に委ねられている。当然のことながら、そうした選択の積み重ねによって、どのようなチームを編成できるかが決まるため、大きな考えどころ、戦略を練る楽しさを生み出している。

同時に保持できるモンスター数は、「モンスターBOX」という入れものの容量によって制限される。初期状態は二〇で、魔法石を消費すると拡張できる。

12　強化合成・進化合成

プレイヤーは、所持しているモンスターを合成することで、強化したり進化させたりできる。いずれも、モンスターの能力を向上させる手段である。合成も進化も、現実的には意味の分かりづらい仕組みだが、ゲームの世界では、モンスターを自在に合体させることもできれば、個体が進化してしまうということもありえるのだ。などと述べたのは、これがゲーム外の世界での言葉や概念の使い方とは異なるゲーム特有の発想であることを思い出しておきたかったからである。

強化合成――モンスターは、経験値を稼ぐことによってLVが上がり、それにともないHPや攻撃、回復などのパラメータが増える。或るモンスターの経験値を増やすには、他のモンスターを「素材」として合成する必要がある。素材となったモンスターは経験値に変換されて失われる。

進化合成――強化合成はあくまでも強化するモンスター自体のLVを上げるものだが、進化合成では、当該モンスター自体を上位の形態へと変化させて、能力全体を増大させる。各モンスターを進化させるには、それぞれについて必要な素材モンスターが決められており、かつ明示されているため、プレイヤーは進化させたいモンスターに合わせて素材となるモンスターを捜すことになる。

強化合成も進化合成もコインが必要である。コインは主にダンジョン攻略によって入手できるので、ダンジョンを攻略する動機づけにもなっている（06）。

13　売却

プレイヤーは、手持ちのモンスターを「売却」できる。これは、モンスターをコインと交換することを意味している。などと回りくどい書き方をしているのは、「売却」と表現されてはいるものの、モンスターを誰が引き取って代価を払っているのかといった設定が表現されるわけではないからである。プレイヤーは「売却」を選びさえすれば、モンスターとその状態によって決まった量のコインと交換できる。極めてドライかつシステマティックな仕組みである。

14　戦闘パート

戦闘パートでは、攻略するダンジョンを選び、このゲームの中心的な遊びであるバトルを開始する。各ダンジョンは複数の「バトル」から構成されている。例えば、3回のバトルで構成されたダンジョンは、3回勝ち抜けばクリアとなる。各バトルでは複数の敵モンスターが並び、この戦いをパズルで解決する。各ダンジョンの最終バトルにはボスが立ちはだかる。

ダンジョンをクリアした場合、プレイヤーは経験値とコインとモンスターを入手できる（05、11）。バトルで敗れた場合、ゲームオーバーとなり、そのダンジョンでそれまでに入手していたコインやモンスターは失われてホームに戻る。魔法石を一つ消費することで、ゲームオーバーになった状態からゲームを続行できる（06）。

15　ダンジョンと助っ人の選択

プレイヤーがホーム（08）から、ダンジョンを選択すると、ダンジョン選択画面へ移行する。ダンジョンには大きく分けて、「ノーマルダンジョン」と「スペシャルダンジョン」がある。

ノーマルダンジョン――ゲーム開始時に選択できる最初のダンジョン「旅立ちの塔」から始まって、攻略するごとに次のダンジョンが選択肢に加わってゆく。通常のプレイでは、ノーマルダンジョンを繰り返し遊ぶことが想定されている。一度攻略したダンジョンも、次回以降繰り返し選ぶことができるので、難易度の高いダンジョンを攻略できない場合や、モンスターを育てるためのコインや素材を調達したい場合など、既にクリアしたダンジョンを再訪することもある。

スペシャルダンジョン――日時や曜日などによって増設される他、特別な仕様のダンジョンで、ノーマルダンジョンに飽き足りないプレイヤーのために、ゲームに変化と刺激を加えるイヴェント的な側面を持つ要素である。

一部の例外を除くと、ダンジョンを選択する際にダンジョンごとに設定された「スタミナ」を消費する必要がある。つまり、スタミナの現在値が不足している場合、ダンジョンを選ぶことはできない。スタミナは、魔法石を一つ消費することで全回復できるようになっている。スタミナ自体は、時間によって回復するが、待てないプレイヤーは魔法石を使うことになる(05)。

ここではノーマルダンジョンについて見ておこう。ノーマルダンジョンは、先に述べたような「旅立ちの塔」といったタイトルの下に複数のダンジョンが配置されている。例えば、「旅立ちの塔」は「塔の入り口」「旅立ちの間」「最初の試練」という三つのダンジョンから構成されている。ゲーム開始直後に選択できるのは、「塔の入り口」だけであり、これをクリアすると、「旅立ちの間」が選択肢に加わる。つまり、選択できる最新ダンジョンをクリアすることで、次のダンジョンが現れるわけだが、この仕組みはプレイヤーにとって少なくとも二つの意味がある。一つは、クリア済みダンジョンの数が、ゲームの進展度合いを示す要素であること(07)。もう一つは

「もっと先のダンジョンへ進みたい」という目的意識をプレイヤーにもたらすことである。

プレイヤーが攻略したいダンジョンを選ぶと、「助っ人」の選択肢が提示される。これは『パズドラ』をプレイしている他のプレイヤーのモンスターを一体だけ、助っ人として当該ダンジョン中だけチームに加えられる仕組みである。助っ人を選択すると、いよいよダンジョンに潜り、バトルが始まる。

16　バトルの構成要素

ダンジョンでは、バトルに勝利することで奥に進んでゆく。バトルはパズルで解決（クリア）する。画面は上中下と大きく三つの要素から構成されている。

上部（ダンジョン）――戦うべき相手のモンスター、それぞれのHPゲージ、あと何ターンで攻撃してくるかという数値が表示される。倒されたモンスターは消えてゆき、最後の一体を倒すと当該バトルが終了して、次のバトルへと進む。つまり、上部の表示自体が、ゲームの進捗度合いを表している。

中央部（チーム）――中央部にはチームメンバーであるモンスターのアイコンと、チームHP（全モンスターのHPの合計値）が一本のゲージと数値で表現される。バトルごとに登場する敵モンスターを全滅させれば勝利であり、プレイヤーのチームHPがゼロになれば敗北でゲームオーバーである。

下部（パズル）――下部にはパズルが表示される。この部分（フィールドと呼ぼう）は、横六×縦五の格子状に区切られており、マスごとに「ドロップ」と呼ばれるアイテムが配置される。ドロップは全六種類。モンスターの属性五種類（火木水光闇）に対応したものに加えて、体力が一種類である。各ドロップは色と形で区別されている。ドロップが配置されない空のマスはなく、必ず全マスがなにがしかのドロップで埋められている。このドロップの初期配置は、おそらくランダム（あるいはゲーム内の変数を参照しているかもしれない）である。プレイヤーは何回となくこのパズルを遊ぶわけだが、以前プレイした時とまったく同じドロップの配置かどうかなど、記憶するのは難しい。このため、ほとんど毎回新しい配置であると感じるだろう。さらには、敵モンスターの組み合わせと、パズルの組み合わせとが関係しあうため、同じ仕組みなのに違う遊びの状態が生じるわけである。

17　バトルの時間

バトルはターン制で進む。基本的には、プレイヤーがパズルを操作するごとに一ターンが進む。敵モンスターごとに、攻撃までの残りターン数が「あと3」などと表示されており、プレイヤーが一ターンを終えるごとに、それらの数値が一斉に1ずつカウントダウンされてゆく。プレイヤーがターンを終了した時点で、残りターン数がカウントダウンされた結果0となったモンスターが順次攻撃してくる。

敵モンスターによる攻撃の結果は、チームHPを減じる形で表現される。つまり、プレイヤーは、チームHPの現在値（ゲージと数値で示される）によって、いま戦っているバトルの状態（順調かピンチか）を直感的に把握できるのである。チームHPゲージがゼロに近いほど、ゲームオーバーに近づいているわけだ。

いま述べた、敵が攻撃してくるまでのターン数表示は、バトルの遊びに戦略性（選択のジレンマ）をもたらす重要な要素である。この表示があるために、プレイヤーはどのモンスターがどの順序で攻撃してくるかを予期することができ、どの敵から倒すべきかを考える手がかりとなる。例えば、攻撃力は小さいが攻撃頻度が高く、短いサイクルで攻撃してくる敵と、次の攻撃まで八回の猶予があるものの攻撃されると大ダメージを喰らう敵と、どちらを先に攻撃すべきかといった選択が絶えず生じる。また、同時に出現する敵が、それぞれ異なるサイクルで攻撃をしかけてきたり、周期が重なって同時に攻撃してくるため、特にプレイヤーのチームと力が拮抗する敵が相手の場合には、敵モンスターの組み合わせを見ながら戦う必要が出てくる。

バトルは、敵モンスターが全滅するか、チームHPがゼロになるまで、以上の処理が繰り返される。

18　パズルの操作

『パズドラ』の中心となる遊びはパズルである。パズルの操作は、プレイヤーによる操作、効果の発動、フィールドの変化という順序で処理が進む。

プレイヤーがフィールド上のいずれかのドロップをタッチして、動かし始めた時点から一定時間だけドロップを移動させることができる。ドロップは現在の位置から隣接する八方向へ動かすことができ、移動先のドロップが移動元に入れ替わる。基本はこれだけだ。制限時間内であれば、移動させるドロップは、同じマスを何度通過してもよい。制限時間終了後、フィールド中に同じ種類（色）のドロップが縦か横方向に三つ以上並んでいれば、それらのドロップが消滅して効果を発揮する。

そして、ここが『パズドラ』のゲームデザインで注目すべき最大の要点である。ドロップが揃って消滅する際、そのドロップに対応した属性のモンスターが攻撃を繰り出す。例えば、火属性の赤いドロップを三つ揃えて消した場合、チームに所属している火属性のモンスターたちが攻撃することになる。揃えたドロップに対応する属性のモンスターがチームにいない場合、（スキルなどによる特殊なものを除いて）攻撃は生じない。つまり、プレイヤーは、パズルの操作を通じてどのモンスターに攻撃させるかを選択することになる。また、攻撃対象は自動的に選択されるが、プレイヤーが特定の敵一体をターゲットとして設定することもできる。体力のドロップを三つ以上揃えた場合、モンスターたちの回復パラメータを元にチームHPが回復する。

攻撃は、当該モンスターの攻撃パラメータの値を基本として、敵モンスターのHPから差し引かれる。ドロップを四つ、五つとつなげることで、相手に与えるダメージや範囲が増加するので、プレイヤーはより多くのドロップをつなげてダメージ増を狙うことができる。また、このとき攻撃するモンスターと攻撃されるモンスターの属性の組み合わせによってもダメージ量が変化する。例えば、水は火に強いので、水属性のモンスターによる攻撃は、火属性のモンスターへのダメージが増えるといった具合である。そこで、出現した敵とチームに所属するモンスターの属性によって、フィールド上でどのドロップをつなげるかを考えることになる。

また、同時に複数箇所でドロップが三つ以上揃っていた場合、それらは同時に効果を発揮すると共に「コンボ」として効果が増強される。例えば、赤い火属性ドロップが三つ以上、黄色い光属性のドロップが三つ以上つながった場合、チームに所属する火属性のモンスターと光属性のモンスターが同時に攻撃を繰り出す。この時、二コンボとカウントされ、攻撃力にボーナスが加算されることになる。

さらに、三つ以上揃ったドロップが消滅した結果、空いたマスには、そのマスの上にあったドロップが落下して埋まる。フィールド内に存在したドロップで足りない場合は、フィールド上端から新たなドロップが降ってきて、フィールドは必ずドロップで埋まるようになっている。ドロップ消滅後に新たなドロップが出現した結果、さらにドロップが三つ以上揃っていれば、それもコンボとして数え上げられ、効果が発揮されることになる。このほかに一定ターンごとに使えるスキルや、条件が揃うと自動発動するリーダースキルといった特殊能力が多数用意されているが、これについては省略する。いずれのスキルも、戦闘に関わる各種パラメータを、プレイヤーに有利な方向に変化させる働きが設定されているため、遊びにさらなる変化と戦略性の幅をもたらしている。

以上の仕組みを踏まえて、プレイヤーは常に、「このターンでは、三〇個のうちどのドロップをどこへ動かせばよいか」と考えることになる。

このパズルの処理については、プレイヤーの行動に対する結果の演出表現もよく考えられている。三つ以上揃ったドロップを順次テンポよく攻撃力に変換して見せ、ドロップが補充され、さらにコンボが重なる様子を攻撃力の数値が累積する形でリズミカルに演出し、全ての処理が終わったところで敵に攻撃が行われてHPが削られる。

以上の演出は個々の数値や変化を認識できるかどうかというギリギリの速さで演出されるため、結果は数値の加算減算でしかないのに長く凝った映像演出で待たされるといった印象はない。むしろ攻撃やコンボが複数重なった場合、注意していても、どんな数値になったか認識しきれないほどだ（そしてそれで構わない作りである）。

このように言語化してみると、随分ややこしいことのように感じられもするが、実際のゲームでは、難しく考えずとも、とにかく同じ色のドロップを三つ揃えるつもりで軽く楽しむこともできる（現に電車やカフェなどで観察していると、そうしたプレイヤーは少なくない）。プレイヤーが習熟するにつれて、フィールドをぱっと見た際にどれをどう動かせばよいかというパターン認識が深まって、より複雑な移動もできるようになり、パズルに取り組むつど、自分のプレイへの達成感も味わえる。画面の小さなハードで遊ぶ場合、ミスタッチや指を置いた状態で画面が見づらいなどの問題もあるが、これは『パズドラ』の問題というより、タッチパネルという操作系について回る難点だ。

また、ドロップを動かすことが、なぜか攻撃になるという仕組みは、ゲームならではである。といっても、より戦闘らしく表現しているRPGなどでも、煎じ詰めればサイコロを振っているだけという場合が少なくないのを思えば、遊びの形式としては変わらないとも言えよう。少なくともドロップの移動は、サイコロ運に賭けるのとは違って、プレイヤーが自分の発想と努力で行うため、結果の成否にも自ずと納得がゆくのは重要な点である。ドロップについてプレイヤーが制御できない要素は、初期配置と補充されるドロップの種類であり、これが一種の運の要素として機能している。

ついでに申せば、この戦闘システムは敵と味方が非対称であることも特徴である。敵と味方が対称的なゲームでは、立場によらず同じルールを共有する。『パズドラ』では、敵側があのパズルを解いて攻撃してくるわけではない（少なくともプレイヤーに見える範囲では）。

Ⅱ　意味ある遊びを生み出すループ

さて、ここまで、ゲームの基本構造を分析してきた。次に各部に張り巡らされた相互関係を眺めながら、このゲームで遊ぶ際に感じられる楽しさを生み出している仕組みを見ておきたい。

Ａ　長期目標と短期目標――モンダイの循環

一般にゲームはプレイヤーに解決(クリア)すべきモンダイを、解決手段と共に提示する。ここではゲームが提供する問題を強調するために「モンダイ」とカタカナで表記する。プレイヤーとは、誰に頼まれたり強制されたわけでもないのに、ゲームが挑戦してくるモンダイに自分から取り組み、苦しむことで楽しむ人である。それだけに、プレイヤーが或るゲームにハマるかどうかということは、そのゲームがどのようなモンダイ（困難・難問）を提供し続けられるかということに大きく依存することになる。

『パズドラ』では、第一に「次々と現れるダンジョンをどこまで攻略できるか」という半ば終わりのない大きなモンダイを提示する。このモンダイは「より強力なモンスターのチームを編成できるか」という、これもまた半ば終わりのないモンダイと強く関連している。ここにはコレクションの側面、育成の側面、チームマネジメントの側面が含まれている。強いチームを編成できれば、より難易度の高いダンジョンを攻略できるからだ。以上はいわばゲームの「長期目標」である。プレイヤーがゲームを続けたくなる原動力でもある。

また、ゲームでプレイヤーが無数に繰り返し遊ぶのはダンジョンでのバトルである。これは煎じ詰めれば「敵と自分のチームの状態を比べて、より適切なドロップを揃えられるか」というモンダイである。「状況に適したドロップの移動」を目指すこと。これはゲーム中絶えずプレイヤーに与えられる「短期目標」であり、ゲームに熱中させるエンジンの働きをする。

B　行動と結果――ゲーム世界内変化の循環

また、プレイヤーはゲーム中で自分が行った行動・選択によって、ゲーム世界内に変化が生じることで楽しさを感じる。自分が行ったことは、ゲーム世界になんの変化ももたらさない無意味なものではなく、意味があると実感できるからだ。ただし、変化ならなんでもよいわけではない。そのゲーム世界内での遊びにとって意味を持つ変化が重要である。例えば、バトルで勝利した結果、ご褒美として画像が手に入るとしよう。画像を眺めることでプレイヤーは楽しいかもしれないが、ただそれだけの効果（しかもゲーム外での効果）しかなければ、ゲーム中ではなんの役にも立たず、ゲーム内では意味がない。バトルで勝利して、ゲーム世界内で使える貨幣が手に入るような場合、あるいはゲーム世界から危険なモンスターがいなくなるといった場合、この変化には遊びに関連する意味がある。

このような観点から見た場合、『パズドラ』は各部分の要素が、見事に「意味ある遊び」を織りなすように関連づけられている。例えば、バトルでは「ドロップの移動」→「敵への攻撃」という短期的で即時的な変化をもたらす。このループの累積から「バトルのクリア」→「ダンジョンのクリア」というより大きな変化が生じる。「ダンジョンのクリア」はさらに「経験値と報酬の入手」、場合によって「新たなダンジョンの出現」という形でプレイヤーにとって喜ばしい変化をもたらす。「経験値と報酬の入手」は、「モンスターの成長・進化」を可能とし、「強いチームの編成」という長期目標に役立つ。「強いチームの編成」は、より難易度の高い「ダンジョンのクリア」を可能とする。このように『パズドラ』では、短期目標と長期目標が、複数の要素によって相互にループを描くように関連づけられており、無駄な要素がない。

C　蒐集狂いと結合術――入手と消費の円環

コレクション要素は、近年のゲームで広く活用されている。『ポケットモンスター』が昆虫採集から発想されたように、ゲームにおける蒐集は、現実世界で人間が楽しんでいる蒐集と重なるところがある。ただし、現実世界では、ほとんどの場合、蒐集対象は有限であるため、集める苦労や手に入ったときの感慨もひとしおとなる。

これに対して、ディジタルゲームでは、使用しているコンピュータという装置の性質上、そうしようと思えば、同じアイテム（ゲーム内要素）をいくらでも複製することができる。だが、経済学で指摘されてきたように、モノの価値を生み出す要素の一つとして、希少性がある。そもそも存在している数自体が少ないために、誰もが手に入れられるわけではない。そのことに価値が宿るというわけだ。ディジタルゲームにおいては、こうした意味での希少性をいかにつくりだすかというさじ加減一つで、価値の創出に成功もすれば失敗もすることになる。

ソーシャルゲームをやり込んでいる高校生や専門学校生と話をしていると、彼らがしばしば嘆くのは、つい一週間前までは、レア（入手困難）で最強と言われていた武器が、一週間後にはゲーム内に蔓延して無価値になるばかりか、さらに強い超レア武器が現れるといった状況である。運営側が、イヴェントで次々と「レアアイテム」を提供した結果、価値の陳腐化が速く、その速さにうんざりしたプレイヤーたちは「どうせすぐもっと『レア』なアイテムを出すんでしょ」とやる気を失うことにもなる。ある高校生が言った「きょうび、レアじゃないアイテムを見つけるほうがよっぽどレアですよ」という皮肉は、けだし名言であろう。

その点で『パズドラ』はどうか。コイン、魔法石、モンスターといった各種リソースは、それぞれに希少性を確保するための制御が利いている。第一に、いずれも消費財として、使えばなくなる形式を採っているので、ゲームを進めれば自ずと減るようになっている。

また、モンスターについては、ゲーム中で希少性を★の数で明示している。★が三つ以上のモンスターを強化や進化で消費する場合は、ゲーム側から「レアなモンスターだが消費してよいか」と確認が入るため、プレイヤーは否応なくモンスターの価値を意識することになる。

加えて『パズドラ』は、モンスターの希少性を制御しやすい作りが採られていることにも注意しよう。というのも、基本的には一人で遊ぶシングルプレイのゲームであり、他のプレイヤーとモンスターを交換したり売買する仕組みがないからだ。ゲームとしては、一人一人のプレイヤーのゲーム環境において、希少性が確保されれば問題ない。これがネットワークを通じてプレイヤー同士のトレードが生じるゲームでは、事態が複雑になる。或るモンスターやアイテムの希少性は、そのゲーム世界内全体に存在する全数だけでなく、それを独占して故意に持ち腐れにするプレイヤーなどがいる場合、希少性を制御しづらくなるからだ。また、プレイヤーのログインを促す各種イヴェントでアイテムを配布する場合、配布の仕方によっては希少性が大きく損なわれることにもなる。

最後に付け加えると、『パズドラ』では、そのようにして集めた資源を、いかに組み合わせるかということが、ゲームを有利に進める上でも重要な要素となっている。文字通りモンスターを合成することや、チームを編成することも含めて、厖大な組み合わせのなかから、どのようなセッティングにするかということが、絶えず問われるのである。それは、パズルの解説でも触れたように、次々と出現する新たなダンジョンや敵モンスターに合わせて、プレイヤー側の戦略も工夫する必要があるためだ。

おわりに

以上、『パズドラ』を遊ぶなかで、いかにして「意味ある遊び」が生じているのかという次第を観察してみた。このゲームでは、よくデザインされたゲームがそうであるように、ゲームをどれだけ進めていっても、常にプレイヤーにとって楽勝とはいかない難問を突きつけるようにつくられている。そこで、プレイヤーは『パズドラ』のアプリを一旦離れたとしても、ゲームに対して常に「未解決感」を覚えることになる。まだすっかり遊び尽くしたわけではない、まだ自分が経験していないものが残っているというこの感覚は、再びゲームを起動したい気持ちをそそる大きな要因である。次々と現れるダンジョンや新たな敵、入手できるモンスターやその進化形など、探索して楽しめる要素が目減りせず、いつも現在の自分のチームにはちょっと難しいダンジョンが待っている。

また、ゲームの中核部分は、同じ色のドロップを三つ揃えるというシンプルなパズルでありながら、そのパズルは、繰り返し遊んでも飽きない造りになっていることにも注意しよう。つまり、パズル自体は一貫して同じルールだが、ダンジョンやバトルごとに登場する敵やその組み合わせが異なり、そのつどプレイヤーのチームのモンスターも異なる組み合わせである可能性がある。そこで、同じパズルであっても、どのドロップをどの順序で消してゆくかは、敵と味方の組み合わせと状況に応じて変わるのである。

このように「同じ」仕組みでありながら、遊ぶつど「異なる」遊びの状況が生じるゲームは、プレイヤーを飽きさせないだけの変化を生み出す可能性がある（ただし、それだけでは足りない）。これまで人類がどれだけの回数、『チェス』や『将棋』をプレイしたか分からないが、その盤上に展開するコマの配置の組み合わせは、文字通り天文学的数字にのぼる。人が一生毎日『チェス』だけ打ち続けたとしても、とうてい味わい尽くせないような盤面のヴァリエーションが生じるのである。

そして、なによりもここまで分析してきた各種要素が、プレイヤーの行動に応じて、ゲームの基本構造のなかで、他の要素に影響を及ぼすように設計されている。このように分析してみるのは、比較的易しいが、いざ自分で同様の構造をつくり出すとなると、そう簡単ではないことも指摘しておきたい。

　こうした検討を通じて、『パズル&ドラゴンズ』は、他のプレイヤーとのやりとりを重視するソーシャルゲームというよりは、昔ながらのよくデザインされたゲーム、プレイヤーが与えられた資源を駆使して、自らの試行錯誤と工夫でつぎつぎと新しいステージ（レヴェル）を攻略して楽しむ、そうしたタイプのゲームであることが分かる。

　もし『パズドラ』を見倣って、プレイヤーを魅了するゲームをつくりたいと思えば、単にパズル部分を模倣したり、モンスターのコレクションや合成要素を真似するだけでは足りない。本稿で観察してきたように、そうした各パーツが、相互に強く関連しあって、意味ある遊びを生み出しているからこそ、プレイヤーはそうした変化のループから抜けられなくなるのである。

　ここでは、そうした意味ある遊びが、どのようなゲームの仕組みによって実現されているかという次第を分析してみた。

『ルールズ・オブ・プレイ』攻略法
発行日　２０１３年11月29日
＊Ludix Lab公開研究会「「意味ある遊び」を生み出すルールとデザイン」にて配布

バベルの図書館司書便り
――ある一カ月の記録

以下は、二〇一八年七月の一ヵ月のあいだ、私の手元に来た本と雑誌の記録である。果たしてそんなことにご興味のある人がどれほどいらっしゃるか分からないけれど、そのつどの用向きや偶然の重なりから、たまさか一人の人物の書棚にどんな本が集まるのかという観点で眺めてみると、ちょっと面白いかもしれない。少し日記的要素もある。小鳥があちこちから材料を集めて巣をつくる様子を観察するように、といったらかわいらしすぎるかしら。

■七月一日（日）5冊／5冊（当日／当月合計）

今日から七月である。これから一ヵ月、入手した本の記録をつけてみる。ただし、電子版を入れるときりがないので、ここでは省略する。目下、漫画と雑誌はほとんど電子版で読んでいることもあって、以下の記録にはあまり登場しない。それで困る人は皆無だと思うのでよしとしよう。

001 パトリック・E・マクガヴァン『酒の起源――最古のワイン、ビール、アルコール飲料を探す旅』（藤原多伽夫訳、白揚社、2018/03）

002 バーナビー・コンラッド三世『アブサンの文化史――禁断の酒の二百年』（浜本隆三訳、白水社、2016/12）

『酒の起源』を買うついでに『アブサンの文化史』も入手した。夏場はポルトガルの微発泡ワイン、ヴィーニョヴェルデやジントニックがおいしい季節。後者はやはりアブサンを飲みながら読もうかな。

003 Edited by Daniel J. McKaughan and Holly Vande Wall, *The History and Philosophy of Science: A Reader* (Bloomsbury USA Academic, 2018/01)

004 Alex Csiszar, *The Scientific Journal: Authorship and the Politics of Knowledge in the Nineteenth Century* (University of Chicago Press, 2018/06)

明日、『日経サイエンス』のインタヴューを受ける予定を思い出す。月に二度、ゲームデザイン講座を担当している学校（代々木）の帰りに紀伊國屋書店の洋書部に立ち寄って、科学史関連の棚を重点的に眺める。あったあった。『科学哲学の歴史』の目次を眺めると、今回のインタヴューのテーマにばっちり合っているというので手にとる。その近くにもう一冊気になる本があった。『科学雑誌』といってこれも歴史を書いた本。いま執筆中の本の一つに『科学の文体（仮題）』（名古屋大学出版会）というのがあって、歴史上、科学の知識というものは、どのように伝達されたのかを論じようとしているところ。科学雑誌はたいへん重要な要素の一つなので、関連書を見たら即入手なのである。

005 Philippe Sollers, *Lettres à Dominique Rolin 1958-1980* (Gallimard, 2017/11)

紀伊國屋書店洋書部に寄ると、時間があればほぼすべての棚を眺め歩くようにしている。同店には、英語以外にもフランス語、ドイツ語、イタリア語、スペイン語、中国語などの本も置かれている。今日はフランス語の棚で、フィリップ・ソレルスの書簡集を見つけて手にした。どうも手紙やメールを上手に書けないということもあってか、作家たちの書簡集を見かけるとつい手にとってしまうのだった。先日はこの棚で、ピカソとジャン・コクトーの往復書簡集やロマン・ヤコブソンとレヴィ＝ストロースの往復書簡集を手に入れたところだった。ジャン・コクトーがやたらとハートマークを入れてくるのがおかしい。

■七月二日（月）14冊／19冊

006『新釈漢文大系60 玉台新詠（上）』（内田泉之助、明治書院、1974/02）

007『新釈漢文大系61 玉台新詠（下）』（内田泉之助、明治書院、1975/05）

008『新釈漢文大系70 唐宋八大家文読本（一）』（星川清孝、明治書院、1976/03）

009『新釈漢文大系71 唐宋八大家文読本（二）』（星川清孝、明治書院、1976/12）

010『新釈漢文大系84 中国名詞選』（馬嶋春樹、明治書院、1975/03）

011『新釈漢文大系94 論衡（下）』（山田勝美、明治書院、1984/02）

先頃めでたく全巻完結した『新釈漢文大系』（全一二〇巻＋別巻一、明治書院、一九六〇—二〇一八）は、かねてより全巻講読案件だった。のだけれど、読むのが追いつかずきちんと集めていなかった。これを機に全巻を集め読もうと思い直して、まずは二〇巻ほど注文した。その最初の六巻が届いたところ。

012 田口卯吉『日本開化小史』(岩波文庫青113-1、1964/06)

以前も買ったはずなのだが、見当たらないので再入手(こうして同じ部屋に同じ本が複数冊たまってゆくのであった……)。

013 J・G・フレイザー『金枝篇――呪術と宗教の研究 第1巻 呪術と王の起源(上)』(神成利男訳、石塚正英監修、国書刊行会、2004/07)

014 藤井非三四『帝国陸軍師団変遷史』(国書刊行会、2018/06)

015 ロミ『自殺の歴史』(土屋和之訳、国書刊行会、2018/04)

016 アニエス・ジアール『愛の日本史――創世神話から現代の寓話まで』(谷川渥訳、国書刊行会、2018/06)

017 ドナルド・E・ウェストレイク『さらば、シェヘラザード』(矢口誠訳、ドーキー・アーカイヴ、国書刊行会、2018/06)

国書刊行会から本が届く。目下刊行中の『金枝篇』の第一巻は品切れだったところ、久しぶりの増刷とのことで、この機会に入手。国書刊行会は、過去の刊行物も含めて注視し続けている版元の一つ。目録が届くたび読み直し、読みたかったのにまだ読んでなかった本を確認し、毎月の新刊もチェックしている。ちょっとした監視のようなものである。多感な時期に『ラヴクラフト全集』やら『世界幻想文学大系』などに遭遇してしまったのがおそらくは運の尽き。なにかを刷り込まれているのである。

018 『新釈漢文大系69 論衡(中)』(山田勝美、明治書院、1979/11)

『新釈漢文大系』全巻講読プロジェクトの続き。この叢書、ちょっと面白いことに巻数が必ずしも連続しない本がある。例えばこれに続く『論衡』の下巻は第九四巻だったりして。

019 石戸諭『リスクと生きる、死者と生きる』(亜紀

書房、2017/08）

今日は『日経サイエンス』のインタヴューを受けてきた。テーマは、秋に上野の森美術館で開催される予定の「世界を変えた書物」展に関するもので、同展に出展される本を一冊選んで話すという内容。私はデカルトの『哲学原理』を選んで話した。八月末発売予定の二〇一八年一〇月号に掲載。インタヴュアーを担当してくださった石戸諭さんからご著書を頂戴する。

■七月三日（火）48冊／67冊

毎週火曜日と木曜日はモブキャストゲームスに勤めている。会社のある六本木には、先月まで青山ブックセンター六本木店があって、会社帰りに必ず立ち寄っていた。残念ながら閉店してしまった後は、やはり六本木駅前にあるブックファーストに寄っている。

020 『ユリイカ』２０１８年７月臨時増刊号「総特集＝高畑勲の世界――アニメーション監督の軌跡」（青土社、2018/06）

『ユリイカ』は大学生の時に読み始めて、それ以来『現代思想』とともに毎号欠かさず目を通すことにしている。自分の狭い趣味と好みの壁を壊そうと思って、そんなふうにともかく出されたら好き嫌いに関係なく手にして読む雑誌を設定しているのだった。先日亡くなった高畑勲さんの追悼特集号。ついでながら、かつて二〇代、三〇代の頃は、左右関係なく論壇誌も欠かさず目を通していたけれど、名だたる論客たちも一人また一人とこの世を去って、徐々に見るべき論がなくなり、ついに目次を眺めるだけになって現在に至る。ときどき読むのは『世界』と『中央公論』、『アスティオン』、『フォーリン・アフェアーズ』くらいだろうか。

021 ナターシャ・ダウ・シュール『デザインされたギャンブル依存症』（日暮雅通訳、青土社、2018/06）

022 ダニエル・C・デネット『心の進化を解明する――バクテリアからバッハへ』（木島泰三訳、青土社、2018/06）

青土社の新刊も、全部読むとまではいかないまでも、何が出ているのかは毎月確認している。『デザインされたギャンブル依存症』は、仕事でかかわっているソーシャルゲームにも無縁ではない話題。デネットの本は、これまた出たら無条件に目を通すだけ通すことにしている。この本は少し前に原書が出たもので、入手したものの読了しないうちにこうして訳書が出るのだった。ありがたい。

023 ハン・ガン『そっと 静かに』（古川綾子訳、新しい韓国の文学18、クオン、2018/06）

このところ、韓国の現代文学を面白く読んでいる。晶文社から出た「韓国文学のオクリモノ」（全六巻）もすばらしい作品ばかりだった。この「新しい韓国の文学」もすべて読もうと思っているところ。どうしようもない政治的状況があるところ、文学や芸術に面白いものが出てくるというのは、私の勝手な経験則というか見立てなのだけれど、彼らの作品にもそうした要素があるように感じている。では、どうしようもない政治状況にある現在の日本はさてどうか。

024-036『下村寅太郎著作集』（全13巻、みすず書房、1988/10-1999/07）

詳しくは省略するけれど、昔から「全集」とか「著作集」という言葉にたいそう弱い。ウソでも仮でも「ここに全部集めた」という感じが好きなのだった。そこで、学生の頃からいつかこの全集を手元に置いて読もうと考えているものをリストにしている。ときどき巡り合わせがよい折りに、こうして注文して手に入れるのだった。

037『太極図説／通書／西銘／正蒙』（西晋一郎＋小糸夏次郎訳註、岩波文庫青219-1、1938/04）

038 板垣退助監修『自由党史（上）』（遠山茂樹＋佐藤誠朗校訂、岩波文庫青105-1、1957/03）

039 板垣退助監修『自由党史（中）』（遠山茂樹＋佐藤誠朗校訂、岩波文庫青105-2、1958/06）

040 板垣退助監修『自由党史（下）』（遠山茂樹＋佐藤誠朗校訂、岩波文庫青105-3、1958/12）

041 中江篤介『兆民選集』（嘉治隆一偏校、岩波文庫青、1936/04）

042 伊藤博文『憲法義解』（宮沢俊義校註、岩波文庫青111-1、1940/04）

043『福沢諭吉教育論集』（山住正己編、岩波文庫青102-4、1991/03）

044 渋沢栄一『雨夜譚――渋沢栄一自伝』（長幸男校注、岩波文庫青170-1、1984/11）

045 西村茂樹『日本道徳論』（吉田熊次校、岩波文庫青103-1、1935/01）

046 福沢諭吉『福澤選集』（岩波文庫青、1928/01）

047 内村鑑三『基督信徒のなぐさめ』（岩波文庫青119-1、1976/12）

048 穂積陳重『復讐と法律』（岩波文庫青147-3、1982/04）

049 福本日南『元禄快挙録（上）』（岩波文庫青159-1、1982/10）

050 福本日南『元禄快挙録（中）』（岩波文庫青159-2、1982/11）

051 福本日南『元禄快挙録（下）』（岩波文庫青159-3、1982/12）

052 内村鑑三『求安録』（岩波文庫青119-7、1939/12）

053 片山潜『日本の労働運動』（岩波文庫青129-1、1952/03）

054 陸羯南『近時政論考』（岩波文庫青108-1、1972/11）

055 『植木枝盛選集』（家永三郎編、岩波文庫青107-1、1974/07）

056 『植村正久文集』（斎藤勇編、岩波文庫青116-1、1939/08）

057 加太邦憲『自歴譜』（岩波文庫青156-1、1982/08）

058 『東洋民権百家伝』（小室信介編、林基校訂、岩波文庫青104-1、1957/07）

059 『新島襄書簡集』（同志社編、岩波文庫青106-1、1988/03）

060-067 『名将言行録』（全8巻、岡谷繁実、岩波文庫青173-1~8、1943/09-1944/08）

いまから四半世紀ほど前、大学を卒業して会社勤めを始めたころに、「これからは自分の好みと関係なく出されたら必ず全部目を通す本と雑誌を選定しよう」と思い立った。岩波文庫は高校生くらいからそんなにたくさんではないものの集め読んでいたこともあり、また、古今東西の古典的作品を多く入れていることもあり、ともかくつべこべ言わずに読もうと思ったのだった。以来、毎月刊行される新刊書目は全て入手し、平行して過去に刊行されたものも集め読んでいるところ。さすがに一九二七年創刊の文庫だけに、コンプリートにはもう少しかかりそう。今回は、いままで手薄だった青帯の日本思想について、目録の冒頭から未入手のものを順次注文している。気になり始めた人には『岩波文庫解説総目録1927~2016』（岩波書店）の入手をお勧めしたい。創刊から二〇一六年までの刊行書目と解説が載っているので蒐集に便利。

■七月四日（水）4冊／71冊

068『和樂』2018年8・9月号（小学館、2018/06）

橋本麻里さんの「小説 狩野派物語」の最終回を読みたくて買っているのだが、もはや何号休載が続いたかもわからず、あれは夢か幻だったのだと思いそうになるも、目次のスミに休載とある。次こそは……！

069『古英語叙事詩『ベーオウルフ』』（吉見昭徳訳、春風社、2018/06）

こうした古典の新訳も無条件に読む。しかもこれ、古英語と対訳でうれしい。

070 内村鑑三『地人論』（岩波文庫青119-0、1942/09）

071 Antonio de Nebrija, *Gramática sobre la lengua castellana* (La Biblioteca Clásica, Real Academia Española, 2011/05)

アントニオ・デ・ネブリハ（一四四一－一五二二）は、一五世紀から一六世紀にかけて活躍したスペインの人文主義者。この本は『カスティーリャ語文法』といって一四九二年に刊行された文法書。ヨーロッパで文法書といったら、それまではラテン語の文法書だったところ、いわゆる俗語と呼ばれる言語についてはじめて書かれたのがこの『カスティーリャ語文法』と言われている。目下『私家版日本語文法小史（仮題）』（みすず書房）という本を書いている最中で、文法の歴史に関わる本が目に入るとすぐに注文してしまうのだった。これはスペイン書房という本屋さん経由でお願いした。ちなみにこの「古典叢書（La Biblioteca Clásica）」というシリーズは、スペイン王立アカデミーが刊行しているスペイン語による古典の叢書で、全一一一巻から成る。私は世界各地の各言語で刊行されているこうした古典叢書に興味があって、目に入ると目録を読んでどんな本が入っているのかを確かめたくなってしまうのだった（気になってきた人はこちらをどうぞ☞ http://www.rae.es/obras-academicas/bcrae）。とはいえ、変な話だけれど、こうした古典の大半は、現在インターネットの各種デジタル・アーカイヴに元版の画像などがアップロードされていることが多いので、読みたいだけならネット上で読むこともできる。

■七月五日（木）　7冊／78冊

072　小野憲史＋山本貴光『ゲームクリエイター育成会議』第3号「ゲームデザイナーと教養の重要性」（聖地会議、2018/07）

ゲームジャーナリストの小野憲史さんにそそのかされて（?-）、彼が始めた『ゲームクリエイター育成会議』という薄い本に登場することになった。小野さんが設定した「ゲームデザイナーと教養」というテーマにそって行われたインタヴューを文字に起こしたものだ。それはよいのだけれど、表紙に大きく自分の写真が出ているのは恥ずかしいものですね……。私は子供の頃から写真が苦手で、カメラを向けられると口元に力が入ってしまうのだけれど、このときは比較的ましといえばましかもしれない。とは、余人にとってはどうでもよろしいことでした。それより、聞かれたからといって私が教養など語ってしまってよいのかというほうがよほど心配である。

073　藤田祥平『電遊奇譚』（筑摩書房、2018/04）

074　藤田祥平『手を伸ばせ、そしてコマンドを入力しろ』（早川書房、2018/04）

「日本経済新聞」の桂星子記者から、「ゲームと文学」というテーマで取材をしたいとお知らせをいただいた。まだ読んでないゲームが出てくる小説にはなにがあったかなと書店で手にしたのがこの二冊。取材では一時間か一時間半ほどお話ししただろうか。二〇一八年八月四日の「日本経済新聞」朝刊に「ゲーム主題の文学、作風に変化――AR時代の感性を映す世界見るレンズに」という記事として掲載された。私のコメントは二〇文字くらいに圧縮されていたけれど。

075　リチャード・パワーズ『舞踏会へ向かう三人の農夫（下）』（柴田元幸訳、河出文庫、2018/07）

新刊が出たらなにも言わずに買って読む作家の一人がリチャード・パワーズ。『舞踏会へ向かう三人の農夫』は、みすず書房から出たときに一度読んでいる。好きな作家の本は、文庫化したときにもまた読んだりする。というので書店で見かけて買った。やけに薄くなったなあと思ったら、私が手にしたのは下巻だけだった。上下巻とも同じデザインで、「上」と「下」の部分だけが違うことに気づかなかったのだった。後日上巻を入手する際、間違えないようにしなければ（昔、同じ小説の上下巻を買ったつもりが、上巻だけ二冊買ったこともある）。

076 シモーヌ・ヴェイユ『シモーヌ・ヴェイユ アンソロジー』（今村純子訳、河出文庫、2018/07）

077 荒木優太『仮説的偶然文学論』（哲学への扉、月曜社、2018/05）

078 アラン・コルバン『処女崇拝の系譜』（山田登世子＋小倉孝誠訳、藤原書店、2018/06）

月曜社も藤原書店も目が離せない版元で、先に述べた国書刊行会の場合と同じで、過去の刊行物はもちろんのこと、新刊が出たら、すぐ読むかどうかは別にして、必ずチェックするようにしている。ヴェイユも出たら読む。

■七月六日（金）14冊／92冊

079『文藝』2018年秋号（河出書房新社、2018/07）

080『文學界』2018年8月号（文藝春秋、2018/07）

081『すばる』2018年8月号（集英社、2018/07）

082『新潮』2018年8月号（新潮社、2018/07）

083『群像』2018年8月号（講談社、2018/07）

月はじめは文芸誌が出揃う。『文藝』で前号から文芸季評「文態百版」という連載をはじめたこともあり、今年は文芸誌を全ページ読むという修行を続けている。二〇代のころ、やはり文芸誌を端から端まで全部読んでみるということをしていたけれど、思えばあのときは時間があった。漱石先生が『文学論』の序文かどこかで、若人よ、時間があるいまのうちにあれこれ読んでおきたまえと勧めているのを思い出す。「といっても自分はそんなふうにできなかったけどね」と諧謔をまぶし忘れないのが漱石先生のステキなところ。

084『新釈漢文大系68 論衡（上）』（山田勝美、明治書院、

1976/09）

085『新釈漢文大系9 古文真宝（前集）（上）』（星川清孝、明治書院、1967/01）

086『新釈漢文大系10 古文真宝（前集）（下）』（星川清孝、明治書院、1967/02）

087『新釈漢文大系16 古文真宝（後集）』（星川清孝、明治書院、1963/07）

088『新釈漢文大系72 唐宋八大家文読本（三）』（遠藤哲夫、明治書院、1996/04）

089『新釈漢文大系114 唐宋八大家文読本（七）』（沢口剛雄＋遠藤哲夫、明治書院、1998/11）

090『新釈漢文大系14 文選（詩篇）（上）』（内田泉之助＋網祐次、明治書院、1985/08）

091『新釈漢文大系15 文選（詩篇）（下）』（内田泉之助＋網祐次、明治書院、1964/12）

『新釈漢文大系』全巻集め読みプロジェクトの一環。自分が生まれる前（一九七一年生まれ）から続いてきた企画なのかと思うと、少し気が遠くなる。よくぞ完結したものだ。

092『岩波世界人名大辞典』（岩波書店、2013/12）

目下翻訳中の『時間の地図製作法（仮題）』（フィルムアート社）という本にヨーロッパの人名が山ほど出てくるので、表記の参考にするために手に入れた。

■七月七日（土）10冊／１０２冊

093『数理科学』２０１８年7月号「特集＝物理学における思考と創造——絡み合う普遍性と多様性、創発性」（サイエンス社、2018/06）

『数理科学』も毎号読むようにしている雑誌。ときどき何が書いてあるのか分からないこともあるけれど、それも含めて楽しい。

094 リチャード・パワーズ『舞踏会へ向かう三人の農夫（上）』（柴田元幸訳、河出文庫、2018/07）

先日、下巻だけ買ってしまったので、上巻を入手した。間違えて下巻をもう一冊買ってしまったりせずに済んだ。

095 足立巻一『やちまた（上）』（中公文庫、2015/03）

096 足立巻一『やちまた（下）』（中公文庫、2015/03）

以前買ったはずだが見当たらず。『私家版日本語文法小史』に必要で再購入。

097 W・イェーガー『パイデイア――ギリシアにおける人間形成（上）』（曽田長人訳、知泉学術叢書3、知泉書館、2018/07）

ここ一〇年、一五年くらいだろうか、教育の歴史に関心があって、関連する本が出ると見るように注意している。時代や場所によって、学校でなにをどう教えていたかを見てみると、その時代になにが必要だと考えられていたかも垣間見えてくる。知泉書館は個人的に注目している出版社の一つ。末永く続いて欲しいと願って、微々たる貢献に過ぎないものの、気になる書目は購入することにしている。近年では『デカルト全書簡集』（全八巻）などは誠にありがたい仕事だった。

098 『史學雑誌』第127編第5号「特集＝2017年の歴史学界――回顧と展望」（山川出版社、2018/06）

去年一年の歴史学方面の動向について、地域別、時代別に見るべき論文や本を紹介しているありがたい特集号。各方面でこうしたまとめを読みたい。

099 『周作人読書雑記3』（中島長文訳注、東洋文庫889、平凡社、2018/06）

東洋文庫もまた、全巻読む読む案件である。ただし、思い立ってからそれほど時間が経っておらず、まだ読んだ量は半分にも達していない。他方で、叢書全体が千冊に到達していないと、「いけるじゃん」と思ってしまうのは、たぶんどれだけ読んでも追いつくということがないペリー・ローダン・シリーズのせいだと思っている。

100 マーク・エヴァン・ボンズ『ソナタ形式の修辞学――古典派の音楽形式論』（土田英三郎訳、音楽之友社、2018/06）

音楽書も気になる分野の一つ。しかも「修辞学（レトリック）」なんて言われたら、『文体の科学』（新潮社）を書いた身としては見過ごすわけにいかないのだった。

101 松田行正『ヘイトHATE!』（左右社、2018/07）

牛若丸ことブックデザイナーの松田行正さんがつくる本は、どれも趣向が凝らされていて楽しい。今回は目下の日本を吹き荒れているヘイトがテーマ。吹き荒れているというか、以前からそういうものが横行していたところ、インターネットでその様子が拡散・保存されやすくなったということなのかもしれない。

102 クリストファー・G・ブリントン＋ムン・チャン『パワー・オブ・ネットワーク――人々をつなぎ社会を動かす6つの原則』(臼井翔平＋鬼頭朋見＋浅谷公威＋坂本陽平＋高野雅典＋伏見卓恭＋池田圭佑訳、森北出版、2018/07)

理系の出版社についても動向をチェックしている版元がいくつかある。森北出版もそのひとつ。ゲーム開発や教育という仕事柄、特に計算機科学、数学関連はどんな本が出ているかを常に確認するようにしている。

■七月八日（日）
なし

■七月九日（月）
なし

■七月一〇日（火）５冊／１０７冊

103 東郷雄二『ニューエクスプレス＋ フランス語』(白水社、2018/07)

104 岩崎務『ニューエクスプレス＋ ラテン語』(白水社、2018/07)

105 喜多山幸子『ニューエクスプレス＋ 中国語』(白水社、2018/07)

106 三上直光『ニューエクスプレス＋ ベトナム語』(白水社、2018/07)

107 黒田龍之助『ニューエクスプレス＋ ロシア語』(白水社、2018/07)

諸君、なにを隠そう私は語学書が好きだ。しかも下手の横好きというやつで、ろくにできもしないくせにいろいろな言語の本を覗きたくなってしまう。白水社の「ニューエクスプレス」シリーズが、新たに「ニューエクスプレス＋（プラス）」としてスタートした。第一回配本はこの五言語である。八月もさらに四言語分が出るとのこと。そんなことをしてどうするつもり？　と尋ねられても困るが、このシリーズは全部見てゆくつもり。

■七月一一日（水）11冊／118冊

108『ジュリスト』2018年7月号「特集＝GDPRの適用開始をめぐって」（有斐閣、2018/06）

一時期、法律雑誌をよく読んでいたことがあった。というのは、法律について知りたいからということもあったけれど、判例などを見ていると、人間ってそんなこともするのかという妙な発見もあったりするのが楽しくて。EUで適用が始まったGDPR（EU一般データ保護規則）は、ゲーム開発という仕事にも関わるのだけれど、まだよく分かっていないので読んでみようと思って手にしたのだった。

109 三田一郎『科学者はなぜ神を信じるのか――コペルニクスからホーキングまで』（講談社ブルーバックス、2018/06）

中高生のとき、ブルーバックス少年だった。と言っても、相対性理論や量子論方面などは、読んでも半分も分かっていなかったと思う。ただ、手に入るだけ集め読んだ結果、科学方面の重要キーワードやおおまかな歴史やマップが頭に入った。もちろんただ知りたいから、楽しかったからやっていたことなのだけれど、それから二〇年後くらいに物書きになっておおいに役に立ってしまっている。ありがとう、一〇代の私よ。

110 江戸川乱歩編『世界推理短編傑作集1』（創元推理文庫、2018/07）

中高生のときに愛読した文庫の新版。作品によっては新訳だったり、訳を入れ替えたりもしている様子。こういう場合旧版ともども並べたくなるのが人情というもの。これとアイザック・アシモフの『黒後家蜘蛛の会』（全五巻、創元推理文庫）はオールタイムベストというか、座右に置いて読み返している。

111 プルースト『失われた時を求めて6――第三篇「ゲルマントのほうII」』（高遠弘美訳、光文社古典新訳文庫、2018/07）

112 ラフカディオ・ハーン『怪談』（南條竹則訳、光文社古典新訳文庫、2018/07）

113 ミカエル・ロストフツェフ『隊商都市』（青柳正規訳、ちくま学芸文庫、2018/07）

114 藤原彰『餓死した英霊たち』（ちくま学芸文庫、

2018/07)

115 エリック・ホブズボーム『20世紀の歴史——両極端の時代（下）』（大井由紀訳、ちくま学芸文庫、2018/07）

116 真弓常忠『古代の鉄と神々』（ちくま学芸文庫、2018/07）

117 井口直司『縄文 土器・土偶』（角川ソフィア文庫、2018/06）

118 山田康弘『縄文人の死生観』（角川ソフィア文庫、2018/06）

光文社古典新訳文庫とちくま学芸文庫は新刊が出たら、自分の興味関心や好き嫌いとは関係なく全て入手して読むことにしている、これまた無条件全巻講読案件。このところ、角川ソフィア文庫も見逃せない書目が多い。うれしい悲鳴である。

■七月一二日（木）

なし

■七月一三日（金）11冊／129冊

119 吉川浩満『人間の解剖はサルの解剖のための鍵である』（河出書房新社、2018/07）

我が盟友吉川浩満くんの新著が出た。『理不尽な進化』（朝日出版社）もすばらしい本だったけれど、過去の文章を集めた今回の本も、一見意味の分からない書名（マルクスの引用）も含めて文句なしにいい。

120 Maria Michela Sassi, *The Beginnings of Philosophy in Greece* (Translated by Michele Asuni, Princeton University Press, 2018/07)

紀伊國屋書店のウェブで注文しておいた本が届いた。ネット通販は便利な反面、注文してから届くまで当然ながら間が空く。そうすると、注文したときの自分の気持ちをすっかり忘れていたりして、「あれ、なんでこの本を頼んだんだっけ？」と狐につままれたような気分にもなるのであった（狐からは、「お前さんのネット通販に構うほど暇じゃない」と叱られそう）。これはたぶん、ギリシア以前、古代メソポタミアや古代エジプトにおける学術の状況について考えているときに、ギリシア哲学のはじまりについて確認し直してみようと思って、比較的最近の文献を探した結果だったと思う。もとはイタリア語で書かれたものの英訳版。面白かったら同じ著者の他の本も手に入れるつもり。

121 *Le Nouveau Magazine Littéraire n° 7- Vivre sans Dieu* (2018/07)

フランスの文芸思想誌『マガザン・リテレール』もここ一五年くらい読んでいる。日本でいうと『ユリイカ』のような感じで、毎号特集を組んである作家や哲学者をとりあげている。ただし、最近誌名に「ヌーヴォー」という言葉がついてからは、随分性格が変わってきたようで、私の好みとは違うものになりつつある。とはいえ、アンテナの一本としてしばらくつきあうつもりではある。

122 Graham Harman, *Object-Oriented Ontology: A New Theory of Everything* (Pelican Book, 2018/06)

このところ人文系の一部を賑わせている新実在論という舶来思想関連の本。一応目を通すようにしている。

123 佐久間文子『「文藝」戦後文学史』（河出書房新社、2016/09）

『文藝』で文芸時評を担当する身としては、なんだか恐ろしい。というのは、ここしばらく同誌には文芸時評がなかったのだけれど、それ以前の担当者たちの顔ぶれったら。

124 ロバート・ライト『なぜ今、仏教なのか——瞑想・マインドフルネス・悟りの科学』（熊谷淳子訳、早川書房、2018/07）

早川書房というとSFやミステリやファンタジーでよく知られている。他方で、実はノンフィクションやどこに分類してよいのか分からない（褒め言葉）面白い本もいろいろ出している。

125 椹木野衣『感性は感動しない——美術の見方、批評の作法』（教養みらい選書、世界思想社、2018/07）

世界思想社の新シリーズから美術批評の椹木野衣さんの新著が出た。情報やデータは山ほどあって手にしやすくなった反面、その海をどう泳ぎ渡っていったらいいかという基礎が分からなくなっている時代なのかもしれないと感じている。「教養」と言わず他の言葉でもよいけれど、互いに意思疎通するための共通言語となるような知識や認識を整えなおすとよいように思う。と、シリーズ名を見て思った。

126 『本の雑誌』2018年8月号「特集＝上半期のベスト1が決定」（本の雑誌社、2018/07）

同誌では「マルジナリアでつかまえて」という連載を持っている。人びとが本の余白にどんな書き込みをしたのか、本をどのように使ったのかという例を見てみようという話。

127 中田祝夫＋竹岡正夫『あゆひ抄新注』（風間書房、1993/01）

128 本居春庭『詞之やちまた（上）』（文化3年＝1806）

129 本居春庭『詞之やちまた（下）』（文化3年＝1806）

これらもまた『私家版日本語文法小史』を書くための資料。『詞之やちまた』は『詞八衢』とも綴る。毎回本を一冊書くために、こんな具合に泥縄式で資料を買い集める。昔、鹿島茂さんがどれかの本で、「本を書くたび資料代がかさんで赤字である」（大意）という意味のことを書いておられるのを読んで、「ほお、そんなことがあるのか。しかも鹿島先生の場合は、フランスの稀覯書なども含まれるから余計にそうなのかしら」と、他人事として感心したことがあった。いまではその意味がよく分かる。

■七月一四日（土）

なし

■七月一五日（日）　8冊／137冊

130 加藤陽子『天皇の歴史8 昭和天皇と戦争の世紀』（講談社学術文庫、2018/07）

131 マックス・ウェーバー『仕事としての学問　仕事としての政治』（野口雅弘訳、講談社学術文庫、2018/07）

132 井上寿一『日中戦争——前線と銃後』（講談社学術文庫、2018/07）

133 アルバート・アインシュタイン『科学者と世界平和』（井上健訳、講談社学術文庫、2018/07）

134 山本ひろ子『変成譜——中世神仏習合の世界』（講

談社学術文庫、2018/07）

講談社学術文庫もまた、「全て集め読む」プロジェクトの対象レーベルである。このところは歴史ものが多めだろうか。また、近現代の人文学や社会科学の古典的作品の新訳なども精力的に入れており、ちくま学芸文庫とともに、一部岩波文庫の古典旧訳を更新している部分もある。今月はこの五冊。自分の趣味や好みとは関係なく、出されたら全部読む読む。

135 ジャン・グロンダン『解釈学』（末松壽＋佐藤正年訳、文庫クセジュ1021、白水社、2018/07）

文庫クセジュもまた（以下略）。しかも解釈学については、このようなコンパクトな形でまとまった類書も少ない。つまり、読まない理由はなにもない。

136 グィッチャルディーニ『政治と人間をめぐる断章——リコルディ』（永井三明訳、中公クラシックス、2018/07）

中公クラシックスは、かつて中央公論社が出していた「日本の名著」と「世界の名著」を新書サイズで新たな解説をつけて出し直すありがたい企画。ということは、両名著シリーズを集め読んでいた私には不要のものかと油断してはならない。実際には両名著シリーズ以外の書目も入っているからである。例えばこのグィッチャルディーニのように。

137 『幽』第29号「特集＝刀剣怪談」（角川書店、2018/07）

毎号読む雑誌の一つ。ゲーム「刀剣乱舞」の影響もあってか、このところ刀剣方面がなにかと話題である。秋には京都国立博物館で「京のかたな」展も開催予定とか。

■七月一六日（月）９冊／１４６冊

138-145 『桑原武夫全集』（全7巻＋補巻、朝日新聞社）

他の全集を探している最中に目に入って、「そういえば、いつかは目を通さねばと思っていた全集だったし、なんだか随分廉価だし、来年書く予定の『思想の思想史（仮題）』にも関係するから手に入れておこう」と考えて入手したのだった（だから、誰に向かって釈明しておるのか）。

146 柏木英彦『ラテン中世の精神風景』（知泉書館、

2014/09）

Twitterを閲覧中、誰かのつぶやきで目に入った本。気になって同書館のウェブサイトで目次を確認。すぐ注文した。

■七月一七日（火）4冊／150冊

147 安田浩一『「右翼」の戦後史』（講談社現代新書2485、2018/07）

148 ジョルジョ・アガンベン『実在とは何か――マヨラナの失踪』（上村忠男訳、講談社選書メチエ、2018/07）

講談社選書メチエも創刊以来気になる叢書。新書と専門書のあいだをつないでくれるちょうどよい階段のような本も多い。

149『美術手帖』2018年8月号「特集＝ポスト・パフォーマンス――美術、演劇、ダンスが交差する新たな領域」（美術出版社、2018/07）

『芸術新潮』とともに、美術方面の情報を目にするための雑誌の一つ。月刊から隔月刊化した。

150『三田文學』第134号2018年夏季号「特集＝越境するドイツ」（慶應義塾大学出版会、2018/07）

文芸誌ウォッチの一環として読む。どこまでが文芸誌なのかと考えると、実は境界線がよく分からなくなってくる。例えば、多くの文芸時評ではあまりエンターテインメント寄りの文芸誌はとりあげないようだ。私としては、あまり区別なく検討してみたいと思っているところ。というわけで、文芸誌の観測範囲を広げねば。

■七月一八日（水）15冊／166冊

151-162『橋本進吉博士著作集』（全一二巻／全一一冊、岩波書店）

目下執筆中の『私家版日本語文法小史』の資料として古本で購入。これは私の印象だけれど、このところ以前に比べて全集類がいっそう廉価になっている気がする。読者としてはありがたいけれど、古本屋さんは大丈夫だろうか。この本、全一二巻／全一一冊というのは、本としては一一冊なんだけれど、一巻に二冊入っている（ただし本として一冊なのでややこしい）巻があるため。箱は経年劣化しているものの、中身はいたってきれいで読んだ痕跡はない。

163『文選 詩篇（三）』（岩波文庫赤45-3、2018/07）

164 徳永直『太陽のない街』（岩波文庫緑79-1、2018/07）

165 夏石番矢編『山頭火俳句集』（岩波文庫緑211-1、2018/07）

166 バルガス＝リョサ『ラ・カテドラルでの対話（下）』（旦敬介訳、岩波文庫赤796-5、2018/07）

先に述べたように、岩波文庫もまた「全て集めて読む」プロジェクトの対象シリーズである。今月の新刊はこの四冊だった。

■七月一九日（木）10冊／１７６冊

167 岡本隆司『世界史序説――アジア史から一望する』（ちくま新書、2018/07）

168 苅部直『日本思想史の名著30』（ちくま新書、2018/07）

169 蔀勇造『物語 アラビアの歴史――知られざる３０００年の興亡』（中公新書2496、2018/07）

170 刑部芳則『公家たちの幕末維新――ペリー来航から華族誕生へ』（中公新書2497、2018/07）

171 碧海寿広『仏像と日本人――宗教と美の近現代』（中公新書2499、2018/07）

毎週木曜日もモブキャストゲームスに勤めている。これらは六本木駅前にあるブックファーストと、帰り道の恵比寿にある有隣堂で入手した本。書店で必ず眺める棚の一つは新書コーナーである。どんなレーベルからどんな書目が出ているかを眺める。中でも新刊を一通り確認するのは、岩波新書、岩波ジュニア新書、ＮＨＫ新書、講談社現代新書、講談社ブルーバックス、ちくま新書、ちくまプリマー新書、中公新書、白水社文庫クセジュ、平凡社新書など。自分がよく知らない分野について、まずなにか手がかりを得たい時なども新書を探して読んだりもする。今回は歴史に関するものが多くなった。

172 フランク・ボルシュ『ローダンＮＥＯ９――グッドホープ』（鵜田良江訳、ハヤカワ文庫ＳＦ、2018/07）

ハヤカワ文庫はジャンルを問わず、新刊書目を一通りチェックしている。この日は、すでに他の本（この前後に並んでいる本）を手にしていたこともあり、今月に新刊で一番気になる『ローダンNEO９』だけをまずは手にした。ペリー・ローダン・シリーズのリブート作品で、オリジナルシリーズを材料にしながら、現代風にアレンジしたり、さまざまな工夫が凝らされたりしている。これもまたオリジナル版のように数百巻、数千巻と続くのだろうか……。これで第九巻までつきあったので、よほどのことがなければ続けて読むだろう。こういう翻訳シリーズものは、原書に手を出すかどうかについては慎重な判断が必要である。ちなみにハヤカワ文庫SFは、中学生の頃から愛読しているレーベルの一つで、これもできれば出版された全書目を読みたいと念じている。

173　『小説BOC』第10号（中央公論新社、2018/07）

文芸季評の材料として、小説が載っている雑誌を見かけたら入手するようにしている（といっても、あまりにも多くて網羅できていないのだけれど）。この「BOC」という雑誌は、複数の作家が競作によって一つの世界を描き出すという面白い実験をしているので注目していた。今回の第10号でその実験が完結した。

174　スティーヴン・W・ホーキング＋トマス・ハートッホ『ホーキング、最後に語る――多宇宙をめぐる博士のメッセージ』（早川書房、2018/07）

やはり書店に立ち寄ったら必ず見に行く科学書コーナーで遭遇した本。先日世を去ったホーキング博士の追悼企画というか「緊急出版」とのこと。といってもホーキング博士の共著論文の翻訳と、関係者による文章を集めたものであり単著ではない。科学方面に関する本は、分野を問わずできるだけ目を通すように心掛けている。

175　石川初『思考としてのランドスケープ 地上学への誘い――歩くこと、見つけること、育てること』（LIXIL出版、2018/07）

やはり書店に立ち寄ったら必ず見にいく建築書コーナーで遭遇した本。といっても、Twitterで石川初さんが発売になる旨、ツイートしているのを見て、出たら読もうと思って探していたのだった。そう、Twitterは本を読む人間にとってはたいそう危険な場所で、覗くたび面白そうな新刊や既刊の話が目に入るので（というか、そういう人を多くフォローしているからなのだけれど……）困ってしまう。基本スタンスは、目にして興味があったら注文、あるいは書店で探す。

176 Edited by Faith Wallis and Robert Wisnovsky, *Medieval Textual Cultures: Agents of Transmission, Translation and Transformation* (De Gruyter, 2016/08)

先日、紀伊國屋書店に注文した本が届いた。中世ヨーロッパで、テキストがどんなふうに翻訳、伝播したかについての論集。学術や知識がある文化から別の文化へと移入されたり広がっていったりする現象に興味があって、関連する本や論文があると読みたくなるのだった。これはいま書いている『科学の文体（仮題）』のテーマでもある（という口実のもと、関連文献を買い求めるわけである。って、いったい私は誰に向かって弁明しているのか……）。

■七月二〇日（金）

なし

■七月二一日（土）1冊／177冊

177『旅する本の雑誌』（本の雑誌社、2018/07）

本書の編集も担当している高野さんの提案で、石井桃子さんの蔵書をそのまま残しているかつら文庫と印刷博物館を訪問して記事にしてもらいました。また、「旅の心得帖 学究編」と題して、旅するときにどんな本を持っていくかなどのメモを寄稿しています。雑誌並みにあっという間にできあがってびっくり！

■七月二二日（日）11冊／188冊

178 Annette Antoine, Annette von Boetticher, *Leibniz für Kinder* (Olms Georg AG, 2008/10)

九月に工作舎の『ライプニッツ著作集』第Ⅱ期完結を記念した対談に出ることになった。『ライプニッツ著作集』は第Ⅰ期のころから愛読しており、このたびの第Ⅱ期（全三巻）も近所の書店に全巻講読をお願いしていたところ。とはいえ、ライプニッツ専門家の先生を相手に対談で話をするには勉強も必要である。ということで、書店でたまさか目にした『子供のためのライプニッツ』を読んでみることにした。

179 *The New York Review of Books, July 19, 2018, Volume 65, Number 12, Fiction Issue* (2018/07)

180 *Le Monde diplomatique, Juillet 2018* (2018/07)

181 *art press, n° 457, Juillet-Août 2018* (2018/07)

182 *Scientific American, July 2018* (2018/07)

183 『GINZA』2018年8月号(マガジンハウス、2018/07)

184 『& Premium』2018年9月号「特集=心地のいい暮らし、を考えてみた。」(マガジンハウス、2018/07)

以上は雑誌と新聞である。書評、社会、文化、美術、科学、生活と、各方面について、一定の編集方針で整理された情報は得がたいものだ。よく言われることだけれど、ネットにも情報やデータはたくさんあれど、見る人が自分で整理する必要がある分、労力もかかるし、自分が好きなもの以外が目に入りづらくなる。雑誌は廃刊が続いているけれど、なくならないで欲しいものの一つ。

185 J・C・マクノートン『もう一つの太平洋戦争――米陸軍日系二世の語学兵と情報員』(森田幸夫訳、彩流社、2018/07)

186 佐藤春夫『奇妙な小話 佐藤春夫ノンシャラン幻想集』(長山靖生編、彩流社、2018/07)

187 井口由布『マレーシアにおける国民的「主体」形成――地域研究批判序説』(彩流社、2018/06)

188 松山献『E・M・フォースターとアングリカニズムの精神』(彩流社、2018/07)

彩流社から本が届く。文芸を中心として、多彩なテーマの本を矢継ぎ早に刊行しており、読むほうが追いつかない(うれしい悲鳴)。どの本も、知らないことばかり書いてあり、興味津々で読む。

■七月二三日(月)6冊/194冊

189 エラリー・クイーン『エラリー・クイーンの冒険』(中村有希訳、創元推理文庫、2018/07)

このところ創元推理文庫は、過去の名作の新訳を出している。エラリー・クイーン、ディクスン・カーやヴァン・

ダインなどは、それこそ中高生の頃に夢中になった作家たちで、現在の自分の一部を形成していると感じている。そういう意味では、旧訳に馴染みを感じる一方で、すっかり内容を忘れてしまっている小説を新鮮な気分で読むには新訳がうってつけ。要するに出たら読むんである（あらあら）。

190 戸谷友則『宇宙の「果て」になにがあるのか――最新天文学が描く、時間と空間の終わり』（講談社ブルーバックス、2018/07）

ブルーバックスについては既に書いた。

191 ロラン・バルト『声のきめ　インタビュー集1962-1980』（松島征＋大野多加志訳、みすず書房、2018/07）

はじめてみすず書房の本を読んだのは、大学生のときだった。当時塾講師のアルバイトをしていた神奈川県の大船で、アルバイト先のすぐ横にあった古本屋に入り浸り、そこでよく買って読んだのがみすず書房の本だった。メルロ＝ポンティ、フッサール、ハイゼンベルクなどをはじめ、哲学思想、科学、歴史、言語などのみすず書房本を読むうちに、これはカタログを手に入れて、出した書目を確認してみたいと思ったのだった。学生にとって、みすず価格は手を出しづらかったこともあり、もっぱら古本頼みだったけれど、いまは微々たるものとはいえ応援するようなつもりで新刊を購入して読んでいる。

192 亀井俊介監修『アメリカ文化年表――文化・歴史・政治・経済』（南雲堂、2018/07）

書物方面については、二つの弱点がある。万が一ここまで順を追ってお読みになっている物好きな方がいらしたら、薄々お分かりかと思うけれど、私は叢書や全集の類に弱い。もう一つ弱いのが年表や辞書のようにデータを集積・編纂した書物。書店でも「年表」という二文字が書名にあるだけでぴくんと反応してしまう。

193 『Software Design』2018年8月号「特集＝スマホゲームはなぜ動く？」（技術評論社、2018/07）

ゲーム開発という仕事柄、毎号目を通す雑誌の一つ。

194 木庭顕『誰のために法は生まれた』（朝日出版社、2018/07）

朝日出版社第二編集部のレクチャーシリーズ最新刊は法

学。「レクチャーシリーズ」というのは、私がいま勝手に命名しただけで、そういうシリーズ名があるわけではない（と思う）。池谷裕二さんの『進化しすぎた脳』や、近年では加藤陽子先生の『それでも、日本人は「戦争」を選んだ』など名著も多い。複数の人たちを前に講義をしてみると分かるのだけれど、他人に向けて話すのと、自分で文章を書くのとでは、たとえ同じテーマについて言葉にするのでも、表現の仕方が大きく変わるものだ。このレクチャーシリーズは、そうした目の前にいる他人、しかも著者たちの専門領域について予備知識が必ずしもない人たちに向けて話すという状況設定が功を奏している。読者はもちろんその講義を聴く側になって読める。本書も楽しみである。

■七月二四日（火）3冊／197冊

195 小浜逸郎『日本語は哲学する言語である』（徳間書店、2018/07）

『文体の科学』を書いてからというもの、文体に関連しそうな本を見ると見過ごせなくなってしまった。目次を見ると、「文法」という文字も見える。先に述べたように、目下取り組んでいる『私家版日本語文法小史』のこともあって、これまた見過ごせない。見過ごせない要素が二つ以上ある場合、無条件でレジに運ぶことになる。

196 ニール・スティーヴンスン『七人のイヴⅡ』（日暮雅通訳、新☆ハヤカワ・SF・シリーズ、早川書房、2018/07）

「新☆ハヤカワ・SF・シリーズ」も出たら全部読むことにしている。第4期第4回配本は、第3回配本に続いてニール・スティーヴンスン。中高生の頃にSFとミステリとファンタジーの面白さを早川書房と東京創元社によって教えられたまま大人になったため、両社の出す新刊書は必ずチェックしてしまう体になってしまった。仕事でつかれたときも、SFやミステリやファンタジーならワクワクしながら読めるのである。

197 ダグラス・ホフスタッター『わたしは不思議の環』（片桐恭弘＋寺西のぶ子訳、白揚社、2018/07）

言わずと知れた『ゲーデル、エッシャー、バッハ』『メタマジック・ゲーム』のホフスタッターさん。原書が出たときに斜め読みした。邦訳で改めてじっくり拝読したい。

■七月二五日（水）17冊／214冊

午前、打ち合わせで表参道のテレビマンユニオンを訪れる。ここは大変危険な場所で、打ち合わせが終わって建物から出ると、すぐ目の前が青山ブックセンター本店なんである。当然打ち合わせが終わったら、そのままエスカレーターを下って書店に吸い込まれるわけである。

198 沙村広明『ベアゲルター』第4巻（講談社、2018/07）

199 沙村広明『波よ聞いてくれ』第5巻（講談社、2018/07）

ほとんど電子版で読むようになった漫画の中でも、本で購入している数少ない作家の一人が沙村広明さん。『波よ聞いてくれ』の帯は「まずいことに作者得意の監禁展開突入」と、編集さんもノリノリなのがよい。

200 ランディ・オルソン『なぜ科学はストーリーを必要としているのか』（坪子理美訳、慶應義塾大学出版会、2018/07）

科学書の棚を眺めていたら目に入る。「あれ？　フィルムアート社が出しそうな本だし、映画書コーナーじゃないんだ」と、適当な感想を思い浮かべながら手にとると、科学の本だった。いや、タイトルにそう書いてあるんだけどね。目下、複数のチャンネルで科学方面に携わっていることもあり、科学書、ポピュラーサイエンス書もめぼしいものは迷わず読む。（追記：楽しく読んでいたら、後日「日本経済新聞」から書評の依頼が舞い込んだ）

201 ジルベール・シモンドン『個体化の哲学——形相と情報の概念を手がかりに』（藤井千佳世監訳、近藤和敬＋中村大介＋ローラン・ステリン＋橘真一＋米田翼訳、叢書・ウニベルシタス1083、法政大学出版局、2018/07）

そんなことばっかり書いているように思われるかもしれないけれど、叢書・ウニベルシタスも、なろうことなら全部目を通したいと念じている叢書である。ただし、既に四桁になっており、加えて歯ごたえのある本も多い叢書だけにそうは問屋が卸さない。まだ全体の四分の一くらいしか読んでいないと思う。気長に参ります。

202 スラヴォイ・ジジェク『絶望する勇気――グローバル資本主義・原理主義・ポピュリズム』(中山徹+鈴木英明訳、青土社、2018/07)

現代において最も多産な言論活動を繰り広げている哲学者の一人、スラヴォイ・ジジェクは、かつて『批評空間』に出た翻訳を見かけて以来、できる限りフォローすることにしている。とはいえ、本当に次々と本が出るし、場合によっては内容が重なることもあり(それ自体は構わない)、どれがどれだか分からなくなるのが困る。といってもひとえにこちらがぼんやりしているからなのだけれど。

203 朝吹真理子『TIMELESS』(新潮社、2018/06)

この数年、文芸といえば海外ものか古典ばかり読んでいたところ、この春から『文藝』で復活した文芸季評を担当することになり、久しぶりに現代日本文学を読むようになった。書店では新刊の棚を中心に注意して見るようにしている。刊行点数に対して読むほうが追いつかないのだけれど、できるだけ気になる本は手にとるようにしている。例えば本書はジャケ買いである。

204 円城塔『文字渦』(新潮社、2018/07)

円城塔さん待望の新作が新潮社から届く。『新潮』編集部からは書評のご依頼と、本書が出るころには情報も公開されて終わっているはずの対談のオファーをいただいた。円城さんとは、やはり新潮社の季刊誌『考える人』の数学特集でインタヴューをした際、はじめてお目にかかり、『エピローグ』の書評を書いたり(『すばる』)、『シャッフル航法』の刊行記念対談を丸善ジュンク堂書店渋谷店で行ったりと、なにかとご縁があるのだった。私は彼の書く文章が好きで、同時代に円城さんのような作家がいることをうれしく感じている。『文字渦』については、別の雑誌からも書評のご依頼が舞い込んだ。そんな話を本書の担当編集者に話したら、「じゃあ、この本にも別ヴァージョンの書評を入れましょうよ!」とノリノリ。というわけで書いてみた。

この日はお昼にいったん帰宅して仕事をしたのだったが、夕方にまた外に出て、散歩がてら神保町を訪れた。以下は東京堂書店で手にした本である。

205 『数理科学』2018年8月号「特集＝機械学習の数理」（サイエンス社、2018/07）

206 『数学セミナー』2018年8月号「特集＝フィボナッチ数の大人のたのしみ方」（日本評論社、2018/07）

207 『日経サイエンス』2018年9月号「特集＝恐竜大進化」（日経サイエンス社、2018/07）

208 『芸術新潮』2018年8月号「特集＝藤田嗣治と5人の妻たち」（新潮社、2018/07）

もはやコメントは不要かもしれない。科学、数学、芸術方面の情報を得るための定期購読雑誌である。

209 田川建三『新約聖書 本文の訳 携帯版』（作品社、2018/07）

労作『新約聖書 訳と註』（作品社）の訳文だけをまとめた本。文庫サイズの携帯版のほか、大きめの本もあり、そちらも入手したかったのだが、すでにこの前後に書いた本を手にした後だったので、重量制限で断念する。書店で本を買うときは、財布と同時に持ち帰れるかどうかという腕力の二つの要素が上限を決める。

210 『文庫版 塚本邦雄全歌集 第二巻』（短歌研究社、2018/07）

全八巻の予定で刊行中の『塚本邦雄全歌集』第三回配本。枕元に置いて寝しなにぱっと開いて読むのに便利。

211 狩野直喜『漢文研究法 中国学入門講義』（狩野直禎校訂、東洋文庫890、平凡社、2018/07）

東洋文庫については既に書いた。

212 ホルスト・ブレーデカンプ『ライプニッツと造園革命――ヘレンハウゼン、ヴェルサイユと葉っぱの哲学』（原研二訳、産業図書、2014/07）

213 ホルスト・ブレーデカンプ『モナドの窓――ライプニッツの「自然と人工の劇場」』（原研二訳、産業図書、2010/06）

214 酒井潔＋佐々木能章＋長綱啓典編『ライプニッツ読本』（法政大学出版局、2012/10）

ライプニッツについての対談の準備の一環。こう言ってはなんだが、ブレーデカンプ氏の二冊は棚のどこかにあるはず。対談のお相手はここにも名前のある酒井潔先生。九月までライプニッツの勉強は続く。

■七月二六日（木）2冊／216冊

215『ミステリマガジン』2018年9月号「特集＝〝ミステリ考〟最前線」（早川書房、2018/07）

216『Newton』2018年9月号「特集＝イーロン・マスクの火星移住計画」（ニュートンプレス、2018/07）

モブキャスト勤務の日。会社帰りに六本木駅前のブックファーストで雑誌を二冊買う。例によってどちらも毎号読んでいるもの。

■七月二七日（金）

なし

■七月二八日（土）

なし

■七月二九日（日）6冊／222冊

217『The Economist』（2018/07）

経済方面に疎いこともあって、『The Economist』が目にとまったときには手に入れて読むようにしている。

218『ユリイカ』2018年8月号「特集＝ケンドリック・ラマー――USヒップホップ・キングの肖像」（青土社、2018/07）

219『現代思想』2018年8月号「特集＝朝鮮半島のリアル」（青土社、2018/07）

出たら読む雑誌の最新号。毎月月末発売。ただし両誌とも、近年「臨時増刊号」が多いので油断はならない（なにがだ）。

220 Maria Rosa Antognazza, *Leibniz: A Very Short Introduction* (Oxford University Press)

先に述べたライプニッツ対談に向けての勉強。なにか知りたいことがあると真っ先に読むシリーズの一つがこのVery Short Introductionとパリ大学出版局の文庫クセジュ（邦訳は白水社）。百科全書の一項目を一冊にしたような本で概観とその分野の研究状況を垣間見るうえでも役立つものが多い。ライプニッツは本人が書いたものも厖大であり、研究論文や研究書も汗牛充棟。

221 Edited and Translated by Peter G. Walsh with Christopher Husch, *One Hundred Latin Hymns: Ambrose to Aquinas* (Dumbarton Oaks Medieval Library, Harvard University Press, 2012/11)

中世ギリシア語、中世ラテン語、古英語の作品を現代英語との対訳で提供する古典シリーズ。古くからお世話になっているローブ古典叢書（Loeb Classical Library）をはじめ、こうした対訳のシリーズはとても勉強になる。

南方熊楠は、異言語を勉強したかったら対訳本を使うといいとどこかで書いていたと思うけれど賛成である。単語を調べ、文法を確認しながら読むのも大事なトレーニングである一方で、ともかくおよその意味をとらえながら原文に目を通すこともまた大事。前者の進め方だけでやっていると、気力が尽きたところで止まりがち。後者のスピード感ある方法も併用するとよい。というわけで、この叢書も通して読みたいと念じている。いまのところ五〇巻ちょっとしか出ていないのでこれなら追いつける。

222 山本義隆『小数と対数の発見』（日本評論社、2018/07）

山本義隆さんの本は出たら無条件に買って読む。

■七月三〇日（月）16冊／２３７冊

223 奥泉光『雪の階』（中央公論新社、2018/02）

明日、あるテレビ番組の収録がある。その脚本の執筆を担当しており、収録前日ではあるけれど、ディレクターと打ち合わせをしてさらに脚本をブラッシュアップしている。奥泉光さんの『雪の階』を引用しようという話になり、既に一度買って読んでいるのだけれど、家のどこにあるかが分からない。また、電子版があればそちらを入手すればよいところ、まだ電子版が見当たらない。というので、二冊目になるのを承知で入手したのだった。あとで誰かにあげよう。

224 『科学史研究』第Ⅲ期第57巻No. 286、２０１８年7月号（日本科学史学会編集、2018/07）

『科学の文体』という本を書いたり、なにかと科学史方面の仕事もあるので、『科学史研究』も毎号読むことにしている。といっても、そうした仕事がなくても楽しいから読むのだけれどね。

225 井上文則『天を相手にする——評伝 宮崎市定』（国書刊行会、2018/07）

中国学の泰斗、宮崎市定の評伝が出ると少し前に知って、国書刊行会に注文しておいたのが届いた。いつ読めるのかなんて考えない。

226 デイヴィッド・バチェラー『クロモフォビア——色彩をめぐる思索と冒険』（田中裕介訳、青土社、2007/07）

Twitterで小澤京子さんが紹介しているのに触れて取り寄せたところ、以前既に読んでいることが分かった。嗚呼。

227-231 吉町義雄『パーニニの八章梵語文典』（全5冊、関西外国語大学研究論集、抜き刷り、全冊（著者による?）訂正書き込みあり）

232 『サンスクリット 古典梵語大文法——インド・パーニニ文典全訳』（吉町義雄訳、泰流社、1995/06）

これもまた『私家版日本語文法小史』のための参考文献。日本語文法にサンスクリットがなんの関係があるのだ、と問われればいろいろお答えする用意はあるのだけれど、ここで説明を始めると本が数倍の厚さになるし、刊行が間に合わなくなるので断念する。ぜひ同書が出た暁にはお確かめあれ。

233 南條竹則『英語とは何か』（インターナショナル新書026、集英社インターナショナル、2018/07）

234 梯久美子『原民喜——死と愛と孤独の肖像』（岩波新書、2018/07）

新書コーナーを眺めて気になる二冊を入手。後者は、編集担当者の方がTwitterで告知しているのを見て気になったのだった。そう、Twitterを見る時間が増えると、それだけ本を買う量が増えるのである。ちなみに助言すると、本の紹介をするときは、書影やページの写真を添えるといいですよ。目にとまりやすいし、気になって眺めてしまうし、書店で見つけやすくなりますからして。

235 よしながふみ『きのう何食べた?』第14巻（講談社、2018/07）

よしながふみさんの漫画も無条件に読む。

236 津村耕司『天文学者に素朴な疑問をぶつけたら宇宙科学の最先端までわかったはなし』（大和書房、

2018/07）

ポピュラーサイエンス書も目についたら読む。

237『現代詩手帖』２０１８年８月号「特集＝海外からの風」（思潮社、2018/07）

毎号目を通す詩の雑誌。特集名のずっと変わらない感じもいい。

■七月三一日（火）１冊／２３８冊

238 町田康『ギケイキ２――奈落への飛翔』（河出書房新社、2018/07）

待望の第二巻である。どうしたらこんな文章を書けるのか。町田さんの本も出たら全部読みますこれからも。

記録を終えて

以上、二〇一八年七月の本について書いてみた。漏れもあると思うけれど、気がついたものは記したつもりである（冒頭でも述べたように電子版は省略している）。

そうそう、言わずもがなではあるけれど、ここに記録したのは、あくまでも手にした本であって、読んだ本でないことに注意されたい。

この七月に読んでいた本といえば、文中でも何度か言及している執筆・翻訳中の本に関わるものが中心である。「文態百版」（文芸季評）、「マルジナリアでつかまえて」といった連載、『私家版日本語文法小史』『科学の文体』『記憶のデザイン（仮題）』といった本のための読書である。文法と科学については、一七世紀あたりのものを読んでいるところ。といった具合におのずと古い時代のものが多くなりがち。日々書店に足を運ぶのは、同時代の関心がどういうところに向かっているのかを知るためでもある。ネットほどの激流でもなく、執筆から編集・デザイン・製本・運搬を経て書店に並ぶ本は、むしろ現在から少し遅れて送り込まれてきた文字の塊である。それだけの時間をおいて送り届けても意味や価値のある文字の塊が、紙に定着して、それなりの時間風化せずに存在する。それが本であり書店である。ネットも便利だけれど、激流だけに身を浸していると、なにがなにやら分からなくなる。他方でやはり、ゆるやかな時の流れに身を置く必要もある。新刊書店が準現在なら、古本屋と図書館はさらに古い過去の長い時間を保管する記憶の倉庫だ。

と、つい話が横へ逸れた。当記録に話を戻せば、こうして書き並べてみると、別段面白みもないし、本当にこれを本に入れてしまってもよいものかと思わなくもない。ただ、自分が読者ならどうかと考えたとき、単純に、自分以外の人が日頃どんなふうに本を手にしているのかということにはおおいに興味がある。Twitterを見る楽しみの一つは、いろいろな方面のみなさんが、日々どんな本を読んでいるのかがちらりと見えるところだったりもする。とまあ、理屈をこねても詮無いのだけれど、こうしたリストでも誰かが小一時間くらい楽しめないとも限らないと思い込むことにして、このまま差し出すことにする。

ご覧のように七月は二三八冊の本が世界と歴史のあちこちから私の手もとにやってきた（オオゲサ）。書店員さんや図書館の司書のみなさんなら、もっとたくさんの本を日々手にされているはずで、そう考えるとたいした数ではない。そもそも今日本で毎年七から八万点の新刊が出ている。仮に七万点とした場合、月平均は約五千八百点。これを三〇で割れば、一九四点。私が七月に手にした本は、一日平均の一・二倍に過ぎない。これは日本だけを見た場合で、世界全体ではどうなってしまうのか。ちなみに六月は三六〇冊ぐらいだったので七月は大幅に減った印象である。なんの話かわからなくなったのでそろそろ閉じよう。

なお、日々入手した本についてはInstagramに写真を投稿しているので、万が一興味が湧いてしまった人がいたら、どうぞご覧あれ。

https://www.instagram.com/yamamototakamitsu/

以上

タイトル索引

人名索引

投壜通信 初出一覧

第1章 本で世界をマッピング

知りたがるにもほどがある? 科学者という人たち。
- 『考える人』2008年夏号NO.25 特集=自伝、評伝、日記を読もう 新潮社

未知を求め、世界に驚く ドリトル先生の物語世界
- 『考える人』2010年秋号NO.34 特集=ドリトル先生のイギリス 新潮社

人は旅する動物である 紀行文学の5000年
- 『考える人』2011年冬号NO.35 特集=紀行文学を読もう 新潮社

世界をデッサンする 梅棹忠夫ブックガイド
- 『考える人』2011年夏号NO.37 特集=梅棹忠夫 新潮社

歩行の謎を味わうために
- 『考える人』2012年秋号NO.42 特集=歩く——時速4kmの思考 新潮社

数学の愉悦を味わうために
発見と難問の森に遊ぶ
- 『考える人』2013年夏号NO.45 特集=数学は美しいか 新潮社

数学のことば、数学も言葉
- 『考える人』2015年春号NO.52 特集=数学の言葉 新潮社

第2章 日々の泡

思いのままに、わが夢を
- 『考える人』2013年冬号NO.43 特集=眠りと夢の謎 新潮社

遊びか仕事かはたまた(2018/01/09)
書店こわい(2018/01/16)
アイロンになる(2018/01/23)
プログラム習得のコツ(2018/01/30)
教室のノーガード戦法(2018/02/06)
火星で働く(2018/02/13)
体は勝手に連想する(2018/02/20)
収容所のプルースト(2018/02/28)
キプロスの分断と花(2018/03/06)
香りを生成する装置(2018/03/13)
万能の速読術はあるか(2018/03/20)
謙虚さのレッスン(2018/03/27)
真夜中のおやつ(2018/04/03)
知の予防接種(2018/04/10)
バンドメンバーの紹介(2018/04/17)
ちょっとだけ変身する(2018/04/23)
お生まれはどちら?(2018/04/30)
全集を少々(2018/05/08)
トーストの音(2018/05/15)
驚異の部屋(2018/05/22)
なにを勉強すればよい?(2018/05/29)
勝手に壁をつくる(2018/06/05)
世界を変えた書物(2018/06/12)
要約してみよう(2018/06/19)
どうしてそうなった?(2018/06/26)
- 以上、日本経済新聞夕刊「プロムナード」より

第3章 読むことは書くこと

この辞書を見よ! 20
- 『ユリイカ』2012年2月号「特集=辞書の世界」青土社

計算論的、足穂的——タルホ・エンジン仕様書
- 『ユリイカ』2006年9月臨時増刊号「総特集=稲垣足穂」 青土社

投壜通信年代記——思想誌クロニクル1968-2005
- 『ユリイカ』2005年8月号「特集=雑誌の黄金時代」 青土社

紙と思想の接触面:日本思想誌クロニクル
- 『IDEA』第370号 特集=思想とデザイン 誠文堂新光社

『文字渦』歴史的注解付批判校訂版「梅枝」篇断章より
- 書き下ろし

余が一家の読書法
- 原文 『漱石全集 第二十五巻』(岩波書店)を底本とした。
  [現代語訳]、[解説 漱石の読書術」は書き下ろし

附録 本との遊び方

マジック・アルゴリアリズム宣言 ver.0.32
- 2015年09月2日発行。円城塔『シャッフル航法』出版記念トーク&サイン会の資料として配布。
  於・MARUZEN&ジュンク堂書店渋谷店

『ルールズ・オブ・プレイ』攻略法
- 2013年11月29日発行。Ludix Lab公開研究会「「意味ある遊び」を生み出すルールとデザイン」にて配布

バベルの図書館司書便り——ある一カ月の記録
- 書き下ろし

表紙のエッセイ
男と男のいる文学
- 「作品メモランダム」より2007-01-22
  http://yakumoizuru.hatenadiary.jp/entry/20070122/p1

○「ドリトル先生」「現代の数学」マップ作成=堀岡暦

著者について

山本 貴光　やまもと たかみつ

文筆家、ゲーム作家。1971年1月生まれ。慶應義塾大学環境情報学部卒業、湘南藤沢キャンパス（SFC）の第一期生。94年〜2004年までコーエーにてゲーム制作（企画／プログラム）に従事。在職中から執筆活動を開始、ウェブでは筆名に八雲出（やくも・いずる）を使用。『古事記』に由来する。04年にコーエーを退社。フリーランスとなり、以降、執筆や講義に勤しむ日々。16年よりモブキャストとプロ契約。日本図書設計家協会客員会員。1997年より「哲学の劇場」（http://logico-philosophicus.net/）を主宰（SFC同期の相棒・吉川浩満との共同企画。ただし開店休業中）。愛用のバックパックは角型の底に容量たっぷりな生地厚仕様で、本やゲラの持ち運びに重宝している。書店での支払いは現金派。カステラに目がない。

ツイッターID　@yakumoizuru
ブログ 作品メモランダム　http://yakumoizuru.hatenadiary.jp/

著書　編著書

『心脳問題――「脳の世紀」を生き抜く』（吉川浩満と共著、朝日出版社）
『問題がモンダイなのだ』（吉川浩満と共著、ちくまプリマー新書）
『デバッグではじめるCプログラミング』（翔泳社）
『ゲームの教科書』（馬場保仁と共著、ちくまプリマー新書）
『コンピュータのひみつ』（朝日出版社）
『はじめて読む聖書』（田川建三ほかと共著、新潮新書）
『文体の科学』（新潮社）
『世界が変わるプログラム入門』（ちくまプリマー新書）
『サイエンス・ブック・トラベル』（編著、河出書房新社）
『脳がわかれば心がわかるか――脳科学リテラシー養成講座』（吉川浩満と共著、太田出版）
『「百学連環」を読む』（三省堂）
『文学問題（F+f）+』（幻戯書房）
『高校生のためのゲームで考える人工知能』（三宅陽一郎との共著、ちくまプリマー新書、筑摩書房）

訳書

『MiND――心の哲学』（ジョン・サール著、吉川浩満と共訳、朝日出版社）
『ルールズ・オブ・プレイ――ゲームデザインの基礎』（上下巻、ケイティ・サレン+エリック・ジマーマン著、ソフトバンク クリエイティブ）
『先史学者プラトン』（メアリ・セットガスト著、國分功一郎序文、吉川浩満と共訳、朝日出版社）

投壜通信

とうびんつうしん

２０１８年９月７日　初版第１刷発行

著者　山本貴光

発行人　浜本茂

発行所　株式会社 本の雑誌社

〒１０１-００５１

東京都千代田区神田神保町１-３７ 友田三和ビル

電話　０３（３２９５）１０７１

振替　００１５０-３-５０３７８

印刷　中央精版印刷株式会社

定価は表紙に表示してあります

ISBN978-4-86011-418-3　C0095